KB247558

현대시란 무엇인가

현대시란
무엇인가

김인환 지음

현대문학

『시경』의 시 한 수 또는 보들레르의 시 한 연을 읽는 것이 대학 시절 혼자서 정한 일과였다. 하다 말다를 반복하였으나 졸업할 때까지 두 시집을 한 차례 정독할 수 있었다. 강성욱 선생님께서는 『악의 꽃』을 가르치면서 서양이론 중심의 연역 비평에 대한 거부감도 일깨워주셨다. 그때나 지금이나 나의 비평 방법은 귀납법이다.

시를 분석하는 것은 시의 운율과 비유를 뜯어 읽는 일이고 시를 창작하는 것은 시의 운율과 비유를 새롭게 만들어내는 일이다. 이 책의 1부는 한국 현대시의 운율과 비유를 해명하는 네 편의 평론으로 구성되어 있다. 단순 음보와 혼합 음보, 유사성과 비유와 상호작용의 비유를 대조하여 시조의 표준형과 구별되는 현대시의 표준형을 설정해본 것인데 어디까지나 작품을 통하여 말하려고 한 데 이 글들의 특징이 있다.

2부는 한국 현대시의 전개를 소월 좌파와 소월 우파, 이상 좌파와 이상 우파라는 계보로 기술하고, 신동엽, 서정주, 김수영, 김춘수를 중심점으로 삼아 현대시의 좌표를 설정해본 평론들이다. 읽기 쉬운 신동엽 시와 서정주 시의 소월적 특성은 읽기 어려운 김수영 시와 김춘수 시의 이상적 특성에 대비된다. 신동엽의 역사의식이 서정주의 초월의식과 다르듯이 김수영의 현실주의는 김춘수의 형식주의와 다르다.(신동엽 시의 계보에 대해서는 따로 한 권의 연구서를 계획하고 있다.)

3부는 한국 현대시의 현상을 분석한 평론들로서 현대성과 서정성이 공존하는 김영태의 시, 사랑의 순례를 완강하게 지속하는 문정희의 시, 전위성과 현실성이 공존하는 황지우의 시 그리고 전위적 실험이 공백을 지향하는 김민정의 시를 다루었다. 현상 분석으로는 다소 허술한 결과가 되었다. 현장 감각의 부족을 반성하고 현대시의 현장에 더 많은 관심을 기울여야겠다고 다짐해본다.

박사과정에서 나의 지도를 받은 소장학자들이 교정을 도와주었다. 김기중 교수와 장연진 선생에게는 특별히 고맙다는 뜻을 전하고 싶다. 지난 40년의 시 공부를 돌아볼 수 있어서 즐거웠다. 여러 가지 값진 조언을 해주신 현대문학에도 깊은 감사의 인사를 드린다.

2011년 8월
김인환

::**차례**

1부

: 현대시의 원리

시조와 현대시

:: **시조의 율격**

　시조가 개념의 압박을 피하기 위하여 취하는 방법이 4음보 율격이라는 것은 누구나 알고 있는 사실이다. 그러나 4음보 율격에 의존하는 글이 모두 시조가 되는 것은 아니다. 이병기(李秉岐)의 시조는 직관의 섬세한 움직임을 드러내고자 4음보 율격 이외에 대상의 세부 묘사를 사용했다. 이병기가 문제 삼는 것은 언제나 사물의 윤곽이 아니라 사물의 결이다. 시인이 주관을 앞으로 내세우면 이러한 사물의 결은 파손된다. 시인의 주관은 사물과 함께 은밀히 엿보인다. 다시 말해서 주관은 직접 나타나지 않고 멀리 둘러서 간접적으로 나타난다. 주관은 풍경 속에 용해되어 하나의 사물로서 나타나는 것이다.

　청(靑)기와 두어 장을 법당(法堂)에 이어두고
　앞뒤 비인 뜰엔 새도 날아 아니 오고

홈으로 나리는 물이 저나 저를 울린다

헝기고 또 헝기어 알알이 닦인 모래
고운 옥(玉)과 같이 갈리고 갈린 바위
그려도 더러일까봐 물이 씻어 흐른다

폭포(瀑布) 소리 듣다 귀를 막아도 보다
돌을 베개 삼아 모래에 누워도 보고
한 손에 해를 가리고 푸른 허공(虛空) 바라본다.

바위 바위 위로 바위를 업고 안고
또는 넓다 좁다 이리저리 도는 골을
시름도 피로(疲勞)도 모르고 물을 밟아 오른다.

                                                —이병기, 「계곡(溪谷)」 부분

   이병기는 사물의 특수한 양상을 미세한 주관으로 포착하는 동시에 자기의 주관을 객관적 상태로 변하게 한다. 물이 홈에 떨어지는 소리는 시인의 외부에서 일어나는 현상이 아니다. 주관의 미세한 침투가 물을 주체로 변형한다. "물이 저나 저를 울린다." 이 9음절 안에 'ㄹ' 소리가 다섯 번, 'ㄴ' 소리가 두 번 되풀이되어, 소리 자체가 스스로 소리를 울리고 있다. 조용한 공간을 가득 채우는 나지막한 반향을 그려내는 절묘한 묘사다. 물가의 모래가 빛나고 바위가 매끄러운 것도 저절로 그렇게 된 것이 아니다. 이병기의 주관은 우연에까지 낮아지지도 않고 필연으로까지 높아지지도 않는다. 그의 시조 안에서 사물들은 우연의 산물이 아니지만 그렇다고 하느님의 조화로운 질서 안에 있는 것도 아니다. 자연은 죽은 사물이 아니고 동시에 신비로운 존재도 아니다. 이병기는 20세기에 가능한 이치의 세계를 최대한도로 표현하고 있다고 하겠으나, 그에게도 전체성의 소멸은 이미 어쩔 수 없는 운명이 되어 있는 것이다. 그렇더라도 우리는 이병기의 시조에서 이 시대에 현존하는 16세기의 무게를 느낀다. 물은 모래를 조심스레 헹구고, 바위를 갈아내며, 늘 더러워질까 염려한다. 살아 있는 물은 노래하고 청소하는 정갈한 여자며, 바위들을 업고 안고 있는 자애로운 여자다. 다시 말하면 물은 여자의 정결함과 자애로움이 성육화한 존재, 자연의 어머니다. 넷째 연의 "넓다 좁다"는 '넓어졌다 좁아졌다' 라는 의미인지 '넓으면 넓은 대로 좁으면 좁은 대로' 라는 의미인지 분명하지 않다. 어떤 의미라 하더라도 결국 골짜기 자체가 주체적인 사물로서 행동하는 것은 마찬가지다. 이와 같이 사물이 주체로 변형되는 현상과는 반대로 시인의 주관은 객관적 사물로 존재한다. 셋째 연에는 '막는다', '눕는다', '가린다', '바라본다' 라는 네 개의 동사가 들어 있지만, 이 시조에서 그것들은 인간을 사물로부터 변별하는 자질이 될 수 없다. 손으로 해를 가리는 시인은 스스로 울리는 물과 동격으로 작용하고 있을 뿐이다. 이러한 주객융화 현상, 주객교체 현상은 이병기 시조의 공통된 특색이다.

　　잠시 한가로워 느직이 일어났다
　　또한 새해라 하기 나 한 살 더한 양하고
　　매화(梅花)와 난초(蘭草)로 더불어 술을 적게 마셨다.
　　　　　　　　　　　　　　　　　　　―이병기, 「갑오원조(甲午元朝)」 부분

여기서 '더불어'는 무슨 뜻일까? 이병기 시조의 전체적인 특성에 비추어볼 때 우리는 그것을 매화와 난초를 보면서 술을 적게 마셨다는 의미로 해석할 수 없다. '더불어'는 글자 그대로 이해해야 한다. 시인과 매화와 난초는 셋이서 함께 술을 마시고 있다. 존재의 신비에까지 침투해 들어가지 못하고 언제나 건전한 상식 주변에 멈춰 있는 것은 이병기 시조의 약점이지만, 적어도 그는 시적 인식의 본질에 매우 가깝게 서 있다. 그리고 상식 주변에 있다는 것은 이병기의 한계가 아니라 시조 자체의 한계다. 우리가 시조를 극복해야 할 형식으로 보는 이유는 바로 여기에 있다. 모든 논리와 언어가 이지러진 전체의 일부를 이루면서 허위로 전락한 현실에 직면하면, 상식 자체의 부패에 의해 시조는 존재의 근거를 상실한다.

산(山)비알 잔솔 새새 벌통 같은 판잣집에
박실박실한 몹시 야윈 얼굴들이
내 이제 이곳을 오매 먼저 눈에 뜨인다.

앞의 바다로는 밀려오는 물결이요
거리거리엔 넘실대는 사람의 물결
그래도 보고픈 것은 한 모르의 오륙도(五六島)

—이병기, 「부산(釜山)」 전문

판잣집이 벌통이라면 야윈 얼굴들은 벌떼다. 산비탈에 잔솔이 드문드문 서 있는 자연도 몹시 가난하다. 둘째 연에 오면 사람의 물결과 바다의 물결이 병렬된다. 전시(戰時)에 쓰인 이 시조 안에 분단의 상흔은 그림자도 비치지 않는다. 인간의 고통과 절망은 은폐되고, 각박한 현실이

다만 풍경으로 경치로 위장되어 있을 뿐이다. '보고픈' 이란 낱말에 얹혀 있는 희미한 현실인식조차 의도적인 회피 기만적인 외면에 지나지 않는다. 시인이 보고 싶어하는 것은 판잣집이 있는 산도, 사람의 물결을 연상시키는 바다도 아니고 사람이 살지 않는 오륙도의 한 모퉁이이다. 그것이 적어도 잠시나마 전쟁을 잊게 해주기 때문이다. 존재의 전체성, 즉 이치의 역동적 조화를 폭파시켜버린 것은 바로 우리 시대의 전쟁과 학살이었다. 참된 의미의 시적 인식은 이저 전투적 정열과 분리할 수 없게 되었다. 그러나 이병기는 영혼의 욕망이 제거된 상태에서 성취할 수 있는 극한을 보여주었다.

이은상(李殷相)의 시조는 명령문과 감탄문을 결합한 경구에 의존하고 있다. 주관과 사물이 분리되어 있고 묘사도 거의 나타나지 않는다. 그러므로 대부분의 시조가 명백한 개념과 드러난 판단을 다만 4음보 율격에 적합하도록 수정한 데 지나지 않는다. 그는 사물을 직관적으로 파악하지 않고 논리적으로 인식하려 한다. 의식의 영역에서 제외된 생명의 숨겨진 활동을 인정하지 않는 것이다.

열두 물 한 줄기로 떨어지니 일장폭(一長瀑)을
일장폭 열두 단(段)에 꺾였으니 십이폭(十二瀑)을
하나라 열둘이라 함이 다 옳은가 하노라

열둘로 보자니 소리가 하나이요
하나로 보자하니 경개(景槪) 아니 열둘인가
십이폭 묻는 이 있으면 듣고 보라 하리라

—이은상, 「십이폭」 전문

이 시조에서 폭포는 어디까지나 폭포 그대로다. 사물과 주관은 분리되어 있다. 사물이 문제되는 것이 아니라, 사물을 이모저모 살펴보고 생각하는 주관이 전경(前景)에 나와 있다. 살아 있는 것은 시인의 시선밖에 없다. 주객분리가 시적 인식에 허용될 수 없다는 것은 결코 아니다. 시적 인식을 방해하는 요인은 분리가 아니라 상식이다.

1. 열두 물이 한 줄기로 떨어진다.
2. 열두 물의 소리가 하나다.
3. 하나의 긴 폭포가 열두 마디로 꺾여 있다.
4. 경개가 열둘이다.

이 네 문장은 「십이폭」의 의미를 구성하는 중심 요소가 되지 못한다. 네 문장의 섬세한 연결과 변형만으로 구성되었다면 이 시조는 더 섬세한 직관에 닿을 수 있었을 것이다. 그러나 이 시조가 보여주는 의미의 중심은 '하노라'와 '하리라'에 놓여 있다. 개념과 판단, 명령과 권유가 직관의 움직임을 방해하고 차단한다. 물과 소리는 이미지로서 울려퍼지지 못하고 사물의 표면을 지시하는 데 그친다. 물과 소리의 복판을 뚫고 들어가 그것들의 본성을 '힘'으로 변모시키는 직관이 결여되어 있는 것이다. 사물과 주관이 분리된 채로 공존하고 있을 때에는 그래도 시적 인식의 외모나마 유지하게 된다. 이은상의 시조가 정작 파탄에 이르는 것은 사물이 소멸하고 주관적 판단만이 전경에 나오는 경우다.

탈대로 다 타시오 타다 말진 부대마소
타고 다시 타서 재될 법은 하거니와

타다가 남은 동강은 쓰올 곳이 없느니다.

반(半)타고 꺼질진대 애제 타지 말으시오
차라리 아니 타고 생낡으로 있으시오
탈진대 재 그것조차 마자 탐이 옳으니다.

―이은상, 「사랑」 전문

　　하나의 경구를 말 재치로 수정하고 있으나, 참다운 의미에서의 말 재치(pun)는 소리의 반복이 의미의 변화를 수반할 때에만 성립된다. '탄다'는 낱말을 아무리 반복해봐도 정념의 광염(光焰)은 직관의 내부로 스며들지 못한다. 언뜻 보아 분명하게 보이는 이 시조의 판단은 대단히 추상적이고 막연한 의미밖에 전달하지 못하고 있다. 이러한 진술을 실감 있게 전달하려면 누구를 어떻게 사랑하고 있다는 행동의 과정이 묘사되어 있어야 한다. 사랑과 진실 추구가 직관에 스며들어 감동을 일으키는 것은 사랑하는 사람의 고통스러운 경험이 제시되었을 때뿐이다. 선언이 아니라 반성이, 결의가 아니라 비판이 불타는 사랑을 시적 인식으로 변모시키는 것이다.

너라고/불러보는/조국아//
너는 지금/어드메/있나//
누더기/한폭/걸치고//
토막(土幕)/속에/누워 있나//
네 소원/
이룰 길/없어//

네거리를/헤매나//

오늘 아침도/수없이//

떠나가는/봇짐들//

어디론지/살길을/찾아//

헤매는/무리들이랑//

그 속에/

너도/섞여서//

앞산/마루를/넘어갔나//

너라고/불러보는/조국아//

낙조보다도/더 쓸쓸한/조국아//

긴긴 밤/가얏고/소리마냥//

가슴을/파고드는/네 이름아//

새봄날/

도리화(桃李花)같이/

활짝/한번/피어주렴//

—이은상, 「너라고 불러보는 조국아」 전문

조국은 누더기를 걸치고 토막 속에 누운 사람들 사이에 있고, 봇짐을 지고 피난하는 사람들 사이에 있다. 그러나 시인의 주관은 어느 곳에 있는가? 주관은 사물과 동렬에 있지 않다. 그것은 토막 속에 누워 있지도 않고 봇짐을 지고 헤매지도 않는다. 조국과 민족을 사물화해놓고서 시인의 주관은 신(神)의 관점으로 올라선다. 조국은 우리가 애써 이룩해야 할 목적이지 우리 외부에 있는 대상이 아니다. 전투적 정열이 결여된 피상적 현실인식은 판단에도 반드시 착오를 일으킨다. "도리화같이/활짝/한번/피어주렴"이란 명령문이 바로 도착된 현실인식의 실례다. 하필이면 복숭아꽃과 오얏꽃이고 또 하필이면 '한번'인가?

이은상은 시조도 현대시와 마찬가지로 행수를 자유롭게 배열하는 것이 옳다는 의견을 전개하였고, 위의 시조는 이러한 의견에 따라 형식을 조정한 예다. 행 배열을 바꿈으로써 이은상은 시조의 형식을 파괴하였다. 이 작품을 4음보로 율독하면 대단히 어색하게 들린다. 4음보 율격을 깨뜨리고 2음보와 3음보의 교체 형식으로 바꿔놓으면, 그것은 이미 시조가 아니다. 그렇다고 이 작품이 현대시가 되는 것은 아니다. 소박한 정감을 문법적 정확성과 논리적 객관성에 맞춰 하나의 개념으로 번역해놓았기 때문이다. 이것은 결국 시조도 아니고 현대시도 아니다.

시조 율격의 특징은 독특한 종지법에 있다. 김진우는 시조의 율격을 간결하게 요약하였는데,* 이것은 일반 독자들에게 여러 차례 낭독하도록 해 얻은 자료에서 도출한 결론이므로 대체로 믿을 만하다고 생각한다. 김진우는 음보수만 세던 종래의 연구보다 한걸음 더 나아가 음보의 성질을 해명하려고 시도했다. 시조의 한 행은 두 개의 반행으로 나뉘고 하나의 반행은 다시 2음보로 나뉜다. 첫째 행과 둘째 행에서는 강한 반행이 먼저 오고 약한 반행이 뒤에 오며, 반행의 내부에서는 약한 음보가 앞에 오고 강한 음보가 뒤에 온다.** 반행에 ±1의 수치를 매기고, 또 음보에 ±2의 수치를 매기면 율격 이탈의 허용 정도를 알 수 있다. 음수의 수치로 표시된 음보에 율격의 이탈이 허용되는 것이다.

---

* 김진우, 「시조의 운율구조의 새 고찰」, 《한글》 173·174 합병호, 한글학회, 1981, 320쪽.
** 위의 논문, 318쪽. "삭풍은 나무 끝에 불고 명월은 눈 속에 찬데"와 같은 대조 형식에서는 반행의 내부에서 강한 음보가 약한 음보 앞에 온다.

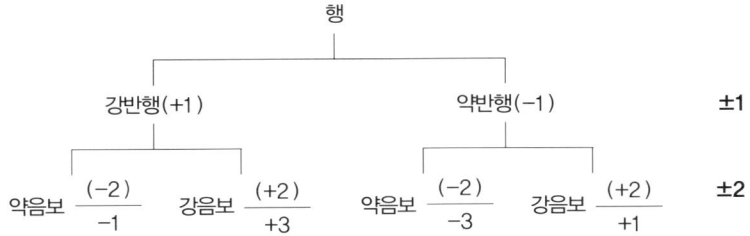

그런데 셋째 행에서는 이러한 율격 구조가 완전히 역전된다. 약한 반행이 먼저 오고 강한 반행이 뒤에 오며, 반행의 내부에서는 강한 음보가 앞에 오고 약한 음보가 뒤에 온다. 그뿐 아니라 행 전체의 음보수가 4음보에서 5음보로 확장된다. 물론 이러한 음보의 확장은 심층 율격에서만 나타나며, 표층 율격에서는 대부분의 경우 4음보 형태로 율독되어도 무방하다. 그러므로 시조의 셋째 행은 4음보와 5음보 사이에서 주춤거리는, 다시 말해서 완전히 분화되지 않은 형태라고 생각할 수 있다.

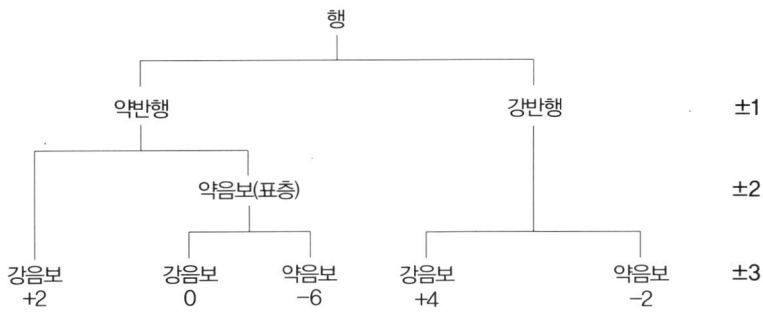

셋째 행의 율격이 첫째와 둘째 행의 율격과 반대로 구성되어 있다는 것은 시조의 종지법이 보이는 특별한 성격이다.

이병기와 이은상의 작품들은 한결같이 연시조 형태를 취하고 있다.

여러 수의 평시조 형태를 모아 하나의 작품을 구성하는데, 각각의 평시조 형태는 의미상 독립성을 상실하고 한 편의 연시조를 구성하는 부분으로서의 기능만 담당하고 있다. 그러면서도 각각의 평시조 형태에 예외 없이 종지법을 적용하고 있기 때문에 의미의 비자립성과 율격의 자립성 사이에 모순이 발생하지 않을 수 없다. 이병기와 이은상은 시조 율격의 본질을 제대로 파악하지 못한 것이다. 윤선도의 「어부사시사」를 구성하고 있는 40수의 시조 중에서 제1수부터 제39수까지의 셋째 행은 평시조의 일반적 종지법이 아니고, 첫째·둘째 행과 동일한 율격을 지니고 있다. 「어부사시사」를 종결하는 제40수만이 이와 달리 일반적 종지법을 따르고 있는 것이다.* 연시조의 경우, 작품 전체의 긴밀한 호흡을 유지하고 의미의 통일성을 획득하기 위해서는 평시조의 셋째 행이 지닌 완결의 율격을 피하는 것이 유리한 경우가 많다. 한시와 영시는 율격의 변화가 아닌 각운 배치에 의해 종지법을 표현한다. 구구압운·4구 3운·격구압운·교차운** 등의 각운 조직 모두 종지법을 표현하기 위하여 사용되고 있다. 한시의 구중유운(句中有韻), 즉 영시의 중간운이나 한시의 쌍성(雙聲), 즉 영시의 두운(頭韻, alliteration)은 소릿결의 효과에 기여하는 것이지 각운처럼 시의 형식을 마무리하는 데 기여하는 것은 아니다. 예를 들어 전 8행과 후 6행으로 시행의 단락이 나뉘는 셰익스피어리언 소네트의 각운 배치(ababcdcd efefgg)는 마지막 두 행에 특별한 변화를 부여함으로써 종지법을 표현한다. 각운 조직이 체계화되어 있지 않은 우리 시는 각운 배치 대신 율격 구성의 변화로 종지법을 표현할 수밖에

---

* 김흥규, 「어부사시사의 종장과 그 변이형」, 《민족문화연구》 15호, 고대민족문화연구소, 1980, 63쪽.
** 홀수 구는 홀수 구끼리 짝수 구는 짝수 구끼리 압운하는 것.

없다. 그러므로 우리가 우리 시의 운율이라고 말할 때 그것은 한시나 영시처럼 운과 율격을 합해 일컫는 명칭이 아니라, 율격과 그 이외의 소릿결을 합하여 가리키는 명칭이 된다.

율격은 기계적인 성격을 지니고 있으므로 그 자체로서 의미 있는 것이 아니지만, 반복과 변화를 적절하게 배합한다면 경험을 기록하는 데에 커다란 효과를 발휘한다. 율격은 시인의 홍분된 정신 상태의 산물이기 때문에 열정과 충동을 함축하고 동시에 반복되는 질서이기 때문에 의지와 절제를 드러낸다. 전체적 질서라는 관점에서 보면 율격은 통일이며 안정일 것이나, 전개되는 과정에 입각해서 살피면 율격은 자극이며 각성일 것이다. 율격은 홍분과 안정, 각성과 진정, 기대와 만족이 되풀이되는 흐름이다. 독자의 호기심을 자극하고는 만족시키고, 자극하고는 만족시키고 함으로써 율격의 반복되는 흐름은 기록된 경험 내용에 대한 독자의 주의력을 예민하고 활발하게 한다. 만일 직관에 기여하지 못하는 율격이 나타나면 그것은 독자에게 실망을 일으킨다. "어둠 속에서 층계를 내려오던 사람이 아직 두어 계단 남아 있다고 생각하고 성큼 내려디뎠는데, 사실은 다 내려와서 한 계단도 남아 있지 않을 때 느끼는 불쾌감과 유사한 실망을 주는 것이다."* 이병기와 이은상의 연시조는 종지법의 묘미를 살리지 못했기 때문에 의미의 분산을 초래하고 있다. 연시조를 구성하고 있는 단위 시조들 사이에 의미의 순차관계 또는 호응관계를 요구하지 않는 경우에는, 다시 말해서 부분의 자립성이 허용되는 경우에는 물론 각 수마다 종지법을 사용할 수 있다. 윤선도가 「오우가」에서 채택한 방법은 부분의 자립성을 강조하여 독립된 단위들의 내

---

* 새뮤얼 테일러 콜리지, 김정근 역, 『문학평전』, 옴니북스, 2003, 517쪽.

면적 상호작용을 중시하는 것이었다. 이병기와 이은상의 시조에 나타나는 문제점은 자립할 수 없는 부분에 종지법을 사용한 데 있다.

:: 현대시의 형성

시는 직관이 지닌 폭과 깊이 그리고 넓기에 섬세하게 뿌리를 내리고 있다. 그러나 직관은 혼자서 제 살을 뜯어먹고 살 수 없다. 직관은 시인의 경험에서 양분을 취하고 시인의 시대르부터 활력을 얻는다. 우리가 자신의 부모를 선택할 수 없는 것처럼 시인도 자기의 경험을 선택할 수 없다. 시적 관습에서 세계 인식에 이르기까지, 시는 시대의 압력 아래서 자신을 형성하는 것이다. 이병기와 이은상의 시조가 일정한 성과를 획득했음에도 나라 잃은 시대의 시적 관습은 시조의 명백한 의미와 드러난 음악에서 이탈해 있었다. 관습 안에서 활동하던 직관은 이제 관습을 사용하는 직관으로 성장하게 되었다. 그러나 시조 형식의 해체가 곧장 현대시의 성취를 보장해주는 것은 아니었다. 김동환(金東煥)의 시는 큰 단위의 율격 구조와 작은 단위의 율격 구조 사이에서 방황하며 새로운 율격 형식을 모색하는 실험이었다.

북국(北國)에는 날마다 밤마다 눈이 내리느니
회색 하늘 속으로 흰 눈이 퍼부을 때마다
눈 속에 파묻히는 하얀 북조선이 보이느니.

가끔 가다가 당나귀 울리는 눈보라가
막북(漠北) 강 건너로 굵은 모래를 쥐어다가
추위에 얼어 떠는 백의인(白衣人)의 귓볼을 때리느니.

춥길래 멀리서 오신 손님을
부득이 만류도 못하느니
봄이라고 개나리꽃 보러 온 손님을
눈발귀에 실어 곱게 남국(南國)에 돌려보내노니.

백곰이 울고 북랑성(北狼星)이 눈깜박일 때마다
제비 가는 곳 그리워하는 우리네는
서로 부둥켜안고 적성(赤星)을 손가락질하며 얼음벌에서 춤추느니 ―
모닥불에 비치는 이방인의 새파란 눈알을 보면서.

북국은 추워라 이 추운 밤에도
강녘에는 밀수입 마차의 지나는 소리 들리느니,
얼음장 깔리는 소리에 쇠방울 소리 잠겨지면서.

오호, 흰눈이 내리느니 보얀 흰눈이
북새(北塞)로 가는 이사꾼 짐짝 위에
말없이 함박눈이 잘도 내리느니.
                    ―김동환, 「눈이 내리느니」(원제:「적성을 손가락질하며」) 전문

    대체로 시조처럼 4음보 율격으로 구성되어 있으나 "부득이/만류도/못하느니"는 3음보이고, "서로/부둥켜안고/적성을/손가락질하며/얼음벌에서/춤추느니"는 6음보 또는 2음보의 반복이다. 이것을 7-9-9음절의 3음보로 읽으면 갑작스러운 호흡의 가속도 때문에 율격에 파탄을 일으킨다. 규칙적 율독이 방해되는 이러한 부분을 통해서 우리는 김동환이

음악적 의미보다 진술적(陳述的) 의미를 더 중시하였음을 알 수 있다. 시조의 종지법에 해당하는 어떠한 율격적 완결성도 보이지 않는다. 시의 구성을 오직 진술적 의미의 흐름에 맡기고 있기 때문이다. 이 시에는 몇 가지 부주의한 어휘 사용이 눈에 띈다. 북방과 남방을 북국과 남국이라고 하는 것은 일본에서는 가능하나 우리에게는 낯선 표현이며, '막북의 강 건너에서'를 '막북 강 건너로'라고 한 것은 명백한 시점 혼란이다. 고향을 회상하고 있는 화자의 시선이 느닷없이 외몽고에서 불어오는 눈보라의 관점으로 이동하기 때문이다.

3연 "봄이라고/개나리꽃/보러/온/손님을//눈발귀에/실어/곱게/남국에/돌려보내노니"에서는 개나리꽃을 보러 왔다가 남부 지방으로 돌아가는 손님이 바로 '봄'이므로 '봄이라고'라는 어구 삽입이 의미 혼란을 초래한다. 이러한 어법의 오류만 고려하면 시의 의미는 명백하다. 지금 이 시의 화자는 고향에 있지 않다. 눈이 내릴 때마다 눈 속에 파묻히는 고향의 모습을 추억할 뿐이다. 「눈이 내리느니」는 추억의 강렬함에 근거하고 있다. 회상의 절실함이 시에 빠르고 거친 호흡을 부여하였고, 명백한 의미가 단순한 공간을 시대의 모습으로 확대시켰다. 도대체 공간이란 무엇인가? 흔히 동서남북 상하로 펼쳐져 있고, 길이와 높이를 기계적으로 잴 수 있는 장소라고 생각하지만, 인간이 경험하는 공간은 그러한 물리적 공간과는 다른 성격을 지닌다. 우리의 삶 속에서 드러나는 공간은 밀도를 달리하는 여러 부분들이 몇 겹으로 중첩되어 있는 활동체다. 연인과 함께하는 자리는 상담의 장소와 전혀 다른 밀도를 지니고 있다. 주체를 중심으로 삼고 전자장처럼 물결무늬를 그리는, 여러 개의 서로 다른 에너지장이 몇 겹으로 얽혀 있는 삶의 공간은 세계와 대지, 집과 일터로 구분된다. 그러나 우리의 체험에서 집의 차원과 일터의 차원은 언제나 중복된다. 대립 속의 통일이요, 통일 속의 대립이라고 할 만한 변증법적 관계다. 집과 일터의 투쟁, 다시 말하면 세계와 대지의 투쟁 안에서 국한된 장소가 시대 전체로 확대된다. 대지를 인간화한 세계로 흡수하고 일터조차도 삶의 집으로 개척하려는 영혼의 욕망이 눈앞의 공간과 시대를 매개한다. 이 시의 전반부가 눈과 바람에 시달려 꽃 한 송이 필 수 없는 공간의 묘사라면, 후반부는 그 공간을 현실 전체로 확대하는 시대인식이다. 여기서 화자는 세 가지 행동을 제시하는데, 그것은 모두 추위와 싸우는 방법이다.

1. 서로 안고 춤춘다.
2. 밀수입으로 생활한다.
3. 살 길을 찾아 만주로 이주한다.

이 세 문장이 서로 중복되어 새로운 의미를 형성한다. 밀수입과 만주 이주가 몸을 비비며 추는 춤과 병치되어 추운 날씨가 냉혹한 시대로 확장되는 것이다.

새벽/하늘에/구름짱/날린다//
에잇, 에잇./어서 노 저어라/이 배야/가자//
구름만/날리나/
내 맘도/날린다.//

돌아다/보면은/고국이/천리런가//
에잇, 에잇./어서 노 저어라/이 배야/가자//

온 길이/천리(千里)나/

갈 길은/만리(萬里)다.//

산을/버렸지/정이야/버렸나//

에잇, 에잇./어서 노 저어라/이 배야/가자//

몸은/흘러도/

넋이야/가겠지.//

여기는/송화강(松花江)./강물이/운다야//

에잇, 에잇./어서 노 저어라/이 배야/가자//

강물만/우드냐/

장부도/따라 운다.//

—김동환,「송화강 뱃노래」 전문

「송화강 뱃노래」를 4음보 율격으로 읽을 때 한 마디 한 마디에 힘이 들어가 타의로 고향을 떠난 사람의 고통스러운 결의는 두드러지게 표현된다. '에잇, 에잇' 이라는 어구도 다짐 또는 결단을 암시한다. 각 연의 마지막 4음보를 두 행으로 나눔으로써 종지법도 고려하고 있다. 이 시는 '날린다', '흐른다', '운다' 와 같은 비의지 동사와 '젓는다', '간다', '본다', '버린다' 와 같은 의지 동사의 대립 위에 구성되어 있다. 구름은 생각 없이 날리지만 화자는 스스로 배를 저어 나아간다. 그러나 곧이어 저어가는 것은 몸뿐이고 마음은 구름처럼 헤매고 있음이 드러난다. 구름은 물의 변형태이므로 여기서 강물과 하늘과 구름은 동일한 이미지의 서로 다른 모습이다. 둘째 연의 '본다' 와 '간다' 는 둘 다 의지 동사지만 고국이 두 동사를 반대 방향으로 작용하게 한다. 고국은 셋째 연에 와서 산과 정으로 분화된다. 산은 예로부터 땅의 이미지를 대표해왔고, 정은 분명히 물의 이미지와 통한다. 이 시의 주제는 물과 땅의 대립에 놓여 있는 것이다. 여기서는 첫째 연과 반대로 생각 없이 '흐르는' 것이 몸이고, 고향에 흐르는 정을 찾아 '가는' 것이 넋이다. 넷째 연의 울음은 구름이 변화되어 내리는 비와 연관된다. 강물과 구름과 눈물이 서로 얽혀 고국의 인정을 감싸고 있다. '운다'는 원래 비의지 동사인데, 시의 마지막 행에 나오는 장부의 울음은 강물의 울음과 대립적으로 병치됨으로써 의지적인 행동이 된다.

1924년 5월, 《금성》에 「적성(赤星)을 손가락질하며」(뒤에 「눈이 내리느니」로 개제)를 발표하며 시인으로 등단한 김동환은 1925년 3월에 「국경의 밤」을, 그해 12월에 「승천하는 청춘」을 발표하였다. 이 두 편의 설화시는 시에 이야기를 도입함으로써 체험의 객관화를 시도한 작품이었다. 설화시는 시의 한 갈래이지 시로 쓴 소설은 아니다. 시는 존재하는 대로 행동하고(Le poème fait comme il est), 희곡은 행동하면서 존재하며(Le drame est en faisant), 존재 우위의 시와 행동 우위의 희곡을 지양해 존재와 행동을 함께 중시하는 것이 소설이다. 마리탱에 의하면 '소설은 존재하고 행동한다(Le romant est et agit).'[*] 소설의 본질은 내면 세계의 변전(變轉)을 통해 격정과 사건과 운명을 커다란 전체로 확장하는 데 있다.

김동환은 이야기의 내용을 단순하게 하고 인물을 한두 사람으로 한정하였다. 사건과 사건이 연속적인 전개를 보이지 않고, 극적 효과를 고려해 집중적으로 제시된 장면들이 비약적으로 연결되어 있다. 고양된 의

---

[*] Jacque Maritain, *L'intuition Creatrice dans L'art et dans La Poèsie*, Paris: Desclèe de Brouwer, 1966, p. 380.

식의 표출이 아니면 격앙된 어조의 대화가 작품 대부분을 이룬다. 특히 「국경의 밤」 제58장은 200행 전부가 대화로 구성되어 있다. 따라서 김동환의 설화시는 소설보다는 희곡에 가까운 성격을 띠고 있다고 할 수 있다. 직관의 직접적 표현인 시는 작품의 무대 지시에 사용되고, 행동으로 직관을 객관화하는 희곡은 장면 구성에 사용된다. 이렇게 본다면 김동환의 의도는 설화시를 쓰려고 한 데 있지 않고 시의 영역을 넘어서 문학의 세 장르를 통합하려는 데 있었던 듯하다. 장르의 통합은 단테의 『거룩한 희극』을 통하여 13세기에, 그리고 판소리를 통하여 18세기에 달성된 적이 있었으나 곧 해체되었다. 김동환의 시도는 흥미로운 것이었지만 성공할 수는 없는 것이었다.

두 작품의 이야기를 요약하자면 이러하다. 두만강변의 어떤 마을, 순이는 밀수입하러 떠난 남편을 염려한다(1~7). 청년 하나가 마을을 배회한다(8~11). 순이는 첫사랑의 추억에 잠긴다(12~16). 청년은 순이의 방문을 두드린다(17~27). 두 사람은 고향 산곡(山谷) 마을에서 서로 사랑했으나 (순이는) 여진인의 후예인 재가승(在家僧) 집안이었기 때문에 (28~46), 마을의 같은 재가승인 존위(尊位)의 집안으로 시집간다(47~57). 8년 만에 만난 두 사람의 대화는 식민지 지식인의 정신적 파탄에 대한 고발과 반성으로 전개된다(58). 순이의 남편 병남(丙南)은 마적의 총에 맞아 죽는다(59~62). 병남의 시신을 산곡 마을로 운구해 매장하며 마을 사람들은 조선 땅에 묻히는 것만도 다행이라 여긴다(63~72). 「국경의 밤」의 주제는 식민주의와 봉건주의를 반대하는 데 있다. 식민주의에 대한 항의는 간접적으로 암시되어 있고 봉건주의에 대한 항의는 직접적으로 노출되어 있다. 식민주의에 대한 항거가 약한 것은 결함이라고 하겠으나 비교적 온당한 현실인식이 작품의 구조에 긴장을 부여하고 있다.

「승천하는 청춘」은 당시 유행 사조인 사회주의와 연애 문제를 다룬 작품이다. 흥미 본위의 연애 이야기를 현학적으로 분식(粉飾)하는 수법은 대중문학에 흔히 쓰이는 장치다. 1923년 9월에 도쿄를 중심으로 대규모의 지진과 함께 화재가 발생하고, 그 혼란 속에서 6천 6백여 명의 재일 한국인이 학살되었다. 「승천하는 청춘」은 간토대지진 직후 한국인 이재민 2천여 명을 수용한 나라시노의 가병영(假兵營)에서 시작한다. 결핵을 앓는 오빠를 간호하던 한 여자가 오빠의 친구와 사랑하게 된다. 오빠가 죽고 애인이 사상범 혐의로 잡혀가자 여자는 임신한 몸으로 혼자 귀국한다. 여자는 고향의 소학교에서 교편을 잡다가 동료 교사와 결혼하였으나, 임신한 것이 알려져 남편에게 쫓겨난다. 고향을 떠나 여직공·침모·행랑어멈 등으로 일하며 여자는 아이와 함께 힘들게 살아간다. 여자의 옛 애인은 그때 서울에서 사회운동에 몸담고 있었는데, 그에게는 이 여자를 알기 전에 이미 처자가 있었다. 아이가 죽는다. 아이의 시체를 묻으러 가서 두 남녀가 다시 만나고, 우습게도 남자가 여자의 생활을 늘 관찰해온 것으로 되어 있다. 두 사람은 온갖 인습의 제약이 없는 나라를 찾아 손을 잡고 성당의 첨탑으로 올라간다. 「승천하는 청춘」은 「국경의 밤」의 두 배가 넘는 길이이지만, 작품의 구조는 여지없이 혼란스럽다. 두 작품을 견주어보면 현실인식의 오류는 작품 구조의 취약성과 통한다는 사실을 알 수 있다.

진술적 의미가 음악적 의미를 수반할 수 있을 정도로 직관의 강도가 높아서 견실한 구조를 획득한 작품은 김동환의 시 세계에서 예외적인 현상에 속한다. 초기 2년(1924~1925) 동안 발표한 서너 편을 제외하면 그의 작품은 상투적인 개념이 형식을 찾지 못한 채 반복되는 시 아닌 시가 대부분이다. 직관이 고갈된 시인들이 걷는 몰락의 길 가운데 하나가

3음보의 유사 민요에 의존하는 것이다.

A. 진달래꽃 가득 핀 약산 동대(藥山東臺)에
   서도(西道)각시 꽃따서 화전(花煎) 지지네
   뻐꾸기도 흥겨워 노래 부르니
   봄이 왔네 봄 왔네 이 강산(江山)에야

—김동환, 「봄」 전문

B. 서울 장안엔 술집도 많다
   불평 품은 이 느는 게지
   아리랑 아리랑 아라리요
   아리랑 고개를 어서 넘자

—김동환, 「아리랑 고개」 부분

C. 하와이얀 기타를 타며
   하와이에 가 볼까
   바바이야 싸보텐 밟으며
   마래(馬來)로 가 볼까
   즐겁구나 즐겁구나
   우리 고향(故鄕) 아세아(亞細亞)는
   어디로 가나 놀이터요
   어디로 가나 동무로다

—김동환, 「즐거운 우리 아세아」 부분

세 작품 어느 곳에서도 우리는 직관의 그림자조차 찾아볼 수 없다. A는 민요가 아니라 시인이 혼자서 공상으로 가구(假構)한 노랫가락이다. 일하는 사람들의 숨결이 나타나 있지 않은 것은 민요가 될 수 없기 때문이다. B는 실제 민요 형태를 변형한 것이지만, 사회주의에 대한 의도적인 동조 이외에는 별다른 의미가 없다. C는 B형태의 수정형으로 일제의 남진정책에 동조하는 내용이다. 시조가 양반의 노래라면 민요는 민중의 노래라는 것이 김동환의 주장이다. 그러나 직관의 요청에 부응하지 못하는 기계적인 구성은 민중시의 요소가 되지 못한다. 아무런 개념이나 비판 없이 주워 담을 수 있게 된 김동환의 유사 민요는 전투적 정열을 상실한 문필가의 궁핍한 정신을 보여줄 따름이다.

우리 시의 율격은 고려시대 이전에 3음보였다가 조선시대에 와서 4음보로 바뀌었다. 이러한 율격의 변화는 시대적 상황에도 이유가 있겠고, 한 종류의 율격이 오래되면 진부해져서 흥분시키고 자극시키는 힘을 잃게 됨에도 이유가 있겠다. 시의 음악적 의미는 매우 섬세한 현상이기 때문에 간단히 말할 수 없는 것이나, 표면적으로 볼 때 3음보와 4음보의 적절한 혼합 형태가 현대시의 율격적 기조가 되고 있다. 말소리의 흐름을 직관에 일치시키기 위한 고려가 일정한 규칙으로 환원될 수 없을 만큼 다양한 변조를 낳고 있기는 하지만, 향가의 3음보 율격과 시조의 4음보 율격이 여전히 현대시의 음악적 의미 안에 흐르고 있다고 보아도 무방하다. 양주동의 시를 읽으면 그 율격이 대단히 편안하게 느껴지는데, 그것은 시의 율격이 우리가 요즈음 대하는 현대시의 율격과 동일한 데 이유가 있다. 이러한 혼합 율격은 양주동의 의도적인 탐구 결과였다.

나의 작(作)으로 재래(在來) 조선 가요(歌謠)의 근본적(根本的) 형식(形

式)인 사사조(四四調) 및 시조(時調)의 기본형(基本形)이 되는 삼사조(三四調), 양자(兩者)의 단조(單調)로운 폐(弊)를 덜기 위하여 초기제작(初期諸作)에선 흔히 칠오조(七五調)를 기조(基調)로 한 것이 많고, 그 후 점차(漸次)로 여러 가지 음수율(音數律)을 배합(配合)하거나 병용(竝用)하였으며, 혹은 이른바 내재율(內在律)에 치중(置重)하야 자유시(自由詩)를 시험한 것도 있다. 이러한 형식적(形式的) 변천(變遷)이나 또는 근본적인 시형(詩形)의 무정형(無定型) 불규칙(不規則)은 요(要)컨대 시대적(時代的) 영향(影響) 아님이 없고, 따라서 사회적(社會的) 규범(規範)에 속(屬)하는 것이라 생각한다.*

7·5조란 3음보 율격의 한 종류로서 3-4-5 또는 4-3-5로 분석되는 것이 보통이나, 때로는 서정주의 「고조(古調)」에서와 같이 강세를 행의 끝에 두면 3-4-3-2 또는 4-3-3-2로 분리되어 4음보 구조에 접근하기도 한다.**

　　국화꽃/피었다가/사라진/자린↑//
　　국화꽃/귀신이/생겨나/살고→//

　여러 가지 음수율을 배합하면 자연히 시조의 3음보와 7·5조의 3음보가 혼합되면서 "일지춘심(一枝春心)을/(……)/자규(子規)야/알랴마는//"의 예에 나타나는 공(空)음보를 자주 활용하게 된다.*** 양주동은 율격 구조를 설계하는 데 의도적인 노력을 기울였을 뿐 아니라, 율격의 사

---

* 양주동, 『조선의 맥박』, 문예공론사, 1932, 4~5쪽.
** 서우석, 『시와 리듬』, 문학과지성사, 1981, 117쪽.
*** 같은 책, 24쪽.

회적 의미에도 관심을 가지고 있었다. 양주동이 말하는 내재율이란 아마도 호흡 단위를 이미지의 흐름에 따라 크게 끊는 율격 형태를 의미하는 듯한데, 그것도 음절수의 확장을 무시하면 결국 3음보와 4음보의 혼합 형태로 볼 수 있다. 양주동의 시에 흔히 나타나는 2음보 시행은 4음보의 단순한 수정으로 해석할 수도 있고, 심층 율격의 4음보가 표면 율격의 2음보로 변형되었다고 해석할 수도 있다.

발자옥을/봅니다./
발자옥을/봅니다.//
모래 우에/또렷한/
발자옥을/봅니다.//

어느 날/벗님이/밟고간/자옥.//
못 뵈올/벗님이/밟고간/자옥.//
혹시나/벗님은/이/발자옥을//
다시금/밟으며/(……)/돌아오려나.//

님이야/이길로/올 리/없건만,/
님이야/정녕코/(……)/돌아온단들,//
바람이/물결이/모래를/슷어//
옛날의/자옥을/어이/찾으리.//

발자옥을/봅니다./
발자옥을/봅니다.//

바닷가에/조그마한/

발자욱을/봅니다.//

—양주동, 「별후(別後)」 전문

　시의 극적 상황은 바닷가에서의 이별이라는 매우 낭만적인 분위기지
만, 시의 구성이 기다림의 시간적 추이를 논리적으로 구분 짓고 있다. 모
래 위에 뚜렷한 발자국을 본다고 하였으나, 둘째 연의 '어느 날'이란 시
간 표시로 미루어볼 때 두 사람이 이별한 것은 현재가 아니다. 그렇다면
이 모래는 마음의 모래가 아닐 수 없다. 그리움은 이별을 현재의 사건으
로 경험하게 한다. 내가 이별을 언제나 현재의 일로 느끼듯이 님도 나를
생각해 돌아올지 모른다는 기다림이 둘째 연에 나타나 있다. 나는 님을
볼 수 없지만 마음속에 뚜렷한 님의 발자국은 이별에도 불구하고 나와
님을 상호작용의 그물 속에 묶어 넣고 있다. 셋째 연은 비평적 반작용에
의해 둘째 연의 정서적 이미지에서 생겨는 이미지다. 둘째 연과 셋째 연
사이에 있는 공간에 바람과 물결이 개입한다. 끊임없이 마음의 모래를
스치고 있는 바람과 물결은 떠나간 님의 모습을 변화시킬 뿐 아니라 나
의 기다림을 무화(無化)한다. 이별은 떠난 사람뿐만 아니라 보낸 사람도
타자로 변모시키는 것이다. 넷째 연은 이와 같이 서로 충돌하는 이미지
들의 대립에서 빚어져 나왔기 때문에 외형상으로는 첫째 연과 비슷하지
만 첫째 연과 전혀 다른 의미를 지니게 된다. 또렷한 발자국은 이제 조그
맣게 변해 있다. 첫째 연이 단순한 현재라면 넷째 연은 과거와 미래를 거
쳐 돌아온 현재다. 2음보로 시작해 4음보를 중간에 두고 다시 2음보로
끝나는 율격이 시간의 변화에 적절히 부합한다. 2음보의 느린 속도는 현
재의 완만한 경과를 나타내고 4음보의 빠른 속도는 과거와 미래의 급속

한 경과를 나타내기 때문이다. 이별의 대상을 '벗님'이라고 부름으로써 낭만적 상황으로부터 애욕의 분위기를 차단한 것은 모래와 바다의 내면화와 함께 이 시의 의미를 정신적인 면에 국한시킨다. 신체적 애욕의 소멸은 시적 인식을 평범하게 할 위험이 있으나, 단순한 주제를 부각시키는 데는 오히려 도움이 될 수도 있다. 동일한 율격을 앞뒤로 반복하는 구조는 양주동의 시에 자주 나타나는 현상이다.

> 삶이란 무엇? 빛이며,
> 운동(運動)이며, 그것의 조화(調和)—
> 보라, 창공(蒼空)에 날러가는
> 하얀 새 두 마리.
>
> 새는 어디로?
> 구름 속으로
> 뜰 앞에 꽃 한 송이
> 절로 진다.
>
> 오오 죽음은 소리며,
> 정지(靜止)며, 그것의 전율(戰慄)—
> 들으라, 대지(大地) 우에 흩날리는
> 낙화(洛花)의 울음을.
>
> —양주동, 「소곡(小曲)」 부분

작용과 반작용의 대립을 통합하면서 전개되는 양주동의 시적 특징은

「소곡」의 이미지들 사이에도 잘 드러나 있다. 삶은 빛이다. 삶은 운동이다. 삶은 빛과 운동의 조화다. 창공에 날아가는 하얀 새 두 마리가 빛과 운동의 조화를 구체화한다. '하얀'은 빛이고 '난다'는 운동이고 '두 마리'는 조화다. 생명이란 운동과 형성의 원리를 자기 내부에 지니고 있는 존재라는 생각이다. 그러나 존재는 자기의 한계 안에 안주할 수 없다. 둘째 연은 소멸로의 이행을 다루고 있다. 삶은 삶 자체로 독립할 수 있는 존재가 아니고 그 안에 소멸로의 계기를 내포하고 있는 것이다. 새는 구름 속으로 사라지며 꽃도 저절로 시든다. 보이는 것은 보이지 않는 것으로, 움직이는 것은 가만히 있는 것으로 변모한다. 죽음은 소리다. 죽음은 정지다. 죽음은 소리와 정지의 전율이다. 소리와 정지는 서로 통하는 이미지가 될 수 없다. 셋째 연의 의미는 첫째 연의 의미와 대립한다. 빛은 소리와 대립하고 운동은 정지와 대립하고 조화는 전율과 대립한다. 지나치게 의도적인 대조가 직관의 작용을 방해하는 것은 사실이지만, 비조(飛鳥)와 낙화(落花)의 대립만으로는 상식적인 의미를 넘어설 수 없기 때문에 떨어지는 소리와 떨어짐의 전율을 강조하지 않을 수 없었던 것 같다. 이러한 시적 장치들에 의해서 삶과 죽음이 서로 통하여 작용한다는 상식적인 지혜를 어느 정도 시적 인식으로 상승시킬 수 있었다. 율격 구조가 균제되어 있고 구두점을 사용한 것이 특징적이다. 첫째 연과 셋째 연이 쉼표와 줄표와 마침표를 공통으로 가지고 있으나, 물음표는 반대로 첫째 연과 둘째 연에 나타남으로써 반복과 변이를 동시에 적용한 형식이 되었다. 이것이 또한 형식에 대한 양주동의 배려가 면밀하였음을 알려주는 증거가 된다.

양주동은 비유의 구성을 의도적으로 고심하지는 않았다. 여기에 현대 시인으로서 그가 지닌 한계가 있었다. 그러나 우연적인 현상인지는 모르겠으나 간혹 탁월한 비유가 부분적으로 보이기도 한다.

> 사랑하는 그대의
> 가을 하늘과 같이 해맑은 눈
> 나의 영은 가없이 깊고 고요한 속으로
> 빨려가도다, 잠겨지도다.
>
> —양주동, 「앙뉘(Ennui)」 부분

'그대의 눈'은 일차적으로 맑은 하늘에 비유되고 있으나 그것과 반대되는 의미의 문맥과도 연관되어 있다. '가없이 깊고 고요한 속'이 연상시키는 의미는 빛나는 하늘보다 어두운 바다에 적합하기 때문이다. 그대의 눈은 밝음과 어둠, 하늘과 바다라는 대립물을 통합하고 있다. 가을 하늘은 눈의 표면을 지시하고 깊은 바다는 눈의 심층을 암시한다고 보아도 무방할 듯하다. 이미지 제공어가 지니는 연상들이 작용해 이미지 수령어의 의미를 전환시키는 문맥은 어떤 형태로 표현되었건 비유라고 볼 수 있다. 좀더 정확히 말하면 비유는 네 가지 조건으로 규정된다.*

1. 이미지 수령어와 이미지 제공어가 동시에 개입되는데, 그것들은 대부분의 경우에 독립된 낱말이 아니고 여러 의미 자질들로 성립된 문맥이다.
2. 이미지 제공어가 갖는 일련의 연상을 이미지 수령어에 적용함으로써 비유가 성립된다.

---

* Max Black, *Models and Metaphors*, New York : Cornell University Press, 1962, p. 44. 맥스 블랙은 이 책에서 일곱 가지 조건을 제시했으나, 그 내용이 번거롭다고 생각해 나는 그것을 네 가지 조건으로 줄였다. 또 시의 분석에서 은유와 직유를 구별하는 것은 중요하지 않다고 보이므로 그가 말하는 은유의 규정을 시적인 비유 일반의 규정으로 바꾸었다.

3. 이미지 제공어가 문맥의 흐름을 결정함으로써 이미지 수령어의 의미가 선택되고 강조되고 억제되며, 반드시 모든 경우는 아니더라도 대개 의미의 전환이 일어난다.

4. 복잡한 비유적 문맥에서는 이차적으로 이미지 수령어가 지니는 일련의 연상이 이미지 제공어에 작용하여 이미지 제공어의 의미 전환을 일으킨다. 이때에는 이미지 수령어와 이미지 제공어가 엄밀히 구분되지 않는다. 전자장(電磁場)과 비슷한 물결무늬를 그리면서 주위로 파동쳐 나아가는 둘 이상의 문맥이 서로 연결되고 대립되며 화합하고 투쟁함으로써 새로운 방식의 의미 작용에 참가하는 것을 관찰할 수 있을 뿐이다.

특별히 은유에 대하여 언급할 때 우리는 그것을 두 제유의 결합이라고 규정할 수 있다. '참나무'란 낱말이 제유를 구성하는 과정은 네 가지 절차를 거치게 된다.

1. 부분 → 전체
   숲, 뜰, 문, 책상 등 참나무를 포함하는 사물이나 참나무로 된 사물
2. 전체 → 부분
   잎, 줄기, 도토리, 뿌리 등
3. 특수 → 일반
   나무, 강한 것, 큰 것 등
4. 일반 → 특수
   보통 참나무, 떡갈나무, 갈탕나무, 너도밤나무 등

은유는 하나의 전체로부터 그 부분들의 하나를 거쳐 다시 그 부분을 포함하는 또 하나의 전체로 움직이거나 특수한 구성단위로부터 일반적인 부류로 나아가서는 다시 그 부류에 속하는 또 하나의 구성단위로 돌아간다. '참나무'를 통하여 다음과 같은 은유를 형성할 수 있다.*

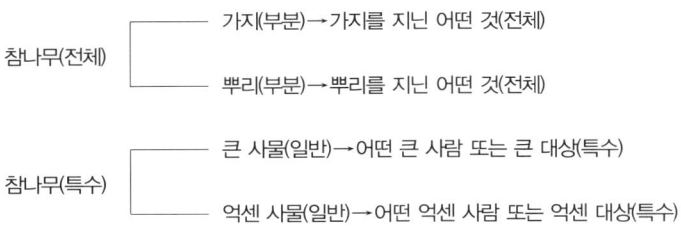

이러한 과정을 거쳐서 참나무는 지부(支部)를 지닌 정당을 가리키기도 하고 여러 회사를 거느리는 독과점 대기업을 가리키기도 하며, '링을 떠나는 이슬람의 참나무'라는 시적 표현으로써 권투 선수 무하마드 알리를 가리키기도 하는 것이다.

현대시는 시적 직관이 감행하는 비유적 간섭의 중요성을 예외적으로 강하게 인식하게 되었다. 조명(照明)하는 이미지의 충격에 의해 작품의 직관적 의미를 무제한 증대시킬 수 있음을 인식하게 되었기 때문이다. 우리의 정신 안에 이미 명확하게 형성된 대상을 더 쉽게 전달하기 위하여 동일한 의미 영역에 참여하고 있는 다른 사물을 택하는 것이 아니라, 어

---

* Jonathan Culler, *Structuralist Poetics*, New York : Cornell University Press, 1978, p. 181. 환유와 제유를 엄밀하게 구별할 수 없으며, 둘 다 환유로 대표시키는 것이 근래의 추세이나, 전통적으로 제유는 전체와 부분, 일반과 특수가 서로 다른 것을 제시하는 비유이며, 환유는 원인과 결과, 소유자와 소유물, 발명자와 발명물, 포함하는 것(잔)과 포함되는 것(술)을 서로 교환하는 비유이다.

떠한 개념의 매개도 없이 직관의 불꽃에 의해 조명되는 비유의 문맥을 구성하여 사물들로 하여금 고유의 존재를 완성하게 하는 것이다. 이렇게 볼 때, 양주동의 시는 율격 구조에서는 현대시 라고 할 수 있으나, 비유 구성에서는 아직 현대시의 형식을 갖추지 못하였다고 평가할 수밖에 없다.

　김동명(金東鳴)의 시에는 진술적 의미, 운율적 의미, 비유적 의미가 비교적 조화되어 있다. 우리의 현대시가 언제 시작되었는가를 정확하게 지적하기는 어렵지만, 음악을 내면화하는 데서나 비유를 구축하는 데서나 김동명의 시가 현대시에 속한다는 사실만은 어렵지 않게 판단할 수 있다. 비유의 문맥은 사물을 낯설게 하고 지각하는 데에 소요되는 시간을 증대시킨다. 지각의 과정은 그 자체가 심미적 목적이므로 지각을 곤란하게 하는 것은 지각을 쇄신하는 것이 된다. 시를 읽다보면 우리가 보통 사용하는 문장 속에는 잘 나타나지 않는 특수한 표현이 눈에 띄게 마련이다. 문장의 문법적 형식이 어색한 것은 아님에도 일상생활에서 주고받는 문장 속에서는 함께 나타나지 않는 낱말들이 서로 자연스럽게 관계되어 있는 모습을 보게 된다. '의장은 토의를 쟁기질하였다' 라는 문장을 대할 때 우리는 최소한 '쟁기질하였다' 라는 낱말 앞에서 눈을 멈추게 되는 것이다. 이렇게 예사롭지 않은 표현이 바로 비유의 초점인 이미지 제공어다. 비유의 문맥에서 이미지 수령어는 대개 숨어 있으므로, 비유의 초점과 상호작용하고 있는 이미지 수령어를 적절히 해석해내지 않으면 안 된다.

　　1. 의장은 토의를 진행하였다: 이미지 수령어
　　2. 농부는 논을 쟁기질하였다: 이미지 제공어

이 두 문장의 상호작용에 의해, 진행의 어려움과 의장의 단호함 같은 새로운 의미가 산출된다. 김동명의 시들은 비유의 구성을 해석함으로써 의미가 더 풍부해지는 작품들이라는 점에서 현대시에 속한다.

> A. 내 마음은 호수(湖水)요
>
> 그대 저어 오오
>
> 나는 그대의 흰 그림자를 안고, 옥(玉)같이
>
> 그대의 뱃전에 부서지리다.
>
> —김동명, 「내 마음은」 부분

> B. 밤은,
>
> 푸른 안개에 쌓인 호수(湖水)
>
> 나는,
>
> 작은 쪽배를 타고 꿈을 낚는 어부(漁夫)다.
>
> —김동명, 「밤」 전문

> C. 새벽빛이 밀물같이 뜰에 넘칠 때
>
> 벽(壁)은 주렴(珠簾)처럼 말려 오르고…
>
> 침대(寢臺)는 쪽배인 양
>
> 기우뚱거린다.
>
> —김동명, 「명상(瞑想)」 부분

A에서 배가 지나는 자리에 있는 흰 물거품은 그대의 그림자이며 동시에 뱃전에 부서지는 나의 마음이다. 그대의 신체는 욕구의 대상을 초월

해 있다. 내가 안은 것은 그대의 그림자에 지나지 않지만 그것만으로도 나는 사랑의 황홀함에 도취한다. 옥은 견고함과 투명함과 고귀함을 연상시킨다. 이러한 연상들이 내 사랑의 의미를 신체적인 것으로부터 정신적인 것으로 승화시킨다. 그대가 배를 저어 오고 내가 그대의 뱃전에 부서질 수 있는 것은 모두 '내 마음은 호수'라는 가설적 표현에 근거하고 있는데, 호수는 너그러움·구속 없음·고요함 등을 연상시킨다. 이러한 이중의 연상 작용에 의해 마음의 의미가 전환된다.

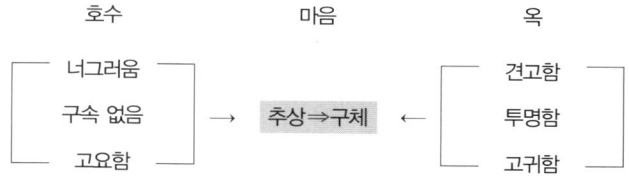

마음은 정신적 상태라는 의미로부터 전환되어 구체적 사물이 된다. 호수와 옥은 사랑의 간절함이 지니고 있는 양면을 구체화한 것이다. 사랑하는 마음은 자기를 다스리는 데는 견고하고 투명하고 고귀해야 하지만 그대에 대해서는 너그럽고 고요해야 한다. 그대가 아무런 구속 없이 살 수 있을 만큼 넉넉한 호수가 되려면 자신을 견고하고 투명하게 다지지 않을 수 없다. 김동명의 시에는 그것이 없으면 다음 문장이 성립될 수 없는 가설적인 비유 구성이 많이 나온다. B에서도 '푸른 안개'와 '호수'가 '밤'에 색채와 형태를 부여함으로써 '잠'은 '작은 쪽배'가 되고, 나는 '꿈을 낚는 어부'가 될 수 있다.

　1. 밤에 잠자면서 꿈을 꾼다.

2. 호수에 작은 배를 띄우고 고기를 낚는다.

깊이가 결여되었기 때문에 좋은 작품이라고 할 수 없겠지만, 이 두 문맥의 상호작용이 개념을 감소시키고 직관을 증대시키는 것만은 사실이다. C는 환한 빛에 드러나 있는 침대 모습을 묘사한 것이다. 뜰에 가득 찬 새벽빛은 벽을 뚫고 침대 주위에 퍼진다. 빛 속에서 만물은 투명하게 되고 가볍게 된다. 정지 상태가 운동 상태로 바뀐다. 벽은 이미 내부와 외부를 차단하는 구실을 하지 못한다. 세계는 주저 없이 방 안으로 밀려들어온다. 바다의 그득히 밀어닥친 물결에 떠 있는 쪽배에 누워 '나'는 위태롭게 세계를 명상한다. 생각은 세계를 비추는 빛이며 세계를 휩싸는 물이다. 그러나 생각한다는 것은 언제나 위태로운 일이다.

내 둥주리를 떠난
새 한 마리
또 어데로 가는고
이 새벽에
하늘가에 외로운 그림자
내 마음을 이끌어
영원(永遠)에 매다.

이윽고 돌아오는 새
그 드리운 쭉지는
낯익은 바다의
비포(飛泡)에 젖고

또 보이지 않는 하늘

향기(香氣)를 품기다.

내 또 부즐없이

그 발목을 더듬어 보다.

—김동명, 「생각」 전문

　새벽하늘을 떠돌며 영원을 갈구하는 새는 용감하고 아름답지만 외롭다. 고독을 인내할 수 있을 때까지 새는 하늘에 머물지만, 끝내는 둥주리로 돌아오지 않을 수 없다. 새조차도 하늘에서만 살 수는 없는 것이다. 영원과 현실, 하늘과 땅 사이에서 방황하는 작은 짐승의 의미가 다소 우유적(寓喩的)인 혐의는 있으나 시의 대립 구조는 나름대로 견실하다. 영원을 매개로 하늘과 바다가 서로 통하여 작용한다. 지상에서 영원은 물거품이나 냄새로만 존재한다. 생각이 없다면 둥주리를 떠나지도 못할 것이지만, 그렇다고 생각이 둥주리와 하늘의 대립을 극복할 수는 없는 일이다. 영원한 것은 하늘이 아니라 이러한 인간의 방황인지도 모르겠다. 인간은 자신의 한계 안에서 안주할 수 없고, 한계를 넘어 나아가려고 한다. 인간은 자기의 둥주리를 초월하지 않으면 안 된다. 인간은 존재하는 한 유한하다. 그러나 유한한 인간이 자기를 부정하고 다른 유한한 인간이 되는 과정은 무한하다. 영원이란 이러한 유한성의 끊임없는 부정이 아니고 무엇이겠는가? 이러한 방황이 바로 인간의 본성이다. 사물의 그리고 아마도 식물의 특권은 방황하지 않아도 된다는 데 있을 것이다.

　밤중에 홀로

수선(水仙)과 마조 앉다.

향기(香氣)와 입김을
서로 바꾸다.

생각은
조수(潮水)인 양 밀려와,
인생(人生)은
갈매기같이 처량(凄凉)쿠나.

여기에서 내 마음은
검은 물결에 싯기는 마풀 한오리.

아아, 수선
나는 네가 부끄러워.

—김동명, 「수선(水仙)」 전문

    밤중에 홀로 앉아 수선과 속삭이는 순간에 나의 입김과 수선의 향기는
동등한 자격으로 의사를 교환한다. 누가 이러한 순간이 지복(至福)의 순
간임을 의심하랴! 반성적 의식의 간섭이 배제된 황홀한 순간은 인간에게
예외적으로, 순간적으로만 선사된다. 생각이 인간을 다시 방황하게 하는
것이다. '생각→인생→마음'의 문맥이, '조수→갈매기→마풀'의 문맥
과 상호작용하여 나의 위치를 수선보다 훨씬 낮은 곳으로 옮겨놓는다.
이러한 문맥 안에서 이미지 제공어의 연상은 극히 한정된 내용을 가지게

된다. 조수는 쓸쓸함, 갈매기는 외로움, 마풀은 피곤함을 연상시키는 정도에 그친다. 더러운 세상에 시달리며 연명하기 위해 스스로 더럽게 행동하는 나에 견주어, 자신의 향기를 굳게 지키는 수선은 훨씬 더 고귀한 존재다. 세상의 흐름에 역행해서 투쟁한다는 것은 누구에게나 힘겨운 일이다. 그럼에도 자기의 시를 구출하고 싶다면 시인은 세상에 항거하지 않으면 안 된다. 사물의 구체적 신비를 보존하기 위하여, 인간 내면에 있는 소중한 의미들을 보호하기 위하여, 인간과 세계의 눈에 보이지 않는 친근 관계를 확보하기 위하여 시인은 세상의 흐름에 역행하지 않으면 안 된다. 전투적 정열이 결여된 김동명의 시는 늘 소품에 그치고 만다. 그러나 부끄러움은 자신과 세상을 부정하고 직관의 활동 영역을 마련하는 시적 근거가 된다. 김동명이 끊임없이 물의 이미지에 집착하고 있는 것도 응고되기를 애써 거부하는 현실인식의 표시인지 모른다.

꿈에
어머님을 뵈옵다.

깨니
고향(故鄕) 길이 일천리(一千里)

명도(冥途)는
더욱 멀어.

창(窓)밖에
가을비 나리다.

오동(梧桐)잎,

포구(浦口)와 함께 젖다.

향수(鄕愁)

따라 젖다.

—김동명, 「꿈에」 전문

    우리가 이 세상에서 세계와의 전적인 합일에 이르는 것은 어머니의 품 안에 있을 때뿐이다. 어머니는 나를 3인칭으로 부르지 않는다. 어머니의 문장 속에서 아들의 이름이 나오는 부분은 문법적 형태를 무시하고 언제나 주격이다. 그러므로 나도 어머니의 모습을 객관적으로 묘사할 수 없다. 세계를 3인칭으로, 대격으로 부르게 되면서 우리는 어두운 현실에 얽혀든다. 현실이 아닌 꿈속에서만 세계는 다시 우리에게 자신을 열어준다. 천리 밖에 계신 어머니는 지금 이곳에 부재로서 현존하면서 세계와 우리 사이에 화해의 다리를 구축하는 근거가 된다. 유현(幽顯)을 달리하여 천리보다 더 먼 곳에 계실 것 같은 두려움은 그리움의 또 다른 표현이다. 가을비가 내린다. 창밖의 오동잎이 젖는다. 천리 밖에 있는 고향의 포구가 젖는다. 아들을 안타깝게 그리워하는 어머니가 비가 되어 내리시는 것이다. 향수는 어머니의 사랑에 대한 나의 대답이다. 현재와 과거를 동시에 살 수 있는 향수는 닫힌 나의 마음을 눈물로 적셔 부드럽게 풀어놓고, 세계에 대하여 자신의 마음을 열게 한다. 퇴색하지 않는 사랑만이 지상의 고문대에서 견딜 수 있도록 우리를 도와주는 영혼의 양식이다.

주제와 변주

　문학 연구가 문학을 문학으로 만드는 어떤 것, 문학의 문학성에 대한 관심으로부터 출발해야 함은 더 말할 필요조차 없는 사실이다. 그러나 작품을 창조한 작가와 작품을 수용하는 독자, 그리고 작품의 한 요소인 동시에 작품의 환경이 되는 문화 등에서 문학 작품을 분리해내려는 시도는 바람직하지 않다. 시대와 지역과 작가는 서로 긴밀히 연관되어 있으며 그러한 상호작용의 맥락 속에서 문학 작품은 하나의 문화적 사건으로서 존재한다. 그러므로 우리는 문학 작품을 고립된 물체로 취급하면 안 된다. 문학 작품이 하나의 자족적(自足的) 질서를 드러내도록 규정된 존재라 하더라도, 작품이 어떤 것으로 규정되어 있다는 사실은 그 작품이 다른 작품과 구별되어 있음을 의미한다. 한 작품의 성질은 다른 작품과의 관계 아래에서만 바르게 규정될 수 있다. 그러나 다른 작품들과의 관계를 고려한다고 하더라도, 작품 분석의 목적은 어디까지나 작품이 바로 그 작품으로 형성되는 성질을 찾는 데 있으므로 한 작품을 단순히 많은 작품들의 그물 속으로 소멸시켜버리면 안 될 것이다. 작품은 일정한 상태에 놓여 있는 대타존재이면서 독특한 본성을 지닌 대자존재이기도 하다. 작품 해석은 해석의 대상이 되는 작품의 본성에 입각할 때에만 적절하게 수행될 수 있다. 작품은 일정한 상태를 독특한 본성에 맞도록 변형하는 동적 체계다. '작품은 동적 체계다'라는 명제는 작품을 동적 체계로 형성하는 일이 작가의 과제임을 의미한다. 작품의 본성이 동적 체계이므로 우리는 동적 체계라는 기준에 의해 작품을 해석할 수 있다.

문학 작품이 다른 문학 작품과 맺는 상호 관계에만 관심을 국한시킨다면 작품을 바르게 해석할 수 없다. 작가의 생활 체험을 모르면 작품 해석은 그릇되기 쉽다. 작가의 개인적 · 가족적 · 사회적 환경이나 독서 범위에도 관심을 가져야 한다. 종교 사상과 정치사상도 작가의 일상적 체험의 일부이기 때문에 작가가 어떤 사상을 옹호하건 반대하건 간에 어느 정도 고려하지 않으면 안 된다. 관습 · 규범 · 가치 등을 포함하는 삶의 양식으로서의 문화에 대한 이해도 적절한 해석의 전제 조건이다.

문학과 사상의 관계를 해명하기 위하여 제시한 개념 가운데 가장 단순한 것은 사상이 문학이란 거울에 비친다는 가정이다. 사상의 특정한 국면이 문학 작품 속에 들어와 있다고 보는 것이다. 사상을 받아들이는 그릇이 문학 작품이라는 견해다. 이렇게 문학 작품을 수동적인 물체로 취급하면, 동적 체계라는 문학 작품의 본성이 소멸한다. 이 경우에도 문학의 능동성을 보존하면서 문학과 사상의 관계를 살펴보는 것이 타당하다. 사상이 문학에 비쳐질 뿐 아니라 문학이 사상을 비추기도 한다고 생각해야 한다. 스스로 사상에 나아가서 사상의 특정 국면을 동적 체계로 통합해 들이는 역동적 과정이 곧 문학 작품이라고 보는 관점이 적절하다. 문학 작품은 어떠어떠한 것이라고 규정된 존재이면서 동시에 어떠

어떠한 것으로서 자기를 스스로 규정하는 존재다. 문학 작품의 형성 과정은 끊임없이 자기 자신에게로 돌아오는 운동이라고 할 수 있다. 낯선 고장, 낯선 나라에서 오랜 수업 시대를 보내고 돌아온 사람의 안목이 변화하듯이 하나의 작품은 사상의 특정 국면을 비추고, 그렇게 해서 획득한 내용을 자기 자신 속으로 되짚어 비추면서 독특한 동적 체계로 형성되어가는 것이다. 사상이 문학에 비쳐진다는 말은 문학이 스스로 사상을 자신 속에 비치게 한다는 것을 의미한다.

이렇게 볼 때 공평하고 무사(無私)한 태도로 문학과 사상의 상호반조(相互反照)를 살피는 작업이 요청된다. 어떠한 사상에 가담해 사상적 관점에서 작품을 평가하는 태도는 올바른 연구 자세가 아니다. 우리는 먼저 문학과 사상이 서로 대립하고 있다는 사실을 인정해야 한다. 문학의 자족적 질서는 사상의 모든 국면을 반영할 수 없으며, 그런 것들을 포섭하기보다는 배제하기에 더욱 힘쓰지 않으면 안 되기 때문이다. 이러한 기본적인 사실을 인정한 후라면, 문학과 사상의 상호반조의 관찰이 적절한 해석에 오히려 도움을 줄 수 있을지 모른다. 문학과 사상은 서로 대립하는 관계에 있기도 하고, 서로 보조하는 관계에 있기도 하다. 작품의 형식이 요구하는 통일성은 사상을 배척하여 물리치지만 작품의 내용이 요구하는 다양성은 사상의 특정 국면을 포섭하여 받아들인다. 서로 대립되는 사상과 문학 사이에서 그것들을 매개함으로써 상호 관계를 맺어주는 것이 작가의 창작이요 비평가의 해석이라고 해도 무방하다.

한용운의 문학을 불교 사상에 비추어 해석해야 한다는 것은 의심할 여지가 없다. 우리 불교 사상의 흐름 속에서 한용운의 사상이 탁월한 자리를 차지할 수는 없을 것이다. 원효나 지눌의 사상적 깊이에 대하여 대강이라도 짐작할 수 있는 사람이라면 누구도 한용운의 불교 사상이 한국 불교의 어느 한 면을 개척했다고 말하지 않을 것이다. 그러나 비록 소개의 수준으로나마 『불교대전』, 「유마힐소설경강의(維摩詰所說經講義)」, 「선(禪)과 인생」 등의 저서와 논설을 통하여 한용운은 자신의 사상적 기조가 불교에 있음을 분명하게 보여주었다. 불교를 고려하지 않으면 한용운의 문학을 이해할 수 없다고 말할 수는 없겠지만, 불교 사상에 비추어 검토할 때 한용운의 문학이 좀더 용이하게 파악된다고 말할 수는 있을 것이다. 예를 들어 표면적으로는 전혀 불교적인 내용을 언급하지 않은 「사랑의 측량」과 같은 작품을 살펴보기로 하자.

1. 질겁고 아름다운 일은 양(量)이 만할수록 좋은 것입니다.
2. 그런데 당신의 사랑은 양(量)이 적을수록 좋은가버요.
3. 당신의 사랑은 당신과 나와 두 사람의 새에 있는 것입니다.
4. 사랑의 양(量)을 알랴면, 당신과 나의 거리를 측량(測量)할 수밖에 없습니다.
5. 그래서 당신과 나의 거리가 멀면 사랑의 양(量)이 만하고, 거리가 가까우면 사랑의 양(量)이 적을 것입니다.
6. 그런데 적은 사랑은 나를 웃기더니, 만한 사랑은 나를 울립니다.
7. 뉘라서 사람이 멀어지면, 사랑도 멀어진다고 하여요.
8. 당신이 가신 뒤로 사랑이 멀어졌으면, 날마다날마다 나를 울리는 것은 사랑이 아니고 무엇이여요.

이 작품을 구성하고 있는 문장들은 다음 문장이 바로 앞에 나오는 문장을 부정하는 관계로 배열되어 있다. '양이 적을수록 좋다'는 문장은 '양이 많을수록 좋다'는 문장을 부정한다. 따라서 사랑은 즐겁고 아름다운 일이 아니다. 계속되는 네 문장(3~6)은 앞의 두 문장에 대한 주석이면서 동시에 부정이다. 사랑은 한 사람의 특수한 심정을 가리키는 단어가 아니라 인간과 인간의 특정한 관계를 지시하는 명사다. 인간과 인간의 관계를 이 작품은 거리라는 말로 표시하고 있다. '거리가 멀다' 와 '양이 많다' 가 같은 의미이고, '거리가 가깝다' 와 '양이 적다' 가 같은 의미라면, 가까운 것이 먼 것보다 좋을 것이므로 '사랑은 양이 적을수록 좋다' 는 문장의 의미가 해명된다. '적은 사랑은 웃기고 많은 사랑은 울린다' 는 문장도 '가까운 거리는 웃기고 먼 거리는 울린다' 는 문장으로 변형하면 쉽게 이해할 수 있다. 그러나 이 네 문장은 즐겁고 아름다운 일과 사랑을 대립시킨 첫 두 문장의 의미를 부정하고 있는 것이다. 가까운 거리, 적은 사랑, 웃음은 즐겁고 아름다운 일에 속하기 때문이다. 이 네 문장은 마지막 두 문장에 의해 다시 부정된다. 네 문장이 당신의 사랑을 말하고 있는 데 반하여 마지막 두 문장(7~8)은 나의 사랑을 말하고 있다. 당신의 사랑이든 나의 사랑이든 개인의 심정이 아니라 당신과 나의 관계로 드러나는 사건임에는 동일하지만, 여기서 사랑은 웃음이 아니라 울음이 된다. 이 작품의 주제를 사랑은 즐겁고 아름다운 일이 아니라 울음이라고 요약할 수 있을 듯하다. 또한 문장과 문장이 관계하는 방식은 다음과 같이 정리할 수 있는 불교의 논리 전개방법에 의존하고 있다.

> A. 상식적 진리
> B. 고차적 진리
>
> AB. 다른 상식적 진리
> C. 다른 고차적 진리
>
> ABC. 또 다른 상식적 진리
> D. 또 다른 고차적 진리

A와 B는 서로 상대방을 부정하면서 대립해 독자적인 의미를 내세운다. 대립하고 있다는 것은 서로 의존하고 있다는 것이다. A는 B에 의존하는 A이고, B는 A에 의존하는 B이다. 그러므로 A와 B를 함께 긍정할 수밖에 없다. 그러나 서로 의존하고 있다는 것은 A에도 B에도 독자성이 없다는 의미다. 따라서 A와 B를 함께 부정하게 된다. 그런데 부정에 그친다면 부정 자체가 독자성을 지닌 것처럼 그릇되게 알려질 수도 있다. 그러므로 다음 단계에서는 AB와 C가 서로 의존하고 있음을 인식해야 한다. 서로 의존하고 있다는 사실은 어느 것도 독자적인 존재가 아님을 의미한다. 결국 A니 B니 하는 현상들은 A는 B이고 B는 A라는 종합적 중도를 가리키는 암호임을 깨닫는 수밖에 없다. 이러한 논리 전개의 방법에 따라 「사랑의 측량」에 나오는 많은 양과 적은 양, 먼 거리와 가까운 거리, 눈물과 웃음의 상호 관계를 검토해볼 수 있다. 이 관점에 의하면 작품 속에서 말하는 사랑은 즐거움과 서글픔, 아름다움과 더러움, 많음과 적음, 가까움과 멂, 웃음과 눈물을 포괄하는 것으로 해석해야 될지 모른다.

「사랑의 측량」처럼 불교적 사고에 깊이 의존하는 작품들은 감각의 영역이 극도로 축소되어 있으므로 시의 형상화에 실패하고 있는 듯하다. 한용운의 문학과 불교 사상의 관계를 해명하려고 할 때에 문학과 사상을 독립항으로 설정하는 방법을 취하면 졸렬한 작품만을 대상으로 삼을 위험이 있다. 우리가 고려해야 할 것은 사상 자체가 아니라 문학과 사상의 상호작용이다. 한용운의 문학이 불교 사상에 많은 빚을 지고 있는 것이 사실이라 하더라도, 기독교 신자나 무신론자까지 한용운의 작품을 즐겨 읽는 이유가 불교 사상의 표현이라는 점에 있지는 않을 것이다. 성공한 문학 작품은 유치하거나 편협하지 않고 혼란스럽지도 않은 생각의 가닥을 포함하고 있게 마련이다. 그것은 문학의 문학성에 유의해 작품을 분석하는 과정에서 자연스럽게 도출도 는 작품 자체의 주제와 변주다. 불교 사상은 불교 신자의 사유물이지만 작품의 주제와 변주는 모든 사람의 공유물이다. 한용운의 문학을 일종의 선시(禪詩)로 해석하는 견해가 없는 것은 아니다.

불교의 교리(敎理)를 바탕으로 하는 설법(說法), 화두(話頭)가 일으키는 것과 같은 의정(疑情), 그리고 오도(悟道)를 내용으로 하는 증도가(證道歌), 이 세 가지 요소가 사랑의 시(詩)와 융합(融合)한 것이 바로 이 시집(詩集)이며, 따라서 놀랍게도 하나의 전체를 이룬다.[*]

그러나 한용운의 문학도 문학으로서 해석되고 평가될 수 있으며, 불교 사상은 작품의 주제와 변주를 이해하는 참고 사항들 가운데 하나에 지나지 않는다는 견해가 더욱 타당하다고 생각한다. 작품의 동적 체계에 포섭되어 있는 사상은 이미 사상 자체의 독자성을 상실하고 있는 것이다. 한용운이 사상의 표현뿐만 아니라 문학적 장치들에도 크게 유념했다는 사실은 운율적 문맥에 대한 배려를 통해서도 알 수 있다.

1. 님이여, 당신은/백번이나/단련한/금(金)결입니다//
2. 뽕나무 뿌리가/산호가 되도록/천국(天國)의 사랑을/받읍소서//
3. 님이여,/사랑이여,/아츰볏의/첫걸음이여//

---

[*] 송욱, 『全篇解說 韓龍雲詩集 님의 沈黙 』, 科學社, 1974, 442쪽. 인용 시는 모두 이 책에 근거하였다.

4. 님이여, 당신은/의(義)가 무거웁고,/황금(黃金)이 가벼운 것을/잘 아십니다//

5. 거지의/거친 밭에/복(福)의 씨를/뿌리옵소서.//

6. 님이여,/사랑이여,/옛 오동(梧桐)의/숨은 소리여//

7. 님이여, 당신은/봄과 광명(光明)과/평화(平和)를/좋아하십니다//

8. 약자(弱者)의 가슴에/눈물을 뿌리는/자비(慈悲)의 보살이/되옵소서//

9. 님이여,/사랑이여,/얼음바다에/봄바람이여//

「찬송」의 율격은 표면 구조와 내면 구조가 일치하고 있다. 3음절에서 8음절에 이르는 다양한 음절들이 1음보를 구성함으로써 매우 빠른 속도로 움직이는 운율체계이지만, 각 행이 모두 4음보로 조직되어 있기 때문에 율격적 호흡은 규칙적인 네 박자로 조절된다. 이처럼 규칙적인 율격 구조는 이 시의 단순한 의미 구조와 서로 조화된다. 첫 연의 '금결'과 '천국'과 '아츰볏'은 광명의 뜻으로 유의관계(類義關係)에 있고, 둘째 연의 '의(義)'와 '거지의 복'과 '옛 오동'은 평화의 뜻으로 유의관계에 있다. "거지의 거친 밭에 복의 씨를 뿌리옵소서"는 가난한 사람이 행복하게 살 수 있는 세상에 대한 기원으로 볼 수 있다. '옛 오동의 숨은 소리'는 오동나무에 깃들이는 봉황을 암시하며 다시 세상에 평화를 실현하는 성천자(聖天子)를 연상하게 한다. 셋째 연에는 첫째 연의 광명과 둘째 연의 평화를 종합한 위에 자비가 첨가되어 있다. '얼음바다에 봄바람'이 지니는 따뜻한 분위기가 '약자의 가슴에 눈물을 뿌리는 행동'과 결합된다. '자(慈, maitri)'란 원래 '벗(mitra)'에서 전성된 추상 명사로서 모든 사람의 친구가 되는 행동이고, '비(悲, karuna)'는 원래 남의 신음

소리에 귀를 기울이는 행동이다.*

이 작품의 단순한 의미와 단순한 율격을 보조하는 요인은 소리의 결이다. 행말의 /a/와 /ə/가 각운의 직능을 담당해 시의 통일성에 기여하며, /n/, /m/, /ŋ/, /r/, /l/ 등의 소리가 반복됨으로써 광명과 평화와 자비라는 주제의 부드러운 느낌을 강화한다. 특히 다음 시행의 소릿결은 치밀하게 조직되어 의미 작용을 도와주고 있다.

nimijə saraŋijə jetotoŋɨi sumɨn sorijə

여기서 주목할 수 있는 것은 /ijə/의 미묘한 반복이 주는 간절한 호소이다. /saraŋ/과 /totoŋ/에 나타나는 a-aŋ과 o-oŋ의 결합, /nim/과 /mɨn/에 나타나는 n-m과 m-n의 결합도 기도하는 마음과 일치하고 있다.

「나룻배와 행인」은 표면 율격과 내면 율격이 약간의 차이를 보이며, 3음보 시행과 4음보 시행이 일정한 패턴을 이뤄 섞여 있다.

1. 나는/나룻배./
2. 당신은/행인(行人).//

3. 당신은/흙발로/나를/짓밟습니다.//
4. 나는/당신을 안고/물을/건너갑니다.//
5. 나는/당신을/안으면,//깊으나 옅으나/급한 여울이나/건너갑니다.//

---

* 吳汝鈞, 『佛教大辭典』, 北京: 商務印書館, 1992, 464쪽.

6. 만일/당신이/아니오시면.//나는/바람을 쐬고/눈비를 맞으며//밤에서
   낮까지/당신을/기다리고 있습니다.//

7. 당신은/물만/건느면,//나를/돌어보지도 않고/가십니다 그려./

8. 그러나 당신이/언제든지/오실 줄만/알어요.//

9. 나는/당신을 기다리면서/날마다날마다/낡어갑니다.//

10. 나는/나룻배./

11. 당신은/행인.//

　1음보를 구성하는 음절수는 2음절에서 8음절까지 「찬송」보다 더욱 다
양하다. 표면 율격은 11행인데 내면 율격은 13행이다. 내면 율격으로 볼
때, 이 시는 4음보의 시행 셋이 앞뒤에 배치되어 3음보 시행 일곱을 포
위하고 있다. 표면 율격으로 보면, 아주 느린 속도의 시행으로 시작하여
조금씩 속도를 높이다가 여섯째 시행에 이르러 가장 빠른 속도가 되고,
다시 조금씩 속도를 늦춰 아주 느린 속도의 시행으로 종결된다.

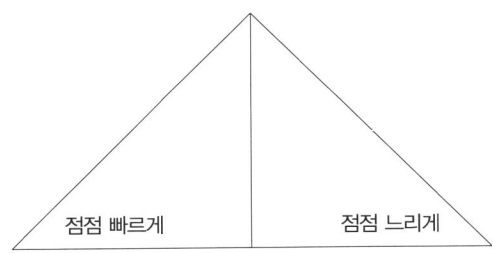

　이 작품에 남자의 학대를 참고 견디는 전통적인 여인상이 나타나 있다
고 보는 해석이 있으나, 그러한 견해를 오류라고 생각한다. 이 시의 의미

구조는 나룻배와 행인의 관계에 토대를 두고 있다. 이러한 기본 관계를 확대하여 나와 당신의 관계에 도달하도록 해석해야 하는데, 해석의 순서를 바꾸어 나룻배와 행인의 관계보다 나와 당신의 관계를 더 기본적인 것으로 보면 작품의 의미를 잘못 파악하게 된다. 기본적인 의미 관계를 명료하게 드러내기 위하여 이 시를 단순하게 변형할 수 있다.

> 행인이 나룻배를 흙발로 밟아도
> 나룻배는 행인을 싣고 간다.

> 행인이 물 건너고 돌아보지 않으나
> 나룻배는 조용히 (다음) 행인을 기다린다.

> 바람 쐬고 눈비 맞아 날마다 낡아가도
> 나룻배는 기다리며 원망 아니한다.

나룻배가 나루에 매어 있거나 행인을 태워주는 것은 지극히 예사로운 일이다. 여기에는 학대하고 학대받는 행동이 개입될 여지가 없다. 나룻배와 행인의 관계를 나와 당신의 관계로 확대하는 경우에도 문장의 주체는 나룻배이며 행인이 오히려 객체가 되므로, 시의 주제는 당신에게 헌신하는 고통과 환희 이외에 다른 것이 될 수 없다. 헌신하는 고통은 학대받는 고통과 다른 것이다. 헌신의 고통과 헌신의 환희가 교차하는 주제는 3음보 시행과 4음보 시행의 복합 율격을 요청한다고 해석할 수 있을 듯하다. 헌신하는 생활이 지니는 불안과 헌신 자체에 대한 신념의 상호작용은 감정의 고양과 평정을 동시에 조성할 수 있을 것이다. 시행의 속도는 감정의 움직임과 일치하고 있다.

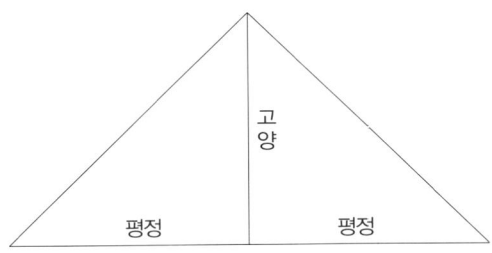

표면 율격과 내면 율격이 서로 다른 작품 가운데 하나로 「꿈 깨고서」를 들 수 있다.

1. 님이며는/나를/사랑하련마는,//밤마다/문앞에/와서//발자최/소리만/내이고,//한번도/들어오지/아니하고//도로가니,/그것이/사랑인가요.//

2. 그러나/나는/발자최나마//님의 문 밖에/가본 적이/없습니다.//

3. 아마 사랑은/님에게만//있나버요.//

4.아아/발자최소리나/아니더면,//꿈이나/아니/깨었으련마는//꿈은/님을/찾어가랴고//구름을/탔었어요.//

「꿈 깨고서」의 내면 율격은 12개의 3음보 시행으로 구성되어 있다. 3-4-0으로서 공음보를 포함하고 있는 마지막 시행을 제외하면, 모든 시행이 규칙 있게 조직되어 있는 것이다. 그러나 표면 율격은 매우 불규칙하다. 표면 율격은 대체로 문장 단위의 시행을 이루는데, 그것도 긴 문장과 짧은 문장이 섞여 있다. 무려 15개의 은보를 포함하는 첫째 문장은 깊은 회의의 표현이다. 사슬처럼 끊어지지 않고 계속되는 의심의 번뇌를 나타내는 데는 긴 시행이 적절할 것이다. 밤마다 발자취 소리는 들리나, 님의 얼굴을 볼 수 없는 안타까운 마음은 님의 사랑까지 의심하게 된다. "님이며는 나를 사랑하련마는"이라는 구절은 원망의 어조를 띠고 있다. 이 구절은 '나를 사랑하지 않는다' 또는 '님이 아니다'라는 두 가지 의심을 내포하고 있다. "그것이 사랑인가요"라는 구절에도 '그것은 사랑이 아니다'라는 부정적 의미를 함축하고 있다. 둘째 문장은 첫째 문장의 의심을 부정한다. 님은 문밖에 와서 나에게 발자국 소리라도 들려주지만, 나는 님의 문밖에조차 가본 적이 없다는 것이다. 셋째 문장은 둘째 문장의 의미를 요약하고 강조한다. 따라서 3음보의 짧은 길이를 취하고 있다. 님의 사랑에 대한 확신이 셋째 문장의 의미다. 의심에서 믿음으로 향하는 운동이 일단 여기서 끝나고 공행(空行)으로써 시의 의미는 새로운 차원에 도달한다. 넷째 문장에는 '님을 찾아가려고 구름을 탄 나의 꿈'과 '꿈을 깨게 하는 님의 발자국 소리'가 공존한다. 여기서 님은 환상의 파괴자로 등장한다. 발자국 소리를 통하여 끊임없이 깨어 있으라고 촉구하는 것이 바로 사랑의 본질이다. 님과 나의 관계는 환상이 아니라 현실적 사건이기 때문에 나는 구름을 타고 님에게로 갈 수 없다. 온갖 고통을 스스로 받아들이면서 기다리고 귀 기울이는 행동만이 님을 향하는 바른 생활이다. 이 시의 주제는 선정 중 보살이나 부처님이 나타나는 따위의 일이 마(魔)의 소치라고 보는 불교의 교리와도 관계되어 있을 듯하다.*

* 한용운, 이원섭 역주, 『佛敎大全』, 현암사, 1980, 532쪽.

3음보 또는 4음보 시행을 기저형으로 삼고 그것을 다양하게 변형하는 것이 우리 시의 조직 원리다. 그런데 한용운의 시 가운데 많은 작품들은 내면 율격 또는 기저형을 찾기 어려운 율격 형태를 보이고 있다. 운율적 의미가 배경으로 물러가고 비유적 의미가 전경으로 나오는 경우에는 운율이 아니라 비유가 시의 주도소(主導素)로 작용한다. 그러나 이때에도 시의 소리 조직 자체를 무시하면 안 된다.

　　1. 오서요, 당신은 오실 때가 되얐어요 어서 오서요.
　　2. 당신은 당신의 오실 때가 언제인지 아십니까, 당신의 오실 때는 나의 기다리는 때입니다.

　　3. 당신은 나의 꽃밭으로 오서요, 나의 꽃밭에는 꽃들이 피어 있습니다.
　　4. 만일 당신을 좇어오는 사람이 있으면, 당신은 꽃 속으로 들어가서 숨으십시오.
　　5. 나는 나비가 되야서 당신 숨은 꽃 위에 앉겠습니다.
　　6. 그러면 좇아오는 사람이 당신을 찾을 수는 없습니다.
　　7. 오서요, 당신은 오실 때가 되얐습니다. 어서 오서요.

　　8. 당신은 나의 품으로 오서요, 나의 품에는 보드라운 가슴이 있습니다.
　　9. 만일 당신을 좇어오는 사람이 있으면, 당신은 머리를 숙여서 나의 가슴에 대입시오.
　　10. 나의 가슴은 당신이 만질 때에는 물같이 보드러웁지마는, 당신의 위험(危險)을 위하여는 황금(黃金)의 칼도 되고, 강철(鋼鐵)의 방패도 됩니다.

11. 나의 가슴은 말굽에 밟힌 낙화(落花)가 될지언정, 당신의 머리가 나의 가슴에서 떨어질 수는 없습니다.

12. 그러면 좇어오는 사람이 당신에게 손을 대일 수는 없습니다.

13. 오서요, 당신은 오실 때가 되얏습니다. 어서 오서요.

14. 당신은 나의 주검 속으로 오서요, 주검은 당신을 위하야의 준비가 언제든지 되야 있습니다.

15. 만일 당신을 좇어오는 사람이 있으면, 당신은 나의 주검의 뒤에 서십시오.

16. 주검은 허무(虛無)와 만능(萬能)이 하나입니다.

17. 주검의 사랑은 무한(無限)인 동시에 무궁(無窮)입니다.

18. 주검의 앞에는 군함(軍艦)과 포대(砲臺)가 티끌이 됩니다.

19. 주검의 앞에는 강자(强者)와 약자(弱者)가 벗이 됩니다.

20. 그러면 좇어오는 사람이 당신을 잡을 수는 없습니다.

21. 오서요, 당신은 오실 때가 되얏습니다. 어서 오서요.

「오서요」의 시행들은 반드시 그런 것이 아니더라도 대체로 문장의 단위로 나뉘어 있다. 이 작품의 주제를 분석하기 전에 행말 동사와 구절의 동사, 그리고 낱말들의 상호작용에 대하여 검토하면 여러모로 도움이 된다. 21개의 행말 동사 가운데 '입니다'(3), '있습니다'(3), '없습니다'(4) 등의 현재 시제가 10개이고, '오서요'(4), '됩니다'(3), '앉겄습니다'(1), '숨으십시오'(1), '대입시오'(1), '서십시오'(1) 등의 미래 시제가 11개이며, 과거 시제는 하나도 없다. 이러한 행말 동사의 분석을 통하여 우리는 「오서요」의 주제가 과거보다는 현재와 미래로 향하고 있음을 짐작할 수 있다. 각 행에 내포된 구절의 동사는 '온다'(11), '된다'(9), '쫓아온다'(6), '있다'(3) 이외에 '안다', '댄다', '간다', '숙인다', '숨는다', '만진다', '찾는다', '잡는다', '밟힌다', '기다린다', '들어간다', '떨어진다'가 각각 1개이다. 여기서 '있다'가 상태를 나타내는 동사일 뿐이고 나머지 동사가 모두 과정을 나타내는 동사들이며, '밟힌다'와 '떨어진다'가 수동태의 동사이고 기타의 동사는 모두 의도를 포함한 능동태의 동사들이다. 이러한 분석을 통해서도 우리는 이 작품의 주제가 상태보다는 과정에, 수동성보다는 능동성에 접근해 있음을 알 수 있다.

이 작품의 주제를 파악하는 데 가장 도움이 되는 문학적 장치는 낱말들의 상호작용이다. 둘째 연의 '꽃', '꽃밭', '나비'와 셋째 연의 '품', '가슴', '방패'는 나의 본성을 암시하는 동의 관계에 있다. 「오서요」안에 여섯 번이나 반복되는 '쫓아온다'와 둘째 연의 '찾는다', 셋째 연의 '대인다', 넷째 연의 '잡는다'는 적의 본성을 암시하는 동의어들이다. '칼', '방패', '말굽', '군함', '포대' 등의 명사들은 전쟁의 분위기를 조성하는 기능으로서 동의 관계에 있다. '허무'와 '만능', '티끌'과 '포대', '강자'와 '약자'는 힘의 유무를 기준으로 하는 반의 관계에 있다. 셋째 연에 나오는 '물'과 '황금'과 '강철'은 나와 당신, 나와 적의 관계 구조에 따라 변화하는 내 가슴의 양면성이므로 유의어의 상호작용이라고 해석할 수 있다. 이 시의 동의어와 반의어와 유의어의 구심력은 '주검'이라는 하나의 중심을 향하고 있다. 당신에 대한 나의 사랑은 '꽃밭', '꽃', '나비'와 '품', '가슴', '방패'를 더 높은 수준으로 통일하고 '물'과 '강철'을 더 높은 단계에서 종합하는 '주검'에 이르러 참다운 모습을 드러낸다. 죽음의 사랑은 무한인 동시에 무궁인 것이다. 죽음은 적의 본성으로 상징되는 '만능', '군함', '포대', '강자' 따위의 명사들을 그 반대물로 전환시킨다.

이 시에는 '당신'이 스물세 번, '나'가 옅두 번, '때'가 일곱 번, '좇어오는 사람'이 여섯 번 나온다. 네 개의 명사들은 긴밀한 함수 관계로 얽혀 있다. 이 시 자체로 볼 때에는 가장 많이 나오는 '당신'의 의미가 오히려 모호하다. 작품의 주제와 연관된 핵심 어구는 '때가 되얐어요', '때가 되얐습니다'의 '때가 되었다'이다. 충만한 시간 또는 시간의 성숙은 주체적인 나의 행동이 획득한 하나의 성과다. 적의 추격과 박해도 불변의 상수가 아니라 나의 행동에 따라서 약호되며, 나의 죽음 앞에서 소멸하는 변수에 지나지 않는다. 마음은 인과의 연쇄를 초월하는 창조의 근거가 될 수 있다. 이것이야말로 "온갖 현상의 발생은 오직 마음의 나타남일 뿐이며, 온갖 인과가 다 마음으로 말미암아 체(體)를 이룬다"*는 불교의 연기사상(緣起思想)이다. 나와 당신과 때가 동일한 방향으로 움직여 나아가며, 적은 이러한 운동과 실천을 가로막는 방향으로 작용하고 있다. 그러므로 이 시의 주제는 '당신을 사랑하고 적과 싸우는 나의 주체적 행동'이라고 할 수 있다. 좀더 간단히 말하면 '힘과 사랑의 대립'에 주제가 집약되어 있다.

한용운의 문학이 불교 사상의 일부를 포섭하고 일부를 배제함으로써 이룩된 주제와 변주에 근거한다는 사실은 그의 어떤 작품을 통해서도 쉽게 증명할 수 있다. 그러나 대부분의 작품이 단순한 의미 구조를 가지고 있음에도 한용운의 시가 독자에게 모호하게 느껴지는 것은 무엇 때문일까? 그것은 주로 한용운의 작품에 나타나는 '님'이라는 낱말의 의미를 작품 자체의 체계 안에서 규정하려고 하지 않는 데에 기인하는 듯하다. '님'이라는 낱말은 1920년대의 시인들이 애용하던 관용어였다. 일

* 같은 책, 88쪽.

상어에서 '님'은 존칭할 명사 뒤에 붙이는 접미사로서 독립된 명사로는 전혀 사용하지 않는 형태소다. 1930년대로 들어서면서 시인들은 일상어의 자원에 깊이 뿌리박기 시작하였고, 그러한 문학 의식의 정당한 발전과 함께 '님'이라는 시적 관용어는 우리 시에서 소멸하였다. 한용운의 시에 나오는 '님'도 1920년대의 문학적 관습에 불과한 것이라고 보아도 무방할 듯하다. 그러나 다른 시인들의 작품에 등장하는 '님'과 한용운의 시에 나오는 '님'이 어떤 점에서 구별될 수 있다면, 그러한 차이는 해명할 가치를 지니고 있을 것이다.* 한용운의 시를 모호한 작품으로 받아들이는 또 하나의 이유는 독자가 자신의 선입견을 지나치게 투사하면서 수용하는 데 있는 듯하다. 한용운의 문학에 보이는 '님'이 불교적인 의미로 해석할 수 있는 낱말이라고 하더라도, 주의해야 할 것은 시적 장치들의 조직과 한용운의 생각이다. 연구자 자신의 생각을 합리화하는 예증으로만 한용운의 시를 사용하는 해석은 시인 한용운에게도 실례가 되는 태도다. 문학 작품의 주제와 변주는 난해하거나 모호한 것이 아니며, 특수한 내용보다는 모든 사람들에게 공통된 보편적 내용을 더 많이 지니고 있는 것이다. 불교의 교리 또한 난해하거나 모호한 것이 아니다. '님'의 의미를 바르게 파악하는 것이 한용운의 문학을 이해하는 데 필요하고, 그의 문학과 불교 사상의 상호 반조를 갈피짓는 데 중요함은 물론이다. 그러나 그 의미를 난해하고 모호하게 해석하는 태도는 불교에 대한 무지를 고백하는 것에 지나지 않는다.

'님'의 정체를 좀더 분명하게 드러내기 위하여 우리는 「논개의 애인이 되야서 그의 묘(廟)에」와 「가지 마서요」를 분석해보고자 한다.

---

* 조동일, 「김소월 · 이상화 · 한용운의 님」, 『우리 문학과의 만남』, 홍성사, 1978, 266쪽.

1. 날과 밤으로 흐르고 흐르는 남강(南江)은 가지 않습니다.

2. 바람과 비에 우두커니 섰는 촉석루(矗石樓)는 살 같은 광음(光陰)을 따라서 달음질칩니다.

3. 논개(論介)여, 나에게 울음과 웃음을 동시에 주는 사랑하는 논개여.

4. 그대는 조선(朝鮮)의 무덤 가온대 피었든 좋은 꽃의 하나이다. 그래서 그 향기는 썩지 않는다.

5. 나는 시인(詩人)으로 그대의 애인(愛人)이 되얐노라.

6. 그대는 어데 있너뇨. 죽지 안한 그대가 긔 세상에는 없고나.

이것은 「논개의 애인이 되야서 그의 묘어」의 도입부다. 여기서 우리는 '흐른다'와 '가지 않는다', '선다'와 '다름질친다', '있다'와 '없다', '울음'과 '웃음' 등의 반대물이 서로 통하여 작용하는 현상을 알 수 있다. 그러나 보고자이면서 동시에 고백자인 시인의 위치를 고려해볼 때, 이러한 현상은 특별히 불교적인 내용이라기보다는 촉석루 앞에서 누구나 느낄 수 있는 감정일 듯하다. 넷째 행은 비유적 문맥으로 조직되어 있는데, 그것은 네 문장이 상호 침투하여 형성한 비유다.

A. 조선은 무덤과 같다.

B. 무덤 위에 꽃이 피었다.

C. 무덤 안에 있는 시체는 썩는다.

D. 무덤 위에 핀 꽃은 썩지 않는다.

비유적인 문맥 안에서 '꽃'의 의미가 전환된다. 생성하고 소멸하는 식물이 아니라 조락하지 않는 식물이 되는 것이다. '피었든'은 과거 시제이고 '썩지 않는다'는 현재 시제이므로 이러한 의미 전환도 반대물의 상호작용에 속한다.

7. 나는 황금(黃金)의 칼에 베혀진, 꽃과 같이 향기롭고 애처로운 그대의 당년(當年)을 회상(回想)한다.

8. 술향기에 목마친 고요한 노래는 옥(獄)에 묻힌 썩은 칼을 울렸다.

9. 춤추는 소매를 안고 도는 무서운 찬바람은 귀신(鬼神) 나라의 꽃수풀을 거쳐서 떨어지는 해를 얼렸다.

10. 가냘핀 그대의 마음은 비록 침착(沈着)하얐지만, 떨리는 것보다도 더욱 무서웠다.

11. 아름답고 무독(無毒)한 그대의 눈은 비록 웃었지만, 우는 것보다도 더욱 슬펐다.

12. 붉은 듯하다가 푸르고 푸른 듯하다가 희어지며, 가늘게 떨리는 그대의 입설은 웃음의 조운(朝雲)이냐, 울음의 모우(暮雨)냐, 새벽달의 비밀(秘密)이냐, 이슬꽃의 상징(象徵)이냐.

13. 파리(玻璃)* 같은 그대의 손에 격기우지 못한 낙화대(落花臺)의 남은 꽃은 부끄럼에 취(醉)하야 얼골이 붉었다.

14. 옥(玉) 같은 그대의 발꿈치에 밟히운 강(江) 언덕의 묵은 이끼는 교궁(驕矜)에 넘쳐서 푸른 사롱(紗籠)으로 자기(自己)의 제명(題名)을 가리었다.

---

* 시집 초판의 '삐비'를 송욱의 주석에 따라 '파리(玻璃)'로 인용하였으나, '삐비'로 읽어야 할 것이다. 띠는 벼과에 달린 다년생 풀인데, 이른 봄에 흰 털로 이루어진 꽃이 잎보다 먼저 나온다. 이 띠의 어린 이삭을 '삐비' 또는 '삘기'라고 하며, 아이들이 뽑아서 먹는다.

둘째 연은 기생인 논개가 왜장 게야무라 로쿠스케[毛谷村六助]를 살해하는 장면의 묘사다. 술 마시고 춤추며 노래하는 일은 기생의 예사로운 노동이다. 그러나 논개의 노래와 춤은 복잡한 비유로 묘사되어 있어 의미의 확대를 불가피하게 한다.

A. 칼이 옥에 묻혀서 썩는다.
B. 노래가 그 칼을 울린다.

우리는 A에서 논개의 시대와 함께 한용운의 시대를 연상하지 않을 수 없다. 그 두 시대가 한결같이 쇠조차 썩게 할 정도로 가혹한 조건에 있었다. 쇠가 썩는다는 구절은 결국 녹스는 것을 의미하므로, 썩음은 표면 현상에 지나지 않을 수도 있다. 이렇게 보면 녹슮은 순응하는 생활이겠지만, 칼 자체는 위대한 거절의 가능성을 언제나 내포하고 있을 것이다. 논개의 노래는 다만 기생의 노동에 그치는 것이 아니라 역사적 현재의 객관적 가능성을 실현하는 역사적 실천이 된다. 그러므로 논개가 왜장과 함께 물에 뛰어든 것은 '황금의 칼에 베혀진' 것이 된다. 황금의 칼은 녹슨 칼과 대립하는 것이면서 동시에 녹슨 칼의 참다운 소생이다.

A. 춤추는 소매가 바람을 일으킨다.
B. 그 바람은 무섭고 차갑다.
C. 귀신 나라에 꽃수풀이 있다.
D. 해가 그 꽃수풀 너머로 떨어진다.
E. 바람이 해를 얼어붙게 한다.

춤추는 일 또한 기생의 예사로운 행동이다. 무섭고 차가운 바람은 논개의 결의를 암시한다. '떨어지는 해'와 '귀신 나라의 꽃수풀'은 죽음과 통하는 의미를 지니고 있다. 민족 전체의 몰락을 가리키는 것이다. 논개의 결의는 바로 그 떨어지는 해를 얼게 하여 더 이상 떨어지지 못하도록 지켜준다. 여기서도 기생 논개가 행한 나날의 노동이 위대한 결심을 매개해 역사적 실천으로 돌아오게 됨을 알 수 있다. 이러한 마음은 원한이나 앙심과 다른 것이므로 '무독한' 마음이 된다. 나날의 노동과 역사적 실천이 통일되는 순간은 '침착'과 '떨림', '웃음'과 '울음'을 넘어서는 절대적 시간이다. 이때 논개는 한 여인으로서 조운, 모우, 비밀, 상징이된다. 논개는 조운과 모우가 되어 시인의 곁에 있으나, 시인의 입장에서는 논개가 풀어야 할 비밀이요 상징이다. 조운과 모우는 문맥을 수반하고 있지 않으나 하나의 비유다.

A. 초나라의 회왕(懷王)이 꿈에 무산의 여자와 함께 잤다.
B. 여자가 떠나면서 큰 산이 막혀 직접 올 수 없으니, 아침에는 구름이 되고 저녁에는 비가 되어 가깝게 모시겠다고 했다.

송옥(宋玉)의 「고당부서(高唐賦序)」*에서 한용운은 앞부분을 제거하고 뒷부분의 의미를 전환시켰다. 논개는 높은 산이 아니라 저승과 이승의 틈을 넘어 구름과 비로서 우리 앞에 존재한다. 이 연의 끝에서 논개는 기생인 동시에 하나의 생명 상징이 된다. 꽃은 그녀의 손에 꺾이지

---

* 蕭統, 『文選』, 臺北: 臺灣 商務印書館, 1968(上冊, 卷19, 四賦, 71쪽). 昔者, 先王嘗遊高唐, 怠而晝寢, 夢見一婦人. 曰, "妾巫山之女也. 爲高唐之客, 聞君遊高唐, 願薦枕席." 王因幸之. 去而辭 曰, "妾在巫山之陽, 高丘之阻. 旦爲朝雲, 暮爲行雨, 朝朝暮暮, 陽臺之下." 且朝視之如言.

못한 것을 부끄러워하고, 그녀의 발에 밟힌 이끼는 이미 이끼를 넘어서 자랑스럽고 고귀한 신분으로 변모한다. 이끼는 자기의 제명을 가리고 다른 이름으로 불리기를 요구하는 것이다. 논개는 꽃과 이끼와 모든 생명에 관계하며, 생명 전체를 더 높은 곳으로 고양하는 '성례(聖禮)의 뿌리'가 되는 것이다.

15. 아아 나는 그대도 없는 빈 무덤 같은 집을 그대의 집이라 부릅니다.
16. 만일 이름뿐이나마 그대의 집도 없으면, 그대의 이름을 불러볼 기회 (機會)가 없는 까닭입니다.
17. 나는 꽃을 사랑합니다마는, 그대의 집에 피어있는 꽃을 꺾을 수는 없습니다.
18. 그대의 집에 피어있는 꽃을 꺾으려면, 나의 창자가 먼저 꺾어지는 까닭입니다.
19. 나는 꽃을 사랑합니다마는, 그대의 집에 꽃을 심을 수는 없습니다.
20. 그대의 집에 꽃을 심으려면, 나의 가슴에 가시가 먼저 심어지는 까닭입니다.

논개의 신체가 아니라 논개의 비밀과 상징 앞에 서 있는 시인은 '집'과 '이름'의 의미를 생각한다. 사당은 생명이 없는 것이므로 꽃이나 이끼보다 못하다. 무덤과 같은 집이다. 왜 그 무정물(無情物)을 논개의 집이라고 부르는가? 우리는 시인의 당황한 심정을 이해할 수 있다. 논개의 집에 핀 꽃을 꺾는 것은 시인 자신의 창자를 꺾는 행동이 되고, 논개의 집에 꽃을 심는 것은 시인의 가슴에 가시를 심는 행동이 된다. 논개의 비밀과 상징을 터득하기는 이처럼 어렵다. 논개를 사랑하는 행동은 논개와 시인 사이에서 성취될 수 있는 감정의 문제가 아니다. 그것은 시인 자신이 현실의 고통을 받아들이고 나날의 노동을 역사적 실천으로 형성함으로써만 실현될 수 있는 사랑이다. 시인이 논개를 위하여 할 수 있는 일은 고통스러운 실천 이외에 아무것도 없는 것이다.

21. 용서(容恕)하여요 논개(論介)여, 금석(金石) 같은 굳은 언약을 저바린 것은 그대가 아니요, 나입니다.

22. 용서하여요 논개(論介)여, 쓸쓸하고 호젓한 잠자리에 외로히 누워서 끼친 한(恨)에 울고 있는 것은 내가 아니요, 그대입니다.

23. 나의 가슴에 '사랑'의 글자를 황금(黃金)으로 새겨서, 그대의 사당(祠堂)에 기념비(記念碑)를 세운들 그대에게 무슨 위로가 되오리까.

24. 나의 노래에 '눈물'의 곡조(曲調)를 낙인으로 찍어서, 그대의 사당에 제종(祭鐘)을 울린대도 나에게 무슨 속죄가 되오리까.

25. 나는 다만 그대의 유언(遺言)대로, 그대에게 다하지 못한 사랑을 영원히 다른 여자에게 주지 아니할 뿐입니다. 그것은 그대의 얼굴과 같이 잊을 수가 없는 맹서입니다.

26. 용서하여요 논개(論介)여, 그대가 용서하면, 나의 죄는 신(神)에게 참회를 아니한대도 사라지겠습니다.

넷째 연은 셋째 연의 의미를 반복하고 부연한 내용이다. '언약'과 '맹서'는 고통에 직면하는 행동과 연관되어 있다. 언약이 지켜지지 않는 한, 시인과 논개는 대립 관계를 지속하지 않을 수 없다. 이러한 맹세는 '있음'에 대한 언약이지 '나타남'에 대한 언약이 아니므로, 눈에 보이는 기념비와 귀에 들리는 제종은 부정되어야 한다. 이 문장(24)의 비유는

교묘하게 조직되어 '나타남'에 대한 부정을 강조하는 직능을 담당하고
있다.

    A. 눈물이 곡조를 이룬다.
    B. 곡조가 낙인이 된다.
    C. 제종이 슬프게 울린다.

이 세 문장을 하나의 문장으로 융합할 대 나타나는 효과는 고조된 시
인의 감정과 적절하게 부합한다. 슬픈 곡조가 불에 달군 쇠도장이 되어
세상에 시인의 심정을 전해준다. 눈물은 쇠가 되고 다시 소리가 된다.
액체가 고체를 거쳐 기체로 승화하는 것이다. 감정이 부정되는 이유는
그것이 역사적 현재에 스며들 수 있는 실천이 아니라는 데 있다. 눈물과
참회와 기타 모든 '나타남'을 비켜서서 시인은 논개의 용서만을 염원한
다. 여기서 한용운은 논개를 신보다 더 참된 존재로 형상화하고 있다.
이것이 바로 인간 이외에 다른 절대자를 용인하지 않는 불교 사상의 핵
심인 것이다. "깨달은 사람을 부처라 한다." "부처님은 온갖 신들보다
뛰어나셨다." "자비가 곧 여래요, 여래가 곧 자비다." "보살이 정념(正
念)으로 세상을 관찰한다면, 온갖 것이 다 업연(業緣)으로부터 나왔음을
알 것이다."* 한용운의 문학을 불교 사상의 표현이라고 하면서도 불교의
기본교리조차 돌아보지 않았기 때문에 한용운의 '님'을 철학적 절대자
와 유사한 형태로 왜곡시키게 되는 것이다

---

* 한용운, 이원섭 역주, 『佛敎大全』, 현암사, 1980. 차례 대로 108쪽, 114쪽, 145쪽, 103쪽에서
  인용.

27. 천추(千秋)에 죽지 않는 논개여,

28. 하루도 살 수 없는 논개여,

29. 그대를 사랑하는 나의 마음이 얼마나 질거우며, 얼마나 슬프겠는가.

30. 나는 웃음이 제워서 눈물이 되고 눈물이 제워서 웃음이 됩니다.

31. 용서하여요, 사랑하는 오오 논개여.

「논개의 애인이 되야서 그의 묘에」를 마무리하는 연에서 한용운은 도입부의 형식으로 돌아가 반대물을 병렬시키고 있다. '죽지 않는다' 와 '살 수 없다', '즐겁다' 와 '슬프다', '눈물' 과 '웃음' 이 상호작용하는 것은 도입부와 동일하지만, 첫 연이 촉석루를 보는 시인의 감회인 데 반하여 마지막 연은 나날의 노동을 역사적 실천으로 전화하려는 결의다. 이 작품을 분석하고 나서 우리는 한용운의 시에 나오는 '님' 이 논개와 같은 참된 '사람' 이리라고 추측해도 된다. 한용운은 「님의 얼굴」에서 "자연은 어찌하야 그렇게 어여쁜 님을 인간으로 보냈는지, 아모리 생각하야도 알 수가 없습니다"라고 하여 '님' 이 '사람' 임을 스스로 밝히고 있기도 하다.

그러나 '님' 을 참된 사람으로만 규정할 수 없게 하는 작품들이 적지 않다. 「진주」, 「슬픔의 삼매」, 「의심하지 마서요」, 「비방」, 「당신의 편지」, 「거짓 이별」, 「버리지 아니하면」, 「당신의 마음」, 「쾌락」 등의 작품에 나타난 '님' 은 시의 화자가 그처럼 되려고 노력해야 할 인간으로 형상화되어 있지 않다. 「가지 마서요」를 대상으로 삼아 '님' 이 지닌 다른 한 면의 의미를 규명해본다.

1. 그것은 어머니의 가슴에 머리를 숙이고 아기자기한 사랑을 받으랴고,

삐죽거리는 입설로 표정(表情)하는 어여쁜 아기를 싸안으랴는 사랑의 날개가 아니라, 적(敵)의 깃발입니다.

2. 그것은 자비(慈悲)의 백호광명(白毫光明)이 아니라, 번득이는 악마(惡魔)의 눈빛입니다.

3. 그것은 면류관(冕旒冠)과 황금(黃金)의 누리와 주검과를 본 체도 아니하고, 몸과 마음을 돌돌 뭉쳐서 사랑의 바다에 풍당 넣랴는 사랑의 여신(女神)이 아니라, 칼의 웃음입니다.

4. 아아 님이여, 위안(慰安)에 목마른 나의 님이여. 걸음을 돌리서요, 거기를 가지마서요, 나는 싫여요.

「가지 마서요」의 첫 연에서 무엇보다 먼저 눈길을 끄는 것은 독특한 문장 형식이다. '그것은 A가 아니라 B다' 라는 형태의 세 문장이 병렬되어 있다. A에는 많은 수식어가 부가되어 있으나 B는 간명하게 규정되어 있다. A는 '사랑' 과 '자비' 를 의미하는데, 그것도 어머니나 부처님의 사랑이다. 면류관과 황금, 다시 말해서 권력과 재산을 무시하고 죽음조차도 초월한 사랑이다. B는 '적의 깃발', '악마의 눈빛', '칼의 웃음' 이다. 깃발과 눈빛과 웃음은 유혹을 암시하지만, 단순히 나쁜 일로 유혹하는 데 그치지 않고, '적', '악마', '칼' 이 알려주는 대로 죽음을 나타낸다. 셋째 문장 안에는 죽음을 초월한 사랑과 죽음으로 유혹하는 적이 대립하고 있다. 악마는 참된 죽음이 아니라 '거짓 죽음' 으로 유혹하는 것이다. 님은 B를 A로 착각하고 유혹에 몸을 맡기려 한다. 이 작품에서 나는 적과 대립하고 있을 뿐만 아니라 님과도 대립하고 있다. 나는 A와 B의 차이를 명확하게 인식하고 있기 때문이다.

5. 대지(大地)의 음악(音樂)은 무궁화(無窮花) 그늘에 잠들었습니다.

6. 광명(光明)의 꿈은 검은 바다에서 자맥질합니다.

7. 무서운 침묵(沈默)은 만상(萬象)의 속살거림에 서슬이 푸른 교훈(敎訓)을 나리고 있습니다.

8. 아아 님이여, 새 생명(生命)의 꽃에 취(醉)하랴는 나의 님이여, 걸음을 돌리서요, 거기를 가지 마서요, 나는 싫어요.

둘째 연은 객관적인 상황을 제시하는 내용이다. 님은 적의 유혹을 새 생명의 꽃으로 오해하고 있다. 그러나 그것은 생명의 반대물일 터이니, 이 연에는 삶과 죽음의 대립이 포함되어 있다고 해석할 수 있다. '대지의 음악'과 '무궁화 그늘', '광명의 꿈'과 '검은 바다'가 반의어로 관계되어 있으나, 그것을 대립으로만 볼 수는 없다. 대지의 음악과 광명의 꿈이 완전히 소멸하지는 않았다. 그것들은 잠들어 있고 허우적거리고 있다. '무궁화 그늘'이란 낱말을 통하여 우리는 님의 처지가 개인의 상태만이 아니라 민족의 곤경, 즉 시대의 어둠에 연결되어 있음을 짐작할 수 있다. 시대의 필연적 요청은 속살거림이 아니라 무서운 침묵이고, 말없이 실천하는 거절이다. 역사적 실천에 대한 필연적 요청이 서슬 푸를 것은 당연하다.

9. 거룩한 천사(天使)의 세례(洗禮)를 받은 순결(純潔)한 청춘(靑春)을 똑 따서 그 속에 자기(自己)의 생명(生命)을 넣어서, 그것을 사랑의 제단(祭壇)에 제물(祭物)로 드리는 어여쁜 처녀(處女)가 어데 있어요.

10. 달금하고 맑은 향기를 꿀벌에게 주고, 다른 꿀벌에게 주지 않는 이상한 백합(百合)꽃이 어데 있어요.

11. 자신(自身)의 전체(全體)를 주검의 청산(靑山)에 장사지내고, 흐르는 빛으로 밤을 두 쪼각에 베히는 반딧불이 어데 있어요.

12. 아아 님이여, 정(情)에 순사(殉死)하랴는 나의 님이여. 걸음을 돌리서요, 거기를 가지 마서요, 나는 싫어요.

셋째 연에서 님의 모습이 비유로 묘사된다. 네 문장은 모두 님의 죽음을 의미하고 있다. 표면의 문맥으로 보면 님은 죽음을 원하고 나는 님에게 삶을 권유하는 내용으로 전개되는 듯하다. 그러나 실제로는 정에 순사하려는 님에게 내가 호소하는 내용은 그러한 죽음이 보람 없는 행동이라는 것이다. '순결', '향기', '빛' 은 님의 속성을 나타내고, '처녀', '백합', '반딧불' 은 님의 모습을 표시한다. 이 시에서 님은 깨끗하고 여리고 고운 여자로 그려져 있다. 세 개의 비유들이 정념에 사로잡혀 죽음을 향해 걷고 있는 님의 행동을 묘사하고 있다.

A. 처녀가 청춘을 딴다. 생명을 넣는다. 사랑의 제단에 드린다.
B. 백합꽃이 꿀벌에게 향기를 준다. 다른 꿀벌에게는 주지 않는다.
C. 반딧불이 자신을 청산에 장사지낸다. 흐르는 빛이 밤을 둘로 벤다.

반딧불이 밤을 둘로 갈라놓는다는 비유는 아름다운 이미지이지만, 아름다운 묘사를 목적으로 조직된 비유는 아니다. 행동 자체로만 살피면 A는 헌신, B는 봉사, C는 희생을 드러내고 있다. 그러나 그것은 사사로운 헌신이고 개인적인 봉사이고 순간적인 희생이다. 여기서 우리는 이 시의 주제를 파악할 수 있다. 내가 님에게 권유하는 것은 죽음의 회피가 아니라 좀더 공변된 헌신, 사회적인 봉사, 항구적 가치를 위한 희생이다. 논개 앞에서 언약한 역사적 실천을 시인은 이제 다른 사람에게 요구하고 있다. 「가지 마서요」에 등장하는 '님'은 식색(食色)의 사욕(私慾)에 시달리는 '보통 사람'인 것이다. 『님의 침묵』의 「군말」에 기록된 대로 해석한다면 석가의 님은 중생이고 칸트의 님은 철학이고 장미화의 님은 봄비이고 마치니의 님은 이탈리아이고 한용운의 님은 '해 저문 벌판에서 돌어가는 길을 잃고 헤매는 어린 양'이다. 한용운은 「가지 마서요」에 나오는 젊은이들을 자신의 님으로 여기고 사랑하였다.

    13. 그 나라에는 허공(虛空)이 없습니다.
    14. 그 나라에는 그림자 없는 사람들이 전쟁(戰爭)을 하고 있습니다.
    15. 그 나라에는 우주만상(宇宙萬象)의 모든 생명(生命)의 첫대를 가지고, 척도(尺度)를 초월(超越)한 삼엄(森嚴)한 궤율(軌律)로 진행(進行)하는 위대(偉大)한 시간(時間)이 정지(停止)되았습니다.
    16. 아아 님이여, 주검을 방향(芳香)이라고 하는 나의 님이여, 걸음을 돌리서요, 거기를 가지 마서요. 나는 싫어요.

「가지 마서요」의 넷째 연에는 한용운의 불교 사상이 직접 토로되어 있다. 님이 가고자 하는 나라에는 허공과 시간이 없다. 불교의 교리로 볼 때 허공과 바다는 '공'을 가리키는 경우가 많다. 행동의 주체로부터, 그리고 행동의 대상으로부터 동시에 거리를 유지하면서 그침 없이 진실을 추구하는 생활 태도가 대체로 '공'을 실천하는 태도라고 할 수 있다. 이 항구한 허공은 반딧불의 순간적인 광채와 대립되어 있다.
    '위대한 시간'은 "우주만상의 모든 생명의 열쇠를 쥐고서, 척도로 잴 수 없는 법칙대로 진행한다." 우리는 위대한 시간을 역사의 별명으로 해석할 수밖에 없다. 삼엄한 역사적 현실은 나약한 애착과 환상적인 애욕을 부정한다. '그림자 없는 사람'이란 사람답지 아니한 못된 사람이다.*
비인(非人)의 전쟁은 권력과 재산을 목표로 한 생사를 건 투쟁을 의미할 수도 있고, 침략주의자들의 노략질을 의미할 수도 있다. 님이 사사로운 욕정에 묻혀 있을 때에도 침략자들의 착취는 계속해서 더욱 강화되리라는 사실을 암시하고 있는 듯하다. 「가지 마서요」의 기본 구조는 개인과 역사의 대립 위에서 전개되고 있다. 개인에게 방향(芳香)인 것이 민족의 죽음으로 통할 수도 있다는 시대 인식을 우리는 이 작품에서 엿볼 수 있다. 한용운의 시집에 나오는 '님'은 다음과 같이 정리된다.

행동＼님	참된 사람	보통 사람
나날의 노동	+	+
역사적 실천	+	−

그러면 이제 한용운은 참된 사람과 보통 사람에 대하여 어떤 태도를 취하고자 했던가 하는 문제가 남는다. 이 문제를 풀기 위해서는 다시 불교 사상의 논리 전개방식을 상기할 필요가 있다. 어떤 현상을 대하는 상식적 관점은 생은 생이요, 멸은 멸이라고 본다. 이에 대하여 생과 멸이 서로 의존하므로 생멸은 독자적 존재가 아닌 가상이라고 보는 관점도 가능하다. 이것은 생멸을 부정하고 불생톁을 긍정하는 입장이다. 그러

---

* 陳義孝, 『佛學常見詞彙』, 臺北: 文津出版社, 1988, 206쪽. 불교에서는 이들을 '비인'이라고 한다.

나 생멸이 없다면 불생멸도 없을 것이므로 생멸이 가상이라면 불생멸도 가상이다. 생멸은 불생멸에 의존하여 존재하고 불생멸은 생멸에 의존하여 존재하는 것이다. 좀더 깊이 반성해볼 때 생멸하는 모든 현상을 독자적인 존재라고 중시하는 생각과 생멸을 부정하고 현실적인 삶을 무시하는 생각은 모두 그릇된 견해임을 알 수 있다. 그러므로 불교 사상은 '생멸이 곧 불생멸이다' 라고 보아 '온갖 사물은 곧 그대로 공이다' 라는 인식을 목표로 삼는다. 이것은 언어의 조작이 아니라 생활 태도를 지시하는 체험의 논리다. 생멸이 곧 불생멸이라는 인식은 만나는 모든 사람을 친구로 대하고 그들의 고통을 자기의 상처로 여기는 생활 태도 이외에 다른 것이 아니다. 불교 사상을 바르게 이해하고 있었던 한용운의 입장에서 볼 때 참된 사람과 보통 사람의 구별은 언어의 차원에서만 나타나는 편의상의 차이에 불과했을 것이다.

음악과 시

  자연의 소리는 그 종류가 무한하지만, 인간이 만든 음악 속에 나오는 소리는 한정되어 있다. 높이, 길이, 크기, 빛깔의 차이에 따라 소리의 성질이 달라진다고 하더라도, 최소한 몇 만의 어휘를 수단으로 삼는 문학보다는 음악이 더 단순한 예술인 듯하다. 음악은 소리 나는 도구들을 통하여 소리들을 가로세로로 늘어놓는 행동이다. 가로로 늘어놓는 데서 리듬과 선율이 나타나고, 세로로 늘어놓는 데서 화성이 나타난다. 음악의 양식이 시대와 사회에 따라 아무리 크게 달라지더라도 모든 음악의 차이는 소리들을 가로세로로 늘어놓는 행동이라는 동일성 위에서 분화된 것이다.

  많은 사람들이 양악에는 화성이 있고 국악에는 화성이 없다고 말하고 있다. 이 말이 서양 고전음악의 습득 개념에 입각한 말이라면 옳은 말이다. 그러나 이 말이 음악의 본유 개념에 입각한 말이라면 터무니없는 소리다.

본유 개념에 대한 화성의 의미는 3도 하모니에서만이 아닌, 동서고금의 어느 음악에도 적용되는 "둘 이상의 음이 동시에 울려 협화의 느낌을 주는 음"이란 의미가 되기 때문이다. 다시 말해서 국악에도 국악 습득 개념이 작용하면 우리의 귀를 즐겁게 만드는 협화의 음, 즉 화성이 있는 것이다. 사람들이 서양의 현대 음악에는 선율이 없다는 말을 한다. 차이코프스키의 선율 같은 달콤한 선율이 없다는 말일 것이다. 이것 역시 서양 낭만음악 세계에서 경험적으로 얻어진 선율 습득 개념 때문에 하는 소리다. 본유 개념으로서의 선율은 "서로 높이가 다른 음들의 율동적 연속체"이고, 이 개념은 동서고금의 어느 음악에도 적용된다.*

여기서 우리는 시도 낱말들을 가로세로로 늘어놓은 것이 아닌가라는 생각을 해볼 수 있다. 낱말들을 가로로 늘어놓으면 운율이 성립된다. 이육사의 「청포도」를 예로 들어 설명해보자.

내 고장/칠월(七月)은/
청포도가/익어가는 시절//

이 마을/전설이/주저리주저리/열리고//
먼 데 하늘이/꿈꾸며/알알이/들어와 박혀//

하늘 밑/푸른 바다가/가슴을/열고//
흰 돛단배가/곱게/밀려서/오면//

---

* 이강숙, 『열린 음악의 세계』, 은애출판사, 1980, 252쪽.

내가 바라는/손님은/고달픈/몸으로//

청포(靑袍)를/입고/찾아온다고/했으니//

내 그를/맞아/이 포도를/따 먹으면//

두 손은/함뿍/적셔도/좋으련//

아이야/우리/식탁엔/은쟁반에//

하이얀/모시/수건을/마련해/두렴//

—이육사, 「청포도」전문

이 시의 각 행을 몇 개의 음보로 나누어보면 시의 율격이 드러난다.
시의 한 행이 몇 음보로 구성되어 있는가에 따라 시의 율격이 결정된다.
읽는 사람의 호흡에 따라 음보는 어느 정드 다르게 율독될 수 있다. 「청
포도」의 첫 시절을 "내 고장/칠월은//청포도가/익어가는/시절//"로 나
누어서 2음보 행과 3음보 행으로 읽을 수도 있고, "내 고장 칠월은/청포
도가/익어가는/시절//"로 나누어서 4음보 행으로 볼 수도 있겠으나, 우
리는 "내 고장/칠월은/청포도가/익어가는 시절//"로 읽었다. 특별히 뜻
을 강조하는 경우가 아니라면 대체로 관형어는 명사에 흡수되어 하나의
호흡 단락으로 나뉘기 때문이다. 우리의 율독에 따를 때 「청포도」는 각
줄이 네 개의 소리 걸음을 지닌 4음보 율격에 바탕을 두고 있다고 할 수
있다. 1음보 안의 음절수는 2음절로부터 6음절까지인데 가장 많이 나타
나는 것은 3음절이다. 우리 시의 음보 구성은 3음보, 4음보, 3음보와 4
음보의 혼합 음보라는 3가지 율격 양식에 근거하고 있다. 향가와 여요는
3음보, 시조와 가사는 4음보, 대부분의 현대시는 3음보와 4음보의 혼합

율격이다. 「청포도」는 시조와 가사의 4음보 율격을 따르고 있다. 시조의 율격을 글자수로 규정하던 종래의 견해로 보면 이 시의 율격이 대단히 불규칙스럽게 보인다. 그러나 원래 시조의 첫째 줄과 둘째 줄을 구성하는 율격 구조는 첫째 음보와 셋째 음보에 음절수의 이탈을 허용하며, 시조의 마지막 줄을 구성하는 율격 구조는 행 전체의 음보수가 4음보에서 5음보로 확장되면서 셋째 음보와 다섯째 음보에 율격 이탈을 허용한다.[*] 그리고 다음과 같이 공음보(空音步)를 허용하는 시조도 있다.

> 간밤에/부던 바람/눈서리/치단말가//
> 낙락장송(落落長松)이/다 기우러/(……)/가노매라//
> 하물며/못다 핀/꽃이야/일러 무삼/하리오//[**]

유응부(兪應孚)의 이 시조에서 둘째 줄의 셋째 음보는 공음보로 되어 있다. 「청포도」는 대체로 시조의 정격에 가까운 4음보 율격을 취한다. 그러나 이육사는 시조의 종지법을 그대로 따르고 있지 않다. 정격의 시조 율격에서 마지막 줄의 둘째 음보와 셋째 음보가 하나의 낱말로 결합되는 경우는 매우 드물다. 우리는 「청포도」의 마지막 줄을 5음보로 율독해보았으나, 그것은 "하이얀/모시수건을/마련해/두렴//"과 같이 4음보로 읽는 것이 더 자연스럽게 보인다. 시조의 마지막 줄에는 4음보와 5음보가 명확하게 분화되어 있지 않다고 볼 수도 있겠지만, 이 시처럼 둘째 음보와 셋째 음보가 한 낱말로 결합되어 있는 경우는 거의 없다. '아이야'라는 감탄적 어사(語辭)는 시조의 마지막 줄에 나오는 것이 보통인

---

[*] 김진우, 「시조의 운율구조의 새 고찰」, 《한글》 173 · 174 합병호, 한글학회, 1981, 322쪽.
[**] 심재완 편, 『定本時調大全』, 일조각, 1984, 17쪽.

데, 이 시에서는 그것이 마지막 연의 첫더리에 나타나 있다. 그러므로 「청포도」의 낱말들은 시조의 율격에 따라 가로로 늘어놓여 있으면서도 그 안에는 또한 다양한 율격 변형이 개입되어 있다고 할 수 있다. 율격뿐 아니라 소릿결의 조직도 매우 섬세하다. ´i mail/cənsəri/cucəri cucəri/jəliko//´에서 /i~i~i~i/의 반복과 /əri~əri~əri/의 반복, 그리고 첫 음보의 /l/과 끝 음보의 /l/은 모두 동그랗게 빛나는 포도송이의 모습을 묘사하는 데 기여하면서 이 시행의 의미를 하나로 결속한다. 우리는 이 시를 통해서 시조와 현대시는 서로 다른 장르이지만, 낱말들의 횡적 조직인 운율을 공유하고 있음을 알 수 있다. 다시 말하면 운율은 시의 본유 개념이 되는 것이다.

낱말들을 세로로 늘어놓으면 비유가 성립된다. 낱말과 낱말이 서로 관계하는 방식에는 대체로 두 가지가 있다. '개는 가축이다'라는 문장에서 '개는'과 '가축이다'가 횡적으로 관련되는 방식을 결합 관계라 하고, 결합 관계로 맺어진 낱말들의 전체를 결합체라고 한다. 이것에 비교해서 '개'의 위치에 개 대신 들어갈 수 있는 '소', '말', '양' 등의 잠재적 낱말들이 서로 관련되는 방식을 계열 관계라 하고, 계열 관계로 맺어진 잠재적 낱말들의 전체를 계열체라고 한다. 일반적으로 A라는 결합체가 a, b, c라는 요소들로 구성되어 있을 때, 그 구성 요소인 a와 b와 c 사이의 관계가 결합 관계다. a, b, c에서 a를 d로 대치했을 때 B라는 결합체가 구성되고, a를 e로 대치했을 때 C라는 결합체가 구성되면, 이때 a와 d와 e 사이의 관계가 계열 관계이고 a, d, e는 계열체를 이룬다.

하나의 요소가 체계 안에서 활동하고 있는 능력을 분명하게 하려면, 그것이 같은 수준의 다른 항목들과 맺는 관계들을 규정해야 한다. 이러한 분포 관계에는 두 종류가 있다. 결합 관계는 결합 가능성에 관계한다. 두 항목은 서로 작용할 수 있거나 서로 작용할 수 없으며 양립할 수 있거나 양립할 수 없다. 선택 가능성을 결정하는 계열 관계는 체계의 분석에 특히 중요하다. 항목의 의미는 주어진 연쇄 안의 같은 자리를 채울 수 있는 다른 항목들과의 차이에 의존한다. 소쉬르가 든 실례를 사용하면, 프랑스어의 mouton과 영어의 sheep은 동일한 의미 작용을 하지만(There's a sheep과 Voilà un mouton은 같은 의미이다), 프랑스어의 낱말밭과 영어의 낱말밭이 다르기 때문에 낱말들은 각각의 언어 체계 속에서 서로 다른 가치를 지니고 있다. 어떠한 체계를 분석하려면 결합 관계(결합 가능성)와 계열 관계(선택 가능성)를 구체적으로 기술해야 한다.*

비유는 계열 관계에 의존하고 있다. 계열 관계를 좀더 확대해서 생각하면, 하나의 낱말이 연상이라는 심리 작용에 의해 다른 낱말들과 기능적으로 대조되는 경우까지 포함할 수 있다. 어떤 사람이 음식점에 가서 식사를 하다가 '이 고기가 구두창 같다' 라고 말했을 때, '고기' 와 '구두창' 은 기능적 대조에 의해 하나의 문장으로 결합된다. 고기와 구두창은 외면적 관점에서 보면 결합 관계를 이루고 있지만, 내면적 관점으로 보면 계열 관계에 속해 있는 것이다. 이것은 아래 두 문장에서 계열 관계에 있는 두 낱말을 결합한 문장이다.

1. 고기가 질기다.
2. 구두창이 질기다.

---

* Jonathan Culler, *Structualist Poetics*, New York: Cornell University Press, 1978, p. 13.

고기는 먹을 수 있지만 구두창은 먹을 수 없다. 먹을 수 있는 것과 먹을 수 없는 것을 결합했으므로 이 문장은 듣는 사람에게 충격을 준다.

　비유의 영역 안에서 결합 관계에 기초한 환유와 계열 관계에 기초한 은유를 구별하는 것이 전통적인 수사법의 관례다. 그러나 우리의 관심은 소리를 가로세로로 늘어놓는 음악과, 낱말을 가로세로로 늘어놓는 시의 동적 체계를 비교함으로써 시의 기본 개념인 운율과 비유의 의미를 해명하는 데 있으므로 여기서는 비유의 종류를 고려하지 않기로 하겠다. 만일 더 자세하게 분석한다면 운율에서도 결합 관계에 기초한 율격과 계열 관계에 기초한 소릿결을 구별하여 생각할 수 있을 것이다. 운율이 폐쇄 조직이라면 비유는 개방 조직이다. 비유를 통해서 시의 독자는 해석의 자유를 느낀다. 비유의 핵심인 낱말들은 전자장과 비슷한 물결무늬를 그리면서 주위로 파동쳐 나아간다. 이러한 운동에서 형성된 두 문맥이 상호 침투하여 비유가 생성된다. 비유에는 둘 이상의 사실들이 관련되는데, 그것들은 대개의 경우 폭과 깊이, 부피와 운동을 지니고 있는 문맥들이다. 이러한 둘 이상의 문맥들이 서로 연결되고 대립되며, 화합하고 투쟁함으로써 보통의 독자가 예상하지 못했던 새로운 방식의 문맥을 형성하는 것이다. 「청포도」의 낱말들이 세로로 늘어놓여져 있는 모습은 어떠한가?

　　내 고장 칠월은
　　청포도가 익어가는 시절

　'7월에 청포도가 익는다' 라는 뜻의 평범한 진술인 것 같지만, 좀더 자세히 살펴보면, '7월'과 '청포도'는 대립되는 관계로 계열체를 이루고 있다. 남자와 여자가 계열체를 이루듯이, 7월의 더위는 붉은빛을 띠고 있기 때문에 청포도의 푸른빛과 대조되어 하나의 계열체를 이루는 것이다. 이때 푸른빛은 더위에 반대되는 서늘함을 암시한다. 프라이는 여름과 겨울의 싸움에 토대를 두고 여름이 겨울을 이겨내는 것이 희극이라고 하였으나,* 이 작품에서는 여름과 겨울이 비극적 비전을 나타내며 봄과 가을이 희극적 비전을 나타낸다.

　　이 마을 전설이 주저리주저리 열리고
　　먼 데 하늘이 꿈꾸며 알알이 들어와 박혀

　둘째 연의 계열 관계는 단순하지만 의미의 확대를 가능하게 하는 낱말이 개입되어 문맥을 복잡하게 한다.

　　1. 포도송이가 탐스럽게 열렸다.
　　2. 전설이 마을에서 이야기된다.
　　3. 포도알에는 갈색 씨가 들어 있다.
　　4. 마을 사람들에게는 하늘처럼 높은 꿈이 있다.

　'포도-전설', '씨-하늘'의 계열 관계는 그 거리가 멀기 때문에 쉽게 이해되지 않는다. 특히 본문에는 하늘이 꿈꾸는 것으로 되어 있는데, 우리는 '꿈꾸는 하늘'을 아래와 같은 계열 관계로 바꿔놓을 수 있다.

---

* Northrop Frye, *Anatomy of Criticism*, Princeton: Princeton University Press, 1957, p. 183.

5. 사람들이 꿈꾼다.
6. 하늘이 꿈꾼다.

그리고 '꿈꾸는 하늘' 의 '꿈' 은 바로 마을의 전설과 서로 통하여 작용하면서 전설의 내용이 된다. 그러므로 이 연은 전설과 하늘이 포도를 매개로 하여 상호 침투하고 있는 계열 관계에 토대하고 있다.

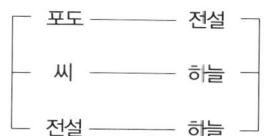

'박힌다' 는 동사 때문에 하늘을 씨와 관계시켰지만 푸른빛에 초점을 두면 청포도와 하늘이 외부적인 감각을 공유하고 있다. 한마디로 하늘은 포도이면서 포도의 씨이다. 청색과 갈색이 중복되어 의미의 모호성을 일으키는데, 이러한 혼란은 하늘의 의미를 자연적인 사물로부터 정신적인 꿈의 차원으로 상승시킨다.

하늘 밑 푸른 바다가 가슴을 열고
흰 돛단배가 곱게 밀려서 오면

이 연의 비유는 다소 평범하다. 하늘과 바다가 같은 계열체로 묶일 수 있다는 사실은 이제 너무나 흔해져서 특별히 내세울 만한 가치가 적어졌다.

1. 하늘 밑에 푸른 바다가 있다.
2. 바다가 가슴을 연다.

2 속에 이미 1의 뜻이 함축되어 있는데, 일일이 열거해놓은 것은 진부하다고 생각될 여지가 있다. 그러나 이러한 표현은 운율의 고려 위에서 용인될 수 있는 것일 뿐 아니라, 비유가 지나치게 얼크러지는 것을 막아준다는 점에서 적절한 효과를 낸다고 평가될 수 있는 것이기도 하다. 시의 비유는 쉽게 풀어졌다 어렵게 묶여졌다 하면서 진행되어야 한다. 그렇지 않으면 우리는 그 비유의 의미를 알아듣지 못하고 만다. "푸른 바다에 떠 오는 흰 돛단배"는 희망의 상징으로 사용하는 상투적 표현인데, 이러한 평범한 구절도 전체 시 안에서는 자기가 맡은 직능을 충실하게 수행하고 있다. '포도-전설-하늘-꿈'이라는 계열체의 의미를 희망과 염원으로 한정해주기 때문이다. '가슴을 열고' 또한 자유로움을 암시하는 몸짓이 아닐까? '포도-전설-하늘-꿈-희망-자유' 등으로 계열체의 영역은 넓어져만 간다.

지금까지 마련한 상황 설정에 힘입어 나머지 세 연은 다소 빠르게 진행된다. 문학적 장치가 없어도 자연스럽게 전개될 수 있도록 이미 준비가 완료되어 있기 때문이다.

내가 바라는 손님은 고달픈 몸으로
청포를 입고 찾아온다고 했으니

'바란다'는 동사는 희망한다는 의미와 기다린다는 의미를 다 포함하고 있다. 희망의 대상을 손님으로 나타내는 것도 자연스럽다.

1. 나는 손님을 기다린다.
2. 그 손님은 고달프다.
3. 그 손님은 청포를 입고 오겠다고 했다.

'포도-전설-하늘-바다-흰 돛단배-손님' 등의 계열 관계에 비추어볼 때, 이 손님은 내가 간절히 기다리는 사람일 뿐 아니라 마을 사람들이 이야기하는 전설이며, 하늘이 꿈꾸는 내용임을 짐작할 수 있다. 그 손님의 고달픈 몸은 희망의 성취가 대단히 어렵다는 사정을 암시하고 있는 듯하다. 7월의 무더위와 계열체를 이룰 수 있는 고달픔의 의미가 이 작품 안에 자세히 지시되어 있지 않아서 다소 아쉽다. 청포도와 청포는 소리의 연상에 의해 쉽게 결합된다. 청포도와 청포의 결합은 일종의 우연이지만, 이러한 우연이 시의 문맥을 좀더 긴밀하게 밀착시키는 것도 사실이다.

　　내 그를 맞아 이 포도를 따 먹으면
　　두 손은 함뿍 적셔도 좋으련

이 연에는 세부적인 비유가 없다. 두 손을 적시면서 포도를 따먹는 것은 자유로운 행동이다. 가슴을 여는 행동이 자유를 시원한 촉감으로 나타낸다면, 온갖 예의에 거리낌 없이 두 손을 함뿍 적시는 행동은 자유를 포도의 새큼한 맛으로 나타낸다. 자유가 감각적인 사물로 변형되었다는 의미에서 우리는 이 연의 문맥 전체를 하나의 비유로 볼 수 있다. 이 시의 셋째 연과 다섯째 연은 기능적 대조를 보여준다.

1. 가슴을 연다.
2. 두 손은 흠뻑 적신다.

    두 문맥 안에 계열 관계가 잠재되어 있기 때문이다. 손을 적시면서 포도를 먹는 행동은 예절 바른 태도, 조심스러운 태도가 아니다. 구속으로부터 벗어난 행동이 그 반대의 상황을 지시하고 있음도 간과해서는 안 된다. 7월의 무더위와 고달픈 몸으로 암시되는 답답한 상황은 여전히 남아 있다. 여기서 우리는, 화자는 어디에 있는가라는 질문을 해볼 수 있다. 고향에 있는가, 아니면 고향을 멀리 떠나 있는가? 시의 문맥을 넘어서 추측해본다면 화자는 시에 나오는 손님처럼 고향을 떠나 피곤한 몸으로 방황하고 있으며, 자유로운 고향을 그리워하고 있다고 해석할 수 있다. 피곤한 사람이 자기는 편안하며 피곤한 것은 다른 사람이라고 상상한다는 것은 드문 심리 현상이 아니다. 그러나 이 시에 나오는 '나'와 '그'를 일종의 소망적 사고와 관련지어 '미래의 나'와 '현재의 나'로 해석하려면 나라 잃은 시대의 우리 역사와 이육사의 개인 역사를 면밀하게 다시 읽어야 할 것이다.

    아이야 우리 식탁엔 은쟁반에
    하이얀 모시 수건을 마련해 두렴

    마지막 연에는 티 한 점 없이 깨끗한 세계가 나타난다. '은쟁반에 하이얀 모시 수건'은 때 묻은 세속에서는 찾아볼 수 없는 물건이다. 은쟁반과 모시 수건이 실제로 없다는 것이 아니라, 시에 나오는 것처럼 철저하게 순수한 물건은 이 세상에 없다는 의미다. 이것은 '꿈'의 세계다. 이 시의 계열체는 꿈을 반복함으로써 완결된다. '포도-전설-하늘-꿈-희망-자유-순수-꿈'의 계열 관계가 시의 바탕을 이루고 있는 것이다. 여운을 간직하고 있는 '두렴'의 어조가 또한 '그러한 세계가 없어서 아쉽다'는 느낌을 짙게 풍긴다. 청포도, 하늘 푸른 바다, 흰 돛단배, 푸른 옷, 은쟁반, 하이얀 모시 수건 등의 낱말들이 주는 깨끗하고 산뜻한 느낌은 시를 지탱해주는 느낌의 기조가 되고 있으며, 그중에도 흰빛과 푸른빛은 시의 분위기를 형성하는 데 핵심적인 직능을 하고 있다.

「청포도」에 세로로 늘어놓여 있는 낱말과 낱말의 거리는 상당히 멀다. '포도-전설-하늘-바다-배-희망-손님-청포-자유-은쟁반-모시 수건' 등으로 이루어진 계열체에서 평범한 관계를 찾는다면 '하늘-바다-배'라는 세 낱말밖에 없다. 이 세 낱말의 근접성은 앞에서 해명한 것과 같이 시의 이해를 용이하게 하는 안정 요인이 된다. 그러나 「청포도」가 제기하는 문제는 아직도 다 풀리지 않았다. 이 시를 읽는 과정에서 우리의 전이해(前理解)는 순수한 전원과 광복에의 염원이라는 두 방향으로 분열된다. 도시의 구속을 벗어나 고향의 자연에 안식하려는 희망으로 이 시를 읽을 때, 청포를 입은 점잖은 손님의 모습이 돋보이고 겸허한 인정의 세계가 확대되는 것이 사실이지만, '가슴을 열고 두 손을 적시는' 자유의 이미지가 광복에의 염원 아래서 두드러지게 내세워짐도 사실이다. 이러한 전이해를 둘 다 긍정하고 검토한다면, 「청포도」가 전원시의 장르로 광복에의 염원을 형상화했다는 이해에 도달할 것이다. 어느 하나로 보면 안 된다는 의미가 아니라, 그 어느 것으로 생각하고 읽어도 무방할 만큼 두 차원이 완전히 통합되어 있다는 의미다. 「청포도」에 그러한 정치적 의미가 들어 있지 않다고 보는 사람은 정치적 신념을 신념 그대로 기록하여도 시가 시로서 성립할 수 있겠는가라는 의문을 스스로 제기해볼 필요가 있다.

　이러한 방향으로 분석할 때 현저하게 드러나는 것은 「청포도」의 대립 구조다. 「청포도」는 '포도-전설-하늘-바다-흰 돛단배-손님-청포-은쟁반-모시 수건'의 계열체로만 구성되어 있지 않다. 이 작품에는 '7월의 무더위'와 '고달픈 몸'이라는 또 하나의 계열체가 중요한 직능을 담당하고 있다. 「청포도」는 이 두 계열체의 대립 위에서 움직이고 있는 동적 체계다.

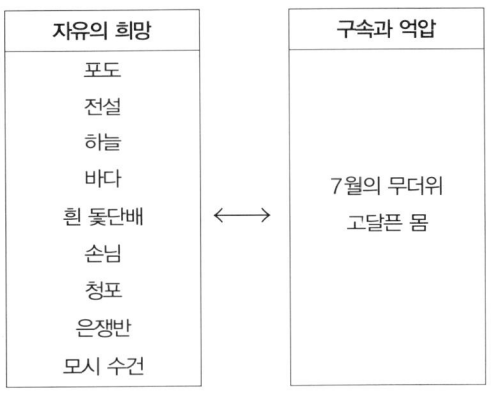

　이러한 대립 구조는 나라 잃은 시대에 뜻 깊게 수용되었을 것이며, 어떤 면에서는 지금도 광휘를 잃지 않았다고 평가할 수 있다. 「청포도」가 탁월한 작품인가 아닌가 하는 문제는 여러 작품들과의 구체적인 비교 아래서만 해명할 수 있는 것으로서 지금 여기서 다룰 수 있는 영역을 넘어서 있다. 그러나 이 작품에 대한 잠정적 평가는 다음의 두 가지 사항을 고려하면서 수행되어야 할 것이다.

1. 답답한 상황에서 서늘한 미래를 꿈꾸는 것은 역사의 미래에 대한 믿음과 통한다.

2. 이러한 꿈과 믿음을 전통의 문맥 위에서 대중이 납득할 수 있는 수준으로 표현하는 일은 의미 있다.

소설과 시

: : 전형 문제

시건 소설이건, 창작의 본성에 대한 논의 가운데, 가장 흔히 이야기되는 것 가운데 하나가 내적 · 외적 현실의 묘사라는 말이다. 그러나 이러한 규정 안에는 일종의 모순이 포함되어 있는 듯하다. 묘사의 대상은 구체적으로 한정되어 있어야 할 것인데, 누구도 현실이 무엇인가를 쉽게 한정할 수 없기 때문이다. 우리는 인간의 신체를 묘사할 수 있고, 신체의 기능이라고 할 수 있는 느낌과 느낌을 갈피 짓는 작용인 생각에 대하여 묘사할 수 있다. 느낌과 생각, 한마디로 넓은 의미의 지각을 묘사할 수는 있으나 인간의 지각이 곧 인간의 현실이라고는 할 수 없다. 현실에는 몸과 마음으로 구성되어 있는 자아 이외에 지각으로 포착할 수 없는 무의식이 포함되어 있기 때문이다.

현실의 묘사라는 말을 해석하는 방향에는 현실주의를 내세우는 모방 이론과 묘사주의를 내세우는 표현 이론이 있다. 모방 이론은 보편적인 형식이 현실에도 속하고 작품에도 속한다고 보아 문학과 현실의 관계를 설명하려고 한다. 작가의 손으로 만들어진 문학 작품이 현실 그대로일 수는 없다고 하더라도 작품의 형식은 어떻게든 현실의 형식에 근거해야 한다. 작가는 개별적인 재료와 보편적인 형식을 결합함으로써 특수한 작품을 형성하는 것인데, 이때 보편적인 형식이 바로 현실의 구성 원리와 동일하다는 것이다. 현실은 그것의 구성 원리를 그것 자체 안에 지니고 있는 데 반하여 문학은 그것의 구성 원리를 밖에서 부여받는다. 작가는 머릿속에서 구상한 형식에 맞추어 재료들을 모으고 얽어 짠 다음에 손으로 써서 작품을 만든다. 작가가 창작한 작품의 형식이 현실의 형식과 같다는 것을 어떻게 알 수 있을까? 모방 이론은 개인과 사회, 정신과 세계, 존재와 당위가 분리되어 있지 않은 시대를 전제로 한다. 삶의 의미가 누구에게나 자명하게 드러나 있던 시대에는 모든 사람이 형식의 보편성을 믿을 수 있었다. 그러나 우리는 지금 공동체가 소멸한 시대, 여러 신들의 싸움터에서 살고 있다. 형식의 보편성을 믿지 못하게 된 시대에, 모방 이론은 읽을 때 자연스럽게 느껴지는 작품이 현실을 잘 모방한 작품이라는 정도의 의미 이상을 가르쳐주지 못한다. 복합적이고 경이적인 인간의 현실은 결코 하나의 관점만을 용인하지 않는다. 현실에는 바라보는 사람의 의향에 의해 결정되는 무한한 시각의 범위가 개방되어 있다. 작가는 언제나 무한히 많은 관점들이 존재하는 가운데 자신이 하나의 관점을 선택하였음을 의식하지 않을 수 없다. 묘사의 결과로서 산출된 작품이 현실 전체를 드러낼 수 있다는 생각은 일종의 개념 실재론이 아닌가 의심스럽다. 작품은 어디까지나 현실을 묘사하는 언어이지 현실은 아니다. 언어는 현실이 아니다. 현실의 계기는 무한하고 작품의 내용은 유한하기 때문이다. 삶은 삶에 대한 어떠한 표현보다도 더 큰 것이다. 창작을 현실의 묘사라고 하는 주장이 성립되기 위해서도 현실을 포섭하고 제거하는 표준이 해명되지 않으면 안 된다.

　문학과 현실의 관계보다 문학과 현실의 대립을 강조할 때 표현 이론이 나타난다. 표현 이론은 보편적인 형식이 아니라 인간의 정신 활동에 유의해 작품의 성격을 설명하는 방법이다. 인간의 지성을 사변적 지성과 실천적 지성으로 나누고 다시 실천적 지성의 활동을 윤리적 활동과 기술적 활동으로 나눌 수 있는데, 기술은 인간의 선이 아니라, 작품의 선에 관련되어 있으므로 기술 자체는 윤리에 의존하지 않는다. 기술이 필요에 종속되면 기능적 문학이 되고 직관에 종속되면 자족적 문학이 된다. 그런데, 정신과 세계가 분리되어 있다면 우리가 문학 작품에서 확인할 수 있는 것은 정념의 표현밖에 없다. 창조적 직관은 알기 위해서가 아니라 제작하기 위하여 정념을 수단으로 사용할 수밖에 없는 것이다. 정념은 지성의 활력 속에 수용되어 작가의 주관성을 객관적 지향성의 상태로 변하게 한다. 정념은 영혼 전체로 퍼져 나가 개념으로 파악할 수 없는 사물의 특수한 양상을 영혼과 본성이 함께하는 것으로 변하게 한다. 표현 이론은 문학을 정념의 표현이라고 보면서도 정념보다는 표현을 더 중요하게 여긴다. 정념은 표현한다는 동사의 주어가 아니라 목적어다. 묘사하는 주체와 묘사되는 대상으로부터 동시에 떨어져 나와서 주체와 대상 사이에 펼쳐져 있는 공간을 자유롭게 부동하는 것이 정념을 표현하는 방법이다. 낭만주의자들은 이러한 태도를 반어라고 하였다.

　현실과 묘사라는, 어딘가 서로 따로 놀고 있는 듯한 두 개념을 매개하기 위하여 제출된 것이 바로 전형의 문제다. 소설의 주인공들은 그들 자신의 개인적인 운명보다 더 큰 사회적·집단적 인간들의 운명을 대표하고 있으므로, 그들은 개별적인 인간인 동시에 보편적인 인간이라는 것이다. 편리하게도 사전에서 전형은 대표한다는 의미와 특별하다는 의미를 다 가지고 있다. 그러나 이처럼 특별하면서도 대표적인 인물 또는 상황이 현실에 실재한다고 여기는 논의에는 납득할 수 없는 점이 있다. 전형이 창작의 본성을 밝혀주는 데 유용한 개념임에는 틀림없으나, 그것이 현실에 속하는 것인가 아니면 묘사에 속하는 것인가라는 문제는 여전히 해결되어 있지 않다. 나는 전형을 현실에 실재하는 것이 아니라 현실을 묘사하는 수단으로 작가에 의해 구성된 장치라고 생각한다. 작가는 비현실적 전형을 통하여 현실을 묘사한다. 언어학은 비현실적 전형을 현실묘사의 수단으로 사용하는 실례를 보여준다. 같은 소리라도 실제로는 내는 사람에 따라 달리 소리 난다. 현실에는 동일한 두 개의 소리가 없다. $[a_1]$ $[a_2]$ $[a_3]$ $[\cdots\cdots]$ $[a_n]$과 같이 서로 다른 소리들로부터 그것들의 차이를 무시하고 비현실적 전형인 /a/를 구성해내어 그것으로 현실 음운의 체계를 밝히는 것이 언어학의 방법이다. /a/라는 음운은 현실에 있는 소리가 아니지만 그 음운에 비츠어 우리는 현실의 다양한 소리들을 변별한다. 이것은 문장 차원에서도 마찬가지다. 아무도 문법 책에 나오는 문장처럼 말하지 않는다는 의미에서 문법 책의 문장들은 비현실적이지만, 우리의 현실 언어를 기술하는 수단이 된다는 의미에서 전형적이다.

지금 대학 안에서 벌어지고 있는 선생과 학생의 갈등에는 물론 여러 가지 원인이 있겠지만, 이러한 전형적 사고의 결여도 한 가지 원인이 되고 있는 듯하다. 선생들은 학생들에게 구체적인 개혁안과 실증적인 분석과 공고한 이론적 근거를 대라고 요구하는데, 이것은 현재 이 나라의 누구도 정확히 제시하지 못할 내용이다. 반면에 학생들은 선생들에게 김구와 루카치를 통합한 실천적 이론가가 되라고 요구한다. 이 세상에는 할 일이 많이 있고 그러한 일들 가운데는 김구나 루카치가 한 일과 다른 목적을 지니고 있는 작업이 있으리라는 사실을 인정하기 싫어하는 것이다. 있는 그대로의 현실을 이해하고 묘사하려는 목적을 전제로 하지 않은 사고는 전형적 사고가 아니다. 김구의 행동을 20세기 전반기의 대표적 사례 또는 특별한 사례로 제시할 수 있겠으나, 그것은 현재의 대학 생활을 묘사하는 수단으로 사용될 수 없다. 루카치의 경우에도 그의 생활이나 이론은 21세기의 한국 현실을 묘사하는 데는 도움이 되지 못한다. 과거의 전형과 현재의 전형 사이의 상호 관계는 자세히 검토되지 않으면 안 될 문제지만, 과거의 전형이 곧장 현실의 전형으로 이전될 수는 없다. 또 만일 선생이 어느 한 학생을 대표적 사례로 삼아 다른 학생들을 평가하게 된다면 대표적 사례로 인정된 그 학생에 대한 객관적 평가가 불가능하게 될 것이다. 대표적 사례가 특별한 사례를 해명해주고 특별한 사례가 대표적 사례를 해명해준다는 것이 전형 문제의 중요한 점이다. 현실의 한 부분으로써 다른 부분을 해명하는 태도는 전형적인 사고라고 할 수 없다. 현실을 해명하는 수단으로서의 전형은 어디까지나 비현실적이다.

일상생활에서 누구나 사용하고 있는 전형적 사고를 계획적이고 조직적으로 확대한 것이 창작이다. 문학의 창작 과정은 여러모로 과학의 탐구 과정과 대응된다. 과학의 탐구 과정은 가설을 발견하는 심리적 단계와 가설을 체계화하는 연역적 단계와 가설을 실험하고 검증하는 귀납적 단계로 이루어져 있다. 과학적 탐구에서 가설에 해당되는 것이 창작 과정에서는 전형이다. 문학의 창작 과정은 전형을 발견하는 심리적 단계, 전형을 체계화하는 연역적 단계, 전형을 실험하고 검증하는 귀납적 단계로 이루어진다. 이 세 단계의 끊임없는 전진과 후퇴가 창작의 과정이다. 전형은 작가가 설정하는 의미의 원천이며 작가에 의해 이루어지는 창작의 출발점이기도 하다. 전형은 일차적으로 문학의 형식에 관계되어 있다. 추리소설·성장소설·연애소설 등 장르에 대한 사전 지식 또는 전이해가 전형을 구성하는 데 영향을 끼친다. 그리고 전형은 변모하는 현실의 규범이나 가치에도 관계되어 있다. 다양한 심리적·사회적 현상과 사회 발전에 대한 고려도 전형의 구성에 작용한다. 어떠한 현상도 독립된 것으로 분리해놓고서는 묘사하거나 파악할 수 없으므로, 복합적인 현상들의 다양한 상호 관계는 어디선가 결합되어야 한다. 전형은 인간의 행동이 드러내는 관계들을 통합하는 수단이다. 현실의 계기들은 무한하기 때문에 전형을 구성하는 데는 포섭과 배제가 불가피하다. 목표를 축소하고 한정하지 않으면 현실의 여러 연관들이 끝없이 확장되어 전형은 구성되지 못한다. 이런 의미에서 역사적 현실에 근거를 두고 있음에도 전형은 비현실적인 것이다.

현실적 현상과 전형적 현상 사이에는 정확한 대응 관계가 성립되지 않는다. 전형은 인위적으로 구성된 것이므로 실생활에서 그것의 짝이 되는 상황을 찾을 수 없다. 전형은 기원을 고려하지 않고 관계를 고려하는 것이다. 현실의 여러 관계들이 중복되는 영역, 여러 관계들이 동시에 교차되는 지점이 전형의 바탕이 된다. 그러므로 전형의 구성에서 가장 방해가 되는 것은 현실의 한 국면에 집착하는 고정된 관점 또는 현실을 하나의 원리로 환원하는 단선적 시각이다. 문학에서 환원주의는 언제나 개방된 시각을 차단하여 창작을 방해한다. 예를 들어 만일 계급투쟁을 주제로 소설을 쓰는 작가가 무역 제약과 비생산적 직업들의 문제를 제외한다면 현실의 복합성을 제대로 고려한 전형을 마련할 수 없을 것이다. 전형은 직선적 논리를 배척하고 모순되고 대립되는 관점까지 포괄하여 다각적 해석의 가능성을 언제나 보유하고 있어야 한다. 전형은 폐쇄된 영역이 아니다. 전형이 지니고 있는 이러한 모호성에 의해 창작은 자유롭게 의미를 구현할 수 있다. 창작 과정에서 전통과 사회와 현실에 관련된 국면은 전형을 이루지만, 창작은 이러한 전형을 현실 묘사의 수단으로 사용하면서도 글을 쓰면서 생겨난 여러 조건이 제시하는 새로운 내용을 그때그때 음미하고 이용하는 작업이므로, 작품과 전형 사이에는 강한 긴장이 개입되어 있으며, 작품은 전형으로 축소될 수 없다.

우리는 전형을 현실에 대한 질문으로 볼 수도 있고 대답으로 볼 수도 있다. 아니 전형을 질문하는 대답이고 대답하는 질문이라고 생각하는 것이 차라리 옳을지 모른다. 이러한 질문과 해답의 상호작용 속에서, 전형은 개인에 의해 구성된 것이면서도 개인을 넘어서는 의미를 지니게 된다. 문학에 대한 시대적 태도, 작품에 대한 집단적 반응이 전형에 독단이 개재되는 것을 막아준다. 전형의 처리를 둘러싸고 벌어지는 모든 행위를 창작이라고 할 때 전형은 일종의 전략적 개념이 된다. 창작은 전형이라는 전략적 전달 수단을 사용하여 작가가 자기의 의사를 소통하는 과정이다. 전형에는 시대에 대한, 작품에 대한, 독자에 대한 작가 자신의 기대가 포함되어 있다. 그뿐 아니라 전형에는 문학과 역사와 사회에 대한 독자의 기대도 포함되어 있다. 이러한 여러 가지 기대들이 중복되는 영역을 전형이라고 규정할 수도 있다. 전형은 이러한 기대의 영역을 재구성한 개념의 건축인 것이다. 인간은 기대에 의해서만 경험하고 관찰한다. 기대하지 않는 것을 경험하거나 관찰할 수는 없다. 이러한 기대의 영역은 이미 역사적·사회적·정치적으로 규정되어 있다. 전형은 어떠한 경우에도 정치적이고 사회적인 구속으로부터 면제될 수 없는 것이다. 전형의 개방성으로 인해서 정치적·사회적 차원이 배경으로 물러나고 운율과 비유, 구성과 문체와 같은 문학적 장치들이 전경(前景)에 두

드러지는 경우가 없는 것은 아니나, 그런 경우에도 정치적 · 사회적 차원이 완전히 배제될 수는 없다. 그런데 기대라는 목적어에 수반되는 동사는 대체로 네 가지다.

1. 기대를 충족시킨다.
2. 기대를 실망시킨다.
3. 기대를 능가한다.
4. 기대를 부정한다.

작가 입장에서 볼 때 작품을 완성시키는 수단인 전형은 문학적 · 사회적 경험의 총화다. 그러나 독자 입장에서 보면 전형은 집단적 가치관을 확인하거나 부정하는 일종의 도전자이다. 그러므로 우리는 독자의 기대를 충족시키는 전형은 대중문학의 창작 수단이 되며, 독자의 기대를 능가하거나 부정하거나 실망시키는 전형이라야 순수문학의 창작 수단이 될 수 있다고 단언해도 좋다. 기대의 실망은 독자에게 새로운 소망과 새로운 요구를 품게 한다. 자신의 기대가 충족되지 않을 때 독자는 한편으로 그 작품에 반발하면서 다른 한편으로는 비로소 자신의 참다운 기대가 무엇인가를 깨닫게 된다. 독자의 기대를 부정한다는 것은 독자에게 그의 기대를 수정하도록 강요하는 것이다. 독자의 기대를 넘어선다는 것은 독자가 이미 용인하고 있는 정치적 · 사회적 상황을 거절하는 것이다. 독자에게 비판적 각성을 일으킨다는 의미에서 전형은 정치적이고 사회적인 각성의 영역이다. 작가는 독자의 기대로브터 이탈되도록 전형을 구성하지 않으면 안 된다. 하나의 작품이 어느 정도 독자의 기대를 통합하고 어느 정도 독자의 기대를 벗어나 있는가 하는 문제를 우리는 실증적인 설문 조사를 통해서도 알아볼 수 있다. 동일한 전형이 대학생과 노동자에게 각각 어떻게 다르게 수용되고 있는가도 조사할 수 있을 것이다.

전형 자체가 독자에게 하나의 질문으로 작용한다고 하였지만 독자의 질문에 대한 해답으로서만 기능하는 전형도 있다. 여러 시대를 견디고 살아남은 고전문학의 비현실적 전형들은 독자의 기대로부터 이탈하지 않으면서도 대중문학과는 달리 현대문학 속에 어떠한 의미와 가치를 이월시켜주고 있다. 작가들은 자신의 자유연상에 의존해 전형을 구성했다고 생각하겠지만, 전형에는 시대에 따라 서로 다르게 드러나는 의미 연관 이외에 시대의 변화에도 불구하고 항구적으로 보존되는 의미 연관이 있다. 우리는 이것을 전형의 상수(常數)라고 불러도 좋을 것이다. 전형의 상수는 고전문학의 형식과 주제에 내포되어 있다. 현대 작가들에게도 창작의 기본 자료 또는 기본 전제가 된다. 창작이란 어떻게 보면 고전문학에 사용된 전형을 해석하고 비판하고 수정하는 작업, 다시 말하면 전형의 상수에 전형의 변수를 추가하는 작업이라고도 할 수 있다. 시대에 따른 전형의 변화가 부분적 수정이냐 아니면 역동적 체계 자체의 변이냐는 간단하게 말할 수 없으나 전형의 구성에서 고전적 전형의 재평가가 중요하다는 사실은 틀림없다. 그리고 아무리 많은 수정을 겪게 된다 하더라도 전형은 시간의 마멸에 저항하는 힘을 지니고 있다. 그러나 중세를 묘사하는 데 사용되던 전형과 현대를 묘사하는 데 사용되는 전형은 결코 동일할 수 없다. 고전문학에 사용되던 전형이 현대문학에도 수정 없이 사용될 수는 없는 것이다. 순간순간 새로운 사건들이 과거에 첨가됨으로써 창작의 세계에는 질적 변혁이 끊임없이 일어나고 있다. 우리는 미래의 문학에 대하여 알 수 없기 때문에 창작의 본질을 추상적이고 보편적으로 논의할 수는 없다. 우리는 우리가 알고 있는 사실들에 국한하여 전형의 문제를 잠정적으로 해결할 수밖에 없다.

전형은 추가적인 창작에 의해 변모하는 개방된 추억이다. 새로 창작되는 작품은 긍정적이든 부정적이든 항상 과거의 영향을 받고 있다. 그러나 창작은 결코 과거에 동화되는 작업이 아니다. 의식적인 선택과 수동적인 동화는 엄연히 다르다. 고전문학도 현재 전달되고 있다는 조건 아래서만 현존할 수 있으므로, 과거의 전형이 오히려 현재의 전형에 의해 수정되고 변화된다고 생각할 수도 있을지 모른다. 과거의 전형과 현재의 전형 사이에서 일어나는 변화는 일방적인 것이 아니라 상호적인 것이다. 하나의 변화가 새로운 변화를 일으킨다. 이렇게 볼 때 전형의 구성은 과거와 현재가 서로 의미를 조정하는 작업이다. 고전문학의 전형이 지니고 있는 일반적인 의미를 약화시키고 특수한 의미를 강조함으로써 현대문학의 전형은 한 면으로는 고전적 전형의 반복이고 다른 면으로는 고전적 전형의 변조다. 그러나 변화와 변이가 중요하다고 해서 고전문학의 전형과 현대문학의 전형 사이에 나타나는 광범위한 유사성을 간과하면 안 된다. 고전문학에 사용된 전형도 처음 나왔을 때에는, 독자의 기대로부터 이탈하는 미학적 간격을 내포하고 있었다. 시대가 바뀌면서 이러한 종류의 기대 이탈이 자명한 것이 되고 미학적 간격이 제거되었으나, 고전문학이 당대 현실을 묘사하는 수단으로 사용하던 전형은 새로운 전형 구성의 기본 자료로 여전히 남아 있다. 우리는 그것을 기념비적 전형이라고 불러도 무방할 것이다.

우리가 어느 정도 분명하게 말할 수 있는 것은 작품 안에 나타나는 인간들의 관계 구조와 나날의 삶에서 경험하는 사람들의 관계구조가 그 기본 디자인으로 보아 유사하다는 사실이다. 우리의 삶은 인간과 인간의 상호작용으로 구성되어 있다. 그러나 우리는 일상생활에서 그러한 상호작용의 전형을 좀처럼 파악하지 못한다. 우리가 그러한 상호작용의 구성 원리를 파악하는 것은 시와 소설의 세계 안에서다. 그런데, 인간과 인간의 상호작용은 온갖 종류의 이해와 오해를 산출한다. 우리는 의도 적이라고 간주되는 행동을 의도하지 않고 하기도 하며, 의도적이 아니 라고 간주되는 행동을 의도하고 하기도 한다. 어떤 행동을 하는 사람이 의도하고 행동하기도 하며 의도하지 않고 행동하기도 할 뿐 아니라 그 행동에 반응하는 사람도 의도하고 반응하기도 하고 의도하지 않고 반응 하기도 한다. 또 반응하는 사람은 행동하는 사람이 의도하고 행동한다 고 간주하면서 반응하기도 하며, 의도하지 않고 행동한다고 간주하면서 반응하기도 한다. 이러한 것들이 이해와 오해의 회로를 형성하는 기본 항목들이다. 이 항목들이 결합되어 형성하는 이해와 오해의 파문은 무 한할 것이나, 아주 거칠게 여덟 가지 유형으로 정리할 수 있다.

1. 멀쩡한 사람이 취한 체하고 비틀거리며 걸어가는 것을 보고 그가 일부 러 그렇게 한다고 간주하고 전략적으로 그에게 반응한다.

2. 멀쩡한 사람이 취한 체하고 비틀거리며 걸어가는 것을 보고 그가 취해 서 그렇게 한다고 간주하고 전략적으로 그에게 반응한다.

3. 이야기를 빨리 끝내려고 손끝으로 책상을 톡톡 두드리면서 지루함을 표시하자, 상대방은 그의 의도를 알아차리고 전략 없이 반응한다.

4. 이야기를 빨리 끝내려고 손끝으로 책상을 톡톡 두드리면서 지루함을 표시하였으나, 상대방은 그의 의도를 알아차리지 못하고 전략 없이 반 응한다.

5. 별 생각 없이 손끝으로 책상을 톡톡 두드렸는데, 상대방은 그가 지루 함을 표시했다고 간주하고 전략적으로 반응한다.

6. 별 생각 없이 손끝으로 책상을 톡톡 두드리자, 상대방은 그가 별 생각 없이 그렇게 했다고 간주하고 전략적으로 반응한다.

7. 별 생각 없이 손끝으로 책상을 톡톡 두드렸는데, 상대방은 그가 지루함을 표시했다고 간주하고 전략 없이 반응한다.

8. 별 생각 없이 손끝으로 책상을 두드리자, 상대방은 그가 별 생각 없이 그렇게 했다고 간주하고 전략 없이 반응한다.

1은 의도적인 행동을 의도적이라고 간주하고 의도적으로 반응하는 경우다. 2는 의도적인 행동을 비의도적이라고 간주하고 의도적으로 반응하는 경우다. 3은 의도적인 행동을 의도적이라고 간주하고 비의도적으로 반응하는 경우다. 4는 의도적인 행동을 비의도적이라고 간주하고 비의도적으로 반응하는 경우다. 5는 비의도적인 행동을 의도적이라고 간주하고 의도적으로 반응하는 경우다. 6은 비의도적인 행동을 비의도적이라고 간주하고 의도적으로 반응하는 (정신분석가의) 경우다. 7은 비의도적인 행동을 의도적이라고 간주하고 비의도적으로 반응하는 경우다. 8은 비의도적인 행동을 비의도적이라고 간주하고 비의도적으로 반응하는 경우다.

의미 작용의 기호 표현과 기호 내용을 그려하면 상호 행동의 유형은 훨씬 더 복잡해진다. 의도적인 행동을 의도적이라고 간주하고 의도적으로 반응하는 경우에도 의도의 내용을 오해할 수 있다. 여자가 미워서 남자의 발을 밟았는데, 남자는 좋아서 자기의 발을 밟았다고 생각할 수 있기 때문이다. 명확한 기호 표현이 오히려 상대방에게 기호 내용을 은폐하는 경우도 있다. 진주로 피신하려고 의도하는 범인이 친구에게 '나는 진주로 갈 예정이다'라고 언명함으로써 그의 친구를 추적하는 형사로

하여금 그가 목포로 갈 것이라고 생각하도록 추적자를 교란시키는 전략이 성공할 수도 있는 것이다. 구체적인 언어 활동 속에서 '나는 진주로 간다'는 문장은 '나는 내가 진주로 간다고 당신이 믿기를 바란다', '나는 내가 진주로 간다고 당신이 생각하리라 믿는다', '나는 내가 진주로 간다고 당신이 믿어도 좋다고 약속한다', '나는 내가 진주로 간다고 당신이 믿어도 좋다고 단언한다' 등의 문장으로 수행사들을 동반하여 확대된다.

우리가 어떤 소설에서 주정하는 행동을 읽는다고 하자. 작가는 이 주정꾼을 여러모로 특별하게 묘사했을 것이다. 소설은 우리에게 '지금 여기 한 사람의 주정꾼이 있다'고 말해준다. 그러나 소설이 이야기하는 내용이 이것만은 아니다. 소설은 또한 우리에게 '이 세상에는 많은 주정꾼들이 있다'고도 말해준다. 우리는 특별한 주정꾼을 통하여 모든 주정꾼을 본다. 소설의 작중인물이 된 주정꾼은 모든 주정꾼의 대표다. 소설 안에서 주정하는 행동은 주정 자체의 환유인 것이다. 주정하는 행동을 묘사하는 데는 주정하는 사람의 차림새와 주정하기에 적합한 무대의 묘사가 수반되어야 한다. 인간의 차림새와 행동의 무대에는 대부분의 사람들이 수긍할 만한 사회심리학적 테두리가 있다. 소설의 무대에는 사건에 관계되는 소도구들이 신중하게 배치되어 있다. 헝클어진 머리와 구겨진 옷 그리고 아마도 술집이 늘어서 있는 밤거리가 대충 묘사되어 있어야 할 것이다. 깨진 안경 따위의 소도구가 필요할지도 모른다. 우리가 나날의 삶 속에서 만나는 주정꾼의 차림새와 무대가 실제로 반드시 그러한 것은 아니다. 작가는 작중인물의 차림새와 무대를 대충 그런 것으로 묘사한다. '대충 그렇다'는 문장은 '실제로 그렇지 않을 수도 있다'는 문장과 통한다. 소설 안에 묘사되는 차림새와 무대는 사물을 현실의 구속에서 벗어나게 한다는 점에서 일종의 은유다. 우리의 지각을 쇄

신시키기 위하여 작가는 차림새와 무대의 사회심리학적 테두리를 변화시켜놓을 수도 있다. 작가가 미장원에 있는 거울에 얼굴과 머리를 비추어보지 않고 그 거울의 장식을 찬찬히 눈여겨보는 여자를 묘사하거나, 반대의 경우로서 골동품 가게에 진열되어 있는 거울 앞에서 머리를 빗고 있는 여자를 묘사했다면, 그는 미장원과 골동품 가게라는 장소의 사회심리학적 테두리를 변화시켜놓은 것이다. 소설의 무대에 일반적인 정서가 널리 깔려 있을 때 우리는 그러한 작품을 서정 소설이라고 부른다. 주정하는 행동은 여러 사람에게 서로 다른 정서를 일으킨다. 사람들은 그 주정꾼을 사랑하거나 증오하거나 무시한다. 그중에서도 쉽사리 예측할 수 있는 정서는 울며 만류하는 아내의 정서와 흥을 돋우는 친구들의 정서다. 술을 마시면서 현실을 비판하는 발언을 했다고 할 때 친구들은 그가 자기들의 정치 의견을 알아보려는 의도에서 행동한다고 생각할 수도 있고, 그가 원래부터 비판적인 시각을 가졌다고 생각할 수도 있고, 그가 술자리를 계속하기 싫어서 흥을 깨뜨리고 있다고 생각할 수도 있다. 그가 '술이 좋다' 고 말했을 때 '아마 그럴 수도 있을 것이다' 라고 여기는 사람의 정서와 '그가 정말로 술을 좋아하는 것은 아니다' 라고 여기는 사람의 정서는 현저하게 다르다.

이해와 오해의 회로를 거치면서 전형은 헤아릴 수 없이 다양한 모습으로 구체화된다. 전형은 구체적인 화법에 의해 육체를 갖게 되는 것이다. 시인과 작가에게는 전형이 먼저 오고 화법이 뒤에 오지만, 독자에게는 화법이 먼저 오고 전형이 뒤에 온다. 어느 경우에나 전형과 화법은 분리할 수 없이 얽혀 있다. 현실과 묘사를 매개하는 것이 전형이라면, 현실의 전형을 묘사된 현실로 변형하는 것이 화법이다. 시는 운율과 비유에 근거하고 소설은 구성과 문체에 근거한다는 점에서 시와 소설 사이에는 커다란 차이가 있으나, 전형과 화법의 관점에서 분석한다면 그것들은 시에도 해당되고 소설에도 해당된다.

> A. 아버지하고
>   동장네 집에 가서
>   비료를 지고 오는데
>   하도 무거워서
>   눈물이 나왔다.
>   오다가 쉬는데
>   아이들이
>   창고 비료 지고 간다
>   한다
>   내가 제비 보고
>   제비야
>   비료 져다 우리집에
>   갖다다오, 하니
>   아무 말 안 한다.
>   제비는 푸른 하늘 다 구경하고
>   나는 슬픈 생각이 났다.
>
> —안동초등학교 대곡 분교 3학년 정창교[*]

> B. 기헌의 아버지는 연세가 일흔을 넘었지만 아직 정정했다. 기헌이 할

---

[*] 이오덕 편, 『일하는 아이들』, 청년사, 1978, 42쪽.

아버지의 제삿날인데 기헌이가 우리 아버지를 찾아서 우리집에 왔다. 그리고 안 계시니까 내 힘이라도 좀 빌자고 했다. 우리는 밤길을 걸어 기헌네 삼촌 집으로 갔다.

"문중답 내놔라. 이놈아, 문중답 내놔."

"와 이리 쌌소. 빨리 내려가소. 빨리 집에 가서 제사나 지내소. 정말 이럴 기요."

기헌네 삼촌 집에는 사람들이 싸움을 말리느라고 야단이었다. 우리는 말없이 사람들 사이로 방에 들어섰다. 기헌이 아버지가 모시를 구리로 감고 있는 백발 노인 앞에서 방바닥을 치며 큰소리를 하고 있었다.

"아버지, 그만 갑시다. 제발 그만 가입시다."

기헌이가 그의 아버지에게 말했다. 아들의 등장에 힘을 얻었던지 기헌의 아버지는 더욱 크게 소리를 높이더니, "이놈아, 땅 내놔라. 왜 혼자서 팔아먹네" 하고 노인의 뺨을 때렸다.

그 노인은 뺨을 맞고도 가만히 앉아 있는데, 노인의 아들이 발로 기헌이 아버지를 차면서 "우리 아버지를 와 치느, 나도 더 이상은 참을 수 없다" 하고 외쳤다. 사람들이 뛰어들어 젊은이를 끌어냈고 그사이에 기헌이는 자기 아버지를 끌다시피하여 나갔다. 기헌이와 나에게 두 팔을 잡힌 채로 기헌이 아버지는 "문중답 내놔라. 이놈아, 아무도 모르게 왜 팔아먹었네?" 하고 고함을 질렀다.

집에 들어서자 기다리고 있던 기헌이 어머니가 울면서 말했다.

"영감 아무리 그래싸도 소용없소. 그만 참고 지내소."

기헌이도 울고 있었다.

혼자서 기헌네 집을 나와 걸으면서 나는 무엇인가 잃어버린 것만 같은 기분이 되었다.　　　　　　　—경상대학교 국어교육과 2학년 정봉효

C. 꼭 닫아놓은 토방의 아랫목에 조그만 상을 갖다놓고 꼬부랑 말을 읽고 있었다. 그게 무척이나 듣기 어려운 것이었다. 어머니는 돼지우리에 구정물을 주러 나가셨고, 동생은 나를 따라서 교과서 한 권을 들고 앉아 있었다. 할머니는 고구마 두지에 기대앉아 긴 담뱃대로 연기를 뻐끔뻐끔 뿜으시고 계셨다. 할머니는 내가 래블래블하는 말을 들으실 때마다 "그 참 별놈의 말이 다 있제. 내사 한마디도 못 알아듣겠다"고 하시곤 했다.

나는 어떤 때는 일부러 소리를 크게 내어 읽곤 했는데 습관이 되어서 그런지 영어 책을 읽을 때에 소리를 내어 읽지 않으면 갑갑했다. 뜻도 잘 모르면서 소리만 죽자 하고 지르곤 했다. 그러다보면 이해가 되는 수도 있었다.

그때 집으로 들어오는 골목에 인기척이 나는 것 같더니 "이 집 돼지는 참 치중을 잘하제" 하며 들어서는 앞집 할머니의 목소리가 들려왔다.

"어서 방에 들어가시이소" 하는 어머니의 목소리와 함께 방문이 열리고 할머니께서 추운데 어서 들어오시라고 하시는 말씀이 들렸다.

나는 책읽기를 멈추고 문 앞으로 갔다. 할머니와 앞집 할머님께서 아랫목에 앉으셨다. 앞집은 서울로 이사하려고 아저씨와 아주머니가 서울에 방 얻으러 가셨다. 콩타작하다가 눈을 다쳐서 연방 수건으로 눈에 끼인 찌꺼길 닦아내시는 그 할머니는 쇠돈 몇 개를 호주머니에 넣고 짤랑거리시며 "종훈이 그놈이 도가진가 뭔가 산다꼬 20원 주고, 어제 성훈이 채비 주고 나잉께 돈이 없는데 오짜꼬 모르겠다. 저것들 감시로 만이천 원 주는 거 비로값 주고 낭께 없내고마. 그 뽕나무 비로를 꼭 시방 주라카네."

국민학생 둘과 고등학교 1학년 학생 하나를 지금 데리고 계셨다.

"오늘 아침에 근훈이 그놈이 '나는 할무이가 제일 좋더라' 이리 안카

나. 네 에미가 좋제 할매가 머이 좋노 캤더마 꼭 우리 할머이가 제일 좋다 쿠네."

"하먼요. 우리집 아이들도 내가 부산 가 있이면 보고 접다꼬 막 편지를 해대고 집에 오면 참 반갑다 겄느마요."

그렇게 말씀하시면서 할머니가 잘 안 브이는 눈을 크게 뜨고 살포시 웃으셨다. 나는 할머니의 웃으시는 모습을 보고 여간 기쁘지 않았다. 젊었을 때 소한테 떠받혀서 도랑에 빠지신 이후로 할머니는 한쪽 눈이 여슴여슴해지셨는데, 칠순을 넘으신 요즈음은 잘 안 보이신다. 할머니의 고생 많은 인생을 생각하고 나는 다시 아픔을 느꼈다. 우리집에 시집 와서 딸을 넷이나 낳는 바람에 둘째 할머니가 들어오셨는데, 그뒤에 바로 우리 아버지인 큰아들을 낳으셨다. 넷째 딸을 낳았을 때에는 문을 봉창하고 밥도 들여주지 않아서 둘째 할머니가 할아버지 몰래 보리밥 몇 뭉치를 넣어주었다고 한다.

몸집도 여리신 데다가 늘 몸이 성하지 못하셨지만, 다행히 크게 아파 보신 일은 없었다. 그러나 마음고생은 지금까지 끊일 날이 없었다. 아버지도 무던히 할머니 속을 썩이다가 지금은 따로 떨어져나가 사신다. 그런 고생 속에서도 할머니는 나를 몹시 귀여워해주셨다. 제사 때 오징어 꼬리라도 남으면 꼭 남겨놓았다가 나를 주시곤 하셨다. 김이 모락모락 피어오르는 고구마 양재기를 들고 어머니가 들어오셨다. 나는 고구마를 입에 넣고 오물오물 씹으시는 할머니의 모습을 가만히 쳐다보고 있었다.

—경상대학교 외국어교육과 2학년 강영래*

---

* 생활 서사 B와 C는 1978년 10월, 수업 시간에 짓게 한 글이다.

A는 '어린이가 무거운 비료를 지고 간다'는 문맥과 '제비가 푸른 하늘을 자유롭게 날아다닌다'는 문맥의 상호 침투 위에 형성되어 있고, B는 '형을 공경하고 백부에게 효도하며, 아우에게 우애 있게 하고 조카에게 자애롭게 한다'는 문맥과 '재산 때문에 아우를 때리고 백부를 걷어찬다'는 문맥의 상호 침투 위에 구성되어 있고, C는 '남편이 첩을 얻었고 아들도 첩을 얻었다'는 문맥과 '손자가 이해하고 따른다'는 문맥의 상호 침투 위에 구성되어 있다. 이 세 학생은 모두 경제적 궁핍을 체험하고 있다. 특히 두 대학생은 경제적 빈곤과 봉건적 인습이 중첩되어 있는 농촌 현실을 인식하고, 현재 결여되어 있는 행복을 확인한다. A의 자기 서술과 B, C의 타자 서술은 체험을 기록하는 데 매우 자연스러운 화법이다. 소설과 시의 화법이란 구체적으로 무엇을 말하는가?

∷ 화법과 서술

사물의 형식이란 사물을 바로 그 사물로 만드는 어떤 것, 그것이 없으면 그 사물이 존립할 수 없는 어떤 것이다. 요즈음에는 형식의 의미가 많이 축소되었으나 예전 사람들은 하느님을 질료가 없는 순수 형식이라고 규정할 정도로 형식의 의미를 크게 생각하였다. 그러나 하고많은 사물들 가운데 유독 소설만은 고유의 형식을 가지고 있지 않은 것처럼 보인다. 아무런 신문이나 하나 펼쳐서 '휴일에 가볼 만한 곳' 또는 '지금 이 사람'과 같은 기사를 자세히 읽어보고 그 형식이 과연 소설의 형식과 어떻게 다른가 구별해보라. 모르긴 몰라도 대답은 그렇게 쉽지 않을 것이다. 사람은 애초부터 어떤 장소나 인물에 대한 관심이 특별히 강한 동물인 듯하다. 사람을 제외한 다른 동물들 중에도 잘 곳과 먹을 것 이외의 다른 장소나 동물에 대하여 호기심을 가지고 있는 동물이 또 있는지는 모르겠으나, 사람들이 모일 때에는 언제나 어디에 가보았더니 어떻더라, 누구를 만났더니 어떻더라는 이야기가 나오게 마련이다. 장소가 중요하지 않은 것은 아니지만, 대부분의 경우에 장소는 살아가는 이야기의 배경으로 작용하는 데 그치므로 소설의 전경에는 인물이 자리 잡게 되고, 모든 소설은 결국 '이 사람을 보라'는 문장을 다소 야단스럽게 확대한 글이 될 수밖에 없다. 그런데 우리 자신이 날마다 제 이야기를 남의 이야기처럼 둘러대고, 남의 이야기를 제 이야기처럼 꾸며대면서 살기 때문에, 구태여 유식을 자랑할 필요가 없는 경우에 쓰는 글은 거의 다 '이 사람을 보라' 식의 문장 형식으로 나타나게 된다.

화자와 화자가 언급하는 인물은 같을 수도 있고 다를 수도 있으나, 화자와 인물이 동시에 등장한다는 점에서는 소설과 소설 이외의 잡문(?)을 구별할 수 없으며 그것들과 일상의 이야기를 구별할 수도 없다. 소설은 고유의 형식을 가지고 있는 고상한 예술이 아니지만, 반면에 사람이라면 누구나 예외 없이 화자가 되어 지어보기도 하고 인물이 되어 등장해보기도 하는 친숙한 예술이라는 점에서 작가들은 형식의 결여를 섭섭하게 여길 것이 아닌지도 모른다.

소설만 읽는 소설가는 좋은 작품을 쓰지 못한다고 말하는 사람이 있는가 하면, 이것저것 많이 아는 작가는 대체로 시시한 소설가라고 말하는 사람도 있다. 소설은 사회학과 심리학이 분화되기 이전의 산 경험을 묘사하는 방법이므로 그것은 이 세상의 모든 것을 포괄하여 녹여낼 수 있는 용광로와 같다. 세상에 대한 폭넓은 관점과 세상을 자기 나름의 견지에서 해석해내고 말겠다는 열광은 작가의 필수 조건이다. 그러나 전문가들로 가득 차 있는 시대에 작가가 자기의 견해를 함부로 토로하는 것은 자칫하면 무지를 드러내는 결과가 되기 쉬울뿐더러, 묘사의 대상이나 묘사의 주체에 지나치게 얽매이는 것은 자유로운 운신의 폭을 좁힘으로써 작가로 하여금 세상을 균형 있게 묘사하지 못하도록 방해한다. 정도의 차이는 있지만, 소설적 공간에서 일어나는 일을 체험하고 지각하고 의식하는 인물은 직접 독자에게 전달되지 않는다. 우리는 사건에도 흥미가 있고 심리에도 흥미가 있는데 그것들은 화자의 매개를 통한 사건이고 화자의 매개를 통한 심리이다. 모든 이야기는 항상 누군가에 의해 말해진 이야기다. 감춤의 수사학이 화자의 주석 자체를 부정할 수는 없다. 다만 그 주석이 아주 흐릿하게 가까스로 감지되는 경우에 우리는 그것을 명백하게 드러나는 주석이 아니라는 의미에서 반(反)주석이라고 할 수 있다. 그러므로 반주석은 주석의 결여가 아니라 주석의 한 방법이다. 주석은 외부에서 내부로, 간단에서 복잡으로, 용이에서 난해로, 큰 소리에서 낮은 소리로, 거친 소리에서 부드러운 소리로 서술의 리듬을 달리하면서 서술된 인물과 서술하는 화자의 사이를 이어준다.

주석과 반주석은 대등한 소설적 권리를 가지고 있다. 주석의 일반화된 명확하고 의도적인 전달과 반주석의 특수화된 모호하고 암시적인 전달은 다 같이 매우 유용한 서술 방법이다. 주석은 주석대로 효과적인 서술 방법이지만, 만일 주석이 신빙성을 획득할 수 없게 된다면 작가는 언제라도 반주석의 태도를 취해야 한다. 반주석은 무지라는 인식론적 상태에 머무르는 태도다. 작가는 자기의 앎을 내세울 줄도 알아야 하고, 자기의 모름을 내세울 줄도 알아야 한다. 무지의 기술, 지식 결여의 기술, 매개자의 비매개성이야말로 다름 아닌 소설의 비밀이다. 작가는 무엇이건 생략할 수 있다. 소설을 쓰는 기쁨은 자기가 쓴 소설의 한 문장 한 문장, 한 페이지 한 페이지에 일일이 개입하지 않고 그것들을 독자의 상상력에 맡겨둔 채 그대로 내버려둘 수 있다는 데에 있다. 어떤 작가는 자신이 꿈꾸었지만 이루지 못하고 만 아쉬움을 인물에 부여하고, 어떤 작가는 그렇게 경험하고 싶지 않은 체험을 인물에 부과하나, 어떤 작가든 자신의 손가락으로 인물의 도덕적 취약성을 가리키면 결코 안 된다. 작가는 자기를 드러낼 것이 아니라 자기 안에 있는 이방인과 친숙해져야 한다.

작가가 항상 유념하고 있어야 할 것은 주석과 반주석에 대한 독자의 태도다. 독자들은 어째서 어떤 주석은 재미있어하면서 어떤 주석은 귀찮게 여기는 것일까? 이러한 질문에 대답하는 티에는 먼저 주석이 없는 0도의 주석 또는 반주석을 척도로 삼고 주석과 반주석의 효과를 분석하는 작업이 필요하다. 문장이 늘어나고 문맥이 확대됨에 따라 '그가 앉았다'라는 단순 문장조차도 일정한 정도의 주석을 함축할 수 있게 될 것이다.

흔히 소설을 1인칭 소설과 3인칭 소설로 나누곤 한다. 그러나 1인칭과 3인칭은 사실 모든 소설에 두루 함께 등장한다. 소설이란 결국 어떤 1인칭에 의해 이야기될 수밖에 없으며, 그 1인칭은 다른 사람들에 의해 3인칭으로 지칭된다. 1인칭 화자가 인물로 등장하지 않는다는 점에서는 3인칭 소설보다 비인칭 소설이라는 말이 적합할 것이다. 1인칭 소설과 3인칭 소설의 경계는 통과할 수 없는 경계가 아니다. 인식론적으로 고찰할 때 소설은 원래 3인칭을 3인칭으로 다루는 예술이고, 소설에 나오는 1인칭은 다만 3인칭의 한 가지 변형태지만, 서술론적으로 고찰할 때에는 1인칭 자기 서술이 3인칭 객관 서술보다 더 원초적인 서술 양식이다. 그리고 1인칭으로 서술되고 있는지, 아니면 3인칭으로 서술되고 있는지를 구분하는 질문이 필요 없게 된 소설들도 있다.

대명사란 인간이 발명한 위험한 가면들 가운데 하나다. 한 인물이 이름 대신 나나 그로 불린다는 사실 자체가 소설의 공간을 작가의 영역에서 분리해 인물의 영역으로 옮겨놓는 계기가 된다. 한 편의 소설은 대개의 경우에 여러 사람의 나와 여러 사람의 그를 포함하고 있게 마련이다. 문제는 소설 속의 나와 그가 명확하게 구분되지 않는다는 데 있다. 소설의 공간을 좌우할 만큼 우세한 나가 있는가 하면, 소설의 공간에 짓눌려서 조롱거리가 되거나, 남의 시선을 거의 끌지 못하는 아둔한 나도 있다. 그라고 불리는 인물에도 항상 자기를 힘 있게 내세우는 그가 있는가 하면 사물처럼 소설에 시선만 빌려주다가 어쩔 수 없을 때만 잠시 나와 힘없이 발언하는 그도 있다. 자기 서술은 수많은 3인칭들을 가리게 되고, 타자 서술은 자기 자신을 가리게 되는 반면에 객관 서술은 1인칭의 목소리를 너무 낮추게 되고 심리 서술은 '그' 속에 있는 1인칭 목소리를 너무 높이게 된다. 주격이 아니면 대격으로 표현될 수밖에 없다는 것은 인간의 한 운명이다. 우리는 자신을 주격으로 하고 타인을 대격으로 하여 말하는 이외에 달리 말하는 방법을 모른다. 소설의 재미는 이러한 인간의 운명을 수정하거나 거부할 수 있는 가능성과 연관되어 있다. 창작의 본질은 인간의 내부에까지 깊이 파고들려는 창조적 노력에 있다. 재미있는 소설 속에서 '나'는 '그'처럼 규정될 수 있는 존재로 나타나며 '그'는 '나'처럼 규정될 수 없는 존재로 나타난다. 소설 속의 인물들도 나와 그로 나뉘어 있으나, 동시에 작중인물들은 나 속의 그 또는 그 속의 나를 독자에게 드러내 보여주고 있다. 그는 거리를 유지하고 있는 나다. 지금까지 이야기한 내용을 하나의 공식으로 간추리면 다음과 같다.

$$\text{서술} = \frac{\text{인물}[(\text{나} \lor \text{그}) \land (\text{심리} \lor \text{사건})]}{\text{화자}[(\text{나} \lor \emptyset) \land (\text{개입} \lor \text{비개입})]}$$

:: 시의 화법

우리는 시의 종류를 설화시(narrative poetry)와 관념시(platonic poetry)와 순수시(pure poetry)라는 세 갈래로 나눌 수 있다. 설화시와 관념시와 순수시는 독립된 세 영역이 아니라 서로 겹쳐지면서 분화되는 동일한 강의 세 지류다.

순수시에 접근해 있는 설화시나 관념시를 우리는 서정시라 부른다. 서정시란 시의 갈래가 아니라 시의 화법에 나타나는 특징이다. 같은 순수시라 하더라도 객관 서술의 순수시도 있고 내심 독백의 순수시도 있다. 화법의 차이가 얼마나 미묘한 효과의 차이를 빚어내는가에 유의하지 않으면, 우리는 어떤 시도 제대로 분석할 수 없을 것이다. 시에 묘사된 현실은 결국 삶의 감각 경험을 나타낸다. 소설처럼 삶의 세부를 묘사하지는 못하더라도 시가 감각 경험을 서술하는 화법은 소설의 서술 방법과 동일하다. 시에서나 소설에서나 전형을 구체화하는 방법은 화법밖에 없는 것이다.

7세기의 「죽지랑가(竹旨郎歌)」와 8세기의 「기파랑가(耆婆郎歌)」에서 보듯이 우리 시의 전통적인 갈래 가운데서 대표적인 것은 설화시였다. 서사 무가인 「바리데기」를 제외하면 서사시로 발전한 예는 찾아볼 수 없으나, 향가에는 사실에 토대를 둔 가공의 설화가 들어 있다. 향가 중에는 남녀를 막론하고 훌륭한 행적이나 아름다운 성품 때문에 인간의 상상력에 큰 감동을 준 사람들의 이야기에 토대해 빚어져 나온 노래가 적지 않다. 일종의 영웅 숭배 심리에 주제의 초점을 맞춘 작품 이외에도 「서동요」나 「원가」와 「관음가」처럼 한 폭의 그림을 보는 듯한, 극적인 작은 이야기를 포함하고 있는 작품들도 있다. 설화시의 갈래는 고려 시대의 장가와 별곡, 조선 시대의 가사와 사설시조, 그리고 현대의 서사 민요에 이르기까지 줄기차게 갈래로서의 생명을 지속해왔다. 특히 가사는 16세기의 「속미인곡」과 「누항사」에 보이던 정돈된 구성이 해체되면서 점점 더 설화적 요소를 전면에 내세워, 18세기에는 외국 여행의 기록과 특수한 생활 체험의 보고까지 다루게 되었다. 현대시에 와서도 설화시의 갈래는 엄존하고 있다.

왼 마을에서도 품행방정(品行方正)키로 으뜸가는 총각놈이었는데, 머리숱도 제일 짙고, 두 개 앞이빨도 사람 좋게 큼직하고, 씨름도 할라면이사 언제나 상씨름밖에는 못하던 아주 썩 좋은 놈이었는데, 거짓말도 에누리도 영 할 줄 모르는 숫하디숫한 놈이었는데, '소 × 한 놈'이라는 소문이 나더니만 밤사이 어디론지 사라져 버렸다. 저의 집 그 암소의 두 뿔 사이에 봄 진달래 꽃다발을 매어 달고 다니더니, 어느 밤 무슨 어둠발엔지 그 암소하고 둘이서 그만 영영 사라져버렸다. "사경(四更)이면 우리 소누깔엔 참 이뿐 눈물이 고인다." 누구보고 언젠가 그러더라나. 아마 틀림없는 성인(聖人) 녀석이었을 거야. 그 발자취에서도 소똥 향내쯤 살포시 나는 틀림없는 틀림없는 성인(聖人) 녀석이었을 거야.

—서정주, 「소 × 한 놈」 전문

기묘한 이야기를 담고 있는 이 설화시는 서정주의 전지 서술에 의해 시작되고 있다. 긴 첫 문장은 작중인물의 생김새와 성격을 요약해서 덧붙인다. 머리숱이 짙고 앞니가 큼직하다는 묘사는 사내답고 너그럽고 당당한 태도를 나타낸다. 화자는 직접 품행이 방정하고 사람이 좋다는 주석을 묘사에 덧붙인다. 기운이 세어 씨름만 하면 결승까지 가지만 상씨름만 하고 싸움을 결코 하지 않았다는 데서도 그의 너그러움이 간접적으로 전달된다. 거짓말하지 않고 에누리하지 않는 그의 행동은 순진하고 정직한 성격의 표현이다. 그에게 야릇한 소문이 나고, 그가 사라져 버렸다는 말로 첫째 문장의 요약적 제시가 끝난다. 좁은 마을에서 떠도는 소문이 얼마나 잔인하게 한 개인을 폭행할 수 있는가를 아는 사람은 시의 이 부분에서 냉혹한 현실감을 느끼게 된다. 좁은 사회에서는 터무니없는 말도 떠돌아다니다가 사실로 변한다. 둘째 문장과 셋째 문장은 첫째 문장이 요약해서 제시한 내용을 두 개의 장면으로 구체화한다. 작중인물은 암소의 두 뿔 사이에 진달래 꽃다발을 매어 달고 다녔다. 이것은 화자 자신이 목격한 장면이다. 셋째 문장은 작중인물을 아는 어떤 제 3의 인물에 의해 인용된 작중인물의 말이다. 한밤에 소의 눈에 눈물이 괴는 것을 보았다고 한 작중인물의 말에는 '이쁜'이란 수식어가 들어 있는데, 시의 화자는 "그러더라나"란 낱말로 작중인물의 말과 그 말을 전한 인물의 말을 모호하게 약화시킨다. 그러므로 셋째 문장에는 작중인물과 작중인물의 지인과 화자의 목소리들이 서로 조금씩 어긋나면서 겹쳐져 있다. 인물의 목소리와 화자의 목소리가 겹쳐지는 문체의 다성악을 자유 간접화법이라고 한다. 자기 소를 그토록 예뻐하는 것으로 보아 그는 소하고 무슨 짓을 했을 수도 있다. 스뿔에 꽃다발은 왜 달아주며, 한밤에 소눈은 왜 들여다보았겠느냐? 소문이 전혀 근거 없는 것은 아마 아닐지도 모른다는 마을 사람들 편에서의 다소 억지스러운 변명을 두 문장으로 된 두 장면의 자유 간접 화법이 대변해주고 있다. 우리는 소가 행여나 탈 날까 밤낮없이 염려하고 보살피는 농민의 예사로운 생활에 대하여 잘 알면서도, 자기 소에 대한 농민의 애정이 어떠하리라는 것을 충분히 짐작하면서도, 우리 누구나가 한때 몸소 체험한 폭발적인 성욕의 횡포 또한 내심으로 인정하지 않을 수 없기 때문에 자기 내면에 있는 악마를 작중인물에게 투사해 그를 희생 제물로 삼은 마을 사람들에게도 공감한다. 넷째 문장과 다섯째 문장에서 화자가 다시 개입하여 작중인물을 "성인 녀석"이라고 평가한다. 그는 우리 모두의 죄 때문에 희생된 사람이므로 성인이고, 사람에게나 짐승에게나 한결같이 정직하고 관대했기 때문에 성인이고, 누구와도 싸우지 않고 소와 함께 사라져버렸으므로 성인이다. '녀석'이란 친근한 부름말에는 그를 비하하는 의미가 전혀 없다. 그는 우리와 전적으로 다른 성인이 아니고 우리 속에서 우리의 놀림을 받는 성인인 것이다. 이 시의 작가 주석과 자유 간접 화법은 시의 의미가 확대된 것을 도와주고 있다고 할 수 있다.

지전(紙錢)이 불고
공기(空氣)가 줄어서
숨이 가쁘듯이
출근(出勤)하시고 나서
뭉클한 것이 가슴에서
올라오더니
목이 메었어요 슬퍼 마세요.
관(棺) 속에 잠깐 머물다가
불꽃 속으로 뛰어들겠어요.
조상군들 사이에서
개잠들어
그리시던 여인(女人)을
만나신 것을
부끄러워 마세요. 어머니를 여읜
아들과 딸자식이

미움처럼 눈물처럼

앞을 가릴 텐데

새 세상 보실 텐데

새 세상 보실 텐데

들먹이는 가슴이

거짓은 아니지만

시방 울지 마세요.

타는 저녁놀은

긴 베개 삼아 비고

뭉실뭉실 보듬고

도란도란 얘기하다

깨날 날까지

그럼 안녕히 계세요

이승에서도 원자탄(原子彈) 그늘처럼

미안(未安)하고 불안(不安)하게 살아왔는데

저승에 가도 어떻게 되겠지요.

저에게는 아니

이미 이승이 저승입니다.

박봉(薄俸)에 삼일장(三日葬)이

무슨 말씀입니까.

내일 아침 먼동이 튼들

제가 또한 누구를 위하여

유황(硫黃)불을 받아요.

햇살을 받어요.

— 송욱, 「서방님께」 전문

송욱은 화자 개입을 배제하고 죽은 여자의 언어 그대로 기술하고 있다. 이 설화시의 인물 시각 서술은 영혼의 드라마가 되어, 독자의 공감을 유도하고 있는데 죽은 여자에게는 신체가 없으므로 인물 시각 서술 이외의 다른 화법을 사용할 수 없었을 것이다. 공기가 줄어서 숨이 가빠질 때처럼 가슴이 답답해지더니 갑자기 목이 메어 쓰러졌다는 설명 중에 그녀는 종이돈이 불어난 것을 숨쉬기 어렵게 된 원인의 하나로 지적한다. 생산의 증가보다 지폐가 더 팽창하는 인플레이션은 평범한 주부들의 생활을 파괴한다. 그녀는 어떻게도 꾸려 나갈 수 없었던 살림살이의 고통을 남편에게 하소연하고 있는 것이다. 그녀는 유택 같은 것은 아예 기대하지도 않는다. 관 속에서 잠깐 머물다가 불꽃 속으로 뛰어들어 스러질 운명을 스스로 받아들이고 있다. 그녀의 귀신은 피곤에 못 이겨 잠시 잠든 남편이 꿈속에서 자기 아닌 다른 여자와 만나는 것을 본다. '개잠들어'라는 표현이 남편에 대하여 그녀가 평소에 지녔던 감정의 일단을 나타내준다. 그는 술과 여자들에 빠져서 얼마 안 되는 월급조차 제때 가져다주지 아니하였다. 어조로 보아 "부끄러워 마세요"라는 말에는 이제는 이해하겠다는 뜻이 아니라 네 버릇이 내가 죽었다고 바뀌겠느냐는 뜻이 들어 있다. 나를 그렇게나 미워하더니, 이제 어미 없는 자식들을 데리고 너 고생 좀 해봐라라는 빈정거림이 들어 있는 것이다. 두 번 반복되는 "새 세상 보실 텐데"는 원한과 앙심에 사무친 야유다. 새 여자 맞는 데 방해가 되어 애들이 밉겠지. 그러나 한편 측은하기도 할 것이다. 새장가 들어서 어디 얼마나 잘사나 보자. 네 "들먹이는 가슴"이 새장가 들 희망에 벅차서 들먹이는 건지 누가 모를 줄 아느냐? 살아서는 말할 수 없었던 온갖 포한을 남편에게 쏟아능으면서도 그녀의 영혼은 지금 그가 진정으로 슬퍼서 들먹이는 것을 알고 있다. 귀신들은 사당에 안착할 때까지 몸을 떠나 구천을 떠돈다. 기독교의 관점으로는 몸이 다시 부활하는 종말의 날까지 영혼들은 연옥에 머문다. 저녁놀을 베개 삼아 베기도 하고, 저녁놀을 안기도 하고, 저녁놀과 이야기를 주고받기도 하겠다는 아름다운 표현에도 빈정거림이 깃들어 있다. 살아 있을 때에도 남편이 돌보지 않아서 그녀는 늘 베개를 안고 자고 베개와 이야기하고 했는데, 죽고 나니 저녁놀을 벗 삼게 되어 차라리 살아생전의 베개보다는 낫다는 반어인 것이다. 그녀는 딴 여자 보는 남편에게 방해되어 미안하고 윽박지르는 남편에게 시달려서 불안하게 살아왔다. 이승이라고 나을 것도 없고 저승이라고 못할 것도 없다는 것이 그녀의 솔직한 심정이다. "안녕히 계세요"란 말 또한 원수같이 여기던 내가 없어졌으니 이제 잘살아보라는 조롱이다. 그러나 시의 마무리 부분에서 그녀의 귀신은 남편에 대한 진정한 염려를 숨기지 못하고 털어놓는다. "박봉에 3일장이 무슨 말씀입니까"라고 묻는 그녀의 심정은 자신보다 남편과 아이들의 살림살이를 더 염려하는 평소의 마음가짐이다. 한없이 미워하기도 했으나 그녀는 오직 남편을 위하여 온갖 고생을 견디고 살아왔다. 이제 밥 짓고 빨래하고 단장할 몸이 없어졌으니 지옥의 유황불이건 천국의 햇살이건 누구를 위하여 받을 것인가 탄식하면서 그녀의 귀신은 진정으로 남편과 함께 살지 못하게 된 것을 아쉬워하고 있는 것이다. 송욱은 인물시각 서술을 활용하여 전통적 여인의 전형을 현대시로 형상화하였다.

　물 먹는 소 목덜미에

할머니 손이 얹혀졌다.

이 하루도

함께 지났다고.

서로 발잔등이 부었다고.

서로 적막하다고.

—김종삼, 「묵화(墨畵)」 전문

1947년 봄

심야(深夜)

황해도(黃海道) 해주(海州)의 바다

이남(以南)과 이북(以北)의 경계선 용당포(浦)

사공은 조심조심 노를 저어가고 있었다.

울음을 터뜨린 한 영아(嬰兒)를 삼킨 곳.

스무 몇 해나 지나서도 누구나 그 수심(水深)을 모른다.

—김종삼, 「민간인(民間人)」 전문

「묵화」는 마침표로 끝난 문장 하나와 세 개의 쉼표가 이어져 끝난 것 같지 않게 되어 있는 문장 하나로 구성되어 있다. 소가 물을 먹고 있었다. 할머니가 다가와 소의 목덜미에 손을 얹었다. 할머니는 소에게 '오늘 하루도 함께 일했구나. 난 너무 걸어서 발등이 부었다. 너도 발등이 부었니? 나에게는 너밖에 없단다. 쓸쓸해 못 살겠다'라고 말했다. 김종삼은 결코 이런 화법으로 이야기하지 않는다. 그는 '할머니가 손을 얹었다'라고 말하는 대신에 "할머니 손이 얹혀졌다"라고 말한다. 할머니의 손은 능동적 주체가 아니라 피동적 객체다. 「묵화」의 첫 문장은 완벽한 객관 중립 서술이다. 첫째 문장을 읽으면서 우리는 여러 가지 일들을 머릿속에 그림 그려보게 된다. 왜 할머니가 농사일을 하실까? 남편은 어디에 갔을까? 아들이 하나도 없을까? 난리통에 죽었나? 군대에 갔나? 시골이 싫어서 대처로 떠났나? 발등이 붓도록 노인 혼자서 일하는 이유는 무엇일까? 태평양 전쟁과 6·25전쟁을 겪은 세대에 대한 상상과 아울러, 할머니가 쓸쓸히 소에게 이야기할 수밖에 없는 우리 시대의 매몰찬 이기주의에 대해서도 상상하게 된다. 모두가 저밖에 모르고 제 집밖에 모르는 시대에 가장 쓸쓸한 사람들은 고아와 과부, 그리고 노인들이다. 우리들에게 집은 제 아내와 제 자식으로 구성된 공간이다. 거기에는 노인들이 깃들일 자리가 남아 있지 않다. 주택공사는 서민 아파트의 방을 세 개로 한정함으로써 노인 추방을 공식적으로 허용하였다. 김종삼은 이 모든 질문에 직접 대답하려고 하지 않는다. 그는 화자의 목소리를 할머니의 목소리로 변형하고, 할머니의 목소리를 화자의 목소리로 변형하여 두 목소리가 같이 울리게 함으로써 객관 중립 서술의 기조를 보존한다. 인물 시각 서술이 아니면서도 할머니의 쓸쓸하고 힘겨운 농사일을 묘사하는 이 설화시의 자유 간접화법은 이어지는 세 개의 쉼표에 의해 더욱 객관 중립 서술에 접근한다. 「민간인」은 객관 중립 서술만 사용한 설화시다. 첫째 시절은 사건이 일어난 시간과 장소에 대해서만 서술하고 있다. 시간은 해에서 철로, 철에서 어느 하룻밤으로 좁아지고, 장소는 황해도에서 해주로, 해주에서 해주 앞바다 용당포로 좁아진다. 광복 이후, 전쟁 이전이라는 시간과 이미 가볼 수 없게 된 해주라는 장소가 무엇인가 특별한 사건을 예고하고 있는 듯하다. 용당포가 이남과 이북의 경계선이라는 데서 그러한 독자의 짐작은 더욱 구체화된다. 둘째 시절은 그때 그

곳에서 일어난 사건을 서술하고 있다. 김종삼은 화자의 개입을 배제하고 하나의 사건을 객관적으로 서술한다. 왕래가 금지된 삼팔선을 몰래 넘으려던 사람들이 우는 갓난애를 물에 던졌다. 사람들은 차마 그렇게 할 수 없는 짓을 저질렀다. 그러나 우리는 그들이 왜 그렇게 할 수밖에 없었던가를 알고 있다. 우리 모두가 영아 살해의 공범이다. 김종삼은 그 장면을 "사공은 조심조심 노를 저어가고 있었다"라는 한 문장으로 압축하고, 더이상 아무 말도 하지 않는다. 사건의 서술은 한 문장으로 모두 끝나고 "울음을 터뜨린 한 영아를 삼킨 곳"이라는 장소에 대한 객관적 설명이 나오며 스물 몇 해 뒤에 그 사건이 아니라 물의 깊이에 대해 이야기하는 사람들이 나올 뿐이다. 슬프다고 말할 수 있는 슬픔은 정작 슬픔이 아니다. 월북자의 가족들, 또는 월남한 이북 사람들이 통일 운동에 거리감을 느끼는 이유가 여기에 있다. 통일은 죽을 때까지 풀려고 공들여야 할 문제이지, 기간을 정해 완수하고 제출해야 할 사무가 아니다. 통일은 야곱이 씨름하다 복숭아뼈를 다친 우리 시대의 천사이다. 어떤 의미에서 김종삼의 시 전체가 통일이란 천사와의 힘겨운 씨름이었는지도 모른다.

향가 가운데 「풍요(風謠)」, 「안민가」, 「제망매가(祭亡妹歌)」 등의 작품에는 공덕이나 죽음 따위의 관념이 설화보다 더 중요하게 부각되어 있다. 여요 중 단가들에도 효성이나 사랑 등의 관념이 전경에 드러나 있다. 가사도 19세기에 나온 천주교와 동학의 종교 가사나 20세기에 나온 개화 가사·우국가사 등은 일종의 관념시로 다룰 수 있다. 더구나 시조는 자연을 노래한 것이든 인사를 노래한 것이든 그 전체를 관념시의 갈래로 처리할 수 있을 것이다. 풍자시·교훈시·축혼가·묘비명·뱃노래·이별가·송가 등의 관념시는 오래전부터 시의 한 갈래로 엄존해왔다. 어떠한 관념을 주장하거나 공격하였다고 하여 나쁜 시가 되는 것은 아니다. 우리는 경건한 비유와 분방한 운율과 해학을 혼합한 관념시를 시조 가운데서 흔하게 발견할 수 있다. 시인이 그 관념을 강렬하게 느끼고, 열렬하고 진지한 감정 속에서 참신한 비유와 변화 있는 운율을 발견하기만 한다면 어떠한 관념이라도 시가 될 수 있다. 우리는 도덕적 교훈을 전하기 위하여, 신을 찬송하기 위하여, 적을 공격하기 위하여, 사람들을 웃기기 위하여, 노동자들이 더 잘 일하고 군인들이 더 잘 싸우게 하기 위하여 시를 쓸 수 있다. 현대에 와서도 많은 시인들이 사회적인 양심에 토대를 두고 인간의 굶주림을 국가가 허용하면 안 된다는 관념에서 시의 영감을 얻고 있다. 관념시의 대표적 종류로는 죽음을 노래하는 비가와 애가, 그리고 독자에게 느낌뿐만 아니라 생각도 전달해주는 명상시와 자연시를 들 수 있다. 우리 시의 대부분을 차지하고 있는 연가에 대해서는 감정으로 관념을 완전히 용해시킨 관념시의 한 극한, 곧 관념시와 순수시의 경계에 위치하는 서정시로 규정해볼 수 있을 것이다. 연가에는 진지하고 엄숙한 관념보다는 신이 나서 사방에 물을 튀기며 장난하듯 낱말들을 가지고 즐겁게 노는 시가 많다. 황진이의 시조에서 볼 수 있듯이 연가의 기발한 비유는 대단히 감각적이다. 죽음을 노래한다고 하여 슬픔과 절망만을 표현하는 것은 아니며, 사랑을 노래한다고 하여 기쁨과 환희만을 표현하는 것은 아니다. 자연시에도 자연이 시인의 관념을 표현하는 데 필요한 하나의 배경으로 사용되는 경우도 있다. 자연을 객관적으로 묘사하는 관찰의 기록에서부터 살아 있는 자연의 질서와 정령들을 찬미하는 생명의 비전에 이르기까지 허다한 종류의 자연시들이 있다. 20세기에는 도시 · 공장 · 배 · 기차 · 비행기 등이 시에 등장하게 되었는데, 이것들이 대지나 바다나 하늘 등과 함께 새로운 자연시의 소재가 될지도 모른다. 서정시는 단순하고 감각적인 정열로 관념을 흔적 없이 용해해야 한다. 시인의 감정이 ㅅ 속에 있는 불순한 것을 태워버리고 필요 없는 것을 제거하고 낱말들을 일체가 되도록 융합하지 않으면 안 된다. 서정시는 단일한 심정, 단일한 마음의 상태가 관념을 해체하여 감정의 언어로 재구성하고 사물의 단순성과 신비성을 동시에 드러내주어야 한다. 서정시의 조용하고 단순한 표면 아래에는 결코 분석할 수 없는 생명의 신비가 들어 있다.

푸른 나무그늘의 네거름길 우에서
내가 붉으스럼한 얼굴을 하고
앞을 볼 때는 앞을 볼 때는
내 나체(裸體)의 에레미야서(書)
비로봉상(毘盧峰上)의 강간사건(强姦事件)들.

미친 하눌에서는
미친 오픠이리아의 노래 소리 들리고

원수여. 너를 찾어가는 길의
쬐그만 이 휴식(休息)

나의 미열(微熱)을 가리우는 구름이 있어
새파라니 새파라니 흘러가다가
해와 함께 저므러서 네 집에 들리리라.

　　　　　　　　　　　—서정주, 「도화도화(桃花桃花)」 전문

자기 서술의 이 연가에서 사랑의 관념은 우선 신체의 갈망으로 표현되어 있다. "네거름길"이란 아마도 "너를 찾아가는 길"과 동일한 의미일 것이다. 푸른 나무그늘에 비추어 나의 붉은 얼굴은 더욱 붉게 느껴진다. 애욕의 불에 타고 있는 얼굴이다. 작중인물인 이 화자의 앞을 보는 시선은 온통 육체적 갈망으로 인해서 전율하고 있다. 첫째 시절의 자기 서술이 둘째 시절과 셋째 시절에서 내심 독백(활화되지 않은 의식류의 기록)으로 바뀌는 것은 점점 더 강렬해져서 착란에 이르는 갈망의 심화에 대응하는 표현이다. 예레미야는 이스라엘의 파멸을 예언하였고 그가 지은 「예레미야서」는 온통 불길한 저주로 가득 차 있다. 작중인물은 이 극렬한 애욕이 끝내 그의 알몸을 파괴하지 않을까 두려워한다. 그러나 그는 애욕의 갈망을 멈추지 못하고 비로봉 꼭대기에서 벌어지는 강간 사건들을 상상한다. 그것도 한 남자가 한 여자를 강간하는 장면이 아니라 여러 남자가 여러 여자를 한자리에서 강간하는 장면이다. 애욕의 시선 앞에서는 세상 전체가 미친 것처럼 요동한다. 아버지와 애인 사이에서 방황하다 미친 오필리아의 웃음 소리가 이 장견에 등장하는 것도 자연스럽다. 그녀는 애욕에 정직하게 따르지 못하였기 때문에, 아버지의 요구에 따라 애욕을 거절하였기 때문에 미쳤다. 예레미야는 애욕을 따르면 파멸한다고 경고하고 오필리아는 애욕을 억누르면 미친다고 경고한다. 서로 반대되는 두 사람의 경고 사이에서 작중인물의 신체는 방향을 찾지 못하고 방황하고 있다. 그는 연인을 원수라고 부른다. 사랑은 파멸과 광기를 수반할 수밖에 없기 때문이다. 극도의 번민과 방황 속에서 그는 기적적으로 "쬐그만 이 휴식"을 발견한다. 휴식이 애욕의 열기를 가라앉히자 그는 비로소 사방을 둘러볼 수 있는 여유를 가지게 되고, 흐르는 구름 그림자가 남은 미열을 서늘하게 가려주는 것을 느낀다. 그는 구름처럼 흐르다가 저물 때 그녀에게 들르는 것이 자연스러운 행동임을 깨닫는다. "붉으스럼한 얼굴"로 갈 것이 아니라 "새파라니" 흘러가다가 "해와 함께 저므러서" 그녀를 만나겠다는 깨달음은 사랑을 애욕보다 더 큰 갈망으로 변형해놓은 것이다. 신체의 성욕은 연인을 원수로 만드나, 난폭한 성욕을 넘어서서 나아갈 때에야 연인과의 자연스러운 사랑이 가능하다는 관념이 감각적으로 표현되어 있다.

노래가 낫기는 그중 나아도

구름까지 갔다간 되돌아오고,

네 발굽을 쳐 달려간 말은

바닷가에 가 멎어버렸다.

활로 잡은 산(山)돼지, 매로 잡은 산(山)새들에도

이제는 벌써 입맛을 잃었다.

꽃아. 아침마다 개벽(開闢)하는 꽃아.

네가 좋기는 제일 좋아도,

물낯바닥에 얼굴이나 비취는

헤엄도 모르는 아이와 같이

나는 네 닫힌 문(門)에 기대 섰을 뿐이다.

문(門) 열어라 꽃아. 문(門) 열어라 꽃아.

벼락과 해일(海溢)만이 길일지라도

문(門) 열어라 꽃아. 문(門) 열어라 꽃아.

　　　　　　　　　—서정주, 「꽃밭의 독백(獨白)」 전문

　서정주는 이 시를 박혁거세의 어머니 사소(娑蘇)가 처녀로 잉태하여 산으로 신선 수행을 떠나기 전, 그녀의 집 꽃밭에서 하는 독백으로 서술하였다. 그렇게 보면 이 시의 화법은 자기 서술이 아니라 인물 시각 서술이 된다. 작중인물은 이 세상의 모든 일에서 더는 나아갈 수 없는 한계를 체험하였다. 노래로 대표되는 예술과 학문도 구름까지 갔다가 되돌아오는, 유한하고 상대적인 세계다. 네 칼굽을 쳐 달려간 말은 인간의 욕망과 의지, 애욕과 전쟁을 의미하는데 그것도 바닷가에 가서는 멈출 수밖에 없다. 영웅과 가인도 늙음은 면할 수 없으며, 애욕과 전쟁의 성취라는 것 자체가 허무한 것이다. 활로 잡은 산돼지와 매로 잡은 산새는 재산과 지위를 의미한다. 자아란 신체와 정신으로 구성되어 있다고 생각하고 인간은 신체를 단련하고 정신을 훈련하여 일정한 자아 이상에 도달하려고 애쓴다. 정신이란 요컨대 느낌과 생각이고 느낌은 신체의 한 기능이며, 생각은 느낌을 갈피 짓는 능력이므로 자아 이상은 결국 신체와 연관되어 있다. 자아 이상은 스스로 그것이 무엇인가를 알고 있는 것이며, 타자들도 그것이 무엇이라고 헤아릴 수 있는 것이다. 무엇을 규정하는 행동은 그것이 무엇 이외에 다른 것이 아니라고 부정하는 행동이다. 작중인물은 자기에게 내재하는 무한과 영원에 견주어 자아 이상이 너무도 협소하다고 느낀다. 자아를 벗어나야 비로소 절대의 세계가 열림을 확인하고 신선 수행을 떠나기로 결심한다. 사소는 무한과 영원과 절대를 한 송이 꽃에서 발견한다. '개벽'이란 시어는 그녀가 우주와 꽃을 동일한 세계로 파악하고 있음을 알려준다. 그러나 그 절대의 세계는 그녀에게 폐쇄되어 있다. 헤엄을 모르는 아이가 물을 겁내어 수면에 얼굴이나 비치고 있듯이 그녀는 절대 앞에서 티틀거린다. 그것을 하느님이라고 하건, 혁명이라고 하건 자기에 내재하는 절대를 찾는 여행은 벼락과 해일을 견뎌내는 고행이 아닐 수 없다. 심연을 보고도 그녀는 용기가 헌앙하여 절규한다. "문 열어라 꽃아. 문 열어라 꽃아." 이 시의 인물시각 서술은 사소만이 아니라 문제의 근원에 침잠하기 이전의 석가나 마르크스에게도 해당되는 화법일 것이다.

별도 얼어붙은 하늘
불 끓는 땅속에서
날라왔는가.
신(神)으로 귀신(鬼神)으로 더불어
뭇 손님을 맞이하고
어둠 속에 흘러간 피가 굳어서
태난 눈이,
춤추는 치마폭을

휘도는 소매를 따라,

연기(煙氣)에 싸인 용상(龍牀)

번득이는 서슬,

갈마드는 감옥(監獄)과 자유(自由)를 굽어보면

가슴에 타오르는 유황염초(硫黃焰硝)ㅅ불!

역사(歷史)도 막바지에 다달은 이 거리에

날을 듯 금시에도 칠 듯한

활개를 추켜들고

아아 꿈이여!

금(金)빛 장미(薔薇)빛 나래 깃은

어디 갔는가.

굽이굽이 흐르는 성하(聖河),

얼음을 깨면 눈부시게 빛나는

어느 샘물ㅅ가에서

곰과 이리가 물려주던

꿀 같은 젖은?

아아 기다림이여!

태몽(胎夢)자리에선 햇불이 되고

숲과 들을 울리던

목가(牧歌)인 네가,

허물어져 눕는 성(城)

불붙는 탑(塔)이여!

시간(時間)을 앞섰기에 모두 보았다.

가슴을 휩싸는

총알과 번갯불은

사랑하기에 아아 사랑하기에

벗어나왔다.

산하(山河)까지 사라지고

하늘만이 푸르러도

어찌 네가 해와 달을 부러워하랴?

어둠에서 어둠으로

흐느끼며 흘러가는

피눈물에 몸을 씻고,

오로지 스스로 맘을 태운

재의 더미뿐.

별도 얼어붙은 하늘

불 끓는 땅으로 더불어

외곬으로 가꿔온

불타는 꿈을

사랑을 가로막는

아아 벗지 못할 너의 탈이여!

영혼(靈魂)이여!

기다림으로 하여

끝내 웅얼거리는 도읍(都邑)

어리석은 너의 신작로(新作路)여!

―송욱, 「남대문(南大門)」 전문

시의 화자는 작중인물인 남대문을 너라고 부른다. 남대문의 경험과 심정을 속속들이 알고 있는 화자는 누구일까? 우리는 화자 또한 남대문이라고 말하지 않을 수 없다. 남대문 이외에는 남대문에 대하여 그만큼 깊이 알 수 있는 사람이 없을 것이기 때문이다. 그러므로 이 시는 남대문이 남대문에게 하는 자기 서술인 동시에 타자 서술이다. 작중인물인 남대문이 남대문의 나타남〔偶有〕이라면 화자인 남대문은 남대문의 있음〔實體〕이다. 남대문은 독재와 전제, 전쟁과 폭동의 시간을 타고 날아온 새다. 그는 살상과 학살을 목격하였고 부화방탕 속에서 황궁이 불타버리고, 감옥과 자유가 갈마드는 현실을 목격하고 있다. 염려와 근심으로 활개를 쳐보려 하지만 그에게는 이미 나래 깃이 없다. 남대문은 이 나라의 태반을 상상한다. 그때 곰과 이리가 단군에게 젖을 주었다. 사람과 짐승이 어울려 살던 목가처럼 평화롭던 과거는 성이 허물어지고 탑이 불타는 현재와 대조된다. 거듭되는 전쟁과 정변의 한복판을 남대문은 평화에 대한 사랑의 힘으로 뚫고 나왔다. 남대문의 사랑은 어두운 역사의 피와 눈물로 씻기면서 더욱 견고해져서, 그의 탈은 시간을 타고 흐르나 그의 바탕은 시간을 초월한 영원과 함께 있다. 시간 속에 머물면서 시간을 넘어서는 신비! 염려와 사랑으로 애타하다가 더러운 역사의 파괴력에 의해 남대문이 재로 돌아갈 수도 있으리라. 설령 그렇다 하더라도 남대문의 본질은 우주와 함께 불변한다. 얼어붙은 하늘, 불 끓는 땅에서 날라온 돌 하나 나무 하나가 태초부터 가꿔온 꿈과 사랑은 남대문의 나타남이 어떠하건 변하지 않을 것이다. 남대문의 꿈은 사람과 사람, 사람과 자연 사이의 완전한 화해다. 사람들은 새로 길을 닦고 집을 올리면서 절대적 화해가 아니라 남대문의 탈만 보존하려고 한다. 송욱은 자기 서술과 타자 서술을 혼합하여 있음과 나타남을 날카롭게 충돌시킴으로써 그릇된 방향으로 전개되는 근대사를 비판하였다.

바로크 시대 음악 들을 때마다

팔레스트리나 들을 때마다

그 시대 풍경 다가올 때마다

하늘 나라 다가올 때마다

맑은 물가 다가올 때마다

라산스카

나 지은 죄 많아

죽어서도

영혼이

없으리

—김종삼, 「라산스카」 전문

집이라곤 비인 오두막 하나밖에 없는

초목(草木)의 나라

새로 낳은

한 줄기의 거미줄처럼

수변(水邊)의

라산스카

라산스카

인간되었던 모진 시련 모든 추함 다 겪고서

작대기를 짚고서.

—김종삼, 「라산스카」 전문

미구에 이른

아침

하늘을

파헤치는

스콥 소리

—김종삼, 「라산스카」 전문

　김종삼은 '라산스카'란 제목으로 세 편의 시를 지었다. 라산스카(Hulda Lashnska)는 뉴욕에서 활약하던 미국의 소프라노 가수다. 1893년생인 라산스카는 케임브리지 대학을 마치고 교향곡 연주회에 자주 출연하여 독일의 예술 가곡 리트(Lied)을 잘 불렀는데, 은퇴하였다가 1936년부터 무대에 복귀해 다시 활동하였다. 우리는 그녀가 언제 죽었는지 알 수 없다. 라산스카가 복귀하여 노래하던 때에 김종삼은 일본에 있었다. 열일곱 살에서 스물세 살 사이, 가장 민감하던 시기에 김종삼은 라산스카의 노래를 들었고, 그 노래는 김종삼의 영혼에 깊은 흔적을 남겨놓은 듯하다. 많은 남자들이 모든 여자에게서 첫사랑의 흔적을 찾듯이 김종삼은 모든 음악에서 라산스카의 흔적을 찾았던 듯하다. 김종삼에게 그녀의 목소리는 하늘나라나 맑은 물가와 같은 것이었다. 바로크 음악과 팔레스트리나의 음악은 누구나 알고 있듯이 단순하고 순수한 음악이다. 단순하고 순수한 음악과 단순하고 순수한 시대에 대한 김종삼의 그리움은 첫사랑처럼 은밀하게 간직하고 있는 라산스카에 대한 그리움을 핵으로 하고 그 주위에 전자장처럼 퍼져나간다. 라산스카는 그에게 현존하는 부재다. 라산스카는 단순하고 순수하나, 그녀를 그리워하는 나는 단순하지도 않고 순수하지도 않다. 나에게는 영혼이 없다. 하늘나라와 맑은 물가는 은총처럼 아주 드문 순간에만 잠시 다가올 뿐이다. 라산스카는 김종삼의 영혼에 찾아와 끊임없이 죄를 확인시켜준다. 우리 모두에게 부재란 바로 죄의 별명이 아니고 무엇이란 말인가? 오래 사랑하는 사람은 그 사랑의 모습을 닮게 된다. 김종삼 시의 단순과 순수는 라산스카의 선물이었다. 김종삼은 라산스카의 말년에 대해서 어느 정도 알고 있었던 것 같다. 두 번째 시는 미국의 시골에서 외롭게 살고 있는 라산스카를 보여준다. 라산스카가 겪은 시련과 추함이 무엇인지 우리는 모른다. 김종삼은 아마 자신이 겪은 시련과 추함을 투사하여 더욱 그녀에게 집착하고 있는 성싶다. 그러나 늙고 병들어 추해졌어도 라산스카는 김종삼이 자기에게 결여되었다고 죄스러워하는 단순과 순수를 간직하고 있다. 라산스카의 모습과 라산스카의 음성이 하나의 시절 속에 중첩된다. "새로 낳은 한 줄기의 거미줄"은 그녀의 목소리이고 그 목소리가 물가에 작대기를 짚고 서 있는 라산스카의 이미지에 겹쳐지는 것이다. 나는 왜 그녀처럼 모진 시련과 모든 추함을 이겨내고 단순한 노래를 순수하게 부르지 못하는가라는 한탄이 짙게 배어 있는 시이다. 세 번째 시에서 라산스카의 노래는 저절로 하늘에 이르는 것이 아니라, 하늘을 파헤치는 삽(scoop)으로 묘사된다. 그녀는 그녀가 공들여 이룩한 단순과 순수로써 아침을 만들어내고 하늘을 담아낸다. 김종삼은 단순한 예술과 단순한 시대를 희망하였다. 그가 자신을 죄스럽게 여겼다면 그것은 그의 죄가 아니라 지저분한 우리 시대의 죄다. 동일한 관념을 김종삼은 첫째 시에서는 자기 서술로 둘째 시에서는 타자 서술로 셋째 시에서는 객관 서술로 표현하였다.

설화시와 관념시는 시의 전통적인 갈래인 데 비하여 20세기에 들어와 개척된 새로운 갈래의 시가 있다. 이야기를 하지 않고 관념을 표현하지도 않으며 어떤 심오성을 내세우려 하지도 않는 이러한 갈래의 시를 순수시라고 부를 수 있다. 우리는 설화시나 관념시로서는 다룰 수 없는 어떤 진실이 있다는 사실을 부정할 수 없다.

> 서녘에서 불어오는 바람 속에는
> 오갈피 상나무와
> 개가죽 방구와
> 나의 여자의 열두 발 상무상무
>
> 노루야 암노루야 홰냥노루야
> 늬발톱에 상채기가
> 퉁숫소리와
>
> 서서 우는 눈먼 사람
> 자는 관세음.
>
> 서녘에서 불어오는 바람 속에는
> 한바다의 정신ㅅ병과
> 징역 시간과
>
> ─서정주, 「서풍부(西風賦)」 전문

낱말의 반복이 아니라 '~에는' '~와/과'의 모티프가 겨우겨우 의미의 윤곽을 붙잡아놓고 있게 하나, 「서풍부」의 자유 직접 화법(내심 독백)

에는 의미를 종합하고 통일하는 요인이 전혀 없다. 오갈피나무와 향나무, 개가죽과 방구가 하나의 복합어를 이루고 있는데 이러한 복합 명사가 가리키는 경험적 대상을 우리는 현실에서 찾아볼 수 없다. 이 시에서 낱말들은 삶의 어떤 인상을 드러내지 않는다. 습관적이고 경험적인 현실은 해체되어 있다. 전율하는 낱말들의 역동적인 긴장이 있을 뿐이고, 낱말들의 내부에 숨어 있는 힘들이 스스로 뒤섞여 이루어내는 놀이가 있을 뿐이다. 환각적인 문체 안에서 낱말들은 스스로 말하고 관념이나 설화 없이 구축된다. 내심 독백과 자동 기술은 시 이외에 아무것도 아닌 시, 순수시의 고유한 화법이다. 관념적이고 설화적인 것이 아니라 무언가 환각적인 것, 무언가 맹목적인 것이 시의 근거가 된다. 우리는 "한바다의 정신병"이 무엇인지 알 수 없다. 그러나 바다가 정신병이 암시하는 일상적 구속으로부터의 해방을 강화시켜준다고 짐작해볼 수는 있다. 이러한 무구속성은 열두 발이나 되는 상무를 휘날리며 춤추는 여자의 모습에도 나타나 있다. 생명의 고양과 충동의 해방을 나타내는 이미지들 사이에 뜻밖에도 '퉁수 소리'가 조용히 울린다. 요란한 농악이 그치고, "나의 여자"의 춤도 그쳤을 것이다. "서서 우는 눈먼 사람"과 "자는 관세음"이라는 정적인 이미지가 갑자기 나오는 까닭은 무엇일까? 우리는 그 이유를 뚜렷이 알 수 없다. 다만 돌연한 반대물의 긴장이 주는 충격을 말없이 수동적으로 받아들일 수 있을 뿐이다. 관음보살도 눈먼 사람의 울음소리를 듣지 못하고 그의 눈을 뜨게 할 수 없을 정도로 견고한 시대의 감옥을 우리는 그저 막연하게 추측해볼 수 있을 따름이다.

2부

:: 현대시의 단계

소월의 여정

:: 소월 시의 위상

현대시 백 년에서 김소월의 위상을 말하려면 현대시의 역사를 파악해야 할 것이고, 현대시의 역사를 파악하려면 먼저 현대시에 영향력을 행사하고 있는 극한적 전형들에 대하여 고려해보는 것이 순서가 될 것 같다. 연극을 닫힌 연극과 열린 연극으로 나누어 연극의 역사를 기술하는 방식을 하나의 실례로 참고할 수 있을 것이다. 닫힌 연극과 열린 연극이라는 개념장치는 닫힌 연극과 열린 연극의 다양한 혼합형을 서술할 수 있는 이해의 수단을 제공한다. 어떠한 시대에 두 개의 기본 경향 중 어느 하나가 자주 나타난다면 우리는 그 의미를 그들의 세계상에 비추어 해석해보아야 할 것이다. 닫힌 연극의 사건들은 하나의 뚜렷한 중심선을 따라 진행된다. 모든 사건들은 앞서 일어난 사건으로부터 논리적으로 유도된다. 윤곽이 분명한 적대자들이 일정한 규칙에 따라 싸우는 대립은 닫힌 연극의 기본 틀이 된다. 모든 부분이 상호관계의 체계를 이루고 있으므로 닫힌 연극에서 부분은 독자성을 지니지 못한다. 닫힌 연극에서는 장들의 건축학적 구도 위에 막이 형성되고 막들의 기하학적 대칭과 비례 위에 연극이 형성된다. 닫힌 연극은 이 세상을 언어로 남김없이 표현할 수 있다고 믿는다. 언어가 파악할 수 없는 것은 닫힌 연극에 존재하지 않는다. 열린 연극에서는 여러 개의 사건들이 동시에 진행된다. 사건의 진행은 직선운동이 아니라 흩어져 있는 점들처럼 사건들이 어지럽게 배열된 회전운동이다. 인과 관계를 따르지 않고 연상에 의존하므로 장면과 장면의 연결이 불연속적이며 변조와 대조의 논리가 전혀 없는 것은 아니지만 그것은 명시되지 않고 암시된다. 인물들은 명확한 판단이 아니라 모호한 예감에 의해 친구도 될 수 있고 적도 될 수 있는 세계와 대립하고 있다. 열린 연극의 인물들은 언어를 지배하지 못하고 있다. 문장은 부분들의 병렬에 의해 끊임없이 단절되며, 문장의 성분들은 논리적으로 관계되어 있지 않고 무의식적 연상에 의해 비약적으로 연결되어 있다. 닫힌 연극과 열린 연극이라는 극한적 전형을 통하여 우리는 라신과 셰익스피어, 입센과 피란델로, 브레히트와 베케트를 분석할 수 있고* 한국 가면극의 연극사적 위상을 설정해볼 수 있다.

한국 현대시의 역사에서는 시조와 이상의 시를, 연극사에서 닫힌 연극과 열린 연극이 작용하는 대극적 위치에 배치할 수 있을 것이다. 4음보가 반복되면서 기본 율격을 형성하고, 4음보와 5음보의 중간 형태로 음보를 확장하여 마무리하는 시조의 율격은 시 형태 자체의 내부에 마무리하는 방법을 포함하고 있다는 점에서 세계에 유례를 찾을 수 없다고 할 정도로 탁월한 시의 형식이다. 3천 수 이상의 시조를 낭송해본 결

---

* Volker Klotz, *Geschlossene und offene Form im Drama*, München: Carl Hanser, 1969.

세(時勢)를 연결해놓았다. 과거분사는 독립해서 사용할 수 없는 형식동사의 형태다. 수학의 원도 문법의 과거분사처럼 독립적인 의미를 가지고 있지 않다. 자연수를 가로세로로 늘어놓는다든가 4를 사방으로 돌려놓는다든지 함으로써 이상은 수라는 것이 독립적 존재가 아니고 연관적 운동이라는 생각을 나타내었다. 이상의 초기 일문시에는 수자의 어미의 활용, 수자의 성태, 수자의 질환이란 표현도 보인다. 봉건시대는 눈물이 날 만큼 그립다는 시구로 미루어볼 때 이상은 정지된 것을 봉건시대로 보고 운동하는 것을 과학으로 본 듯하다. 이상의 절망은 질풍처럼 변화하는 과학 앞에서 느끼는 절망이었다. 「1931년」이란 시에는 "나의 폐가 맹장염을 앓는다"라는 구절이 나오는데, 이것으로 미루어 이상이 스물한 살에 폐병에 걸렸다는 사실을 알 수 있다. 이상은 치료해도 낫지 않는 병을 참회해도 없어지지 않는 죄에 비유하였다. 병에 걸린 이상은 나라 잃은 시대의 서울을 사멸하는 가나안으로 바라보았다. 이상의 도시 인식은 「오감도」 제1호에 나타나 있다. 13인의 아이들이 뛰어다닐 도로가 있는 곳은 도시 이외에는 없을 것이다. 13인의 아이들이 모두 무섭다고 말한다. 그들 하나하나가 무서운 아이들이면서 동시에 무서워하는 아이들이다. 만인 전쟁의 회로 속에 들어가면 모두가 다른 사람을 무서워하게 된다. 상호투쟁의 문제이기 때문에 다른 사정은 어떻게 되어도 좋은 것이다. 「가외가전」은 도시를 입에서 시작하여 항문에 이르는 내장의 각 기관에 비유하였다. 인간의 내장과 같이 오물로 가득 찬 도시에서 먹지 않으면 살 수 없는 입술이 화폐의 스캔들을 일으킨다. 이상은 자기의 부부관계를 서로 부축해줄 수 없는 절름발이들의 관계로 판단하였다. 그는 크고 아내는 작으며 그는 왼발을 절고 아내는 오른발을 전다. 이상은 상호갈등이 상호인정으로 바뀔 것을 희망하였다. 그는 안 열리는 문을 열려고 문고리에 매달려보지만 그의 가족은 봉한 창호 어디라도 한 구석 터놓아주려고 하지 않는다. 이상은 "죄를 벗어버리고 싶다. 죄를 내어던지고 싶다"라고 호소한다. 「오감도」 제15호에서 이상은 거울 속의 나와 거울 밖의 나 사이에 두 사람을 봉쇄한 거대한 죄가 있다고 고백한다.

운율을 거의 완전히 파괴하고 비유 속의 비유를 중첩시킨 이상의 시는 현대시의 한 극한이다. 한국의 현대시는 어떠한 경우에도 이상의 시를 넘어서 더 멀리 나아가지 못할 것이다. 20세기 후반기의 한국시는 이상의 시를 하나의 준거로 삼고 끊임없이 그에게로 돌아가서 그로부터 시적 직관을 끌어내었다. 김경린, 박인환, 조향, 성찬경, 김구용, 송욱, 신동문, 김종문, 전영경, 김영태의 시에서 우리는 이상의 영향력을 읽을 수 있다. 이상 이후로 가장 영향력이 큰 시인은 김춘수와 김수영인데 김춘수는 이상의 시에 시학을 도입했다는 의미에서, 그리고 김수영은 이상의 시에 정치를 도입했다는 의미에서 우리는 그들을 각각 이상 우파와 이상 좌파로 부를 수 있을 것이다. 언제나 내심의 움직임에 충실하였고 겉멋의 장식을 배제하였다는 점에서 이상과 김수영은 일치한다. 이후에도 황지우와 박남철처럼 이상의 직접적인 영향을 보여주는 시인들이 있지만 대부분의 현대시인들은 김춘수와 김수영의 영향 아래 시를 썼다. 우리는 황동규, 정현종, 오규원, 이성복, 최승호, 이장욱 등 한국 현대시의 주역이라고 할 만한 시인들에게서 김춘수와 김수영의 압력을 확인할 수 있다. 요즈음 많이 읽히는 김경주나 김민정의 시에는 김수영의 영향이 우세하게 나타난다. "하관은 이제 끝났어요. 아버지 그만 아가리 닥치고 잠이나 퍼 자요"라는 김민정의 「마지막 설전」은 자기 폭로와 자기 격파의 강도에서 이상보다는 김수영에 가깝다.

우리는 한국 현대시를 이상 쪽과 이상 반대쪽으로 가를 수 있다. 이상 반대쪽에 있는 시인들을 정지용, 서정주 시의 계보와 백석, 신동엽 시의 계보로 나눌 수 있다. 현대시의 그 두 계보를 서정주 시로 대표되는 소월 우파와 신동엽 시로 대표되는 소월 좌파로 명명하여 구별할 수 있을 것이다. 백석 시에 간접적으로 나타나 있던 사회비판이 전경에 나와 있다는 의미에서 신동엽의 시는 한국시의 현실주의를 한 단계 발전시킨 시라고 할 수 있고, 모국어의 가능성(특히 운율의 가능성)을 정지용보다 더 철저하게 탐색하였다는 의미에서 서정주의 시는 한국시의 형식주의를 한 단계 발전시킨 시라고 할 수 있을 것이기 때문이다.

나라 잃은 시대의 시가 어떠한 것이었나를 잘 보여주는 시가, 나이는 소월보다 한 살 위였으나 소월보다 몇 년 먼저 등단한 이상화의 「빼앗긴 들에도 봄은 오는가」이다. 아홉 연으로 구성된 이 시는 첫 연과 끝 연을 제외하면 3행씩으로 되어 있으며 4음보를 기조로 하는데 행의 길이가 조금씩 길어진다. 감정의 고조에 따라 속도가 빠르게 변조되는 것이다. 사건은 너무도 간단하다. 주인공은 봄날 하루 종일 들판을 걷는다. 들은 단순히 배경에 그치는 사물이 아니라 주인공과 함께 봄의 아름다움을 느끼고 경탄하는 인물로 등장한다. 들은 가르마를 타고 살진 젖가슴을 가진 여자다. 들판만이 아니라 그 들에 사는 모든 생물이 여자로 등장한다. 민들레와 들매꽃이 남자가 될 수 없는 것은 물론이지만, 종다리는 울타리 너머로 보이는 아씨이고 보리는 고운 비로 머리를 감은 처녀이고 도랑은 젖먹이 달래는 젊은 엄마이다. 아주까리 기름으로 머리를 단장한 여자가 실제로 등장하여 기음을 매고 주인공도 호미를 들고 땀을 흘린다. 그러나 이 아름다움은 현실이 아니다. 주인공은 꿈속을 가듯 논길을 걷는다. 그 자신도 다리를 절며 한없이 걷는 이유를 알지 못한다. 그는 봄의 신명이

지폈기 때문이라고 추측해본다. 이 시에서 하늘과 혼과 신명은 서로 통하는 낱말들이다. 봄의 푸른 생명 사이에서 주인공은 웃음과 설움을 동시에 경험한다. 그는 빼앗긴 들에서 기쁨을 느끼는 자신을 조소한다.

강가에 나온 아이와 같이
짬도 모르고 끝도 없이 닫는 내 혼아
무엇을 찾느냐 어디로 가느냐 우서웁다 답을 하려무나.
　　　　　　　　—이상화, 「빼앗긴 들에도 봄은 오는가」 부분

빼앗긴 들에도 봄은 오는가라는 질문과 들을 뻬앗겨 봄조차 빼앗기겠네라는 염려에는 빼앗긴 들에는 봄도 오지 않으며 들을 빼앗겼으니 봄도 빼앗길 것이라는 의미와, 들은 빼앗겼더라도 봄은 결코 빼앗기지 않을 것이며 들은 반드시 찾을 수 있을 것이라는 믿음이 공존한다. 그러므로 이 시는 자연시이며 동시에 사회시이다. 나라 잃은 시대의 한국시사는 이 시의 두 면을 이어서 발전시켜온 과정이었다. 정지용과 김영랑은 자연에 집중하였고 백석과 이용악은 인간에 집중하였다.

정지용 시의 특색은 세련되고 절제된 언어로 이미지를 형성하면서 감정을 배제하고 한두 개의 날카로운 비유를 적절하-게 구성하는 데 있다.

골짝에는 흔히
유성이 묻힌다.

황혼에
누리가 소란히 싸히기도 하고

꽃도

귀향 사는 곳

절터드랬는데

바람도 모히지 않고

산 그림자 설핏하면

사슴이 일어나 등을 넘어간다

—정지용, 「구성동」 전문

　이 시를 읽는 사람은 누구나 우탁이 요란하게 떨어진다는 의미를 누리가 소란히 쌓인다로 표현한 연에 주의할 것이고, 그것보다 더 심한 정도의 긴장으로 꽃과 귀향살이가 서로 관계하고 있는 셋째 연에 와서 눈길을 멈출 것이다. 은유를 구성하고 있는 이 두 연에 이미지가 들어 있다. 이렇게 예사롭지 않은 표현들이 조용한 구성동의 황혼에 대한 시인의 체험을 적절하게 기록할 수 있도록 도와주고 있다.

　박용철은 '특이한 체험이 절정에 달한 순간을 언어로 포착한 것'이 김영랑의 시라고 하였다. 김영랑은 마음과 풍경의 특수한 정황을 언어로 전달하고자 하였다. 고요함, 쓸쓸함, 고독함, 서러움, 황홀함 같은 정감이 시의 주조가 되며, 죽음도 중요한 주제가 된다. 일상의 경험보다 예외적인 순간의 특별한 경험에서 미를 발견하는 영랑의 시는 자연스럽게 순수한 마음을 시의 바탕으로 강조하게 되었다. 특히 황홀 속에는 인식하는 자가 자취를 감추므로 대상만이 뚜렷하게 존재하게 된다. 그러나 그것은 시인과 대상의 융합이 아니다. 황홀이란 시인의 의식이 비어 있는 자리에 대상이 거대하게 드러나는 상태다. 모란은 한없이 커지고 시인의 마음은 무한히 작아진다. 아무리 작아져도 시인은 모란이 될 수 없으므로 영랑의 시는 서러움의 정감에서 벗어나지 못한다. 시의 배경은 주로 해질녘이나 한밤중이고 지는 해, 넘어가는 달, 이우는 꽃 같은 것들이 상실감과 기대감을 강화하여 서정적 공간을 형성한다. 3음보와 4음보를 기조로 하는 2행, 3행, 4행의 구성 형태가 영랑 시의 기본 형식이 되는데 그중에서도 4행연을 가장 많이 사용하였다. 고유어를 활용하고 소릿결을 잘 살리는 형용사와 부사를 찾아내고 남도 방언과 여성 어조를 통하여 우리말의 음악성을 최대한도로 실현한 것이 영랑 시의 시사적 업적이라고 할 수 있다.

백석과 이용악의 거의 모든 시에는 사람이 등장한다. 그들의 시는 인간에 대한 관심을 바탕으로 삼는다. 그들은 나라 잃은 시대에도 마치 자연처럼 완강하게 지속되고 있는 생활을 기록하였다. 표준어가 인위적인 언어라면 방언은 자연에 가까운 언어다. 방언은 민들레나 들메꽃처럼 거기에 그냥 존재한다.

오리치를 놓으려 아배는 논으로 나려간 지 오래다

오리는 동비탈에 그림자를 떨어트리며 날아가고 나는 동말랭이에서 강아지처럼 아배를 부르며 울다가

시악이 나서는 등 뒤 개울물에 아배의 신짝과 버선목과 대님오리를 모다 던져버린다

장날 아츰에 앞 행길로 엄지 따러 지나가는 망아지를 내라고 나는 조르면

아배는 행길을 향해서 크다란 소리로

—매지야 오나라
　—매지야 오나라

　새하려 가는 아배의 지게에 치워 나는 산으로 가며 토끼를 잡으리라고
생각한다
　맞구멍 난 토끼굴을 아배와 내가 막아서면 언제나 토끼새끼는 내 다리
아래로 달어났다
　나는 서글퍼서 울상을 한다
　　　　　　　　　　　　　　　—백석, 「오리 망아지 토끼」 전문

　「오리 망아지 토끼」에는 아버지와 아들이 등장한다. 아버지는 오리를
잡으러 논에 내려가서 오래도록 돌아오지 않는다. 아들은 동쪽 등성이
에서 아버지를 기다리다가 부아가 나서 아버지의 신과 버선과 대님을
개울에 던져버린다. 어미 따라 지나가는 망아지를 달라고 아들이 보채
면 아버지는 아들을 달래려고 망아지가 지나간 길을 향해서 큰 소리로
'망아지야 오너라' 하고 외쳐준다. 나무하러 가는 아버지의 지게에 올라
앉아 산으로 가면서 아들은 산에서 토끼를 잡고 싶어한다. 토끼 구멍을
막아서서 기다리면 토끼는 언제나 아들의 다리 사이로 도망쳐버린다.
빼앗긴 들에도 민들레가 피듯이 나라 잃은 시대에도 아버지와 아들의
사랑은 변하지 않는다.

　우리 집도 아니고
　일가집도 아닌 집
　고향은 더욱 아닌 곳에서

아버지의 침상 없는 최후 최후의 밤은
풀버레 소리 가득 차 있었다.

노령을 다니면서까지
애써 자래운 아들과 딸에게
한 마디 남겨두는 말도 없었고
아무을 만의 파선도
설룽한 니코리스크의 밤도 완전히 잊으셨다
목침을 반듯이 벤 채

다시 뜨시잖는 두 눈에
피지 못한 꿈의 꽃봉오리가 깔았고
얼음장에 누우신 듯 손발은 식어갈 뿐
입술은 심장의 영원한 정지를 가르쳤다
때늦은 의원이 아모 말 없이 돌아간 뒤
이웃 늙은이 손으로
눈빛 미명은 고요히
낯을 덮었다
우리는 머리맡에 엎디어
있는 대로의 울음을 다아 울었고
아버지의 침상 없는 최후 최후의 밤은
풀버레 소리 가득 차 있었다.

—이용악, 「풀버레 소리 가득 차 있었다」 전문

아버지와 아들이 등장하지만 아버지는 아무 말 없이 세상을 뜨고 아버지의 최후를 지키는 아들이 자기의 체험을 아무런 시적 장식 없이 기록한다. 아버지는 함경도 가까운 러시아에 들어가 일을 하며 아들과 딸을 키웠다. 아무르 만에서는 파선을 당했고 썰렁한 니콜라예프스크에서는 잘 곳을 못 찾아 밤거리를 헤맸다. 객지의 객사에서 침상도 없이 최후의 밤을 맞는 아버지를 슬퍼하는 것은 아들딸과 풀벌레들뿐이다. 아무도 알아주지 않는 아버지의 삶에서 아들은 위대한 의미를 발견한다. 아버지의 방황과 고통에는 의미가 있다는 것을 아들은 깊이 확신하고 있다. 오직 가족과 함께 살아남기 위해 나쁜 짓 안 하고 열심히 일한 아버지의 죽음을 아들은 영웅의 죽음처럼 장엄하게 묘사한다. 사연을 대담하게 생략하고 간결, 명료하게 묘사해 감정을 함축적으로 드러내는 것이 이용악 시의 특징이다. 그의 시에 등장하는 인물들은 모두 힘들게 사는 사람들이지만 예외 없이 비장하게 묘사되어 있다. 이용악은 비유를 피하고 묘사에 의지해 정지용과는 다른 정한의 깊이를 보여주었다.

이상화의 시에 전원시와 사회시가 있는 것처럼 김소월의 시에도 형식주의 시와 현실주의 시가 있다. 비판의 밀도로 볼 때 신동엽 시의 원천은 이상화로 소급되어야 할 것이지만, 한국 현대시에서 형식파와 현실파의 분화는 소월을 기점으로 한다고 보는 것도 가능한 시사적 관점의 하나가 될 수 있을 것이다. 소월과 동갑인 정지용(1902년생)이 소월의 형식주의를 정련하였다면 소월의 동향 후배인 백석(1912년생)은 소월의 현실주의를 조탁하였다. 김소월(1902-1934)은 1925년 그의 나이 스물세 살 때 127편의 시를 모아 『진달래꽃』을 발간하였다. 이 시집에 실린 시들 가운데 상당수가 한국인의 애송시가 되었다. 단순한 민요 율격에 미묘한 변주를 주어 한국어의 음성적 특징을 최대한도로 살려냄으로써 소월

의 시를 읽은 독자는 저도 모르게 그 시의 리듬을 머리에 떠올리게 된
다. 소월 시에 등장하는 여자의 사랑과 실망과 애수와 번민도 한국인에
게 보편적인 호소력을 발휘한다. 그 여자는 한국의 고전 시가에 나오는
여자와 거의 비슷한 성품과 외모를 보여준다.

1922년에 배재고등보통학교 5학년으로 편입할 때까지 소월은 평북 곽
산읍 남단리 남산학교를 졸업하고 3년 동안 농사를 짓다가 1915년 정주
군 오산리에 있던 오산학교 중학부에 진학하였고 3학년 때 3·1운동에
참가하였다. 남강 이승훈이 민족대표로 나섰다는 이유로 오산학교가 폐
쇄되자 소월은 하는 수 없이 서울로 올라와 1923년 3월에 배재고보를
졸업하고(제7회 졸업생) 일본 동경 상대 예과에 응시하였다 낙방(학생부
에 이름이 없으므로 불합격한 것으로 추정됨), 조부 김상주(金相疇)가 땅을
잡히고 광산에 손댔던 것이 잘못되어 그해 10월에 귀국하였다. 서울에
서 몇 달을 보내다 고향으로 돌아와 왕인리 터진개 마을의 처가집 땅을
부치면서 7년 동안 소작농으로서 농사를 지었다. 1934년 12월 24일에
소월은 아편을 술에 타 마시고 자살하였다.

1916년에 한 살 위인 홍단실(洪丹實)과 결혼하여 1919년에 장녀 구생
(龜生), 1922년에 차녀 구원(龜媛)을 낳고 23년에 장남 준호(俊鎬) 25년
에 차남 은호(殷鎬) 32년에 삼남 정호(正鎬) 34년에 막내 낙호(洛鎬)를
낳았다. 소월의 아버지 김성도(金性燾)는 곽산 남산봉 뒤에서 정주-곽산
간 철도를 가설하던 일본인들에게 폭행을 당하여 폐인이 되었다(뇌가 손상
된 듯하다). 고향에서 장남은 목수로, 차남은 경공업 총국의 상급 지도원으
로, 막내는 설계연구기관의 연구사로 일했고 삼남은 서울에서 살았다. 영
실, 영보, 영철, 정옥 등의 손자 손녀가 곽산에 살고 있다.*

소월은 1920년에 시를 발표하기 시작하였는데, 그의 대표작들은 모두

1922년에서 1925년 사이에 발표되었다. 그 시들의 운율은 단순한 율격의 미묘한 변주로 실현된다. 예를 들어 「진달래꽃」에서 첫째 연과 넷째 연이 반복되지만 그 두 연의 셋째 줄은 서로 다르다. 첫째 둘째 넷째 연의 셋째 줄에는 겸양법 의도형 종결어미 '～우리다'가 오고 셋째 연의 셋째 줄에는 겸양법 청유형 어미 '옵소서'가 온다. 소월 시에 나타나는 7·5조 3음보의 율격을 일본에서 들어온 율격이라고 하는 견해가 있는데, 그것은 오류다. 5음절 음보와 7음절 음보는 일본 시에만 있는 율격이 아니라 『용비어천가』와 『월인천강지곡』에도 자주 나타나는 율격이었다("바람에 아니 뮐새", "여름 하나니", "님금하 알아쇼셔", "맹갈아시니", "돌아오시니", "세존 일 삷오리니", "앉앳더시니" 등). 오히려 반대로 7·5조 3음보는 한국 현대시에만 나타나는 율격이라고 할 수 있다. 일본 시에는 5-7-5-7-7, 5-7-5, 5-7-7-5-7-7, 5-7-5-7-5-7-7 등의 율격이 있으나 시 전체의 자수가 31음절이 되는 와카와 17음절이 되는 하이쿠를 표준형으로 삼으며, 5음절과 7음절이 모여 12음절이 한 율격 단위가 되고 그 12음절이 3음보로 율독되는 경우는 없기 때문이다.

　버림받은 여자는 떠나는 남자의 앞에 진달래꽃을 뿌린다. 그는 그 꽃을 밟고 여자로부터 떠나간다. 그런데 꽃을 밟는 그의 동작을 수식하는 두 개의 부사가 서로 반대되는 의미를 가리킨다는 데에 이 시의 역설이 있다. 그는 꽃을 사뿐히 가볍게 밟으면서 동시에 힘껏 즈려밟는다. 사뿐히 즈려밟는다는 문장은 남자와 여자의 서로 다른 처지를 하나로 묶어 놓은 것으로서, 두 개의 관점을 내포하고 있으므로 형태로는 단순 문장이지만 의미로는 복합 문장이다. 남자는 꽃을 가볍게 밟고 지나가지만

---

* 김영희, 「소월의 고향을 찾아서」, 《문학신문》, 1966.

밟혀 뭉개지는 꽃에게는 그의 발이 견딜 수 없이 무겁다. 여기서 밟히는 꽃은 그를 보내는 여자다. 남자는 꽃을 사뿐히 밟고 가지만 여자는 그의 발에 즈려밟히는 것이다. 시의 마지막 줄에서 여자는 '눈물 흘리지 아니하오리다'를 '아니 눈물 흘리우리다'로 바꾼다. '눈물 아니 흘리우리다'가 틀린 문장이 아니라면 '아니 눈물 흘리우리다'도 틀린 문장이 아니다. '아니'는 여전히 부사로서 '흘리우리다'라는 동사를 수식하고 있기 때문이다. 그러나 '아니'가 '눈물'의 위로 올라감으로써 문장의 초점이 동사로부터 명사로 이동한다. 이렇듯 신선한 어법이야말로 김소월의 시들을 보편적 애송시로 만드는 동인이 된다고 할 수 있다. 「산유화」의 '갈 봄 여름 없이'를 '봄 여름 가을 없이'라는 평범한 어법과 비교해본 다면 누구나 평범하게 보이는 것을 낯설게 하는 소월식 어법의 강력한 효과를 체험할 수 있을 것이다. 네 개의 4행연으로 구성된 「산유화」는 단순한 단어들의 효과적인 반복이 어떻게 심오하고 보편적인 의미에 도달할 수 있는가를 유감없이 보여주는 명시다. '산'이라는 명사를 반복함으로써 산은 이름을 가지고 있는 어떤 산으로부터 보편적인 산, 산 자체, 다시 말하면 존재 자체로 변형된다. 자연은 저절로 그렇게 존재하며 순환하는 주기적 질서에 따라 운동한다. 존재의 대연쇄는 영원히 회귀한다. 둘째 연의 넷째 줄에 나오는 '저만치'는 자연의 연속성과 인간의 불연속성을 대조하여 나타내는 단어다. 자연에서 피는 것과 지는 것은 연속적으로 순환하는 주기적 질서다. 그러나 인간의 죽음과 삶 사이에는 연속적인 질서가 아니라 폭력적인 불연속성이 개입된다. 눈물이 나서 죽겠다는 심정을 "죽어도 아니 눈물 흘리우리다"라고 표현하는 역설적 어법 또한 소월 시의 특징이라고 할 수 있다. 「먼 후일」의 직설법이 뒤따르는 가정법도 네 번이나 반복되는 '잊었노라'라는 단언에도, 실제로는 결코 잊지 않았고 영원히 잊지 못하겠다는 역설을 내포한다. 「초혼」도 동일한 역설적 구조를 보여주지만 '혼이여 돌아오소서'라고 외치는 화자가 남자이고 그가 부르는 '산산히 부서진 이름'이 나라 잃은 시대의 잃어버린 나라라는 점에서 다른 연애시들과 구별된다. 소월 시는 이별의 애수를 주제로 삼고 있고 숙명과 좌절의 정조를 기조로 하고 있으나 시에 등장하는 여자들은 이별의 운명을 수락하고 순종하지 않는다. 그녀들은 강한 집착과 미련을 버리지 못하고 원망하고 자책한다. 고이 보내겠다 또는 울지 않겠다는 여자의 말 속에는 그가 돌아올 것이라는 미련과 그가 돌아오지 않을 것이라는 원망이 들어 있다. 그리고 운명이라고 체념하지 못하는 여자의 마음은 '심중에 남아 있는 말 한 마디'를 끝내 마저 하지 못하였다는 자책으로 이어진다. 소월 시의 이별은 기다리면 만날 수 있는 헤어짐이 아니다. 그러나 소월 시에 나오는 여자들은 이별을 받아들이려고 하지 않는다. 죽은 사람의 혼을 부르는 행위 자체가 이별을 사실로 받아들일 수 없다는 미련과 집착의 표현이다. 민속에서 사슴은 영혼의 인도자다. 그 사슴조차 혼을 편안하게 인도하지 않고 슬픔에 잠겨 있다. 그녀의 미련과 집착, 자책과 회한이 그를 영원히 떠나지 못하도록 방해한다. 「초혼」에서 영원한 것은 죽음과 이별이 아니라 오히려 사랑과 슬픔이다. 소월 시의 전개를 좀더 자세히 살펴보기 위하여 열 편의 시를 분석해보려고 한다. 「먼 후일」, 「접동새」, 「진달래꽃」, 「금잔디」, 「초혼」, 「산유화」, 「가는 길」, 「옷과 밥과 자유」, 「삼수갑산」, 「인종」을 분석하는 데 초점을 맞추되 소월 시의 전개를 살펴보는 데 도움이 되도록 다른 시들에 대해서도 언급하면서 김소월의 시적 여정을 따라가겠다.

:: 소월 시의 전개

  소월은 오산학교에 다니던 1920년부터 시를 발표하기 시작하였다.
이 시기에 발표된 시들에는 한시와 일본 시의 영향이 분명하게 나타나
있다. 「야(夜)의 우적(雨滴)」(1920.3), 「오과(午過)의 읍(泣)」(1920.3),
「낭인(浪人)의 봄」(1920.3) 등은 제목부터 일본어투고, 「문견폐(門犬吠)」
(1921.4), 「사계월(莎鷄月)」(1921.4), 「은촉대(銀燭臺)」(1921.4), 「일야우
(一夜雨)」(1921.4), 「춘채사(春菜詞)」(1921.4), 「함구(緘口)」(1921.4) 등은
제목부터 한문투로 되어 있다. 방황하는 심정을 밤에 내리는 빗방울에
비유하면서 "그 아마 그도 같이/야(夜)의 우적(雨滴),/그같이 지향 없이
/헤매임이라"*고 말하는 방법은 글자 수를 일곱 자, 다섯 자로 맞추어
훈련해본다는 것 이외에 아무런 문학적 의미도 없다. "그 아마 그도 같
이"와 "그같이 지향 없이"라는 두 줄은 번거롭고 쓸데없는 군더더기다.
이것과는 반대로 "춘채(春菜) 춘채(春菜) 푸르렀네 꽃닢 속닢 골라 따서
낭군(郎君)님부터 먹여지라 낭군(郎君)님부터 먹여지라 나뷔나뷔 오누
나"(675쪽)같이 말하는 방법은 주어진 시제(詩題)에 맞추어 상투적인
단어를 모아 극적 상황을 구성하는 한시의 작시 훈련이다. "불슷는(불어
스치는) 바람" "슬지는(스러지는) 그림자"(657쪽)와 같이 새 말을 만들어
보는 시도도 보이는 데 이러한 조어 방법 또한 자연스러운 것은 아니다.
소월은 이러한 훈련을 반복하는 동안 자기에게 맞는 시형식을 알아내
었다. 우리는 소월의 작시법을 다음 세 가지로 간추릴 수 있다.

  1. 한시의 관례를 따라서 일정한 극적 상황을 설정하고 그 상황에 맞추어

---

* 김종욱 편, 『원본소월전집』, 홍성사, 1982, 659쪽. 이하의 시 인용은 괄호 속에 면수만 밝히기
로 한다.

시를 꾸며낸다.

2. 주관적인 심정을 극적 상황에 투사함으로써 그 상황에 어울리는 분위기를 조성해 놓는다.

3. 신어를 만들지 않고 모든 어휘를 평북 방언에서 골라 쓴다.

소월은 감정을 솔직하게 표현하거나 경험을 생생하게 표현하는 데 익숙하지 않았다. 스스로 겪은 경험이나 마음에서 우러나오는 감정 대신 소월은 한시의 극적 상황과 일본 시의 분위기를 결합하여 시를 꾸며서 짓는 방향으로 나아갔다. 우리는 「먼 후일(後日)」(1920.7/1925.12)*에서 소월 시의 방법을 구체적으로 이해할 수 있다.

먼 훗날 당신이 찾으시면
그때에 내 말이 "닞었노라"

당신이 속으로 나무리면
"무척 그리다가 닞었노라"

그래도 당신이 나무리면
"믿기지 안아서 닞었노라"

오늘도 어제도 아니 닞고
먼 훗날 그때에 "닞었노라"

---

* 발표 시기를 작품 이름 뒤의 괄호 속에 적었다. 같은 작품을 고쳐서 다시 발표한 경우에는 처음 발표한 시기를 앞에 적고 고쳐서 발표한 시기를 뒤에 적었다.

「먼 후일」의 극적 상황은 한 여자의 독백을 중심으로 하여 그 주위에서 전개된다. 본문의 시상(時相, 과거-현재-미래를 시제라고 하고 완료와 진행을 완료상과 진행상이라고 한다)은 미래 시형(時形, 시제를 나타내는 동사의 형태)과 미래완료 시형에 근거하고 있으며 서법은 직설법이 아니라 가정법에 근거하고 있다. 서법은 원래 동사의 형태가 빚어내는 갖가지 색채와 말하는 사람이 표현하는 여러 가지 태도를 드러내게 마련인데, 특히 가정법으로 표현되는 내용은 그것이 희망이든 소원이든 놀라움이든 일단 말하는 사람의 마음속을 거쳐 표면에 나타난다. 말하는 사람의 심리적 색채가 부가되어 진술의 내용이 주관적인 냄새를 띠게 되는 것이다. 그러므로 본문의 미래 시형은 글자 그대로 미래 시상은 아니며, 과거에서부터 현재까지 계속되어 왔고, 앞으로도 오랫동안 계속될 어떤 상황을 지시하는 시상이다. 본문이 암시하는 중심사건은 사랑과 이별이다. 남자가 여자에게 다시 돌아오겠노라는 약속을 남기고 떠났다. 시간이 가면 갈수록 여자는 더욱더 남자를 그리워한다. 미래 시형과 미래완료 시형이 교차되며 조성하는 내용은 현재 이 순간의 억누를 수 없는 그리움이다. 다시는 못 만나게 될지도 모른다는 두려움과 떨림 속에서 여자는 남자가 돌아오지 않는 상황과 자기가 남자를 더 이상 만나고 싶어하지 않는 상황을 상상해본다. 그러한 두려움과 떨림이야말로 간절한 사랑에 따르기 마련인 불안 이외에 다른 것이 아니다. 나는 잊을 것이고 당신은 내게로 돌아와 나를 원망할 것이라는 이 시의 가정법은 당신이 나를 잊을지라도 나는 당신을 잊을 수 없다는 내용을 암시하고 있다. 그러므로 이 시는 두 개의 층위로 되어 있으며 겉뜻과 속뜻이 서로 반대

방향으로 움직이고 있다. 네 번 반복되는 "닞었노라"의 어조로 본다면 여자는 '내가 당신을 잊을지도 모르니까 빨리 돌아오라'는 뜻을 점잖게 전달하는 것 같다. 그러나 실제 상황은 여자가 그리움을 견디지 못해 체면불고하고 애타게 간청하고 있는 것이다.

극적 상황을 설정하고 그것에 닷추어 시를 꾸며내려면 인물 시각 서술에 의존할 수밖에 없다. 「풀따기」(1921.4/1922.8)에 나오는 한 여자는 "날마다 뒷산에 홀로 앉아서"(20쪽) 풀을 따서 물에 던지고 모래 바닥에 어른거리는 풀 그림자를 들여다보며, 「고적(孤寂)한 날」(1922.7)에 나오는 한 남자는 여자의 편지를 받고 그 편지 때문에 생긴 "서러운 풍설(風說)"(683쪽)에 괴로워하면서도 읽고 나서 물에 던져 달라는 사연을 언제나 꿈꾸며 생각해 달라는 의미로 받아들이고, 「첫 치마」(1922.1)의 집난이(새로 시집간 색시)는 "꽃 지고 닢 진 가지를 잡고"(629쪽) 허리에 감은 치마를 눈물로 함빡 쥐어짜며 속없이 느껴 운다. 인물의 시각을 통해서 극적 상황을 구축할 뿐 아니라 「제비」(1922.1), 「개아미」(1922.1), 「부헝새」(1922.1)에서 보듯이 소월은 동물이나 곤충의 시각을 통해서 극적 상황을 구축하기도 한다. 그러한 방법은 때때로 「접동새」(1923.3)처럼 한 인물의 시각과 민중의 시각이 중첩되는 복잡한 연극을 만들어내기도 한다.

접동
접동
아우래비 접동

진두강(津頭江) 가람가에 살든 누나는

진두강(津頭江) 앞마을에

와서 웁니다

옛날 우리나라

먼 뒤쪽의

진두강(津頭江) 가람가에 살든 누나는

이붓어미 싀샘에 죽었습니다

누나라고 불러 보랴

오오 불설워

싀새움에 몸이 죽은 우리 누나는

죽어서 접동새가 되었습니다

아웁이나 남아 되든 오랩동생을

죽어서도 못 닞어 차마 못 닞어

야삼경(夜三更) 남 다 자는 밤이 깊으면

이 산(山) 저 산(山) 옮아가며 슬피 웁니다

—김소월, 「접동새」 전문

    앞의 세 연은 전설을 극화한 내용이므로 "옛날, 우리나라/먼 뒤쪽"이란 말투(옛날 옛날 옛적에)에서 짐작할 수 있듯이 민중의 목소리로 이야기되고 있다. 대부분의 민담은 결핍과 피해에서 시작되지만 보조자 또는 증여자의 도움으로 마술적 물건을 얻어서 결핍을 보상하고 주인공이 구조되는 데서 끝난다. 그러나 이 시의 전설에는 구원자도 증여자도 등장하지 않는다. 불행의 원인은 전적으로 가정에 있고, 죽어서 새가 된다는 신화적 사건조차 불행을 보상하지 못한다는 의미에서 비극적이다. 주인공의 탐색 대상은 '아웁 오래비'를 보호하는 것인데, 주인공은 죽어서도 그 목표에 도달하지 못한다. 접동새는 아홉 오라비를 부르며 "아우래비 접동" 하고 울 뿐이다. 생명을 바친 사랑으로도 구원할 수 없는 불행은 바로 비극성의 본질이다. 이러한 비극의 진정성이 그녀를 "아우래비"의 누나일 뿐 아니라 민중 전체의 누나가 되게 하였을 것이다. 그런데 넷째 연에 들어서면 민중의 목소리는 사라지고 "오랩동생" 중의 한 사람이 화자로 등장한다. 그는 그녀를 "싀새움에 몸이 죽은 우리 누나"라고 부르는 것이다. 그들의 누나는 그녀의 사랑으로 동생들의 불행을 없애지는 못했으나, 목숨을 바쳐 염려하고 이해해주는 누나의 눈길은 동생들의 불행을 감싸고 그 불행을 견딜 만한 고통으로 바꿔놓는다. 숨은 사랑의 힘이 사랑의 대상에게 어쩔 수 없는 결핍을 견뎌낼 수 있게 하는 힘을 선사한다. 이 시의 본문에서는 민중의 목소리와 오랩동생의 목소리 이외에 시인 자신의 목소리도 울려나온다. "오오 불설워"가 바로 소월 자신의 목소리다. '불설다'는 살림이 곤궁하여 신세가 가엾다는 의미의 정주 방언이다. 불쌍하고 쓸쓸한 정경이 사람의 마음에 깊은 느낌을 줄 때 사용하는 형용사인데, 여기서 본문의 사건을 불쌍하고 쓸쓸하다고 느끼는 사람은 소월 자신이다. 사건의 당사자들인 누나나 오랩동생은 고통을 겪고 있는 사람들이므로 불쌍하다는 느낌을 가질 여유가 없을 것이다. 그들은 불설다는 느낌의 주체가 아니라 대상이다. 작가의 주석이 인물의 시각 사이에 슬며시 끼어들어 인물의 음성과 작가의 음성이 공존하는 이 자유 간접 화법이 연극의 다성악적 화음을 더욱 복잡하게 만들어놓고 있다. 마지막 연은 사건을 마무리하는 작가의 주석이다. 객관적인 거리를 유지하며 사건의 의미를 해석하고 작품에 개입하는 이는 작중인물이자 작중화자로 변신한 소월이다.

소월은 극적 상황을 구축하는 능력을 꿈이라고 불렀는데, 소월이 말하는 꿈을 상상력이라는 말로 바꾸어도 무방할 것이다. 극적 상황을 구축하는 것은 소월에게도 쉬운 일이 아니었던 듯하다. 「꿈」(1922.1)에서 소월은 "닭 개 즘생조차도 꿈이 있다고/니르는 말이야 있지 않은가,/그러하다, 봄날은 꿈꿀 때./내 몸에야 꿈이나 있으랴, 아아 내 세상의 끝이어,/나는 꿈이 그립어, 꿈이 그립어"(141쪽)라고 탄식한다. 소월에 의하면 상상력은 인간과 동물을 묶어주는 끈이며 "세상의 끝"이라는 말로 미루어 인간이 간직하고 있는 것 가운데 가장 소중한 것이다. 인간은 소중하게 여기는 대상 앞에서만 아쉬움과 모자람을 느낀다. "내 몸에야 꿈이나 있으랴"라는 문장에는 소월의 안타까운 결여감이 들어 있다. 극적 상황을 적절하게 설정하는 것은 어려운 일이지만, 일단 극적 상황이 조성되면 그 극적 상황에 특정한 감정적 색조를 퍼뜨리는 것은 어려운 일이 아니다. 「꿈」(1922.6)은 극적 상황의 구축 없이 감정을 투사하는 언어에 의한 분위기만 남을 때 소월의 시가 어떻게 풀어져버리고 마는가를 보여준다. "꿈? 영(靈)의 헤적임. 설음의 고향(故鄕)./울쟈, 내 사랑, 꽃 지고 저므는 봄"(261쪽). 이 시의 언어는 감상적이고 허술하다. 여기서 꿈은 신체의 움직임과 무관한 "영의 헤적임"에 속하는 것이다. 꿈의 에로스는 이 시에서 능동적이 아니고 수동적이다. 그것은 헤쳐내며 앞으로 나아가지 않고 헤적이며 그 자리에서 머뭇거린다. 연극적 상황과 감상적 분위기를 통합할 수 있게 하는 주제로 사랑과 죽음보다 더 적합한 것은 없다. 소월이 스무 살을 전후하여 발표한 시들은 남자와 여자의 사랑과 이별을 다루는데, 기조는 신체가 결여된 에로스로 가득 찬 몽환적 분위기에 근

거한다. "어스름 타고서 오신 그 여자는 너 꿈의 품 속으로 들어와"(94쪽)
안기고 "닭은 꼬꾸요, 꼬꾸요 울 제, 헛잡으니 두 팔은 밀려"(643쪽) 난
다. 「꿈자리」(1922.11)의 주인공은 "당신이 깔아 놓아주신 이 자리는 외
로웁고 쓸쓸합니다마는, 제가 이 자리 속에서 잠자고 놀고 당신만을 생
각할 그때에는 아무러한 두려움도 없고 괴로움도 닞어버려지고 마는대
요. 그러면 님이여! 저는 이 자리에서 종신토록 살겠어요"(692쪽)라고 말
하고, 「깊은 구멍」(1922.11)의 주인공은 "당신의 손으로 지으신 그 구멍
의 심천(深淺)을 당신이 알으시리다. 그러면 날마다날마다 그 구멍이 가
득히 차서 빈틈이 없도록 당신의 맑고도 향기롭은 그 봄 아츰의 아지랑
이 수풀 속에 파묻힌 꽃 이슬의 향기보다도 더 귀한 입김을 쉬일 새 없이
나의 조그만 가슴 속으로 불어 넣어 주세요"(696쪽)라고 말한다. 남자와
여자가 만나는 무대는 현실의 장소가 아니고 '꿈자리'이다. 신체와 신체
가 접촉할 수 없다는 의미에서 그 사랑은 채울 수 없는 결여이고 메울 수
없는 간극이다. 그러한 결여와 간극, 다시 말하면 고통을 통해서만 남자
는 자기의 사랑을 확인할 수 있다. 이 경우에 여자는 남자가 술을 따르면
술잔이 되고 차를 따르면 찻잔이 되는 빈 잔과 같다. 잔에 채울 무엇을
가지고 있는 한 여자가 지구의 다른 끝에 있더라도 그는 그녀의 입김을
끌어당길 수 있을 것이고 그녀로 인해서 세계의 모습을 나날이 새롭게
자각할 수 있을 것이다. 소월에 의하면 사랑의 본질은 지각의 쇄신에 있
다. 사랑은 "봄 가을 없이 밤마다 돋는 달"(124쪽)을 낯선 사물로 변형하
고 평소에 쳐다보지도 않던 달이 설움인 것을 알게 한다. 사랑과 그리움
의 가정법은 이별과 죽음의 가정법을 포함한다. 소월 시는 사랑과 그리
움의 연극일 뿐 아니라 이별과 죽음의 연극이기도 하다.

나 보기가/역겨워/

가실/때에는//

말 없이/고히 보내/드리우리다//

영변(寧邊)에/약산(藥山)/

진달래꽃//

아름 따다/가실 길에/뿌리우리다//

가시는/걸음걸음/

놓인 그/꽃을//

사뿐히/즈려 밟고/가시옵소서//

나 보기가/역겨워/

가실/때에는//

죽어도/아니 눈물/흘리우리다//

—김소월, 「진달래꽃」 전문

　「진달래꽃」(1922.7)에서 시인은 이별의 가정법을 말하기 위하여 시상을 미래 시형으로 고정해놓고 있다. 이 시에 나오는 여자에게 이별의 가정법은 죽음의 가정법이다. 여기서 꽃은 버림받은 여자가 흘리는 피이면서 동시에 버림받은 여자 자신이다. "붉은 피같이도 쏟아져 나리는/저 긔 저 꽃닢들"(310쪽)에서 보듯이 소월 시에는 피에 비유되는 꽃이 등장한다. 그러나 남자의 발에 즈려밟혀 으깨지는 꽃을 여자라고 보아야 이별이 곧 죽음이라는 이 시의 가정법이 살아난다. 만일 이별이 온다면 그것은 곧 여자의 죽음이기 때문에 그 여자는 말없이 그를 보낼 것이고 눈물을 흘리지 않을 것이다. 살아서 그를 기다리려고 할 때 말을 하고 눈물을 흘리는 것이지 죽을 수밖에 없을 때 말을 하거나 눈물을 흘리는 여자는 없을 것이다. 그가 아무리 사뿐히 밟아도 밟히는 꽃 즉 그녀의 생명은 끊어진다. 여자는 남자에게 '당신은 가벼운 마음으로 간다고 하지만 당신이 나를 떠나는 것은 나를 죽이는 것입니다'라고 말한다. 그의 떠남은 그녀의 죽음이면서 동시에 그의 죽음이다. '가볍게'라는 뜻의 부사인 "사뿐히"와 '힘주어'라는 뜻의 부사인 "즈려"가 붙어 있다는 데 「진달래꽃」의 역설이 있다. 가는 그는 사뿐히 밟으려 하여도 그녀는 그가 그녀를 짓밟는다고 느낀다. 그녀는 그의 발에 지르밟혀 죽는다. 처음부터 끝까지 이 시는 독자의 예상을 전복시키는 역설적 구조로 구성되어 있다. 떠나는 남자를 말없이 보내주는 여자가 있을까? 말없이 꽃을 뿌리는 것은 또 무슨 뜻일까? 놀리는 것인가? 눈물 없는 이별이란 어떤 것일까? 이 시를 읽는 것은 이러한 역설들을 죽음과 통하는 사랑, 생사를 건 사랑에 비추어 받아들이는 것이고 통곡이 오히려 경박한 행위가 되는 이별의 처절한 상황을 통하여 심정의 드라마를 체험하는 것이다. 발표된 지 한 세기가 다 되어가는데도 이 시의 운율은 한없이 자연스럽게 느껴진다. 나는 그 이유가 3음보와 4음보가 섞여 있는 혼합 음보에 있다고 생각한다. 대부분의 7·5조는 3음보로 율독되며 이 시의 경우에도 7음절을 3-4음절 또는 4-3음절의 2음보로 읽고 5음절을 1음보로 읽어서 3음보로 율독해도 무방하다. 그러나 나의 호흡에는 둘째 연을 제외한 세 연에서 첫 두 줄의 7·5조를 4음보로 읽고 셋째 줄의 7·5조를 3음보로 읽는 것이 더 자연스러웠다. 둘째 연의 3음보-3음보 구성이 다른 세 연의 4음보-3음보 구성에 변화를 줌으로써 시 전체의 운율은 심정의 드라마에 생동감을 부여한다. 시 전체를 3음보의 틀에 맞춰 율독하는 것은 심정의 처절함을 약화시킬 우려가 있다.

소월 시에 나오는 여자들은 이후로 다시는 눈물을 흘리지 않는다. "세상은 무덤보다도 다시 멀고/눈물은 물보다 더 텁음이"(451쪽) 없기 때문이다. 눈물은 세상에 속하는 것이고 물은 무덤에 속하는 것이다. 죽은 사람들은 무덤 속에서 "눈석이물"(쌓인 눈이 속으로 녹아서 된 물)처럼 자연의 질서에 따라 순환한다. 죽은 사람들의 집에는 모순과 갈등, 대립과 동요가 남아 있지 않다. 「달맞이」(1922.1/1925.11)는 사람들이 정월 대보름날, 달에 소원을 빌러 산에 오르는 광경을 배경으로 하고 있는 시다. 이 시의 주인공은 사람들이 산에 오르고 내리는 행동을 떠오르는 달과 떨어지는 삼성(參星)에 비유하고, 그것을 다시 새 옷과 묵은 설움에 대응시킨다. 새 옷으로 갈아입고 새해를 맞아도 묵은 설움은 그대로 남아 있다는 것이다. 그는 저마다 은밀한 소원을 비는 자리에서 보름달을 마중하는 대신 죽은 동무를 배웅한다. 미래를 향해 서 있는 이웃집들과 과거를 향해 누워 있는 무덤의 경계에서 그는 양쪽을 돌아보며 삶 속에 있는 죽음과 죽음 주위를 회전하는 삶을 날카롭게 드러낸다. 「금잔듸」(1922.1/1925.12)의 극적 상황은 무덤과 달의 대립이 아니라 무덤과 봄의 대립을 중심으로 전개된다.

잔듸,
잔듸,
금잔듸,
심심산천에 붙는 불은
가신 님 무덤가엣 금잔듸.

봄이 왔네 봄빛이 왔네.

버드나무 끝에도 실가지에.

봄빛이 왔네, 봄날이 왔네,

심심산천에도 금잔듸에.

—김소월,「금잔듸」전문

봄–봄빛–봄날은 마치 불붙듯이 잔듸–버드나무–심심산천을 태워 들어간다. 잔듸와 버드나무 안에 깃들인 물기도 불어나서 산을 흐르는 내가 된다. 봄의 불길이 산과 물을 모두 다사롭게 덥혀준다. 잡풀이 섞이지 않은 금잔듸는 순수하다는 점에서 금에 비유되고 금의 휘황한 광채는 다시 봄빛에 연관된다. 겨울 내내 누런 잎이 곱게 깔려 있던 금잔듸에 어린 봄빛은 생명의 빛이고 "심심산천에 붙는 불"은 다름 아니라 생명의 불이다. "제석산(啼昔山)에 붙는 불은 옛날에 갈라선 그 내 님의/무덤엣 풀이라도 태왔으면!"(611쪽) 하고 바라던 화자는 무덤가의 금잔듸가 바로 그 불이라는 것을 깨닫고 죽음의 둘레를 회전하는 삶의 리듬에 황홀하게 잠겨든다. 봄은 죽음의 한복판을 뚫고 나와 나뭇가지 끝에 눈을 틔운다. "섧다 해도/웬만한,/봄이 아니어,/나무도 가지마다 눈을 터서라!"(159쪽) 아무리 긴 산문으로도「수아(樹芽)」라는 이 짧은 시에 나오는 두 개의 쉼표가 힘 있게 얽어 짜내는 침묵을 풀어내지 못할 것이다. 두 개의 쉼표가 시 안에 불연속성의 함정을 파놓고, 예기치 않았던 곡절과 얽힘이 시를 살아서 생동하게 한다.「찬 저녁」과「무덤」의 주인공은 무덤을 열고 그를 부르는 죽음의 소리를 듣는다. "엉긔한 무덤들은 들먹거리며"(451쪽), "여긔저긔/돌무더기도 음즉이며, 달빛에"(440쪽) 흘러 퍼지는 "형적 없는 노래"(440쪽)를 듣는 것이다. 그가 찾는 것은 그곳에 묻혀 있는 "옛 조상들의 기록"(440쪽)이다. 그러나 그는 거기서 아무것도 보지 못한다. "넋을 잡아 끌어 헤내는 부르는 소리"(440쪽)를 들을 뿐이다. 「넷님을 따라가다가 꿈 깨어 탄식함이라」(1925.1)의 화자는 반대로 죽은 여자를 불러내고 싶어한다. 시간은 붉은 해가 서산 위에 걸린 저녁이고 공간은 "떨어져 앉은 산과 거츠른 들이/차례 없이 어우러진 외따롭은 길"(727쪽)이다. 무대의 배경에서는 뿔이 채 여물지 않은 사슴들이 울고 있다. 한 남자가 그 길을 걸으며 죽은 여자를 생각한다. 그의 귀에는 말의 워낭 소리가 들리고 그의 눈에는 "남견(藍絹)의 휘장을 달고"(727쪽) 지나가는 가마가 보인다. 그는 여자의 사당에 늘 한 자루 촛불이 타고 있는 것을 새삼스럽게 깨닫고 사당 안에 있는 여자의 화상(畵像)을 쳐다본다. 그는 그녀에게 한 마디 말도 건네지 못한 것을 생각하고 "지금이라도 이름 불러 찾을 수 있었으면!"(727쪽) 하는 희망을 품어보지만 이내 체념하고 만다. "어느 때나 심중에 남아 있는 한 마디 말을/사람은 마자 하지 못하는 것"(727쪽)이기 때문이다. 이 시는 무대 장치를 늘이고 독백을 줄여서 「초혼(招魂)」을 다시 쓴 것이다(「초혼」보다 뒤에 발표했지만 구성이 풀어져 있는 것으로 보아서 어쩌면 이 시가 「초혼」의 초고였는지도 모른다).

산산히 부서진 이름이어!
허공중에 헤여진 이름이어!
불러도 주인 없는 이름이어!
부르다가 내가 죽을 이름이어!

심중에 남아 있는 말 한 마듸는
끝끝내 마자 하지 못하였구나.

사랑하든 그 사람이어!
사랑하든 그 사람이어!

붉은 해는 서산 마루에 걸리웠다.
사슴이의 무리도 슬피 운다.
떨어저 나가 앉은 산 우헤서
나는 그대의 이름을 부르노라.

설음에 겹도록 부르노라.
설음에 겹도록 부르노라.
부르는 소리가 비껴 가지만
하눌과 땅 사이가 너무 넓구나.

선 채로 이 자리에 돌이 되어도
부르다가 내가 죽을 이름이어!
사랑하든 그 사람이어!
사랑하든 그 사람이어!

—김소월, 「초혼」 전문

　　민간의식과 민간전설에 토대한 극적 상황은 「접동새」와 유사하지만,
「초혼」에서는 인물의 목소리와 민중의 목소리가 「접동새」에서와 달리
격렬하게 대립하고 있다. 이 시의 주인공은 초혼(招魂)하고 발상(發喪)
하는 고복(皐復)에서 발상의 절차를 아예 빼어버리고 초혼만 한없이 계
속한다. 그는 또 남편을 기다리다가 돌이 되었다는 전설을 잃어버린 나

라의 이름을 부르다가 돌이 되었다는 당대의 이야기로 변형한다. 초혼이란 민간에서 사람이 죽었을 때 그 사람이 생시에 입던 저고리를 들고 지붕이나 마당에서 북쪽을 향하여 외치는 의식이다. 왼손으로 옷깃을 잡고 오른손으로 허리께를 잡고 '아무 동네 아무개 복(復)'이라고 세 번 부른다. 민속에서는 사람이 죽으면 얼은 하늘로 날아가고 넋은 땅으로 흩어진다고 한다. 얼을 불러 돌아오게 한 후에 얼과 넋을 한데 모아야 하는데, 부르는 소리는 비껴가고 하늘과 땅 사이는 넓기만 하다. 첫째 둘째 다섯째 연에서 죽은 사람의 이름이 언급되는데, 그것은 "산산히 부서진 이름"이다. 둘째 연에서 시의 화자와 죽은 사람의 관계가 밝혀진다. 그/그녀는 사랑하면서도 사랑한다는 말을 하지 못했다. 이 아쉬움이 죽은 사람에 대한 갈망을 더욱 강하게 만든다. 셋째 연에는 초혼의 무대가 묘사되어 있다. 해는 뉘엿뉘엿 지고 있으며 마을에서 멀리 떨어진 산에서 사슴들이 울고 있다. 넷째 연에 등장하는 하늘과 땅은 죽은 사람에 대한 그/그녀의 사랑이 개인적인 사건이 아니라 우주적인 사건이라는 것을 암시해준다. 이 시에서 하늘과 땅은 서로 통하여 작용할 수 없을 정도로 멀리 떨어져 있다. 부르는 소리는 울림을 이루지 못하고 하늘과 땅의 틈 사이로 비껴갈 뿐이다. 우리는 여기서 시의 화자가 민간의식을 그대로 따르지 못하는 이유를 짐작해볼 수 있다. 나라 잃은 시대에는 전통 또한 무너졌을 것이기 때문이다. 인물의 목소리와 민중의 목소리가 어긋나는 이 시의 불협화음은 대립과 긴장으로 가득 찬 실국시대(失國時代)를 부각시키는 효과적인 방법이다. 다섯째 연은 첫째 연의 "부르다가 내가 죽을 이름이어!"와 둘째 연의 "사랑하던 그 사람이어!"를 통합함으로써 분열에 저항하는 행동을 보여준다. 돌은 타협을 거부하고 저항을 포기하지 않는 행동의 상징이다.

지금까지 살펴온 소월 시의 사건들은 사랑과 죽음이라는 두 개의 초점을 둘러싸고 회전한다. 그러나 소월 시에는 길과 돈이라는 또 다른 무대에서 전개되는 사건들이 있다. 두 가지 서로 다른 사건 진행은 상당한 기간 동안 겹쳐져 있었으나 『진달래꽃』의 간행을 경계로 하여 길과 돈이 더 자주 등장하게 된다. 「님에게」(1925.7)의 주인공은 "추겹은 벼갯가의 꿈은 있지만/당신은 닛어바린 설음이외다"(71쪽)라고 하면서 사랑이 과거의 흔적으로만 남아 있다고 스스로 고백한다. 인물 시각 서술이 여전히 보이지만 지금까지 잘 안 쓰이던 작가 주석 서술이 나타나는 것도 이 다른 무대의 특징이다. 「장별리(將別里)」(1922.7)와 「왕십리(往十里)」(1923.8)에서 시인은 '비'와 '벌새'라는 같은 소도구를 배치하여 무대를 주석적으로 묘사한다. 이 시들에서 사건은 가볍게 취급된다. "흐르는 대동강, 한복판에/울며 돌든 벌새의 떼무리,/당신과 이별하든 한복판에/비는 쉴 틈도 없이 나리네, 뿌리네"(685쪽)라는 셋째 연에 사건이 들어 있으나, 이 사건은 '장별리(장차 이별할 곳)'라는 마을 이름에서 연상되어 나온 것이므로 독자적인 의미를 가진 사건이라고 할 수 없다. 이 시의 핵심은 사건이 아니라 '비스틈히'도 내리는 "금실 은실의 가는 비"와 "털털한 배암 문휘(紋徽) 돈은 양산(洋傘)"에 대한 묘사다. "비 맞아 나른해서 벌새가"(499쪽) 운다는 「왕십리」의 사건도 지명과 연관된다. "여드레 스무 날엔/온다고 하고/초하로 삭망(朔望)이면 간다고 했지./가도 가도 왕십리(往十里) 비가 오네"(499쪽). 이 부분의 '온다'와 '간다' 같은 동사들은 왕(往) 자에서 연상된 것이고 '여드레', '스무날', '초하로', '보름날'은 십(十) 자에서 연상된 것이다. 무대장치의 묘사는 오히려 부수적인 현상이고 이 시의 핵심은 언어의 조직 자체다. 첫 연은 소월의 언어감각을 특별히 잘 보여준다. "비가 온다/오누나/오는 비는/올지라도 한 닷새 왔으면 좋지"(499쪽). 네 줄 안에 '온다', '오누나', '오는', '올지라도', '왔으면' 등 같은 동사의 다섯 가지 활용형태가 나온다. 여기서 한 걸음 더 나아가면 「산유화(山有花)」처럼 사람이 전혀 등장하지 않는 시가 된다.

산에는 꽃피네
꽃이 피네
갈 봄 녀름 없이
꽃이 피네

산에
산에
피는 꽃은
저만치 혼자서 피여 있네

산에서 우는 적은 새요
꽃이 죠와
산에서
사노라네

산에는 꽃 지네
꽃이 지네
갈 봄 녀름 없이
꽃이 지네

　'꽃' 이 여덟 번, '산' 이 여섯 번, '핀다' 가 네 번, '진다' 가 세 번 반복되는 이 시가 의미의 음악임을 의심할 사람은 없을 것이다. 이 시의 핵심은 의미보다 음악에 있다. 구태여 의미를 찾는다면 "새" 라는 명사, '운다', '산다' 라는 동사, '좋다' 라는 형용사, '없이' 라는 부사의 상호작용에 유의해야 할 것이다. 산과 꽃과 새의 어울림 중에서 의지적 행동을 할 수 있는 것은 새밖에 없다. 동사로 보아도 '운다' 와 '산다' 만이 의지작용을 포함하며 '핀다' 와 '진다' 는 저절로 진행되는 과정이므로 의지작용을 포함하지 않는다. 첫째 연의 '핀다' 는 둘째 연에서 '피어 있다' 로 변한다. 과정으로부터 상태로 진행되면서 '산유화' 라는 제목의 의미가 농부가에서 '산에 꽃이 있다' 는 문장으로, 다시 피고 지는 자연의 주기적 순환으로 바뀐다. "저만치 혼자서 피어 있네" 의 '저만치' 는 무엇으로부터 저만치 피어 있는 것인가? 이것을 화자나 청자로부터의 거리라고 보는 해석은 타당하지 않다. 이 시가 자연의 주기적 순환을 말하는 것은 분명한 사실이므로 간접적으로 자연의 연속성과 인간의 불연속성을 대조할 수는 있을 것이다. 그러나 사람이 등장하지 않는 시에 사람을 끌어들여 해석하는 것은 온당한 독법이라고 할 수 없다. 그렇다면 '저만치' 는 이 시 안에서 유일하게 의지작용을 할 수 있는 새로부터의 거리가 아닐 수 없다. 꽃을 좋아하면서도 가까이 가서 꽃과 사귀지 않고 꽃으로부터 떨어져 나와 일정한 거리를 취하는 새의 태도에서 우리는 심미적 정관의 본질을 엿볼 수 있다. 아니 어쩌면 '저만치' 는 꽃을 좋아할 수는 있으나 꽃과 사귈 수는 없는 새의 은명적 한계를 지적하는 것인지도 모른다. 새는 우주적 조화와 우주적 고독을 동시에 느낀다. 우주는 조화와 고독의 상호작용 속에서 생성하고 소멸한다. '산에 꽃이 있다' 는 평범한 사실에서 새는 기쁨을 느낀다. 그러나 이 기쁨은 '꽃이 진다' 는 사실을 외면하는 환상적 기쁨이 아니다. 소멸을 동시에 인식하는 허전함도 기쁨을 구성하는 한 요소로서 존재한다. 조화와 고독, 충만함과 허전함의 상호작용이 우주적 무도(舞蹈)를 형성하고 있다. "산에/산에/피는 꽃은/저만치 혼자서 피어 있네"에서 2음절 1음보가 4음절 2음보로, 다시 10음절 3음보로 확대되는 시행들이 조성하는 속도의 급격한 변화는 감정의 추이와 일치한다. "/kalpomnjəriməpsi/"라는 시행 하나만 잘 분석해도 우리는 시의 음악성에 관하여 많은 것을 알 수 있을 것이다. "여름-없이"에 나타나는 /əɨ-əi/의 반복과 "갈 봄-여름"에 나타나는 /lm-rm/의 반복은 자연의 주기적 순환성이라는 주제에 기여하고 있다. 이 시는 전반적으로 객관 중립 서술에 의존하고 있으나 셋째 연에 나오는 "사노라네"가 화자의 개입을 넌지시 드러낸다고 볼 수 있다. 새가 '꽃이 좋아 산에서 산다' 고 화자에게 말한 것인지, 작은 새는 꽃을 좋아한다고 화자가 생각한 것인지 분명하지 않기 때문이다. 산에는 늘 꽃들이 피고 지는 것을 반복하지만 꽃들은 저마다 혼자서 피어 있고, '작은' 새는 꽃을 좋아하여 산을 떠나지 않고 있지만 그 새는 꽃들에게 가까이 다가서지 못한다. 꽃과 새 사이에는 넘어설 수 없는 일정한 거리가 있다. 반복과 거리, 가냘픔과 외로움이 느껴지기는 하지만 우리는 이 시에서 분명한 주제를 찾을 수 없다. 「산유화」는 의미를 묻지 않아도 어떤 진실을 느낄 수 있게 하는 시다. 이상의 「절벽」과 김수영의 「풀」은 김소월의 「산유화」와 동일한 방식으로 구성되어 있는 시들이다.

꽃이보이지않는다. 꽃이향(香)기롭다. 향기(香氣)가만개(滿開)한다. 나는거기묘혈(墓穴)을판다. 묘혈(墓穴)도보이지않는다. 보이지않는묘혈(墓穴)속에나는들어앉는다. 나는눕는다. 또꽃이향(香)기롭다. 꽃은보이지않는다. 향기(香氣)가만개(滿開)한다. 나는잊어버리고재차거기에묘혈(墓穴)을판다. 묘혈(墓穴)은보이지않는다. 보이지않는묘혈(墓穴)로나는꽃을깜빡잊어버리고들어간다. 나는정말눕는다. 아아 꽃이또향(香)기롭다. 보이지도않는꽃이—보이지도 않는꽃이.

—이상, 「절벽」 전문

「절벽」은 나와 꽃과 향기와 묘혈이란 네 개의 명사가 '판다', '눕는다', '만개한다', '들어간다', '들어앉는다', '보이지 않는다', '잊어버린다'는 일곱 개의 동사, 그리고 '향기롭다'라는 하나의 형용사와 엇걸리며 단순하게 반복되고 있는 시다. "꽃이 향기로워서 그 자리에 묘혈을 파고 들어가 눕고 싶다"는 문장에서 꽃과 묘혈에 '보이지도 않는'이라는 수식어를 얹음으로써 이상은 관념을 배제하였다. "향기롭다-판다-들어간다-들어앉는다-눕는다"는 일련의 행동은 꽃과 묘혈이 보일 때만 가능하다. 작중인물은 그것이 보이지 않는다는 사실을 자꾸만 잊어버리고 일련의 행동을 무한히 반복한다. 작은 새가 꽃이 좋아 산에서 살듯이 나는 꽃이 향기롭기 때문에 향기 속에 묘혈을 판다. 보이지 않는 꽃은 일정한 거리 이상으로는 다가설 수 없는 아쉬움을 암시한다. '갈 봄 여름 없이'가 두 번 반복되듯이 '잊어버리고'도 두 번 반복되어 무한한 순환을 나타내준다. 행동의 반복은 발화되지 않은 의식류의 기록이지만 반복의 이유로 제시되는 '잊어버린다'는 일인칭 자기서술이다.

　　풀이 눕는다

비를 몰아오는 동풍에 나부껴

풀은 눕고

드디어 울었다

날이 흐려서 더 울다가

다시 누웠다

풀이 눕는다

바람보다도 더 빨리 눕는다

바람보다도 더 빨리 울고

바람보다 먼저 일어난다

날이 흐리고 풀이 눕는다

발목까지

발밑까지 눕는다

바람보다 늦게 누워도

바람보다 먼저 일어나고

바람보다 늦게 울어도

바람보다 먼저 웃는다

날이 흐리고 풀뿌리가 눕는다

—김수영, 「풀」 전문

　김수영의 「풀」은 풀과 비와 날과 바람이란 네 개의 명사가 '나부낀다',
'눕는다', '일어난다', '운다', '웃는다' 란 다섯 개의 동사 그리고 '흐리
다' 란 하나의 형용사와 엇걸리며 단순하게 반복되는 시다. 다만 이 시에

서는 바람과 동풍, 풀과 풀뿌리 같은 유의어를 사용하고 '드디어', '다시', '빨리', '먼저', '늦게' 등의 부사와 '까지', '보다' 등의 토를 다양하게 활용하여 단순한 반복이 아닌 듯한 인상을 준다. 바람이 풀을 억압한다고 보는 해석은 시의 문맥과 맞지 않는다. 풀은 바람에 나부끼지만, 풀을 나부끼게 하는 바람 또한 울고 웃고 눕고 일어나는 행동을 풀과 함께 반복하고 있다. 풀은 바람보다 빨리 울고 빨리 눕기도 하고 바람보다 늦게 울고 늦게 눕기도 한다. 풀이 바람보다 먼저 일어난다는 것은 특별한 의미의 표현이 아니라 사실의 객관적인 서술로 보아야 한다. 풀은 발목까지 눕고, 발밑까지 눕고 드디어 풀뿌리가 눕는다. 발목과 발밑이란 말에서 화자의 위치를 짐작할 수 있다. 화자는 풀밭 가운데서 날과 바람과 풀을 관찰하고 그것을 객관적으로 기술한다. 객관 중립 서술은 확대 해석을 차단한다. 「산유화」처럼 이 시에서도 바람과 풀은 완전한 일치를 이루어내지 못한다. 눕는 데도 일어나는 데도 우는 데도 웃는 데도 그들의 사이에는 어긋남이 있다. 「산유화」의 작시 방법은 보편관념을 중시하는 사회시를 제외하면 한국 현대시의 여러 계보에 광범위하게 이용되고 있다. 이러한 작시 방법은 서정주 시의 계보에도 나타나고 이상 시의 계보에도 나타난다. 특히 이상 우파라고 할 수 있는 김춘수의 시에서 「산유화」는 작시의 척도로 작용하고 있다고 할 수 있다.

시에서 사랑과 죽음의 드라마가 소멸한 후 얼마 동안 소월은 극적 상황을 설정하는 데 곤란을 겪는다. 민요는 이러한 어려움을 회피하기 위하여 도입된 장치다. 「나무리벌 노래」(1924.11), 「박넝쿨 타령」(1924.11), 「이요(俚謠)」(1924.11), 「항전애창(巷傳哀唱) 명주딸기」(1924.12), 「가막덤불」(1925.1) 등은 민간에서 전해오는 노래를 수용하여 개작한 작품들이다. 민요라는 익명의 세계에 근거하여 소월은 인물과 배경을 설정하지 않고도 극적 상황에 필적하는 효과를 거둘 수 있게 된다. "물로 사흘 배 사흘/먼 삼천리/더더구나 걸어 넘는 먼 삼천리/삭주구성은 산을 넘은 육 천리요"(531쪽)로 시작되는 「삭주구성(朔州龜城)」(1923.10)과 "산새도 오 리나무/우헤서 운다/산새는 왜 우노, 시메산골/영(嶺) 넘어 갈라고 그래 서 울지"(518쪽)로 시작되는 「산」(1923.10)은 민요에서 직접 따온 작품은 아니지만, 민요를 문학적 장치로 사용하여 극적 효과를 거둔 작품이다. 「삭주구성」은 일본에서 고향을 그리워하는 내용의 시고(그러므로 고향까 지의 거리가 육천 리이다), 「산」은 고향을 떠나기 싫어 괴로워하는 내용의 시다. "물 맞아 함빡히 젖은 제비도/가다가 비에 걸려 오노랍니다"(531쪽) 와 "가끔가끔 꿈에는 사오천 리/가다오다 돌아오는 길이겠지요"(531쪽) 같은 문장이 고향으로 가는 길의 험난함을 강조한다면, "눈은 나리네, 와 서 덮이네"(518쪽)와 "산에는 오는 눈, 들에는 녹는 눈"(518쪽) 같은 문장 은 고향 떠나는 길의 험난함을 강조한다. 그것은 꿈속에서 가더라도 사오 천 리나 되는 길이고 새도 비에 걸리어 가지 못하는 길이며, 하루에 기껏 해야 "칠팔십 리"(518쪽)밖에 갈 수 없는, 그리고 가다가 고향이 그리워 "돌아서서 육십 리는 가기도"(518쪽) 하는 길이다. 소월 시에 나오는 인물 은 고향 밖에서 고향을 그리워하거나 고향에 있더라도 고향을 떠날 수밖 에 없는 사람이다. "산새도 오리나무 우헤서 운다." 산새가 그를 대신하 여 "이제 가면 언제 오리" 하고 걱정해주는 것이다. 「가는 길」(1923.10)의 한끝은 고향에 닿아 있다. 소월 시에 나오는 길들에는 고향의 인력이 작 용하고 있다.

    그립다
    말을 할까

하니 그리워

그냥 갈까
그래도
다시 더 한 번······

저 산에도 가마귀, 들에 가마귀,
서산에는 해 진다고
지저귑니다

앞 강물, 뒷 강물,
흐르는 물은
어서 따라오라고 따라가쟈고
흘러도 넌달아 흐릅디다려.

　　　　　　　　　　　　—김소월, 「가는 길」 전문

　타향에 살고 있는 사람에게는 그렇게 할 수밖에 없는 이유가 있게 마
련이다. 고향의 인력이 강한 만큼 고향의 인력을 방해하는 힘도 강하다.
나라 잃은 시대에 수많은 사람들이 일본과 중국으로 떠났다. 1938년에
서 1945년 사이에 강제 동원된 인원은 5백만 명을 넘었고, 일본으로 강
제 연행된 인원만도 백만 명 이상으로 추정된다.* 타향에서 몇 해를 보내
던 이 시의 화자에게 어느 날 문득 '그립다'라는 단어가 생각난다. 그 단

---

* 고려대학교 민족문화연구소 편, 『한국현대문화사대계 Ⅳ』, 고려대 민족문화연구소 출판부,
　1978, 614쪽.

어가 지금까지 막연한 느낌으로만 감득되던 소외감을 분명하게 규정해 준다. 그립다는 말이 그립다는 정감을 심화하고 확대한다. 고향으로 가려고 하자 쉽게 돌아갈 수 없는 사정들을 '다시 더 한 번' 인식하게 된다. 까마귀의 울음소리가 그에게 다시는 고향에 못 가리라는 불길한 예언처럼 들린다. 그러나 '서산에 해 진다'는 까마귀의 경고는 시간이 얼마 없으니 어서 고향으로 가라고 귀향을 재촉하는 충고다. 시의 넷째 연에서 독자는 고향의 인력에 몸을 맡기고 '흘러도 년달아' 흐르는 강물처럼 고향으로 달려가는 그의 모습을 본다. 고향은 사물과 인간에게 알맞은 이름을 주고, 편안하게 쉴 수 있는 자리를 준다. 제자리에 있을 때 사물은 사물답게 되고 사람은 사람답게 된다. 고향이란 공간의 "곳곳이 모든 것은/번쩍이며 살아"(391쪽) 있다. 인간과 사물이 고유성을 얻게 되는 장소를 고향이라고 한다. 소월 시의 화자들은 고향에 들어서서 비로소 "수여 가자 더욱 이 청(靑) 풀판이 좋구나"(751쪽)라고 말할 줄 알게 된다. 그들은 "흰 눈의 닢사귀"(266쪽)처럼 날리는 지연(紙鳶)과 "흰 비들기"(755쪽)처럼 나도는 바람과 "물 모루 모루 무루 치마폭 번쩍 쳐들고 반겨오는"(766쪽) 달을 동무의 낯익은 얼굴로 대하게 된다. 인류의 세계와 노동의 세계는 고향에서 모순 없이 중첩된다. 그러나 사회는 갈등의 구조일 수밖에 없기 때문에 인간에게 고향은 언제나 아직 없는 곳으로 존재한다. 소월 시에 나오는 고향도 소월이 꿈꾸는 화해의 공간이다. 나라 잃은 시대에 현실과 고향의 거리는 예외적으로 멀었을 것이다. 고향은 소월이 꾸며낸 극적 상황이라는 면이 없지 않지만, 그것은 또한 거꾸로 나라 잃은 시대의 현실을 보여주는 램프가 되어준 면도 없지 않을 것이다. 때로는 꿈이 현실을 보여주기도 하는 것이다. 한 남자가 무대에 나와서 "오오 안해여, 나의 사람!/하늘이 무어준 짝이라고/믿고 살음이

마땅하지 아니한가"(330쪽)라고 말한다. 여기에는 부부 됨이 하늘의 뜻에 근거하고 있다는 말은 음양허실의 조화라는 동아시아의 전통사상이 전제되어 있다. 그것은 중세적인 것이지만, 나라 잃은 시대의 부조화를 알려주는 비판적인 것이기도 하다. 「묵념」에 나오는 아내는 처음부터 끝까지 잠들어 있다. 사건이 진행되는 시간은 개구리가 울기 시작할 때부터 개구리 울음이 그칠 때까지다. 남편 혼자서 창턱에 두 다리를 늘이고 앉았다가 별 생각 없이 일어나 걷다가 잠든 아내에게 기대어 누웠다가 하는 것이 행동의 전부다. 밤이 깊어감에 따라 그는 고요 속에서 그의 기쁜 심령이 하늘과 땅 사이에 가득 차는 것을 느낀다. 빛나는 별빛들이 그의 몸을 자기들에게로 "무한히 더 가깝게"(427쪽) 끌어당긴다. 어디선가 액막이굿을 하는 무당이 귀신에게 비는 소리가 들린다. 고향에서는 노동도 놀이가 된다. 태양이 빛나고 새들이 지저귀는 보리밭에서 부부는 호미를 들고 "가즈란히가즈란히"(411쪽) 일하다가 쉬다가 한다. 그들은 일하면서 "생명의 향상"(411쪽)을 느끼고 쉬면서 이야기의 꽃을 피운다. 몸에는 은혜가 넘치고 마음에는 정이 넘친다. "세계의 끝은 어디? 자애의 하늘은 넓게도 덮였는데,/우리 두 사람은 일하며 살아 있어서,/하늘과 태양을 바라보아라, 날마다도날마다도, 새라새롭은 환희를 지어내며, 늘 같은 땅 우헤서"(411쪽). 이 시들을 읽을 때 우리는 부재로서 현존하는 고향의 존재를 의식하고 있어야 한다. 「바라건대 우리에게 우리의 보섭 대일 땅이 있었더면」의 주인공은 꿈과 현실의 대립을 날카롭게 의식하고 있다. 그는 "동무들과 가즈란히/벌가의 하로 일을 다 맞추고/석양에 마을로 돌아오는 꿈"(404쪽)을 꾸어본다. 그러나 꿈은 있어야 할 현실일 뿐이고 있는 현실은 실국(失國)이다.

그러나 집 잃은 내 몸이어,

바라건대는 우리에게 우리의 보섭 대일 땅이 있었드면!

이처럼 떠돌으랴, 아침에 저물손에

새라새롭은 탄식을 얻으면서.

　　　—김소월, 「바라건대 우리에게 우리의 보섭 디일 땅이 있었더면」 부분

"새라새롭은 환희"(412쪽)와 "새라새롭은 탄식"(404쪽)의 차이가 꿈과 현실의 차이다. 나라 잃은 시대에 그가 동무들과 함께 가지런히 일할 수 있는 곳은 아무 데도 없다. 그런데도 이 시의 주인공은 어느 산비탈에는 거친 밭을 "저저 혼자"(405쪽) 김매고 있는 동무들이 있을 것이라고 생각해본다. 그리고 자신 앞에 "한 걸음, 또 한 걸음"(405쪽) 나아갈 수 있는 "자촛 가느른 길이"(405쪽) 이어져 있을 것이라고 믿는다. 그러나 그러한 믿음이 환상이었다는 사실을 소월의 자살이 증명한다. 「옷과 밥과 자유」 (1925.1)의 주석적 화자는 옷과 밥과 자유가 없는 시대를 비판한다.

공중에 떠다니는

저기 저 새요

네 몸에는 털 있고 깇이 있지.

밭에는 밭곡석

논에 물베

눌하게 닉어서 수그러졌네!

초산(楚山) 지나 적유령(狄踰嶺)

넘어선다

짐 실은 저 나귀는 너 왜 넘늬?

—김소월, 「옷과 밥과 자유」 전문

　연 끝에 나오는 마침표와 느낌표와 물음표가 각 연의 의미를 암시한다. 옷과 밥과 자유를 지니고 있는 새의 삶은 긍정적인 것이므로 마침표로 끝내고 옷과 밥과 집이 없는 나귀의 삶은 부정적인 것이므로 물음표로 끝낸 것이다. 털과 깃이 없어서 날지 못하는 나귀는 무거운 짐을 지고 오랑캐나 넘는 고개를 넘는다. 적유령은 평북 강계에 있는 재이지만 소월은 흔히 지명의 축자적 의미를 시에 활용한다. 길옆의 논밭에는 밭곡식과 물벼가 누렇게 익었으나, 나귀처럼 농사를 지어놓아도 곡식은 이미 일한 사람의 것이 아니다. 이것이 어찌 한탄스러운 일이 아니겠느냐! 소월 시의 화자들은 이 땅의 과거와 현재를 암담한 어조로 기술한다. 홍경래가 "다북동(茶北洞)에서/피 물든 옷을 닙고 웨치든 일을"(375쪽) 회고해보기도 하고 "왜 왔드냐/왜 왔드냐/자곡자곡이 피땀이라/고향산천니 어듸메냐"(709쪽)라고 탄식하는 만주 이주농민의 소리에 귀를 기울이기도 하고 비록 잠깐 동안이었지만, "북으로 북으로 노서아(露西亞)의/옷과 밥 참배차(參拜次) 가보리라"(712쪽)라는 생각을 해보기도 한다. 소월 시의 화자들 앞에는 "자츳 가느른 길"(405쪽)조차도 나 있지 않았다. 노동의 의미를 상실한 세상에서 모든 길은 막다른 길이다. 「길」(1925.12)은 걷는 것이 갇히는 것임을 고백하는 시다.

　어제도 하로밤
　나그네 집에

가마귀 가왁가왁 울며 새였소.

오늘은

또 몇 십 리

어듸로 갈까.

산으로 올라갈까

들로 갈까

오라는 곳이 없어 나는 못 가오.

말 마소 내 집도

정주(定州) 곽산(郭山)

차 가고 배 가는 곳이라오.

여보소 공중에

저 기러기

공중엔 길 있어서 잘 가는가?

여보소 공중에

저 기러기

열 십자(十字) 복판에 내가 섰소.

갈래갈래 갈린 길

길이라도

내게 바이 갈 길은 하나 없소.

—김소월, 「길」 전문

　시의 주인공은 나그네다. 나그네가 하룻밤 머무는 곳은 엄밀한 의미에서 집이 아니다. 인간 존재의 중심에 닿아 있는 공간만이 집이 될 수 있기 때문이다. 나그네의 처소에는 편안한 휴식이 있을 수 없다. 그는 자신의 처지를 잠 못 자며 우는 까마귀에 견준다. 갈 곳이 없으나 그는 잠들기 전에 또 몇 십 리를 걸어야 한다. 그는 어째서 고향으로 가려고 하지 않는 것일까? 그가 나서 자란 곽산은 차가 가고 배도 가는 곳이다. 갈 수 없는 것이 아니라 가봐야 그곳에는 집도 없고 일터도 없기 때문일 것이다. 나라 잃은 시대의 '열십 자 복판'은 사방으로 통하는 길이 아니라 사방이 막혀 있는 감옥이다. 마지막 연의 "갈래갈래 갈린 길/길이라도"라는 두 줄에 나오는 다섯 개의 /k/ 소리 두운은 주인공의 답답한 심정을 나타낸다. 길은 갈래갈래 찢어져 아예 없어져버렸다. '갈 길은 바이 없소'라는 문장과 '갈 길은 하나 없소'라는 문장을 결합한 시의 마지막 줄에서도 우리는 그의 절망을 확인할 수 있다. '바이'를 문장의 앞에 내놓음으로써 '바이'와 '하나'가 다같이 '없소' 즉 현실이 절망적이라는 사실을 강조한다.

　세상을 떠나던 해에 쓴 「삼수갑산(三水甲山)」(1934.11)에 이르러 소월은 자신의 절망을 표현할 수 있는 형식을 발견하였다. 1인칭 자기서술과 3인칭 인물시각 서술이 구분할 수 없을 정도로 통합되어 있는 것이 이 시의 특징이다.

　삼수갑산/내 웨 왔노/삼수갑산이/어디뇨/

오고나니/기험(奇險)타 아하/물도 많고/산 첩첩이라 아하하//

내 고향을/도루 가자/내 고향을/내 못 가네/
삼수갑산/멀드라 아하/촉도지난(蜀道之難)이/예로구나 아하하//

삼수갑산이/어디뇨/내가 오고/내 못 가네/
불귀(不歸)로다/내 고향 아하/새가 되면/떠 가리라 아하하//

님 계신 곳/내 고향을/내 못 가네/내 못 가네/
오다가다/야속타 아하/삼수갑산이/날 가두었네 아하하//

내 고향을/가고지고 오호/삼수갑산/날 가두었네/
불귀(不歸)로다/내 몸이야 아하/삼수갑산/못 벗어난다 아하하//

                                 —김소월, 「삼수갑산(三水甲山)」 전문

   시를 구성하는 방법은 「산유화」와 유사하다. '삼수갑산'이 일곱 번 나오고 '고향'이 다섯 번 나온다. 이 시의 의미구조는 삼수갑산과 고향의 대립 위에 구축되어 있다. 삼수갑산과 고향의 대립은 '온다'와 '간다', '가둔다'와 '벗어난다' 같은 동사들의 대립으로 전개된다. '내'가 여덟 번, '날'이 두 번 나온다. 삼수갑산과 고향의 대립은 결국 내 안에서 전개되는 사건이다. 나를 시인으로 보면 이 시는 1인칭 자기서술이지만, 만일 무대를 가정하고 무대 위에 한 인물이 올라서서 이 시와 같은 대사를 읊는다면 이 시는 3인칭 인물시각 서술이다. 소월은 자살을 결심하는 순간에도 자기를 응시할 만큼 자기중심주의와는 거리가 먼 시인이다.

몇 개의 단순한 명사와 동사를 반복하는 방법은 동일하지만, 10년의 풍상은 소월의 시를 어른스럽고 자연스럽게 변화시켰다. 이 시는 해석이 필요 없을 정도로 자연스러운 시다. 운율도 소월이 애용하던 7·5조 3음보에서 벗어나 자유시에 가까운 4음보를 탈하고 있다.

음보를 구성하는 음절수를 보면 3음절부터 8음절까지 자유롭게 흩어져 있는 것이 이 시의 특징이라는 것을 알 수 있다. 고려속요에 보이는 여음(餘音)을 넣은 것도 운율에 변화를 주고 절망의 비극성을 객관화하는 데 기여한다.

소월 시에 나오는 인물들이 절망에 이르는 직접적인 계기는 궁핍이다. "반짝이는 금 모래빛"(637쪽)은 희미해지고 그들의 눈앞에는 "금전과 은전이 반짝반짝"(654쪽)거린다. 그들은 "되려니 하니 생각/만주 갈까? 광산엘 갈까?/되갔나 안 되갔ㄴ, 어제도 오늘도,/이리저리 하면 이리저리 되려니 하는 생각"(816쪽)에 시달린다. 「빚」의 화자는 빚에 시달려 잠을 이루지 못한다. "겨우나 새벽녘에 이룬 잠이/텯빛 시컴한 개 한 마리/우리집 대문 웃지방에 목매달려 늘어져 듸룽듸룽/숨이 끊어지는 마지막 몸부림에/가위눌려 깨여보니/멍클도 하다 내 마음에/무엇이 있는가, 아아 빚이로다/아아 괴로워라, 다리우는 내 마음의 가름째야"(885쪽). 가름째란 주판의 윗알과 아래알 사이에 가로지른 대다. 사랑과 죽음의 드라마가 시의 주제가 되던 때라면 주판이 소도구로 등장하지 않았을 것이다. 빚에 시달리는 남자들은 현실을 망각하기 위하여 "몸도 정신도"(877쪽) 다 태우는 술에 젖어든다. 그리고 소월의 시에 기생들이 등장한다. 소월은 기생들의 시각을 객관적으로 보여준다. "날 끊다 말어라/가장(家長)님만 님이랴/오다가다 만나도/정붓 들면 님이지"(761쪽)라고 스스로 변명해보아도 "하루밤/빌어 얻은 팔베개"(761쪽)는 서럽다. 남편이 아니라도 좋으니 마음을 알아주고 사정을 이해해주는 남자를 만나고 싶다는 것이 그녀들의 소원이다. "밤마다밤마다/온 하로밤!/쌓았다 헐었다/긴 만리성!"(157쪽). 여덟 단어로 된 짧은 시 「만리성」(1925.1)에서 네 번 반복되는 '다' 소리와 두 번 반복되는 느낌표가 그 소원의 간절함을 암시한다. 그러나 1920년대의 놀음차나 해웃값은 요즈음보다 더 높았다. 기방에 다니는 사람은 제한되어 있었고 좋은 사람도 많지 않았다. 「팔베개 노래」(1926.8/1935.10)에 나오는 채란이라는 기생은 중이 되는 길 하나가 제게 남아 있다고 생각한다. 그러나 금강산 단발령(斷髮嶺)으로 가는 고갯길이 그녀에게는 막혀 있다. 단발령은 그곳에서 동쪽으로 금강산을 바라보면 누구나 머리를 깎고 중이 되고 싶어한다는 고개다. "고갯길도 없는 몸/나는 어찌하라우"(763쪽)라는 말은 아무것도 없으면 중도 되기 어렵다는 의미인 듯하다. 그녀는 "서도의 끝, 영변"(758쪽)에서 삼천 리 밖에 있는 고향을 머릿속에 그려본다. "영남의 진주는/자라난 내 고향/돌아갈 고향은/우리 님의 팔벼개"(763쪽). 그녀에게는 "부모 없는/고향"(762쪽)에 가 살 수 있는 수단이 없다. 채란은 하룻밤이라도 정 붙이고 의지할 수 있는 남자를 그녀의 고향으로 여긴다. 소월 시에 나오는 다른 인물들의 고향이 그렇듯이 그녀들의 고향도 덧없고 위태로운 공간이다.

소월 시에 마지막으로 등장하는 인물은 사랑에도, 사업에도 실패하고 허무한 심정으로 15년 전의 학창 시절을 돌아보는 한 남자다. 그에게 학창 시절은 거의 최초의 장면으로 나타난다. 어렸을 적에 폐인이 된 아버지로 인해서인지 소월 시에는 학교 다니기 전의 기억이 나오지 않는다. 어두운 이력에서 학창 시절만이 밝은 지점으로 남아서 여전히 빛을 비춰주고 있다. 그는 일요일의 테니스 시합, 토요일의 웅변회, 겨울 등산,

시담회(試膽會)의 밤을 회상한다. "호기도 용기도 인저는 없다, 아아 내가 왜 이렇게 되었노!"(860쪽). 테니스나 웅변회 같은 것들은 최초의 장면을 구성하는 소도구들이다. 그 최초의 장면에서 소월에게 삶의 의미를 가르쳐준 사람이 조만식(曺晩植)이었다. 도산 안창호와 남강 이승훈과 고당 조만식은 평안도의 민족 기독교를 대표하는 트로이카였다. 이들의 준비론은 전라도의 김성수에게 영향을 주어 중앙중학교를 설립하게 했다. 최현배, 양주동, 안호상, 백남운 등이 주장한 운동으로서의 학문론도 준비론과 연관되어 있다. 조만식의 준비론은 비폭력적이라는 점에서 신채호와 김일성의 무투론(武鬪論)의 반대편에 있고 비정치적이라는 점에서 이승만의 외교론과도 구별되며, 원칙주의로는 이회영, 김창숙, 한용운의 지조론과 통한다. 이승훈과 조만식은 기독교인이고 물상객주(物商客主)였다. 그들에게는 장사해서 돈을 버는 일이 민족운동이었다. 그들에게 민족운동은 산업과 교육이라는 두 초점을 가지고 있는 타원이었다. 안창호에게는 준비론과 무투론을 역할 분담으로 이해한 면이 보이지만 조만식의 준비론에는 무장투쟁이 들어설 자리가 없었다. 1923년 4월에 소월이 동경 상대에 진학하려고 도일한 것도 조만식의 영향이라고 해야 할 것이다. 소월에게 조만식은 "얼근 얼골에 쟈그만 키와 여윈 몸매는/달은 쇠끝 같은 지조가 튀여날 듯/타듯하는 눈동자만이 유난히 빛나섰다./민족을 위하야는 더도 모르시는 열정의 그 님"(831쪽)이다. 그는 조만식의 "소박한 풍채, 인자하신 녯날의 모양"(831쪽)을 머릿속에 그려보며 "술과 계집에 헝클어져/십오년에 허주한"(831쪽) 자신의 모습을 돌아본다. 그의 절망은 사업의 실패에서 오는 것이다. 조만식의 제자인 소월은 민족운동으로서의 사업 이외에는 삶의 목적이 없었기 때문이다. 소월이 죽던 해에 씌어진 「제이, 엠, 에쓰」(1934.8)의 화자는 조만식의 큰 사랑이 "괴롭은 이 세상 떠날 때까즈"(832쪽) "항상 가슴속에 숨어 있어,/미쳐 거츠르는 내 양심을 잠재우리"(832쪽)라는 것을 확신한다. 오산학교와 배재학당을 나왔으면서도 소월은 기독교인이 되지 못하였다. 그는 예수가 아니라 조만식을 신앙하였다. 그가 유교나 불교의 전통에 근거한 지조론을 택했거나 조만식의 준비론과 민족 기독교를 함께 수용했다면 절망으로부터 벗어날 수 있었을지도 모른다. 실력양성론은 실력양성이 불가능하게 되는 상황을 극복할 수 없다는 한계를 가지고 있기 때문이다. 「인종(忍從)」은 조만식의 준비론을 시로 요약해놓은 실력양성 선언이다.

> 우리는 아기들, 어버이 없는 우리들,
> 누가 너의들다려, 부르라드냐
> 즐겁은 노래만을, 용감한 노래만을,
> 너의는 안즉 자라지 못했다, 철없는 고아들이다.
>
> 철없는 고아들──어듸서 배웠느냐
> "오레와 가와라노 가레 스스끼(オレハ河原ノ枯ススキ)" 혹은
> 철없는 고아들, 부르기는 하지만,
> "배달나라 건아야 나아가서 싸호라"
>
> 안즉 어린 고아들──너의는 주으린다,
> 학대와 빈곤에 너의들은 운다.
> 어쩌면 너의들에게 즐겁은 노래 있을소냐?
> 억지로 "나아가 싸호라, 나아가 싸호라, 즐거어 하라" 이는 억지다.

사람은 슬픈 제 슬픈 노래 부르고,

지금은 슬픈 노래 불러도 죄는 없지만, 즐겁은 제 즐겁은 노래 부른다.

우리 노래는 가장 슬프다.

우리는 괴로우니 슬픈 노래 부르쟈,

슬픔을 누가 불건전하다고 말을 하느냐.

좋은 슬픔은 인종이다.

우리는 괴로워 슬픈 노래 부르쟈.

그러나 조선(祖先)의,

슬퍼도 즐겁어도 우리의 노래에 건전하고

샤뭇 우리의 정신이 있고

그 정신 가운데서야 우리 생존의 의의가 있다.

슬프니 우리 노래는 가장 슬프다.

"나아가 싸호라"가 우리에게 있을 법한 노랜가.

부질없는 선동은 우리에게 독이다. 우리는 어버이 없는 아기어든.

한갓 술에 취한 스라림의 되지 못할 억지요, 제가 저를 상하는 몸부림이다.

그러하다고, 하마한들, 어버이 없는 우리 고아들

"오레와 가와라노 가레 스스끼"지 마라!

이러한 노래 부를소냐, 안즉 우리는 우리 조선(祖先)의 노래 있고야.

거지 맘은 아니 가졌다.

다만 모든 치욕을 참으라, 굶어 죽지 않는다.

인종은 가장 덕이다.

최선의 반항이다.

힘을 기를 뿐.

오즉 배화서 알고 보쟈.

우리가 어른 되는 쯤에는

자연히 수양을 쌓으게 되고

싸호면 이길 줄 안다.

—김소월, 「인종(忍從)」 전문

「인종」의 화자는 생존의 의의를 우리의 정신이 깃들어 있는 조선의 노래에서 찾는다. 그는 "거지 맘은 아니" 가졌기 때문에 한국 사람이 〈이 몸은 냇가의 마른 갈대〉라는 일본 노래를 부르면 안 된다고 생각한다. 그는 나라 잃은 시대에 민중이 겪는 학대와 빈곤을 명확하게 인식하고 있다. 그러나 그는 치욕을 참는 것이 '최선의 반항'이라고 말하면서 결전의 날을 미래로 미루어 놓는다. 그에게 현재는 준비해야 할 때이기 때문이다. "사람은 슬픈 제 슬픈 노래 부르고,/즐겁은 제 즐겁은 노래 부른다"는 심정의 리얼리즘은 "우리는 괴로우니 슬픈 노래 부르쟈"는 부정의 변증법에 도달한다. 소월의 「인종」을 신채호의 「조선혁명선언」(1923)과 비교해보면 우리는 나라 잃은 시대 정신사의 양 극단을 그려볼 수 있다.

민중은 우리 혁명의 대본영이다.

폭력은 우리 혁명의 유일 무기이다.

우리는 민중 속에 들어가서 민중과 휴수(攜手)하여

부절(不絶)하는 폭력—암살·파괴·폭동으로써

강도 일본의 통치를 타도하고,

우리 생활에 불합리한 일체 제도를 개조하여

인류로써 인류를 압박치 못하며,

사회로써 사회를 박삭(剝削)케 못하는

이상적 조선을 건설할지니라.*

　준비론과 무투론은 20세기 전반기 한국 정신사의 두 극이다. 전쟁을 현재 계속해야 한다고 판단하는 사람과 패배를 인정하고 새 전쟁을 준비해야 한다는 사람 사이의 상호인정은 불가능한 것이었을까? 이제 와서 어느 한 편의 주장을 대변하는 것은 의미 없는 짓이다. 우리가 풀어야 할 문제는 마르크스주의와 무정부주의, 유교와 불교와 기독교를 포함하고 운동으로서의 사업과 운동으로서의 학문을 수용하여 무투론, 준비론, 지조론, 외교론 등의 지도를 그려냄으로써 20세기 전반기 정신사의 지형학을 완성하는 것이다.

---

* 단재신채호전집편찬위원회 편, 『단재신채호전집』 하권, 형설출판사, 1977, 46쪽.

서정주의 초월의식

　서정주는 20세기 전반기의 우리 시를 1834년에서 1918년까지의 개화
계몽시와 1919년에서 1925년까지의 낭만시, 1925년에서 1934년까지의
계급주의 시와 1931년에서 1942년까지의 순수시 및 주지시로 나누고,
순수시를 다시 김영랑 등의 협의적인 것과 이른바 삼가시인의 자연파
시와 자신이 중심이 된 생명파 시로 나누었다.*

　서정주 자신이 동인의 한 사람으로서 1936년에 발간한 《시인부락》에
대하여 그는 "질주(疾走)하고 저돌(猪突)하고 향수(鄕愁)하고 원시회귀
(原始回歸)하는 시인들의 한 떼"**라고 표현하였다. 과연 그의 최초의
시집, 『화사집』에는 심한 몸부림의 흔적이 뚜렷이 나타나 있다.

　　따서 먹으면 자는 듯이 죽는다는

---

* 서정주, 『서정주 문학전집 II』, 일지사, 1972, 126쪽.
** 같은 책, 135쪽.

광복 직후에 나온 시집『귀촉도』가운데 서정주가 광복 이전에 집필한 것이라고 하는 시들을 보면, 성적 심상이 적어진 한편에 '문둥이'와 '바다'가 보여주는 병과 방황의 느낌은 그대로 계속된다.

　"바보야 하이연 밈드레가 피었다/네 눈썹을 적시우는 용천의 하늘 밑에/히히 바보야 히히 우습다"는「밈드레꽃」은 태도가 훨씬 가벼워졌고 희화화되었지만,『화사집』의 "해와 하늘빛이/문둥이는 서러워//보리밭에 달 뜨면/애기 하나 먹고//꽃처럼 붉은 울음을 밤새 울었다"라는「문둥이」의 태도와 같은 것이다. 더욱 절망적으로 어두워지기는 했지만,「만주에서」의 "참 이것은 너무 많은 하늘입니다. 내가 달린들 어데를 가겠습니까. 홍포(紅布)와 같이 미치기는 쉬웁습니다. 몇 천년(千年)을, 오오 몇 천년(千年)을 혼자서 놀고 온 사람들이겠습니까"라는 태도는 "애비를 잊어버려/에미를 잊어버려/형제(兄弟)와 친척(親戚)과 동무를 잊어버려,/마지막 네 계집을 잊어버려,/아라스카로 가라 아니 아라비아로 가라 아니 아메리카로 가라/아니 아프리카로 가라 아니 침몰(沈沒)하라 침몰(沈沒)하라 침몰(沈沒)하라!"는「바다」의 태도와 근원에서 동일하다.

　여기서 우리는 몇 가지 면에서 그의 초기 시에 나타난 현상을 해석할 필요를 느낀다. 그의 초기 시가 제시하는 성적 심상과 병과 방황은 도대체 어떻게 해서 나타난 것인가? 우리는 이러한 사실을 아주 일반적으로 해석할 수 있다. 스무 살이란 나이는 매우 난처한 시기다. 20대의 청년은 무엇이건 마음만 먹으면 못할 것이 없다는 희망에 부풀어 있으나, 한 개인의 사회적 평가는 언제나 그의 장인정신에 대응하는 것이기 때문에 객관적인 자기 확인을 얻을 도리가 없다. 직업을 통하여 개인은 사회에서 자리잡을 수 있는 것이다. 게다가 20대의 청년은 심한 성적 충동에 사로잡혀 있게 마련이다. 이러한 시각을 두고 그의 시적 특성을 해석해도 틀리지 않을 것이다. 「자화상」이란 시의 후반부는 사실을 좀더 상세하게 해명해준다.

　　　스물세 햇 동안 나를 키운 건 팔할(八割)이 바람이다.
　　　세상은 가도가도 부끄럽기만 하드라.
　　　어떤 이는 내 눈에서 죄인(罪人)을 읽고 가고
　　　어떤 이는 내 입에서 천치(天痴)를 읽고 가나,
　　　나는 아무것도 뉘우치진 않을란다.

　　　찬란히 틔어 오는 어느 아침에도
　　　이마 우에 언친 시(詩)의 이슬에는
　　　몇 방울의 피가 언제나 섞여 있어
　　　볕이거나 그늘이거나 혓바닥 늘어뜨린
　　　병든 수캐마냥 헐떡거리며 나는 왔다.
　　　　　　　　　　　　　　　　—서정주, 「자화상(自畵像)」 부분

　인용된 부분에서 은유를 통한 첫째 행의 이미지는 허무감을 전달하기에 충분히 암시적이고 함축적인 표현이다. 서정주의 시 가운데에서 비교적 지시적이고 산문적이라고 할 수 있는 이 시에서도 표현은 결코 단순하지 않다. 다음 행의 ‘부끄럽다’는 말은 자신을 죄인 혹은 천치로 규정하는 타인에 의해 작중화자의 내심에서 일어나는 감정이고, 뉘우친다는 행위는 작중화자에게 그 타인들이 강제하는 것이다. 이 부분의 마지막 행은 타인의 강제에 항복하지 않겠다는 작중화자의 굳센 결의를 표명하고 있다. 더욱이 이 시의 후반은 '찬란한 아침'과 '이마 위에 시 짓느라 맺힌 땀'과 '몇 방울의 피'를 연관시켜 작시의 고통과 행복을 이미지로 형성하면서, 모든 고난과 역경을 넘어 작시의 도를 지켜왔다고 진술하는데, 비록 과거 시상이지만 암시하는 의미는 미래에의 결의다.

이 시를 통해서 우리는 서정주의 초기 시가 정상적인 인간관계를 불가능하게 하는 내심의 정열에 기인함을 알 수 있고, 동시에 작시에 골몰함으로써 그러한 정열이 생활을 파탄시키지 않게 되었을 듯하다고 추측할 수 있다.

이렇게 볼 때, 광복 이후 서정주 시의 변모는 연치의 원숙함에서 오는 정열의 여과와, 무엇보다 중요한 것은 널리 시인으로 공인됨과 함께 사회 내에서 주체의 위치에 대한 고뇌에서 벗어날 수 있었다는 점에 그 원인이 있을 것이다. 이 무렵 얻은 그의 '쬐그만 이 휴식'(「도화도화(桃花桃花)」)이 얼마나 커다란 결과를 초래하고 말 것인가에 대해서는 아마 자신도 전혀 짐작하지 못했을 터다.

누님
눈물겨웁습니다.

이, 우물물같이 고이는 푸름 속에
다소곳이 젖어 있는 붉고 흰 목화(木花)꽃은,
누님
누님이 피우셨지요?

통기면 울릴 듯한 가을의 푸르름엔

바윗돌도 모다 바스라져 내리는데……

저, 마약(魔藥)과 같은 봄을 지내여서
저, 무지(無知)한 여름을 지내여서
질갱이풀 지슴길을 오르내리며
허리 굽흐리고 피우셨지요?

—서정주, 「목화(木花)」 전문

「목화」에서는 벌써 초기의 동물적인 격정이 말끔히 가셔져 있다. 목화
꽃에 기대어 꽃을 키운 한 여인을 이야기하고 있지만, 문제는 우선 목화
라는 요염하지도 초라하지도 않으며, 더욱이 인간에게 실용적이고, 늘
인간 가까이에 있는 식물의 은유를 통해 나타나는 '누님'의 이미지다.
바윗돌도 바스러져 내릴 듯 푸른 가을에 피어 있는 목화꽃은 바로 일정
한 세월의 신고를 겪고, 이제 성숙해 있는 누님에 대한 사랑의 표현이
다. 신체의 충동을 주로 노래하던 초기 시에서는 찾아볼 수 없는 현상으
로서 '누님'이란 말에 의해 한 여자에게서 암시될 수 있는 모든 성적인
상상의 범위를 단절시키고 있다는 점도 주의할 필요가 있다. 마지막 네
행은 마약과 무지가 암시하는 열정과 도취를 누님도 겪었다는 사실을
암시하면서, 다시 '질경이풀', '구부리고' 등의 어사가 지니는 태도로 그
러한 시기는 보잘것없고 고통스러운 것임을 말하고 있다. 여기서 우리
는 이 마지막 부분이 그 앞의 모든 부분과 날카롭게 대조되고 있음을 알
수 있다. 격정과 고뇌의 세월이 대수롭지 않다는 것은 지금 누님의 경지
가 매우 대견하다는 자랑을 함축하고 있기 때문이다. 이 시는 상당히 직
접적인 방법으로 작시 과정을 토로하고 있다고 보이는데, 「목화」보다 조

금 뒤에 씌어진 「국화 옆에서」는 이러한 성숙의 단계가 인사의 전반에 미치는 것으로 되어 있다.

> 그립고 아쉬움에 가슴 조이든
> 머언 먼 젊음의 뒤안길에서
> 인제는 돌아와 거울 앞에 선
> 내 누님같이 생긴 꽃이여
>
> ―서정주, 「국화(菊花) 옆에서」 부분

「목화」의 근원 심상이 다시 한 번 반복되는 이 시는 격정과 고뇌를 '그립고 아쉬움에 가슴 죄던 머언 젊음의 뒤안길'이라고 표현한다. 「국화 옆에서」의 특성은 후기 시에서 뚜렷해질, 불교의 인연관에 토대를 두고 있다는 사실에 있다. 운행우시(雲行雨施)라는 말대로 한 송이의 국화는 소쩍새와 천둥과 무서리와 작중화자인 '나'의 깊은 인연에 따르는 과보로서 이승에 출현했다는 것이다. 이 시기 그의 시는 초기 시에 나타나는 이성간의 신체적인 도취에서 벗어나 건전하고 정상적인 사랑을 획득한다.

> 청산(靑山)이 그 무릎 아래 지란(芝蘭)을 기르듯
> 우리는 우리 새끼들을 기를 수밖엔 없다.
>
> 목숨이 가다가다 농울쳐 휘어드는
> 오후(午後)의 때가 오거든
> 내외(內外)들이여 그대들도

더러는 앉고

더러는 차라리 그 곁에 누어라

지어미는 지애비를 물끄러미 우러러보고

지애비는 지어미의 이마라도 짚어라

—서정주, 「무등(無等)을 보며」 부분

「무등을 보며」는 부부관계를 노래한다. 인용 시 가운데 첫 행만이 비유에 의한 이미지를 지니고, 그 밖엔 모두 단순한 진술에 의한 것이지만, 둘째 연 첫 행의 '목숨이 농울쳐 휘어드는 오후'가 상징이 되어 시의 의미를 평범하지 않게 하고 있다. 작중화자의 태도도 자비로운 윗사람이 자기의 아랫사람에게 하듯 사랑스런 어조다.

그런가 하면 「골목」은 위와 똑같은 태도로 빈곤과 소외를 노래하면서 거의 직설적인 목소리로 내면의 사랑을 부르짖고 있다.

이 골목은 금시라도 날러갈 듯이

구석구석 쓸쓸함이 물밀 듯 사무쳐서,

바람 불면 흔들리는 오막살이뿐이다.

장돌뱅이 팔만이와 복동이의 사는 골목

내, 늙도록 이 골목을 사랑하고

이 골목에서 살다 가리라

—서정주, 「골목」 부분

이러한 종류의 시는 이 시기에 무척 많이 발견된다. '아리땁고 향기로운 처녀들'을 노래한 「이월」이나 어린애들이 말을 배우고 익히는 모습을 노래한 「무제」나 어린이에게 결코 설움을 보이지 말고 가까운 별과 오래된 종소리를 들려주라고 권유하는 「상리과원(上里果園)」 같은 시들이 그것이다. 동족상잔의 비극을 거치고 나서 이러한 자비심은 민족적 단위로 확대된다.

　　기러기같이
　　서리 묻은 섯달의 기러기같이
　　하늘의 어름짱 가슴으로 깨치며
　　내 한평생을 울고 가려 했더니

　　무어라 이 강(江)물은 다시 풀리어
　　이 햇빛 이 물결을 내게 주는가
　　저 멈둘레나 쑥니풀 같은 것들
　　또 한번 고개 숙여 보라 함인가

　　황토(黃土) 언덕
　　꽃 상여(喪輿)
　　떼 과부(寡婦)의 무리들
　　여기 서서 또 한번 바래보라 함인가
　　　　　　　　—서정주, 「풀리는 한강(漢江)가에서」 부분

「풀리는 한강가에서」라는 시는 우리에게 모든 슬픔을 견디며 살아나갈 수밖에 없다는 체념 속에서도 생명은 다시 자기의 활동을 시작한다는 사실을 확인하게 된다. 민들레, 쑥 이파리가 지니는 밝음과 상여, 과부가 지니는 어두움의 상위가 역시 생명의 큰 순환 속에 하나가 되어, 지아비를 잃고도 살아나가고 있는 생명에의 경건한 외경으로 융화된다.

한시에는 자안(字眼)이란 것이 있다.

> 피리 소리는 산을 흔들며 스러지고
> 고깃배의 불 하나
> 물을 걷으며 다가오네
> 笛聲搖山去
> 漁火斂水來

위의 한시에서 '요(搖)'와 '염(斂)'이 자안이다. 「풀리는 한강가에서」도 우리는 이 시가 시 되는 소이연이 인용한 첫 부분에 있는 것임을 알 수 있다. '같이', '쩡', '깨치' 등이 주는 딱딱한 느낌이 작중화자의 슬픔을 강조하는 효과를 줄 뿐 아니라, 전체 태도가 매우 가라앉아 있어 커다란 슬픔을 힘겹게 짓누르고 있다는 느낌을 주고 있기 때문이다.

1961년에 간행된 시집 『신라초』의 서시 노릇을 하고 있는 「선덕여왕의 말씀」에는 서정주의 사회관과 인간관이 집약되어 있다. 인간적인 요소가 그리워 차마 해탈하지 못하고 욕계(欲界)의 제2천인 33천에 머물며 평생 그토록 사랑하던 신라 사람들에게 호소하는 여왕의 말씀을 통해 서정주가 이상으로 생각하는 인간의 모습이 드러난다. 그것은 깊이 사랑할 줄 아는 사람이다. 진정한 사랑은 서라벌 천년의 지혜가 가꾼 국법보다 더 소중하다는 것이다. 사상보다 정서를 우위에 놓는 서정주의 면모가 약여하다. 한편 그가 선덕여왕의 말씀에 기대어 제시하는 이상적인 사회의 질서는 인간성을 왜곡시키지 않고 상부상조하는 공감과 인정의 사회이며, 가장 충실한 남자에게 사회의 지도권을 맡기는 사회이다.

> 피 예 있으니, 피 예 있으니
> 너무들 인색치 말고
> 있는 사람은 병약자(病弱者)한테 시량(柴糧)도 더러 노느고
> 홀어미 홀아비들도 더러 찾아 위로코
> 첨성대(瞻星臺) 위엔 첨성대(瞻星臺) 위엔 그중 실한 사내를 놔라
>
> —서정주, 「선덕여왕의 말씀」 부분

이러한 사회관을 보충하는 내용으로 서정주는 장인정신(匠人精神)을 주장하는데, 이것은 초기 시에서 대개 작시에 적용되던 것이었지만 이제는 인간 전체 생활 속으로 확대된다. 「진영이 아재 화상(畵像)」이란 시에서 그는 진영이 아저씨의 쟁기질 솜씨를 예쁜 계집애가 배를 먹어가는 모양에 비교하고 있고, 「사소단장(娑蘇斷章)」에서는 벼락이 치고 해일이 넘쳐 와도 옴짝 않고 "문 열어라 꽃아, 문 열어라 꽃아" 하는 절규를 쉬지 않으며 절대를 향하여 육박하는 한 여인의 모습을 보여준다. 이렇게 볼 때 우리는 그 사회관의 표면적인 완벽성을 부정할 수 없다. 그러나 또한 우리가 여기서 언급하고 넘어가지 않을 수 없는 것은 그의 사회관의 매우 안타까운 한계다.

거의 모든 시는 사랑을 말하고 증오를 말하지 않는다. 만일 어떤 특정 남녀에 대한 미움을 노래하는 시가 있다면 그것은 작시의 심리와 괴리

되어 충분한 형상화를 달성할 수 없을 것이다. 그렇지만 하나의 사회를 깊이 인식하면, 거기에는 반드시 모순이 있다는 것을 발견하게 된다. 그것은 '있어야 할' 사회 상태를 추구하는 사람들과 '이미 있는' 사회 상태에 만족하는 사람들의 갈등이다. 우리는 전자를 대중이라고 부르는데, 대중의 사고가 단순히 부정적인 것이 아님은 그들의 건전하고 싱싱한 익살과 웃음을 보면 알 수 있다. 대중이 부정하는 것은 이미 있는 사회 상태일 뿐이고, 인생과 생명에 대해서는 무조건 강력하게 긍정하고 있으며, 어떠한 사회 상태에 대하여 부정하는 것도 결국 그 생명에 대한 긍정에서 자연스럽게 도출되고 있는 것이다. 아도르노는 민주주의를 대중의 수량적 범주(die quantitative Kategorie der Masse)라고 규정하였다.*
그렇다면 서정주가 제시하는 사회질서도 결국은 없을 것을 없애려는 대중과 함께 투쟁함으로써만 이룩될 수 있을 터다.

서정주는 일찍이 불교전문 학교를 졸업했고, 또 얼마간 산사 유랑을 경험했다. 아마 이 무렵 불교의 영향을 받았던 것으로 생각되는데, 그의 후기 시는 시인 자신이 불교의 절대적인 영향 아래 제작되었음을 고백하고 있다. 『신라초』의 후기에서는 "이 시집의 제2부에선 그 소위 인연이란 것이 중대"하였다고 말하였고, 시집 『동천』의 후기에서는 "불교에서 배운 특수한 은유법의 매력에 크게 힘입었음을 여기 고백하여 대성 석가모니께 다시 한 번 감사를 표한다"고 말하였다.
「어느 날 밤」이라는 시는 그의 인연 사상을 극명히 드러낸다.

---

* Theodor Adorno, *Ästhetische Theorie*, Frankfurt am Main: Suhrkamp, 1970, s. 357.

오늘 밤은 딴 내객(來客)은 없고,

초저녁부터

금강산(金剛山) 후박(厚朴)꽃나무가 하나 찾어와

내 가족(家族)의 방(房)에

하이옇게 피어 앉어 있다.

이 꽃은 내게 몇 촌 벌이 되는지

집을 떠난 것은 언제쩍인지

하필에 왜 이 밤을 골라 찾어 왔는지

그런 건 아무리 해도 생각이 안 나나

오랜만에 돌아온 식구(食口)의 얼굴로

초저녁부터

내 가족(家族)의 방(房)에 끼어 들어와 앉어 있다.

—서정주, 「어느 날 밤」 전문

후박꽃나무는 문맥으로 보아 과거 서정주가 금강산에 갔을 때 보고 잊어버렸던 것이다. 아무도 찾아오지 않는 초저녁에 그것이 갑자기 머리에 떠올라 없어지지 않고 있는 것이다. '가족의 방' 이란 말은 그 후박꽃나무가 가족의 하나처럼 생각된다는 것이며, 그 많은 나무 중에 하필이면 후박꽃나무가 생각나느냐 하는 의문에 대해서 서정주는 인연이란 말로 대답하고 있다. 그러나 다음 부분을 보면 인연의 근거에 대해서는 아직 알 수 없다는 심정을 고백한다.

서정주의 시 세계에서 인연 사상은 몇 가지 장점을 가지고 있다. 「연꽃 만나고 가는 바람같이」의 연꽃이나, 「모란꽃 피는 오후」의 모란이나,

「여자의 손톱의 분홍 속에서는」의 여자의 손톱이나, 「내가 돌이 되면」의 돌이나, 「산골 속 햇볕」의 햇볕이나, 「고대적 시간」의 시간이나, 「여수(旅愁)」의 바람 같은 일체의 사물에 깊은 의미를 부여할 수 있고, 인간의 좁은 테두리를 벗어나서 그것들을 사랑할 수 있게 하는 것이다.

「여수」란 시에서는 다음과 같이 노래하고 있다.

> 별아, 별아, 해, 달아, 별아, 별들아.
> 바다들이 닳아서 하늘 가며는
> 차돌같이 닳아서 하늘 가며는
> 해와 달이 되는가, 별이 되는가
>
> —서정주, 「여수」 부분

'아'와 '가', '는'과 '는'의 운을 맞추며, 2음절·3음절의 짧은 단어가 반복되고 있다. 바닷물이 증발하여 하늘에 가면 별이 되고 해가 되고 달이 되며, 별은 다시 닳아서 돌이 되고 돌은 부서져 가루가 되었다가 다시 모여 사람이 된다. 만유의 상즉상입(相卽相入)을 노래하는 이 부분에서 우리는 시인의 매우 기뻐하는 태도를 엿볼 수 있다. 서정주는 이러한 우주의 비밀을 깨치고 나서 안심입명(安心立命)한 듯하다. 석류가 열리면, 전세에 혈기로 청혼했던 공주의 화신이라고 노래하며(「석류개문(石榴開門)」), 새 옷을 입고 또 하루를 살 수 있는 것은 '내가 거짓말 안 한 단 하나의 처녀귀신' 덕택이라고 한다.(「내가 또 유랑해 가게 하는 것은」)

불교에서는 인연 그것도 초탈해야 하는 것이라고 보아서 무명(無名)이 행(行)을 낳고, 행이 식(識)을 낳고, 식이 명색(名色)을 낳으며, 명색이 육입(六入)을 낳고, 육입이 촉(觸)을 낳고, 촉이 수(受)를 낳고, 수가 애(愛)를 낳으며, 애가 취(取)를 낳고, 취가 유(有)를 낳고, 유가 생(生)을 낳고, 생이 노사(老死)를 낳는다는 열두 인연을 그 과정으로 제시한다. 무명이란 말하자면 일체의 고통을 일으키는 원인으로서 온 우주가 인간, 더 정확하게는 나에게서 말미암은 어두움에 가득 차 있다는 것이다. "애초부터 천국의 사랑으로서 사랑하여 사랑한 건 아니었었다"라고 아내에게 슬픈 태도로 하소연하는 「쑥국서 타령」이나 「근교(近郊)의 이녕(泥濘) 속에서」를 보면 서정주가 무명연기설을 신앙하고 있다는 것을 알 수 있다.

흙탕물 빛깔은
세수 않고 병(病)들었던 날의 네 눈썹 빛끝 같다만,
이것은 썩은 뼈다귀와 살가루와 피바랜 물의 반죽,
기술가(技術家)! 기술가(技術家)!
이것은 일생(一生) 동안 심줄을 훈련(訓練)했던 것이다.
사환이었던 것, 좀도둑이었던 것, 거지였던 것!
이것은 일생(一生) 동안 눈치를 훈련(訓練)했던 것이다.
안잠자기였던 것, 창부(娼婦)였던 것, 창투(娼婦)였던 것!
이것은 시방도 내가 참여(參與)하면 반드시
묻거나 튀어박이는 기교(技巧)를 가졌다.

　　　　　　　　　　—서정주, 「근교(近郊)의 이녕(泥濘) 속에서」 부분

　이승의 어두움을 썩은 뼈와 살과 물로 나타내고, 노동자와 사환·좀도둑·거지·안잠자기·창부를 동원해서 일체감을 토로하는, 이러한 정서의 폭은 기실 우리 시인에게서는 매우 희귀한 예다.

이러한 어두운 이승을 걷는 기술로서 서정주가 마련해 가진 것은 인간에 너무 집착하는 태도에 대한 반대다.

> 내 각시(閣氏)는 이미 물도 피도 아니라
> 마지막 꽃밭 증발(蒸發)하여 괴인
> 시퍼렇디 시퍼런 한마지기 이내!
>
> —서정주, 「두 향(香)나무 사이」 부분

시인은 물도 피도 아니고, 꽃밭이 세월에 의해 소멸되어 새로 생성된 한 두락쯤 되는 황혼을 자기의 아내로 삼는다. 이러한 충격적인 이미지가 「무제」에서는 '마지막 이별하는 내외같이' 안쓰럽지만, 인간적인 집착에서 벗어나 우주적인 조화의 리듬과 하나가 될 결심을 보여준다.

> 피여, 피여
> 모든 이별 다 하였거든
> 박사(博士)가 된 피여
> 인제는 산(山)그늘 지는 어느 시골 네 갈림길
> 마지막 이별하는 내외(內外)같이
>
> 피여
> 홍역(紅疫) 같은 이 붉은 빛깔과
> 물의 연합에서도 헤어지자
>
> —서정주, 「무제」 부분

《시문학》1972년 2월호에는 '질마재 마을의 신화'란 큰 제목 아래 「그 애가 물동이의 물을 한 방울도 안 엎지르고 걸어왔을 때」, 「신발」, 「외할머니의 뒤안 툇마루」, 「눈들 영감의 마른 명태」, 「내가 여름 학질에 여러 직 앓아 영 못쓰게 되면」 등 5편의 산문시가 실려 있다.

인연 사상이 상당한 거리로 현실의 인간 관계, 특히 유년의 가족 관계에 밀착해 있는 이 시들은 금색계(金色界)의 저 건너에까지 시적 상상력을 동원했던 데 대한 일종의 반작용이 아닌가 생각된다. 육체의 극한까지 밀고 나갔던 데 대한 반작용이 산하일지(山下日誌) 등 윤리적 차원의 획득이었다면, 제행무상, 제법무아의 법공(法空)과 아공(我空)의 인식을 거쳐 열반적정의 탐색이란 상상력의 긴 방황 끝에 다시 33천쯤으로 돌아오고 있는 것이라면 좋겠다는 희망이 있다. 시인으로서 서정주의 장점은 초기의 '애비는 종이었다'라는 신분적 소외의 파악 이래 범속한 도덕을 무시할 수 있었다는 면에도 있었는데, 이것이 그가 불교의 절대적인 영향을 받고 있으면서도 끝내 '도덕을 먹고 사는 벌레'로 떨어지지 않은 이유라고 여겨진다. 그러나 능소대립(能所對立)을 떠나 도달해야 할 곳이 무색(無色)의 서방정토라야 하겠는가? 차라리 차방시불토(此方是佛土)라는 견지에서, 드러나는 본지풍광을 누리면서 목마르면 물 마시고 졸리면 자면서 역사 속에 잠겨 울고 웃는 것이 옳지 않겠는가? 불교의 근본 전제는 일체개고(一切皆苦)이고, 현대식 용어로 말한다면 고통의 심리학이라고나 할 것이다. 내 고통의 자각이 일체 중생의 고통에 대한 자각으로 심화되면서, 가슴 밑바닥에서 무한한 자비심이 발현되어, 중생무변서원도(衆生無邊誓願度)의 절규가 폭발하는 것이다. 서정주의 시를 읽으면서 아까운 것은 후기로 갈수록 고통을 자각하는 정도가 점점 희박해진다는 사실이다. 화중생(化衆生)의 대교훈은 어떻게 하고 서정주는 구보리(求菩提)의 소승도를 고수할 것인가? '불토(佛土)가 예 외(外) 없으니 님아 돌아오소서' 하는 위당(爲堂)의 만해에 대한 조시를 서정주에게 들려주고 싶다. 「질마재 마을의 신화」는 훤칠하게 역사의 미래를 열어놓는 시는 아니지만, 이러한 질문에 대한 나름의 대답이 된다고 생각할 수 있다. 어렸을 때 잃어버린 신발과, 외가의 잘 닦인 마루, 학질을 앓으며 엎드려 있던 바위와 복숭아잎, 눈들 영감이 자시는 마른 명태와 또 눈들 영감의 아들이 예사롭지 않은 인연의 줄을 끌면서 얽혀 있는 것이다. 그러나 세존의 말씀에 따를 때에 인연을 끊어야 할 것인지 신비롭게 찬양해야 할 것인지 우리는 알 수 없다. 인연이 어째서 다른 미래의 추진력이 되지 못하고 있을까?

이 시들을 정지용의 산문시와 비교하면 매우 재미있는 차이점이 밝혀진다. 정지용 시의 태도는 어른의 것이기 때문에 쉽게 의미의 확대와 비판이 가능하다. 아래 시에서 어미 찾는 송아지에 이어 민족적 상황을 암시하면서 전체 의미가 심화되고 있는 예와 같다.

첫새끼를 낳노라고 암소가 몹시 혼이 났다. 얼결에 산(山)길 백리(百里)를 돌아 서귀포(西歸浦)로 달아났다. 물도 마르기 전에 어미를 여힌 송아지는 움매애움매애 울었다. 말을 보고도 등산객(登山客)을 보고도 마구 매여 달렸다. 우리 새끼들도 모색(毛色)이 다른 어미한틔 맡길 것을 나는 울었다.*

—정지용, 「백록담(白鹿潭)」 부분

---

* 鄭芝溶, 『白鹿潭』, 白場堂, 1946, 16쪽.

그러나 서정주의 상기 시들은 어린아이의 목소리를 가지고 있다. 이러한 태도로 의미의 확대를 초래하기는 지극히 어려운 일이어서, 「내가 여름 학질에 여러 직 앓아 영 못쓰게 되면」과 같이 바위에 벌거벗고 엎드려서 등에 붙인 복숭아 잎이 떨어지지 않으면 학질이 낫는다는 민간 신앙을 소박하게 진술하고 있거나, 「눈들 영감의 마른 명태」에서와 같이 노인이 이 빠진 입술로 마른 명태를 먹는 것이 이상해 보인다는 느낌을 신화라는 말을 사용해서 과장되게 이야기하고 있다. 특히 이 시에 삽입되어 있는 "이것도 아마 이 하늘 밑에서는 거의 없는 일일 테니 불가불 할수없이 신화의 일종이겠읍죠?" 하는 문장은 시 전체 의미에 기능적으로 작용하지 못할 뿐 아니라, 오히려 효과를 크게 감쇠시키고 있다. 이것은 결코 어린아이의 목소리가 될 수 없기 때문이다. 결국 의미의 확대가 전혀 불가능한 위의 두 편과 「그 애가 둘동이의 물을 한 방울도 안 엎지르고 걸어왔을 때」는 시라기보다는 차라리 잘 정돈된 수필로 보는 것이 좋겠다. 여기에 비하면 인간 세계에 대한 첫사랑이 가지고 있는 깊은 정감을 사물의 세계에까지 확대시켜 어려서 잃어버린 신발에 대한 애착을 노래한 「신발」과 외할머니에 대한 그리움을 깨끗이 닦여 있는 외갓집의 마루와 오디나무 그리고 어머니에게 꾸중을 듣고 외가로 달아나던 기억 등을 가지고 형상화한 「외할머니의 뒤안 툇마루」는 시라고 볼 수 있다. 그러나 앳된 태도와 함축된 의미 사이에 괴리가 있어서 전체의 효과가 산만하다. 어린애의 태도에 의해서가 아니라면 의미의 심화가 불가능한 경우도 있을 수 있다. 그러나 산문시야말로 기조의 통일을 요구한다는 것을 잊어서는 안 된다.

김수영의 현실주의

:: 한 정직한 인간의 성숙 과정

문학을 공부하는 사람들에게는 작고한 작가의 전집이 나오는 것보다 더 반가운 일은 없다. 도서관 구석에 앉아 신문·잡지 더미를 뒤지는 작업의 지겨움은 한두 마디의 말로 설명할 수 없다. 그러나 간혹 출간되는 전집류조차 본문 검토를 거치지 않은 것이 대부분이어서 연구의 대본으로 삼기에 어려운 부분이 적지 않다. 예를 들어 이광수의 『무정』은 지금도 《매일신보》 연재분을 직접 참고하지 않을 수 없는 사정이다. 이런 의미에서 작고한 지 11년 만에 나온 김수영의 전집은 모범적으로 편집된 전집의 한 전형으로 생각된다. 민음사는 이미 1974년부터 해마다 김수영의 시선집과 산문선집을 간행하면서 여러모로 이 전집 발간을 위하여 대비해왔다. 제1권 시집은 각 시의 탈고 연월일을 기준 삼아 연대순으로 편찬하였고, 탈고일이 분명하지 않은 작품들은 발표일을 밝혔다. 제2권 산문집은 수필, 문화론, 문학론, 일기, 월평, 소설 등의 순서로 배열하였다.

김수영에 대한 독자의 인상은 아마 한결같지 않을 것이다. 광복 이후 최고의 시인으로 보는 사람이 있는가 하면, 흐트러진 작품을 쓰는 시인으로 여기는 사람도 있을 듯하다. 그를 삶의 사표(師表)로 모시는 사람이 있는가 하면, 경박한 모더니스트로 취급하는 사람도 있을 것이고, 단순한 술꾼으로 생각하는 사람도 혹 있을지 모른다.

김수영의 시와 수필이 간직한 참다운 의기와 한계는 앞으로 계속해서 분석되어야 할 것이다. 그러나 우연히 대한 몇 편의 글을 통하여 받은 주관적 인상에 기대어 자의적으로 논평하는 태도는 어떤 경우에고 정당화될 수 없다. 해석의 결과는 긍정적 평가에 이르거나 부정적 평가에 이르거나 상관없으나, 논지의 전개는 납득할 만한 구체적 증거에 따르지 않으면 안 된다. 한때 서양문학에 견주어 으리 작품을 홀시하던 데 대한 반작용 때문인지, 요즈음은 지나치게 너그러운 평가가 흔히 보이는데, 긍정적인 평가라고 하여 반드시 좋은 것은 아니다. 작품과 그 이외의 모든 자료를 정확하게 검토하고, 해석과 평가의 기준을 분명하게 제시하는 일이 필요할 뿐이다.

한 시인의 작품은 창(窓) 없이 고립되어 있는 단자(單子)가 아니라 그 시인의 다른 작품들과 연관되어 있는 그물의 한 매듭이다. 한 편 한 편의 시를 면밀히 분석하는 작업은 물론 필요하지만, 개별 작품의 세부구조에 집착하면 문학적 상상력의 본질을 놓치게 된다. 한 시인의 작품들은 생물학의 종(種)·속(屬)·문(門)과 유사한 관계의 체계를 이루고 있다. 그리고 어떤 시인을 당대의 문학사적 맥락 속에서만 이해하려고 하다 보면 큰 시인을 억지로 작게 만들어 A니 B니 하는 범주 속에 가두어 버리기 쉽다. 문학 연구에서 가장 중요한 것은 한 시인의 전 작품을 하나의 작품처럼 상호 연관 지어 분석하는 일인데, 이것은 거꾸로 좋은 시인과 그렇지 못한 시인을 가르는 기준이 되기도 한다. 작품 전체가 하나의 동적 체계를 구성할 수 있는 시인은 대체로 주목할 만한 시인이라고 간주해도 무방하다. 이렇게 작품 전체에 내재하는 비밀의 건축을 해명하기 위해서는 시뿐 아니라 산문도 자세히 분석해보아야 한다. 산문에는 상상력의 움직임이 시보다 훨씬 평이한 수준으로 드러나 있기 때문이다.

본격적인 김수영론이 아닌 이 짧은 서평에서 그의 작품 분석을 시도할 수는 없다. 다만 전집을 통독하고 나서 김수영의 특색이라고 헤아려지는 내용을 요약하여 독서 안내로 삼고자 한다.

김수영 문학의 특색은 첫째, 정직성에 있다. 그는 자신의 생각과 느낌과 생활을 숨기지 않는다. 문학에 있어서 정직한 태도란 자칫하면 애처로운 고백체에 떨어지기 쉬우나 김수영의 정직성은 매우 당당한 목소리로 등장한다. 이 당당함의 근거를 살펴보는 것은 여러 가지로 유익할 듯하다. 작품으로부터 시인의 얼굴을 숨기는 방법에도 나름의 장점이 없는 것은 아니다. 그러나 이른바 비개성적 태도는 시인의 생활을 응고시킬 염려가 있다. 시와 시인을 분리하는 이유는 작품 자체의 자율성을 지키려는 데 있겠지만, 시인은 가만히 있고 시만 변화시키려는 노력은 구두선(口頭禪)에 그치거나 초월적 신앙에 이르거나 두 길 중의 어느 하나로 귀착되기 쉽다.

김수영은 세상으로부터 이탈할 수 있는 모든 길을 스스로 차단하고 오직 시만을 절대적인 사랑과 동의어로 사용했다. 시를 바꾸기 위하여 김수영은 자신을 변모시킬 수밖에 없었다. 그는 말로써 삶에 침투하려고 하지 않고, 오히려 삶 자체로써 말에 침투하려고 하였다. 변모는 언제나 어떤 상태로부터 다른 상태로 바뀌는 것이므로, 이때 현재의 상태가 명확히 밝혀지지 않으면 안주와 변신이 구별되지 않는다. 자신의 현위치와 현재 자신이 관계하고 있는 삶의 테두리를 규정하는 방법으로 김수영은 정직성을 선택하였다. 시의 방법으로까지 구체화된 것이기 때문에 그의 방법적 정직성은 그만큼 명료하고 또 그만큼 면밀할 수 있었다.

어떤 사태를 규정하는 행동은 곧 그 사태를 부정하고 비판하는 행동에 연결된다. 규정한다는 행동이 곧 그것을 넘어서서 나아가는 행동이 될 수 있다. 자기에게 속한 모든 것을 정직하게 드러냄으로써 비로소 자기비판과 자기부정이 가능하게 된다. 정직성은 변신의 근거이고, 동시에 변혁에 대한 믿음이 당당함의 토대이다. 가차 없고 주도한 정직성에 있어서 김수영만큼 철저한 시인은 많지 않다.

둘째, 김수영 문학의 특색은 현실을 인식하는 주체적 시각에 있다. 전집을 읽으면서 새삼스럽게 확인한 바지만, 김수영의 폭넓은 지식은 놀랄 만하다. 영미계의 시와 시론에 대하여 정통한 것은 널리 알려져 있는 일이고, 일본어를 통하여 소화한 유럽문학의 이해 정도도 상당하다. 하이데거의 『릴케론(Wozu Dichter?)』을 욀 수 있을 만큼 읽었다고 하는데, 책의 밑바닥이 보일 때까지 읽어 그 책을 뚫고 넘어서는 태도는 다른 시인들이 배움직한 자세라고 생각된다. 독서의 범위가 너무 잡다하고 더러는 부정확하게 파악된 부분도 있으나, 이러한 폭넓은 지식은 현실을 향한 독특한 시각에 의해 통일되고 있다.

김수영은 서양의 문학이론에 대한 열등감을 전혀 지니고 있지 않았다. 그는 한국에 살고 있는 자신의 생활을 무엇보다 중요하게 여겼고 여기에 필요한 것은 가리지 않고 흡수하였으나 결코 삶의 자리를 떠나서 공허한 이론에 귀를 기울이지 않았다. 그가 입버릇처럼 말하는 시다운 시는 형식주의적인 관점과 현실주의적인 관점을 함께 용인하는 개념이다. 현실로 보면 현실이 시의 전부이고, 형식으로 보면 형식이 시의 전부라는 것이다. 형식의 변모에 헌신하는 생활은 결국 생활 자체의 전신(轉身)에 이를 수도 있다는 생각이다.

이미지의 긴장이라는 문학용어를 김수영은 생활방식에도 적용한다. 어떤 의미에서는 영미의 분석비평을 생활원리로 심화시킴으로써 분석비평의 한계를 훨씬 뛰어넘은 시인으로 그를 평가할 수도 있다. 이미지에 힘이 맺혀 있지 않다는 말을 삶에 진정성이 결여되어 있다는 의미로 사용하는 경우가 자주 보이기 때문이다. 양계를 하고, 빚놀이를 하고, 연애를 하고, 아들을 가르치고, 친구와 술을 마시고, 값싼 번역일을 하는 따위의 일상생활이 하나도 빠짐없이 시와 수필에 나오는 사실도 주의할 만하다. 이러한 사건들이 독자에게 하찮은 것으로 받아들여지지 않는 이유는 그것들이 역사적 현실에 뿌리박고 있다는 데 있다. 자신의 삶을 직시하는 것 하나만으로 그는 작품 속에 현실과 역사와 세계를 포괄할 수 있었다.

시의 현실주의와 시의 형식주의를 다 같이 용인하면서 그것들보다 더 깊고 더 가까운 데 있는 역사로 눈을 돌린 김수영은 우리 시대의 근본 문제로 곧장 나아간다. 신과 신이 싸우고 있는 분단시대, 자본주의자도 될 수 없고 공산주의자도 될 수 없는 김수영은 두 가지 원리 이외에 또 하나의 다른 원리를 설정하려고 하지 않는다. 그는 술과 시를 통하여 원리 없이 빈곤과 싸우고 억압에 대항한다. 김수영은 조직의 논리를 따르지 않고 주관적인 감정과 상상의 자발성을 요청한다. 보편성을 내세우는 이론과 순수성을 앞세우는 예술은 결국 억압적 질서의 대리자가 되며, 객관성을 주장하는 체계와 완벽성을 내세우는 조직은 삶의 경험을 외면하는 기계의 옹호자가 된다고 보기 때문에 그는 빈틈없는 개념의 건축을 바라지 않고, 개념의 정의 자체를 거부하고 원리에 어떤 것을 환원하는 일에서 벗어난다.

그의 표현을 그대로 이끌면 온갖 식구와 온갖 친구와 온갖 적들과 함께 앞으로 나아가는 것 이외에는 다른 길이 없다. 어떤 원리에도 의존하지 않고 전진하는 행동을 그는 나무아미타불의 기적이라고도 하였다. 자신의 한 걸음에 세계의 운명이 달려있다고도 말하고 있다. 뒤를 돌아보지 않는 것, 앞으로 나아가는 것, 이러한 행동은 실제로 어떻게 가능한가? 김수영은 도처에서 사회의 금기에 부딪치고 자유의 부재를 절규한다. 물고기는 운동할 때에만 물의 저항을 느끼듯이 앞으로 나아가려고 하지 않는 사람은 자유의 가치를 인식하지 못한다. 김수영은 우리 시대에 내재하는 허위와 모순을 극명하게 드러낸다. 모든 논리와 모든 언어가 이지러진 전체의 일부를 이루면서 허위로 전락한 사태에 대한 쉼없는 거절이 김수영의 생활사였다고 해도 지나친 말은 아니다. 자신의 삶이 자유를 향한 싸움으로 구성되어 있어야 한다는 믿음 위에서 그의 시는 일종의 전황 보고가 된다.

형식과 현실, 사유와 공유의 구별을 넘어서는 자유는 오직 변신의 근거일 뿐이다. 안주와 정체는 자유를 필요로 하지 않는다.

사실에 있어서 성숙이라는 낱말에 부합되는 변모를 김수영만큼 뚜렷하게 성취한 시인은 드물다. 의심은 믿음으로 바뀌었고, 반성은 사랑으로 변하였다. 전진의 근원인 자유는 전진의 목표인 사랑과 분리할 수 없는 것이 되었다. 사랑과 같이 어떻게 보면 이미 닳아빠진 낱말을 신선하고 태연하게 말할 수 있다는 것도 다소 놀라운 일이다. 김수영의 글에

간혹 나타나는 이 낱말은 마치 오랜 수도의 끝판에 얻은 해탈처럼 독자
의 정신을 맑게 한다.

> 아들아 너에게 광신(狂信)을 가르치기 위한 것이 아니다
> 사랑을 알 때까지 자라라
> 인류(人類)의 종언의 날에
> 너의 술을 다 마시고 난 날에
> 미대륙(美大陸)에서 석유(石油)가 고갈되는 날에
> 그렇게 먼 날까지 가기 전에 너의 가슴에
> 새겨둘 말을 너는 도시(都市)의 피로(疲勞)에서
> 배울 거다
> 이 단단한 고요함을 배울 거다
> 복사씨가 사랑으로 만들어진 것이 아닌가 하고
> 의심할 거다!
> 복사씨와 살구씨가
> 한번은 이렇게
> 사랑에 미쳐 날뛸 날이 올 거다!
>
> ─김수영, 「사랑의 변주곡(變奏曲)」 부분

　김수영에게 사랑에 미쳐 날뛰는 마음은 광신이 아니라, 단단하고 고
요한 행동과 관련되어 있다. 사랑은 복사씨를 형성하는 우주의 질서이
면서 동시에 도시의 피로 속에서 배워야 알 수 있고, 오래 자라야 알 수
있는 인간의 가치다. 사랑은 어디까지나 현세의 과업이지 피안의 간여
할 바가 아니다. 술을 다 마시고 난 날이 인간의 죽음을 의미한다면, 석

유가 고갈되는 날은 서구의 종말을 암시한다. 그리고 사랑은 죽기 전에, 종말이 오기 전에 알고 얻고 지녀야 할 삶의 핵심이다. 이러한 시각에는 복숭아씨의 알맹이를 도인(桃仁)이라 하고 살구씨의 알맹이를 행인(杏仁)이라 하는 동양사상과 통하는 점이 있다. 맹자는 '인자하다는 것은 사람답다는 것이다(仁者人也)'라고 하지 않았던가. 『김수영전집』은 서구적 교양의 기반 위에서 한 정직한 인간이 성숙되는 과정을 보여줄 뿐 아니라, 자기의 생활현실을 투철하게 포섭하는 시각이 이룩하는 보편적 수준까지도 엿보게 한다.

『김수영전집』의 간행으로 일차자료는 갖추어졌다고 할 수 있다. 이제 남은 과제는 시와 산문의 각 편에 주석을 다는 작업이다. 정확한 전기와 평가도 나와야 할 것이다.

: : 시여 침을 뱉어라

우리 시인들 가운데 김수영만큼 논쟁의 대상이 되었던 사람은 그다지 많지 않다. 그러나 작품에 밀착하지 않은 변론은 흔히 핵심을 잃은 칭찬이나 비난을 초래하게 되어 정당한 이해와 평가에는 오히려 방해가 되는 수가 많았던 것이 사실이다.

많은 경우에 시인은 정상적인 사회인보다 열등한 사람으로 생각되어 왔다. 무엇인가 정상적인 생활을 할 수 없기 때문에 시를 쓴다는 것이다. 올바른 아들이요, 우수한 학생이라면 누가 구태여 시 같은 것을 쓰면서 살 것인가. 이렇게 대다수의 사람들은 생각하는 것이다. 그런데 김수영이 시인으로서의 생활을 시작할 때 쓴 몇몇 시는 역시 이러한 식의 발상을 보여주고 있다.

남의 일하는 곳에 와서 아무 목적(目的) 없이 앉았으면 어떻게 하리

　남의 일하는 모양이 내가 일하고 있는 것보다 더 밝고 깨끗하고 아름다

웁게 보이면 어떻게 하리

　일한다는 의미(意味)가 없어져도 좋다는 듯이 구수한 벗이 있는 곳

　너는 나와 함께 못난놈이면서도 못난놈이 아닌데

　쓸데없는 도면(圖面) 위에 글씨만 박고 있으면 어떻게 하리

　엄숙(嚴肅)하지 않은 일을 하는 곳에 사는 친구(親舊)를 찾아왔다

—김수영, 「사무실」부분

　그의 초기 시 가운데 하나인 「사무실」은 시인과 사회인, 시작과 생활
의 상호 소외를 자세히 보여주고 있다. 생활이란 도면 위에 글자만 박고
있는 시작(詩作)에 비하면 엄숙하지 않은 일이며, 시작보다는 더 밝고
깨끗하고 아름답게 보이는 것이다. 또한 그것에 비해서 시작이란 첫째
행의 "어떻게 하리"란 부정적인 어조로 보아서 목적이 있어야 하는 일이
며 의미를 따지는 일인 것이다. '청록파'에 정면으로 반대하고 나온 '신
시론' 동인의 영향 아래 그의 시는 산문에 가까이 다가가고 있으나, 그
의 훌륭한 시가 거의 다 그렇듯이 초기의 이 시 역시 드러나지 않는 섬
세한 의미의 함축이, 평범한 산문으로부터 충분한 거리를 두고 생활과
시의 긴강을 심화하고 있다. 고독과 회피조차 그동안 일어나는 모든 사
회적 변동에 대한 승낙으로서의 사회적 의사 표시가 되고 있는 현대의
특징을 그는 거의 직감적으로 깨닫고 있었으며, 시를 쓴다는 일을 사회
나 생활과 동떨어진 다른 어떤 것, 보들레르식으로 말하면 천상적인 '이
데와 맺는 구원의 길' 같은 것으로 생각할 수 없었던 것이다. 그러나 그

가 사회와 자신의 관계에 대한, 정확한 인식 위에서 긍정과 부정의 합일에 도달하게 되는 것은 퍽 뒤의 일이고, 그도 처음에는 사회의 흐름과는 좀 떨어진 곳에 시작을 두고 있었던 것은 틀림없다.

> 가야만 하는 사람의 이별(離別)을
> 기다리는 것처럼
> 생활(生活)은 열도(熱度)를 측량(測量)할 수 없고
> 나의 노래는 물방울처럼
> 땅속으로 향(向)하여 들어갈 것
> —김수영, 「애정지둔(愛情遲鈍)」 부분

감당해낼 수 없는 생활에 대해서 시라는 것은 가냘프고, 그리고 곧 소멸할 운명의 것이다. 시라는 것은 아무래도 생활을 버텨낼 수 있는 그 무엇은 아니다. 모든 사람이 하나의 노동을 택하고 있는 것이지만 김수영은 자기의 시작을 그 가운데 하나로 넣기를 거부하고 있다. 「가옥찬가」란 시에서는 자기를 노동을 소유하고 있지 않은 사람으로서 선언한다.

> 목사(牧師)여 정치가(政治家)여 상인(商人)이여 노동자(勞動者)여
> 실직자(失職者)여 방랑자(放浪者)여
> 그리고 나와 같은 집 없는 걸인(乞人)이여
> —김수영, 「가옥찬가」 부분

그는 약하고 못난 자신을 느끼는 것과 비례해서 자기와 같이 약하고

못난 사람들에 대한 참을 수 없는 공감과 연민을 깨닫는다. 「영교일(靈交日)」은 굵은 밧줄 밑에 뒹구는 구렁이처럼 괴로워하는 젊은 사나이의 눈초리를 보면서 느끼는 분격과 조소와 회환을 노래하고 있다. 그러나 그는 이상의 뒤를 따르기에는 자신과 사회에 대하여 너무나 공정한 눈을 가지고 있었고, 더구나 그에게는 의지할 수 있는 가족이 있었다.

> 제각각 자기 생각에 빠져있으면서
> 그래도 조금이나 부자연(不自然)한 곳이 없는
> 이 가족(家族)의 조화(調和)와 통일(統一)을
> 나는 무엇이라고 불러야 할 것이냐
>
> ─김수영, 「나의 가족」 부분

「나의 가족」에서 노래하는 것을 들으면, 이것은 거의 그가 바라는 이상적인 사회질서, 즉 건전하고 정상적인 인간과 인간, 집단과 집단의 관계를 말하고 있는 것같이 보이기도 한다. 이 가족의 조화와 통일을 그가 사랑이라고 불렀을 때 그는 사회에 의한 소외자로서 부정된 자신을 다시 부정하여 이 사회에 자기의 숨결을 내뿜을 수 있는 교두보를 확립하고 있는 것이다. 이때 그의 시의 발전적인 변화를 가능하게 할 수 있었던 몇 가지 싹을 발견할 수 있으니, 하나는 번개와 같이 떨어지는 물방울은 취할 순간조차 마음에 주지 않고 나태와 안정을 뒤집어놓은 듯이 높이도 폭도 없이 떨어진다는 「폭포」와 석간에 폭풍경보를 보고 배를 타고 가는 사람을 "습관에서가 아니라 염려하고" 3년 전에 심은 버드나무의 악마 같은 그림자가 뿜는 아우성 소리를 들으며 집과 문명을 새삼스럽게 즐거워하고 또 비판한다는 「가옥찬가」다. 두 편의 시 모두 어떤 구체적인 생활의 방향이나 의미를 규정하고 있는 것은 아니지만, 아직 확립 이전의 단계에 있기 때문에 더욱 그의 시의 바탕을 알 수 있게 하는 무엇을 가지고 있다.

규정(規定)할 수 없는 물결이
무엇을 향(向)하여 떨어진다는 의미(意味)도 없이
계절(季節)과 주야(晝夜)를 가리지 않고
고매(高邁)한 정신(精神)처럼 쉴 사이 없이 떨어진다

금잔화(金盞花)도 인가(人家)도 보이지 않는 밤이 되면
폭포(瀑布)는 곧은 소리를 내며 떨어진다

곧은 소리는 소리이다
곧은 소리는 곧은
소리를 부른다

— 김수영, 「폭포」 부분

'고매한 정신처럼'이란 직접적인 이미지 이외에도 인가 앞에 금잔화란 말이 리듬을 살리며 이미지를 환기하고 있고, 곧은 소리가 사람의 개입을 배제하면서 묘하게 스스로 울리는 반향과 같은 이미지를 산출하고 있는 이 시는 이미지의 아름다운 교향악이다. 그러나 현실적인 사람이 배제되고 있다는 의미에서 이때의 고매한 정신은 행동으로 구체화될 수 없는 하나의 각오 내지는 의견에 불과하게 된다. 그 폭포는 낮이 아니라 은폐와 차단의 느낌을 주는 밤이 되어야 곧은 소리를 낸다고 하지 않는

가. 「가옥찬가」 역시 마찬가지다. 그에게 집은 자연에서 입은 상처를 치료해주는 병원이요, 자연과의 투쟁과 애정을 재생산하는 공장이요, 자연의 공격을 막아주는 피난처이며 벌거벗어도 탓하는 사람이 없는 자유의 천지다. 그러나 이러한 생각은 사회와 자신을 근본적으로 규제하고 있는 체제에 대한 배려를 일체 도외시하고 있다는 점에서 집 혹은 가정에 대한 올바른 인식이라고 할 수 없다. 그리하여 그가 가족 이외의 관계에서 발견하는 사랑은 "어둠에서 불빛으로 넘어가는/그 찰나에 꺼졌다 살아"나는(「사랑」) 불안하고 순간적인 것이거나, "먼지 앉은 석경 너머로" 움직이는(「파밭 가에서」) 묵은 사랑이 된다. 목표와 근거가 확실하지 못할 때 그의 삶은 순간적인 것에서 비정상적인 안식을 요구하고 과거의 회상에서 쉽게 헤어나지 못하는 것이다. 이러한 상태에 있는 시인에게 이른바 '순수'라는 말의 유혹이 매우 컸으리라는 것은 짐작하기 어렵지 않다. 그의 대표작이라고 지칭되는 「눈」은 이러한 사정을 확실하게 해준다.

눈은 살아 있다
떨어진 눈은 살아 있다
마당 위에 떨어진 눈은 살아 있다

기침을 하자
젊은 시인(詩人)이여 기침을 하자
눈 위에 대고 기침을 하자
눈더러 보라고 마음놓고 마음놓고
기침을 하자

눈은 살아 있다

죽음을 잊어버린 영혼(靈魂)과 육체(肉體)를 위하여

눈은 새벽이 지나도록 살아 있다

기침을 하자

젊은 시인(詩人)이여 기침을 하자

눈을 바라보며

밤새도록 고인 가슴의 가래라도

마음껏 뱉자

—김수영, 「눈」 전문

　느린 호흡의 간결한 짧은 행과 빠른 호흡의 긴장된 긴 행을 교차시키면서 '기침', '가래침', '눈'이 점층적으로 강조되어 나가는 이 시에서, 눈은 마당으로 상징되는 사회에 떨어진 것이요, 그것은 세상의 영혼과 육체에게 죽음을 일깨우기 위하여 있는 것이다. 이러한 눈은 흔히 말하는 순수거나 하여튼 그 비슷한 것이라고 할 수밖에 없다. 여기에 대해서 시는 기침이나 가래침 같은 것, 하얗고 고운 눈보다 지저분한 어떤 것으로 상징되고 있다. 어떤 순수한 무엇에 대하여 생활과 시는 같이 저급한 위치에 있지만 여기서 시인 김수영이 문제 삼고 있는 것은 주로 시와 순수의 관계다.

　자유당 정권 타도라는 과업을 혁신적인 정치나 양심적인 기업가에 앞장서서 학생과 민중이 수행해내었다는 사실은 송욱이나 민재식과 마찬가지로 김수영에서도 그의 시적 변혁을 감행하게 강요한 하나의 중요한 계기가 된 듯하다. 이러한 선례를 이미 동학운동과 3·1운동의 전 민족적 결단을 집약한 한용운의 「님의 침묵」에서 찾을 수 있다.

(······)활자(活字)는 반짝거리면서 하늘 아래에서

간간이

자유를 말하는데

나의 영(靈)은 죽어있는 것이 아니냐

—김수영, 「사령(死靈)」 부분

 4·19 바로 전해의 동요 속에서 김수영은 자유를 체득했고 그의 생활의 근거와 목표가 된 이 자유가 그의 시에 빠른 탄력성을 주었던 것 같다. 느릿느릿 괴롭게 흔들리던 시행은 그때부터 기관차와 같이 달려 나가고 멈춤이 없이 넘어가고 뚫고 나가는 것이 되었다. 활자·하늘·자유·영·죽음, 하나의 단어가 그다음 단어로 넘어가기까지 수행되는 투쟁과 모험을 보라. 이것은 하나의 상승이요 비약이다. 「사령(死靈)」이란 이 시의 다음 부분은 이렇게 계속된다.

모두 다 마음에 들지 않어라

이 황혼(黃昏)도 저 돌벽 아래 잡초(雜草)도

담장의 푸른 페인트빛도

저 고요함도 이 고요함도

그대의 정의(正義)도 우리들의 섬세(纖細)도

행동(行動)이 죽음에서 나오는

이 욕된 교외(郊外)에서는

어제도 오늘도 내일도 마음에 들지 않어라

—김수영, 「사령」 부분

활자는 반짝거리면서 자유를 노래할 수 있지만 우리들은 죽음을 각오
한 행동을 통해서만 그것을 말할 수 있다. 죽음과 자유의 그늘 아래 김
수영이 부정하고 있는 범위의 광대함을 생각하라. 황혼, 잡초, 페인트
빛, 고요함, 정의, 섬세, 오늘, 내일. 그러나 이러한 부정의 행위 속에서
그는 자기 자신에 대한 강력한 긍정을 확인하게 된다. 사회에 의해 부정
된 개인은 주체적 결단에 의하여 다시 부정된다. 김수영은 자신의 삶의
목표와 근원을 캐어냈고 그것이 그의 삶을 완강한 것으로 확립했던 것
이다. 「사령」보다 두 해 전에 씌어진 「봄밤」이란 시에서 김수영은 모든
감상적인 것, 모든 환상적인 것, 모든 소시민적 원한과 앙심과 영웅심,
자기도취와 자기기만을 부정한다. 자신과 자신의 행동을 촉발하는 상황
에 대한 사실 그대로의 파악, 그리고 거기서 오는 절제와 침착과 여유가
4·19를 맞을 준비를 하고 있었던 것이다.

애타도록 마음에 서둘지 말라

강물 위에 떨어진 불빛처럼

혁혁(赫赫)한 업적(業績)을 바라지 말라

개가 울고 종이 들리고 달이 떠도

너는 조금도 당황하지 말라

—김수영, 「봄밤」 부분

그에게 4·19는 자유와 폭력, 희망과 절망이 고양되는 놀라운 진리의 계시였던 것 같다. 커다란 기쁨 속에서 그는 누차에 걸쳐서 전체 대중이 충실하고 탁월한 어떤 삶을 향한 보편적 투쟁에 견결히 참여할 것을 노래한다(「하…… 그림자가 없다」). 그러나 자유를 위해 전신전령으로 노력하는 것도 인간이지만, 반대로 그 자유를 짓밟고 억누르는 것도 역시 무슨 귀신이나 추상적인 이념이 아닌 인간이라는 의미에서 그러한 가정은 근거가 위태할지 모른다. 김수영이 4·19 순국학도 위령제에 부친 「기도」란 시는 이러한 사실에 직면한 그의 결의를 보여주고 있다. 배암·쐐기·쥐·살쾡이·진드기·악어·표범·승냥이·늑대·고슴도치·여우·수리·빈대들을 대하듯이 관계해야 하는 사람들이 있다. 그는 이러한 사람들과의 관계를 싸움이라고 부른다. 여기에 반해서 시를 쓰고, 꽃을 꺾고, 자는 아이의 고운 숨소리를 듣고, 죽은 옛 연인을 찾고, 잃어버린 길을 다시 찾는 마음은 공동으로 싸우는 사람 사이의 관계다. 어째서 자유에는 피의 냄새가 섞여 있는가, 혁명은 왜 고독한 것인가를 알겠다고 김수영이 「푸른 하늘을」이란 시에서 노래하고 있는 것도 이러한 인간들의 사회적 관계 구조에 대한 체험의 심화에서 우러나온 것이라고 볼 수 있다.

그러나 4·19의 결과는 우리 모두가 잘 알고 있듯이 이렇게 긍정적인 것만은 아니었다. 그것은 실망과 실의와 혼란과 실패를 함께 초래했다. 이 무렵 김수영은 자유의 어려움과 절실함을 동시에 체험한다. 자유는 완강한 '나'와 함께 있지만, 동시에 그것은 완강한 '우리'와 함께 있는 것이었다. 이것을 바꾸어 말해서 역사의 발견이라고 불러도 좋을지 모른다.

혁명(革命)은 안 되고 나는 방만 바꾸어버렸다

나는 인제 녹슬은 펜과 뼈와 광기(狂氣)――

실망(失望)의 가벼움을 재산(財産)으로 삼을 줄 안다

이 가벼움 혹시나 역사(歷史)일지도 모르는

이 가벼움을 나는 나의 재산(財産)으로 삼았다

                      ―김수영, 「그 방을 생각하며」 부분

　피상적으로 보면 나는 펜과 뼈와 광기같이 보잘것없는 것이고, 혁명
후의 우리 사회는 그전의 사회나 마찬가지지만, 바로 이 마찬가지인 사
회가 발전하고 있는 역사라는 것이다. 그의 시가 가장 원숙한 경지에 이
르렀을 때에도 김수영은 자기를 한 사람의 자각적 대중으로 의식하고
있으며, 따라서 그는 표면적으로 보아 이 사회를 움직이고 있다고 보이
는 특수층에 대해서는 항상 약간의 거리를 지니고 있어왔던 것 같다. 우
주시대의 마이크로 웨이브에 탄 원효대사의 민활성, 바늘 끝에 묻은 죄
와 먼지, 그리고 모방을 노래하면서 시작되는 「원효대사」란 시는 그 후
반부의 지루하고 혼란된 반복이 주는 분느의 어조로 보아 대중의 의식
을 잠재우고 농촌에 소비 풍조를 팽창시키는 미디어를 죄와 먼지 그리
고 모방이란 이름으로 처단하고 있는 것이다. 한편 정치가나 기업가에
대한 비판의 기준을 김수영은 ‘사랑’이라고 부르는데, 아마 이 말은 그
에게 충실하고 탁월한 삶과 같은 뜻으로 사용되고 있는 듯하다. 「이혼취
소」에서 그는 "마음속에 있는 탐욕을 기르기보다는 요람에 있는 아기를
죽이는 것이 낫다(Sooner murder an infant in its cradle than nurse unacted
desire)"는 블레이크의 시구를 인용하고 있다.

우리는 블레이크의 시(詩)를 완성했다 우리는

이제 차디찬 사람들을 경멸할 수 있다

어제 국회의장 공관의 칵텔 파티에 참석한

천사(天使)같은 여류작가(女流作家)의 냉철한 지성적인

눈동자는 거짓말이다

그 눈동자는 피를 흘리고 있지 않다

선(善)이 아닌 모든 것은 악(惡)이다 신(神)의 지대(地帶)에는

중립(中立)이 없다.

—김수영, 「이혼취소」 부분

그러나 그의 모든 사회적 투쟁이 언제나 자기 자신과의 한없이 성실한 내면적 투쟁과 함께 수행된다는 데에 시인 김수영의 위대성이 있다. 손에는 무거운 보따리를 들고, 기침을 하면서, 집에는 차압을 해온 파일 오우버가 있는데도 배자 위에 얄따란 검정 오으버를 입고 빚쟁이와 싸우다 나오는 길에 흘린 침 자국을 바라보면서 "돈을 받기 전에 죽으라"라고 소시민적 이기심을 고발하는 「네 얼굴은」이나, 그의 절창 가운데 하나인 「어느날 고궁을 나오면서」를 보면, 김수영에게 자기 자신과의 투쟁이 얼마나 처절할 정도로까지 전개되고 있었던가 하는 것을 확실히 알 수 있다. 이 사회의 지배층과의 싸움이 언제나 같은 대중끼리의 싸움으로 끝나고 마는 것을 "떨어지는 은행나무잎도 내가 밟고 가는 가시밭"이라고 통렬하게 비판하고 있는 김수영은, 그러나 이러한 자기가 적어도 역사의 방향에서는 벗어나 있지 않다는 시인으로서의 확신을 가지고 있었다. 그가 「Vogue야」란 시에서 유행의 세계에 스크린을 친 죄, 아이들의 눈을 막은 죄를 말하고 있는 것도 역시 시인으로서의 역사 감각의

일단을 보이는 것이지만, 「말」이라는 시도 역시 "나무뿌리가 좀더 깊이 겨울을 향해 가라앉았다"라는 구절이 포함한 이미지가 보여주듯이 김수영 자신의 역사 감각의 확대를 표현하는 것이며, "그래도 우리는 삼십대보다는 약간 젊어졌다"라는 「미역국」역시 미역국이 상징하는 실패를 통하여 역사 내부로 침투할 수 있었다는 가장 올바르고 값진 자기 긍정이다. 충실하고 탁월한 삶을 가로막는 모든 세력에 대항하는 그의 이러한 '사랑'이 가장 깊어지고 뜨거워졌을 때 그는 튼튼한 개인, 튼튼한 대중과 동시에 튼튼한 역사를 획득하게 된다.

> 전통(傳統)은 아무리 더러운 전통(傳統)이라도 좋다 나는 광화문(光化
> 門)
> 네거리에서 시구문의 진창을 연상하고 인환(寅煥)네
> 처갓집 옆의 지금은 매립(埋立)한 개울에서 아낙네들이
> 양잿물 솥에 불을 지피며 빨래하던 시절을 생각하고
> 이 우울한 시대를 패러다이스처럼 생각한다
> 버드 비숍 여사(女史)를 안 뒤부터는 썩어빠진 대한민국이
> 괴롭지 않다 오히려 황송하다 역사(歷史)는 아무리
> 더러운 역사(歷史)라도 좋다
> 진창은 아무리 더러운 진창이라도 좋다
> 나에게 놋주발보다도 더 쩽쩽 울리는 추억(追憶)이
> 있는 한 인간(人間)은 영원하고 사랑도 그렇다
>   ─김수영, 「거대(巨大)한 뿌리」부분

이 시의 다음 부분에 이어서 나오는 진보주의자 · 사회주의자 · 통일 ·

중립·은밀·심오·학구·체면·인습·동양척식회사·일본영사관·
대한민국관리·미국인에 대한 신랄한 공격은 바로 국제 관계에서 자기
의 자리를 버텨내지 못하고 다른 나라에 말려들고 마는 허약한 정부와
모든 관리, 매판적인 기업가, 감상적인 지식인에 대한 사형선고다.

　　김수영은 자신이 그 일부로 편입되어 있는 사회구성 원리로서의 자본
주의를 무시하지 않았다. 다시 말하면 물신주의를 변호하는 수단이 아
니라 역사의 현 단계에 불가피하게 겪어야 할 과정인 자본주의를 결코
외면하지 않았다. 그것은 위의 천박한 진보주의자·사회주의자·통
일·중립에 대한 당당한 비판 이외에도 「세계일주」란 시를 통해서 충분
히 알 수 있다.

　　　지금 나는 이십일일(二十一)개국의 정수리에
　　　사랑의 깃발을 꽂는다
　　　그대의 눈에도 보이도록 꽂는다
　　　그대가 봉변을 당한 식인종(食人種)의 나라에도
　　　그대가 납치를 당할 뻔한 공산국가(共産國家)에도
　　　보이도록

　　　　　　　　　　　　　　　　　　—김수영, 「세계일주」 부분

　　결국 그의 시와 생활도 역시 많은 훌륭한 시인의 그것과 마찬가지로
'사랑하는 싸움'의 성실한 수행이었음을 알 수 있다. "욕망이여 입을 열
어라/그 속에서 사랑을 발견하겠다"라고 시작되는 그의 유고 「사랑의
변주곡」은 건강한 인간, 건강한 시민, 건강한 역사를 위한, 다시 말하면
행복한 세계를 위한 그의 이러한 싸움이 '사랑'이라는 말 속에서 얼마나

음으로서의 가치, 시각적 영상, 의미의 가치, 이 여러 가지 가치의 상호작용에 의한 전체적 효과를 의식하고 일종의 건축학적 설계"*에 토대하여 시를 짓는 것은 시 자체의 오래된 관습이지, 전혀 새로운 주장이 아니다. 김기림의 시론이 제기하는 문제는 시를 언어의 조직이라고 정의한 데 있는 것이 아니라, 그 언어를 시대의 언어라고 규정한 데에 있는 것이다.

    오장환 씨의 「헌사」의 세계는 「와사등(瓦斯燈)」의 세계와는 대척적으로 시각적 이미지보다도 청각적 이미지에 차 있는 것을 본다. 회화라기보다는 차라리 음악의 세계다. 희랍적 명화에 대한 게르만적 방탕이고 카오스다. 「와사등」보다는 몇 층 더 어둡고 캄캄한 심연이다. 그것보다도 훨씬 더 젊어서 따라서 격렬하게 움직이는 세계다. 오씨의 특이성은 이렇게 현대인의 정신적 심연을 가장 깊이 체험하고 그것에 적응한 형상을 주었다는 점에 있다.**

이 인용문에서 김기림은 현대인의 정신을 "어둡고 캄캄한 심연" "격렬하게 움직이는 세계"라고 표현하고, 한마디로 카오스라고 하였다. 김광균은 이러한 혼돈을 견디기 위하여 명확한 시각 영상을 만들어놓고 거기에 의존한 데 반해서 오장환은 혼돈을 있는 그대로 드러내려고 했다는 것이다. 김기림은 두 사람의 우열을 가려내려 하지 않고, 시대에 대한 두 사람의 태도를 밝혀내려 하였다. "단순한 기법의 종합은 여전히 일방적인 형식주의"***라는 경고로 미루어 짐작할 수 있듯이 김기림은

---

* 김기림, 『시론』, 백양당, 1947, 63쪽.
** 같은 책, 94쪽
*** 같은 책, 152쪽.

언제나 기교주의와 형식주의를 좋지 않은 어감으로 사용하였다. 그가 보기에 시의 원천은 이미 정해져 있는 기교나 형식이 아니라 일상의 회화다. "물결과 범선의 행진과 이 끝에야 기마행렬을 묘사할 정도를 넘지 못하던 전대의 리듬과는 딴판으로 기차와 비행기와 공장의 소음(騷音) 군중의 규환(叫喚)을 반사시킨 회화의 내재적 리듬"*을 발견하고 창조하는 데 현대시의 사명이 있다는 것이다. 범선과 기마행렬의 속도를 기차와 비행기의 속도에 견준 것은 피상적인 비교에 지나지 않는 것이지만, 공장의 소음과 군중의 규환을 지적한 김기림의 시각은 주목할 만하다. 김기림이 시대의 언어라고 할 때, 그것은 주로 노동자와 군중의 언어를 가리킨다. 자신의 시에는 군중 체험이 전혀 나타나 있지 않음에도 그가 전개한 방향으로 그의 논리를 확장하면 그러한 결론을 피할 수 없다. 그러므로 '회화의 내재적 리듬'이란 것도 노동자와 군중의 언어에 내재한 리듬이다.

조만간 시인은 그들이 구하는 말을 찾아서 가두로 또 노동의 일터로 갈 것은 피하지 못할 일이다. 거기서 오고 가는 말은 살아서 뛰고 있는 탄력과 생기에 찬 말인 까닭이다. 가두와 격렬한 노동의 일터의 말에서 새로운 문체를 조직한다는 것은 이윽고 오늘의 시인 내지 내일의 시인의 즐거운 의무일 것이다.**

일견해서 과격하게조차 보이는 김기림의 언어관이 창작이나 비평에 구체화되려면, 그러한 언어관에 상응하는 현실 인식의 토대를 구축해놓

---

* 같은 책, 75쪽.
** 같은 책, 244쪽.

아야 했다. 그러나, 실제 김기림은 군중 속에서 개인이 겪는 충격도 체험하지 못하였고 기계 가운데서 노동자가 겪는 경험도 제대로 이해하고 있지 않았다. 김기림의 비평은 시의 가치를 언어의 효과에서 찾으려 했던 전기와 그것을 시대의 보편성에서 찾으려 했던 후기로 나뉜다.

한 시인의 경력은 동(動)하는 역사 속에서 끊임없이 확대되고 높아가는 한 시대의 가치 의식을 체현하여 그것을 발전시켜가는 한 특수한 정신사에 틀림없다. 여기 시가 보편성을 가지는 계기가 있다. 다시 말하면 시란 가치의 형성이고, 뿐만 아니라 그것은 좁은 개성의 울타리를 넘어서 한 시대의 보편적인 문화에 늘 다리를 걸쳐놓고 있는 것이다.*

개인과 역사가 만나는 자리를 중시하였음에도 김기림은 어느새 슬그머니 역사를 정신의 역사로, 시대를 보편적인 문화로 바꿔놓고 있다. 노동자와 군중의 언어에서 시의 활력을 길어내야 한다는 현실 인식의 싹은 어디론가 사라지고, 김기림은 문화와 정신의 나라를 향하여 급격하게 선회한다. 이성적 원리에 따라 현실을 바꿀 수 있다는 믿음이 없을 때, 인간은 흔히 정신과 문화의 왕국으로 도피하게 된다. 그러므로 이때 김기림이 말하는 역사는 식민지 사회의 구체적인 생산 관계가 아니다. 1930년대의 한국에서 민족 문제와 계급 문제를 배제하고 성립될 수 있는 보편적 문화란 무엇이었을까? 우리는 여기서 김기림이 역사라는 명사 앞에 부가한 '동(動)하는'이란 수식어에 주의할 필요가 있다. 김기림은 어째서 '노동하는'이라고 쓰거나 '운동하는'이라고 쓰지 않고 그냥

* 같은 책, 90쪽.

'동하는' 이라고 썼을까? 그는 역사 자체에 방향이나 가치가 있다고 생각하지 않았다. 역사는 가치와 무관하게 움직이고 동요하고 변화할 뿐이다. 다만 역사 안에는 가치 있는 무엇이 있고, 그 무엇을 확대시키고 높여가는 것이 시인의 일이다. 아마도 그는 이렇게 생각하였던 듯하다. 한 시대의 사회 구조를 중첩 결정하고 있는 경제 층위와 정치 층위와 의식 형태의 층위를 모두 제거하고 나면, 현실은 깊이와 부피를 잃어버리고, 하나의 점으로 축소될 수밖에 없다.

개념의 정당한 내포에 있어서 현실이라 함은 주관까지를 포함한 객관의 어떠한 공간적 · 시간적 일점을 의미한다. 현실은 시간적으로 부단히 어떠한 일점에서 다른 일점에로 동요하고 있다. 예술에 있어서 어떠한 현실의 단편이 구상화되었을 때 그것은 벌써 현실 이전이다. 거기는 고정된 역사와 인생의 단편이 있을 따름이다. 다만 상대적 의미에서 이렇게 부단히 추이하고 있는 현실을 여실히 포착할 수 있는 주관은 역시 움직이고 있는 주관이 아니면 아니 된다. 그러므로 끊임없이 움직이는 시의 정신을 제외한 시의 기술 문제란 단독으로 세울 수 없는 일이다.[*]

김기림은 현실을 계급과 계급의 얽힘으로 보지도 않고 상품과 상품의 짜임으로 보지도 않았다. 식민지라는 현실이 얼마나 견고한 구조 체계인가를 알지 못하였기 때문에, 그는 현실의 변화를 체계 자체의 변화가 아니라 점의 동요라고 생각하게 되었다. 김기림은 '개념의 정당한 내포'라고 하였으나, 위의 인용문에는 아무런 규정이 내포되어 있지 않다. 유

----

* 같은 책, 105쪽.

클리드에 따르면 점은 부피를 가질 수 없는 것인데, 점에다 어떻게 공간과 시간을 부가할 수 있을 것이며, 또 유클리드는 점의 움직임을 선이라 하였는데, 움직이는 점이 어떻게 그대로 점으로 남아 있을 수 있을 것인가? 결국 김기림은 예술이 현실의 전형성을 드러낼 수 있다는 사실까지 부인하고 말았다. 예술은 현실의 단편을 구상화할 수 있을 뿐인데, 그렇게 구상화된 현실의 단편조차도 고정되어 있다는 의미에서 이미 현실이 아니라는 것이다. 움직이는 객관이라는 소박실재론(素朴實在論)과 움직이는 주관이라는 유아론(唯我論)이 납득할 만하게 결합될 수 있는 방법은 없다. 객관을 구성하는 의식 일반, 곧 객관적이고 보편적인 의식의 구성 능력을 가정하는 관념론의 고민에도 못 미치는 주관 또는 시의 정신이란, 논리가 아니라 하나의 의견에 지나지 않는다. 이 인용문은 논리의 전개가 아니라 어디론가 부지런히 나아가자는 호소 또는 다짐의 기록이다. 가치 있는 무엇, 다시 말하면 문화의 보편적 가치가 바로 김기림이 향해서 나아가려고 한 목표였다. 기존 질서를 부정하지 않고 얻을 수 있는 보편 가치란 어떠한 것일까? 김기림은 현대의 보편 가치를 과학 이외의 다른 데서는 발견할 수 없었다.

질서는 오직 신학적인, 형이상학적인 선사(先史) 이래의 낡은 전통에 선 세계상의 인생 태도를 버리고, 그뒤에 과학 위에 선 새 세계상을 세우고 그것에 알맞는 인생 태도를 새 모랄로서 파악함으로써만 얻을 수 있었던 것이다.*

---

* 같은 책, 90쪽.

김기림은 기존의 생산 체계와 권력 구조를 부정하는 대신 낡은 전통을 부정하였다. 그러한 부정의 근거가 되는 것이 다름 아닌 과학이다. 그는 심지어 "한 권의 미학이나 시학을 읽느니보다는 한 권의 아인슈타인이나 에딩턴을 읽는 것이 시인에게 얼마나 더 유용한 교양이 되는지 모른다"*고 젊은 시인에게 권고하기조차 하였다. 이 말에서 우리가 유의해야 할 것은 과학이 실험과 수식의 영역을 넘어서 세계상과 인생 태도의 영역으로 확장되어 있다는 사실이다. 인용문의 동사는 과거 시형으로 되어 있다. 김기림이 보기에 과학적 세계상과 과학적 인생 태도는 이미 이루어져 있는 현대의 성과였던 것이다. 우리는 여기서 과학과 모럴과 예술의 관계라는 매우 풀기 힘든 문제에 봉착하게 된다. 과학적 세계상과 과학적 인생 태도라는 것이 가능할 것이며, 과학에 토대한 모럴이 성립될 수 있을 것인가? 그리고 과학이 과연 시인에게 유용한 교양이 될 수 있을 것인가?

　　실험과 수식은 세계상 또는 인생 태도에 적용될 수 없다. 실험은 합리적이지 않은 요소들을 모두 배제해놓은 인공적 환경을 필요로 한다. 모든 혼란을 철저히 제거한 환경에서 수행된다는 의미에서 실험은 순수한 정관(靜觀)과 일치하는 행동이다. 과학에서 실험과 결합되는 수식은 자연의 단순한 질서에 대한 믿음으로부터 유래하는 일종의 기호 체계인데, 그것의 본질은 현상의 양적 환원에 있다. 과학이 객관적 관계를 탐구한다고 할 때, 그 관계는 어디까지나 성질의 차이에 따르는 관계가 아니라 분량의 비교와 대조에 따르는 관계다. 그러므로 과학적 세계상 또는 과학적 인생 태도란 실험과 수식에 근거하는 삶이 아니라, 세계를 합

---

* 같은 책, 41쪽.

리적으로 인식하겠다는 삶의 자세를 가리키는 것으로 이해해야 할 것이다. 대개의 경우 우리가 합리적 인식이라고 하는 것은 감각에 주어진 경험 내용을 논리적으로 이해하는 행동과 관계되어 있다. 우리는 합리적 인식을 논리적 이해력과 떼어서 생각할 수 없다. 이미 우리에게 주어져 있는 세계의 일부가 감각 경험으로 변하여 우리에게 들어와 있을 때 비로소 그러한 감각 경험의 성질과 분량과 관계와 양식을 이해하는 논리가 거기에 적용될 수 있다. 경험에 앞서서 그 자체로 존재하는 세계에는 논리적 이해력이 침투할 수 없는 것이다. 합리적 인생 태도는 세계 자체를 논리적으로 이해하려 하지만 세계 자체는 어디까지나 논리적 이해력을 넘어서 있다. 논리적 이해력을 감각 경험의 피안에 적용하려고 하자마자, 그러한 세계상과 인생 태도는 소박한 독단론으로 타락하게 된다. 세계의 일부에 대한 개념 구성을 아무리 모아보아도 그것으로 세계 자체의 인식에 도달할 수는 없을 것이다. 개별 과학들은 논리적인 개념 체계로 구성할 수 없는 것은 무엇이나 자기 영역이 아니라 하여 방치한다. 과학의 세계란 방법론에 맞추어 순화된 일종의 폐쇄 체계다. 사실들은 과학 안에서 이미 수학적 방법에 의해 길들여져 있다. 개별 과학들은 그것들 나름으로 사실의 완강함에 대하여 이해하고 있지만, 완강한 사실들은 현실의 본질적인 개념 체계와 관련되지 못하고 과학이 방법적으로 요구하는 부분 체계와 관련될 뿐이다. 그러므로 개별 과학들은 감각 경험의 외부에 주어져 있는 세계를 이해할 수 없는 우연으로 취급하거나 아니면 부분 체계에만 해당되는 논리를 자의로 확대하여 현실 전체에 적용하는 수밖에 없다. 한쪽으로 가면 허무주의에 부딪히고, 다른 쪽으로 가면 독단주의에 부딪히게 되는 딜레마에서 벗어날 수 없는 것이다. 근대 과학의 논리적 이해력은 이해의 대상에 개입하려 하지 않기 때문에 이해는 단순한 정관적 관조 행위에 국한된다. 과학적 이해란 우리의 간섭 없이 성립되어 있는 필연적 객관성을 정관하는 행동이다. 근대 과학은 인간과 인간의 관계까지도 물건과 물건의 관계처럼 다룸으로써 자연 법칙의 수준으로 전락한, 불변의 사회 질서라는 환상을 널리 퍼뜨리고 있다. 근대 과학은 주체의 개입 없이 작용하는 법칙들의 체계를 구성해놓은 것이다. 비역사적 직접성에 사로잡혀 있는 근대 과학은 사실들의 역사적 성격을 고려하지 않고 현재의 사회 질서를 영원한 자연 법칙으로 받아들인다. 근대 과학은 인간의 심리마저 계산할 수 있는 개념으로 환원시킨다. 인간도 저항할 수 없는 법칙에 내맡겨져 있는 객체로 묘사되는 것이다.

이러한 정관적 이해에 대응하는 것이 형식적 논리다. 냉혹한 필연성이 인간의 심리까지 지배하는 처지에서 윤리는 순수하고 공허한 내부 공간으로 축소되지 않을 수 없다. 윤리는 세계에 대한 인간의 행동을 문제 삼지 않고 인간의 자기 자신에 대한 행동만을 문제 삼는다. 윤리적으로 행동하는 개인적 주체에게만 통하는 격률들이 낯선 현실과 무관하게 구성된다. 윤리는 현실의 개념 체계와 현실의 객관적 가능성, 다시 말하면 현실의 변화 가능성을 모두 배제하고 오직 나와 나의 관계로 한정된다. 법칙의 냉혹한 필연과 개인의 순수한 자유는 화해할 수 없는 요지부동의 분열과 대립을 드러낸다. 과학적 인생 태도는 새 모럴을 구성하는 행위라기보다는 차라리 윤리를 어둡고 공허한 영역으로 규정하는 행동에 접근한다.

과학의 지배 아래에 있는 근대 사회는 이러한 이원성을 조화시키기 위하여 예술에 지나치게 큰 의미를 부여했다. 예술 작품 안에서는 재료와 형식, 필연과 자유가 구체적으로 통일되어 있다고 생각했기 때문이다. 화해할 수 없는 분열과 대립을 해결하는 원리가 예술 작품 안에 내재되어 있다는 것이다. 실러에 의하면 "미의 문제는 정치의 문제나 자유의 문제를 해결하기 위해서 인간이 반드시 지나가야 할 길"*이다. 실러는 예술을 올바른 인생 태도와 동일한 낱말로 사용하였다.

> 아름다움 또는 미적인 통일성을 향유할 때에는 질료와 형식, 수동과 능동의 현실적인 결합과 교환이 즉각적으로 일어나기 때문에 우리들의 두 본성이 모순 없이 어울릴 수 있고 무한한 존재가 유한한 것들 속에 실현될 수 있고 가장 숭고한 인간성의 가능성이 실현될 수 있다는 사실이 현실적으로 증명된다.**

그러나 우리는 실러에게 무슨 근거로 예술의 원리를 세계의 원리로 확장하였는가 묻지 않을 수 없다. 조화와 균형이라는 예술의 역할을 과장하면 할수록 이번에는 거꾸로 과학의 논리적 이해력이 존립할 수 없게 되며, 이원성을 넘어서려는 인생 태도는 신비주의에 귀속되는 위험을 회피할 수 없게 된다. 세계 자체가 예술의 원리에 따라 형성되어 있지 않은 터에, 도대체 어떻게 예술이 조화의 역할을 담당할 수 있겠는가? 이것은 정관적 관조의 문제가 아니라 역사적 실천의 문제다.

대부분의 예술가들은 실러와는 반대 방향을 택하여 예술의 영역을 극도로 축소함으로써 이렇듯 난처한 질문과 마주치지 않을 수 있는 방향으로 나아갔다. 그들은 예술 작품을 예술 작품으로 만드는 최소한의 예

---

* 高昌範, 『쉴러의 문학과 미학』, 서울대학교 출판부, 1986, 225쪽.
** Friedrich Schiller, *On the Aesthetic Education of Man*, trans. Elizabeth. M. Wilkinson and L. A. Willoughby, London : Oxford University Press, 1967, p. 189. 스물다섯 번째 편지.

술성 이외의 모든 것을 예술의 영역에서 배제하였다. 그들은 할 말이 전혀 없는 예술 작품을 만들려고 시도하였다. 주어져 있는 세계와 현실의 기존 질서를 그대로 방치하고, 예술로부터 일체의 의미를 제거하려는 그들의 창작 태도는 수학적 개념 구성과 유사한 견고함을 특징으로 한다. 예술 작품은 이제 내용 없는 형식, 하나의 텅 빈 구조가 되었다. 이러한 현상은 특별히 예외적인 것이 아니라 논리적 이해력을 일관되게 관철시킬 때 나타나는, 과학적 인생 태도의 필연적 귀결이다.

김춘수의 시적 여정은 가벼운 이야기 또는 단순한 관념을 감정의 언어로 재구성하는 방법들의 모색에서 시작하여 이야기와 관념을 제거하고 언어 구조에 대한 감수성만으로 시를 형성하는 방법들의 탐색에 이르는 편력이었다. 김춘수는 김기림의 모호한 절충주의를 깨뜨리고 김기림 자신의 논리를 거의 더 나갈 수 없는 지점어까지 밀고 나갔다. 김기림은 과학적 세계상을 하나의 지식으로 가정할 수밖에 없었으나, 시대의 변모에 의해 김춘수는 과학적 세계상에 내재한 분열과 이원성을 경험으로 받아들여 창작의 전제로 삼을 수 있었다. 시적 여정을 출발할 무렵 이미 김춘수는 감상이 내비치지 않도록, 조심스럽게 언어의 건축을 설계하였다. 낱말은 서로서로 다른 낱말의 울림을 강화해주고 있으며, 시행 하나하나도 그 자체로서 자립하면서 동시에 다른 시행의 의미에 의존하고 있다. 분석을 견뎌낼 수 없는 작품이 하나도 없다고 단언해도 무방할 간큼 김춘수의 시들은 견고한 구조를 가지고 있다. 몇 편의 작품들을 분석하면서 김춘수의 여행을 따라가보자.*

---

* 인용 작품은 모두 『김춘수 시전집』(현대문학, 2004)에 의존하였다.

어쩌다/바람이라도/와 흔들면//
울타리는/
슬픈 소리로/울었다.//

맨드라미./나팔꽃./봉숭아 같은 것//
철마다 피곤/
소리없이/져버렸다.//

차운/한겨울에도//
외롭게/햇살은//
청석(靑石)/섬돌 위에서//
낮잠을/졸다 갔다.//

할일없이/세월(歲月)은/흘러만 가고//
꿈결같이/사람들은/
살다 죽었다.//

—김춘수, 「부재」 전문

이 시에는 시골 사람들이 조용하게 살아가는 이야기가 담겨 있다. 사건의 전개는 주로 동사에 의존하고 있는데, 동사들은 서로 중복되어 커다란 원을 그리고 있다.

1. 바람이 울타리를 흔든다.
2. 울타리가 운다.

3. 꽃들이 피고 진다.

4. 햇살이 졸다 간다.

5. 세월이 흘러간다.

6. 사람들이 살다 죽는다.

여기서, '꽃들이 피고 진다'와 '햇살이 졸다 간다'와 '사람들이 살다 죽는다'는 동일한 의미로 중복되어 있다. '세월이 흘러간다'는 맨드라미·나팔꽃·봉숭아가 피고 지는 봄부터 가을까지, 그리고 꽃들이 지고 난 후에 찾아온 '차운 한겨울'까지의 시간적 진전을 보여주는 듯도 하지만, 둘째 시절의 '철마다'가 드러내는 것처럼 세월은 직선이 아니라 원형으로 순환하는 것이다. 이러한 동사들 앞에 놓여 있는 부사와 형용사는 살아가는 이야기를 해석하는 김춘수의 태도와 연관되어 있다. 꽃들은 '소리없이' 지고, 햇살은 '외롭게' 졸다 가고, 세월은 '하릴없이' 흘러가고, 사람들은 '꿈결같이' 살다 죽는다. 소리 없이 외롭게 꿈결같이 현존한다는 것은 이 시의 제목이 가르쳐주는 대로 부재(不在)와 같은 것이 아닌가? 현존과 부재의 순환은 하릴없는 것, 다시 말하면 어쩔 도리가 없는 것이다. '할일없이'라는 부사는 이 시에 나오는 나머지 부사와 형용사들을 한데 묶고 있다.

「부재」의 셋째 시절에는 부드러운 햇살과 견고한 청석 섬돌이 대조되어 있다. 청석 섬돌은 햇살과 대립되는 데 그치지 않고, 살다 죽는 사람, 흘러가는 세월, 피고 지는 꽃들과도 대립된다. 다른 시행들은 3음보로 진행되는데, 유독 셋째 시절의 시행들만이 2음보로 구성되어 있다. 이 부분의 의미는 시간의 진행 또는 순환이 아니라 순환과 정지의 대립에 연관되어 있기 때문이다. 대립의 표현에는 3음보보다 2음보가 적절하다고 할 수 있다. 우리는 여기서 울타리가 슬픈 소리로 우는 이유를 짐작할 수 있다. 현존과 부재가 서로 통하여 조용하고 있다는 사실이 혹시 어떤 사람에게는 황홀한 깨달음의 계기를 마련해줄 수 있을지 모르지만, 대부분의 경우 평범한 사람들은 그것을 비극적인 사건으로 인식할 것이다. 이 시에 담겨 있는 이야기는 소설의 소재가 될 수 없는 사소한 내용이다. 김춘수는 이처럼 사소한 이야기를 통하여 삶의 비극적 인식을 형상화해놓았다. 그러나 김춘수는 한 편의 소설이 될 만한 사건들을 빠른 속도의 운율로 압축해놓기도 한다.

> 등골뼈와 등골뼈를 맞대고
> 당신과 내가 돌아누우면
> 아데넷 사람 플라톤이 생각난다.
> 잃어버린 유년(幼年), 잃어버린 사금파리 한쪽을 찾아서
> 당신과 나는 어느 이데아 어느 에로스의 들창문을
> 기웃거려야 하나,
> 보이지 않는 것의 깊이와 함께
> 보이지 않는 것의 무게와 함께
> 육신의 밤과 정신의 밤을 허위적거리다가
> 결국은 돌아와서 당신과 나는
> 한 시간이나 두 시간 피곤한 잠이나마
> 잠을 자야 하지 않을까,
> 당신과 내가 돌아누우면
> 등골뼈와 등골뼈를 가르는
> 오열과도 같고, 잃어버린 하늘

잃어버린 바다와 잃어버린 작년의 여름과도 같은

용기가 있다면 그것을 참고 견뎌야 하나

참고 견뎌야 하나, 결국은 돌아와서

한 시간이나 두 시간 내 품에

꾸겨져서 부끄러운 얼굴을 묻고

피곤한 잠을 당신이 잠들 때,

—김춘수, 「타령조 8」 전문

시의 배경에는 플라톤의 『향연』에 나오는 이야기가 깔려 있다. 『향연』에서 아리스토파네스는 남자와 여자 또는 남자와 남자가 서로 사랑하게 된 것은 원래 하나였던 몸이 두 쪽으로 쪼개졌기 때문이라고 하였다. 예전 사람들은 팔과 다리가 각각 넷이었고 하나의 머리에 반대 방향으로 두 개의 얼굴이 있었으며, 귀가 넷이고 음부가 둘이었다는 것이다. 두 개의 음부가 모두 남자거나 여자인 사람도 있었고, 남성과 여성의 음부를 하나씩 가지고 있는 사람도 있었다. 그들은 무서운 힘과 야심을 억제하지 못하고 신들과 싸우려 하다가 제우스에 의해 두 동강 났다. 이 아리스토파네스의 사랑 이야기에 대하여 소크라테스는 만티네이아의 부인 디오티마의 말을 이끌어 굳세고 간교한 에로스의 본성을 해명하였다. 아프로디테가 출생했을 때 신들이 잔치를 베풀었는데, 교지(巧知)의 신 메티스의 아들인 풍요의 신 포로스가 일찍 취하여 잠든 사이에 빈곤의 신 페니아가 그 곁에 누워 에로스를 잉태하였다. 에로스는 어머니를 닮아 언제나 궁핍에 시달린다. 신발도 없고 집도 없이 땅바닥에 누워 늘 문간이나 길가에서 잔다. 그러나 아버지를 닮은 데도 있는 그는 용감하고 열렬했으며 온 생애를 통하여 애지자(愛知者)였고, 또 놀라운 마술

사, 독약 조제사, 궤변가였다. 에로스는 아프로디테의 수종자로서 본성상 아름다움을 사랑하는 자다.

　김춘수는 두 이야기를 플라톤의 철학에 연결짓는다. 플라톤은 변화하는, 감각의 대상들을 불완전한 현상세계에 속하는 것으로 보고 오직 불변의 이데아만을 본체 세계의 진리라고 하였다. 이데아는 '본다'는 의미의 동사인 '이데인'의 동명사다. 이데아란 결국 마음의 눈으로 본 완전한 형식인 것이다. 육신의 눈으로 볼 수 있는 삼각형들을 많이 관찰하고 그것들이 겹쳐져서 형성하는 삼각형의 성질을 추상해보아도 삼각형의 구성 원리는 해명되지 않는다. 육신의 눈에 보이는 삼각형들을 괄호로 묶고 비본질적인 모든 것을 배제해놓은 후에야 마음의 눈은 삼각형의 구성 원리(피타고라스의 정리)를 발견할 수 있게 된다. 육신의 눈으로 보는 삼각형은 불완전한 삼각형이지만 정신의 눈으로 보는 삼각형은 완전한 삼각형이다. 육신의 눈이 바라보는 아름다움은 불완전한 아름다움이지만 정신의 눈이 바라보는 아름다움은 완전한 아름다움이다. 이데아란 언제나 전적으로 단순한 형식으로서 인간 정신의 본질 안에 숨어 있는 세계의 구성 원리다. 변화해 마지않는 현상세계, 즉 감각의 간섭을 이겨내고 정신 안에서 진리의 수학적 구조를 되살려내는 것이 바로 에로스의 일이다. 김춘수는 '보이지 않는 것의 깊이', '보이지 않는 것의 무게'라는 말로 이데아, 진리의 숨은 건축을 지적한다. 불완전한 감각의 세계를 육신의 밤이라고 부른 것도 납득할 수 있다. 그러나 완전한 빛의 실체, 비밀의 구조를 찾는 작업이 어째서 정신의 '밤'일까? 여기서 이 시의 이야기는 플라톤과 작별하고 새로운 사건을 전면에 세운다.

　무대에 남편과 아내가 등을 대고 누워 있다. 두 사람의 육신은 나란히 누워 있으나, 그들의 정신은 각각 긴 여행을 떠난다. 플라톤의 여행은 이데아를 상기하기 위한 편력이었다. 그러나 김춘수의 여행은 잃어버린 시간을 찾기 위한 편력이다. 김춘수는 다섯 개의 이미지로 잃어버린 시간을 표현하고 있다.

1. 잃어버린 유년.
2. 잃어버린 사금파리 한쪽.
3. 잃어버린 하늘.
4. 잃어버린 바다.
5. 잃어버린 작년의 여름.

이 다섯 개의 이미지를 모아보면 잃어버린 것의 정체가 밝혀진다. 그것은 남성과 여성으로 분화되기 이전에 지니고 있었던 유년의 순수다. 사금파리와 바다와 하늘은 유년의 티 없는 감수성에 한결같이 평등하고 절대적인 현존으로 작용한다. 유년 시절에는 순수 지각이 일상생활의 중심이었다. 그러나 그 순수 지각을 다시 찾으러 떠나는 성인의 편력은 고통스럽기 짝이 없다. '정신의 밤'에서 '밤'은 아무리 애써도 도달할 수 없는 정신의 한계를 의미한다.

저도 모르게 겪은 유년의 상실이 기실은 '등골뼈와 등골뼈를 가르는' 고통이었음을 김춘수는 새삼스럽게 깨닫는다. 성년식을 제대로 겪어낸 것이 자랑스러운 일이 아님을 깨닫는 것이다. 그러므로 여기서의 오열은 성년식을 치르는 과정에서 터져 나온 울음이 아니고 성년의 회상 속에 숨어 있는 울음이다. '작년의 여름'이 어떠한 사건을 가리키는지는 자세히 알 수 없으나, 순수 지각의 순간이 희귀한 축복으로서 성년에게도 드리워질 때가 있으리라는 사실을 짐작하기는 그다지 어려운 일이 아니다.

「타령조 8」의 이야기는 플라톤의 철학과 전혀 다른 방향에서 종결된다. 김춘수는 영원한 편력이 가능하다고 생각하지 않는다. 시의 화자는 "들창문을 기웃거리고, 어두움 속에서 허우적거리다가 결국은 돌아온다." 정신의 편력은 끝이 나고 두 육체는 다시 서로 가슴을 마주 대고 잠이 든다. 정신의 편력에는 용기와 인내가 필요한데, 화자는 용기에도 인내에도 자신이 없다고 고백한다. 신체의 건강에 대한 염려와 보람 없는 고통에 대한 회의가 계속해서 정신의 편력을 방해한다. "한 시간이나 두 시간 피곤한 잠이나마 잠을 자야 하지 않을까"라는 시구와 "참고 견뎌야 하나, 참고 견뎌야 하나"라는 시구가 우리에게 그러한 사정을 알려준다. 순수 지각은 끝내 획득할 수 없는 보물로 남아 있다. 이야기는 체념과 포기로 끝난다. 그러나 시의 마지막에 찍힌 쉼표는 체념과 포기를 거절하고 있다. 체념은 끝이 아니고 새로운 편력의 시작이 된다. 유년과 성년, 정신과 육신, 편력과 포기는 이 시 속에서 강한 긴장을 띠고 대립되어 있다. 김춘수의 치열한 반성은 어느 쪽의 우위도 허용하지 않는다.

1
죽음은 갈 것이다.
어딘가 거기
초록의 샘터에
빛 뿌리며 섰는 황금의 나무……

죽음은 갈 것이다.
바람도 나무도 잠든

고요한 한밤에
죽음이 가고 있는 경건한 발소리를
너는 들을 것이다.

2
죽음은 다시
돌아올 것이다.
가을 어느 날
네가 걷고 있는 잎 진 가로수 곁을
돌아오는 죽음의
풋풋하고 의젓한 무명의 그 얼굴……
죽음은 너를 향하여
미지의 제 손을 흔들 것이다.

죽음은
네 속에서 다시
숨쉬며 자라갈 것이다.

—김춘수, 「죽음」 전문

　「죽음」의 시절들은 각각 네 행, 다섯 행, 여덟 행, 세 행으로 구성되어
있다. 각 시절의 첫 줄은 '죽음은' 이란 낱말을 포함하고 있다. '죽음은
갈 것이다' 라는 문장이 두 번 반복되다가 '죽음은 다시' 라는 어구로 분
화되고 마지막 시절의 첫 줄에는 '죽음은' 이란 낱말만 남아 있다. 첫째
시절을 제외한 나머지 세 시절이 '것이다' 라는 서술어로 끝난다. 첫째

시절의 끝과 셋째 시절의 가운데에 있는 말없음표가 '황금의 나무'와 '무명의 그 얼굴'을 결속시켜준다.

　나무는 땅속 깊이 뿌리를 내리어 물을 빨아올리고, 빨아올린 물을 잎과 가지 사이로 하늘 높이 뿜어낸다. 생경의 근원이고 안식의 터전인 '초록의 샘터'에서 샘물을 마시며 나무는 나날이 견고하게 성장한다. '빛'은 하늘에서 내려오는 것인데, 이 시에서는 반대로 나무가 빛을 하늘로 뿌린다. 그러므로 '황금'은 견고한 나무의 둥치이면서 동시에 나무가 뿜어내는 찬란한 빛이다. 죽음은 하늘과 땅을 매개하는 중개자로서, 속된 일상의 핵심에 유일하게 남아 있는, 신성한 존재다. 신성한 죽음의 발소리가 경건하게 들린다는 것도 자연스럽다. 죽음이 자기의 올바른 모습을 드러내는 시간, 죽음이 자신의 고향으로 돌아가는 시간에는 바람도 나무도 잠이 든다. 세속의 잡다한 소음을 가라앉히지 않으면 신성한 소리를 들을 수 없기 때문이다. 화자가 그것의 발소리를 듣는다고 한 이 죽음은 화자 자신이 아니라 타인의 죽음일 것이다. 그러나 타인의 죽음은 곧 화자 자신의 죽음이 되어 화자에게로 돌아온다. 죽음은 모든 사람을 인간의 본질에 묶어준다. 김춘수는 인간의 본질을 이름 붙일 수 없는 모습이라고 표현한다. 이름은 인간의 본질에 속하는 것이 아니라 인간의 현상에 속하는 것이라는 생각이다.

　　가을 어느 날
　　네가 걷고 있는 잎 진 가로수 곁을
　　돌아오는 죽음의
　　풋풋하고 의젓한 무명의 그 얼굴······

이 시행들은 릴케의 영향을 분명하게 드러내고 있으나, 김춘수는 릴케와는 반대로 죽음을 '무명의 얼굴'이라고 부른다. 릴케는 죽음을 한 사람 한 사람에게 고유한 것으로 묘사하였다. 누구나 어느 누구와도 다른 저 자신의 죽음을 완성하려고 애써야 한다고 릴케는 노래하였다. 각자에게 그유한 죽음을 완성시키는 일과 모든 사람의 바탕이 되는 죽음을 완성시키는 일은 같은 것이 아니다. 여기에는 동양과 서양의 거리가 개입되어 있는지도 모른다.

「죽음」에서 나의 죽음은 죽음 자체와 대립하고 있다. 죽음과 삶이 하나로 통하여 작용하므로, 죽음이 삶 속에 있듯이 삶도 죽음 속에 있다는, 어디선가 많이 들어본 이야기가 릴케처럼 절실하게 들리지 않는 이유도 아마 여기서 말미암을 것이다. 단독자의 시선을 배제하고 죽음을 이야기한다는 것은 쉽사리 납득할 수 없는 일이다. 이 시에서는 죽음이 주체로 나타나고 화자는 객체로 나타나 있다. 이러한 주객 교체에 의해 죽음은 개인의 외부에 있는 존재가 된다. 김춘수는 릴케를 떠나서 무명의 죽음이 황금의 나무로 변모한다는 새로운 관념을 만들어내었다. 황금의 나무에 가득 차 있는 빛과 물, 다시 말하면 죽음의 빛과 샘이 인간을 너그럽고 의젓하게 살 수 있도록 도와준다는 생각이다. 내가 나의 죽음에 빛을 주는 것이 아니라, 만인에게 공통된 미지의 죽음이 나의 삶에 빛을 준다는 김춘수의 생각은 릴케의 생각과는 반대이지만 그것 나름으로 흥미 있는 의미를 지니고 있다.

저녁 한동안 가난한 시민들의
살과 피를 데워주고
밥상머리에

된장찌개도 데워주고

아버지가 식후에 석간을 읽는 동안

아들이 식후에

이웃집 라디오를 엿듣는 동안

연탄가스는 가만가만히

주라기의 지층으로 내려간다.

그날 밤

가난한 서울의 시민들은

꿈에 볼 것이다.

날개에 산홋빛 발톱을 달고

앞다리에 세 개나 새끼 공룡의

순금의 손을 달고

서양 어느 학자가

Archaeopteryx라 불렀다는

주라기의 새와 같은 새가 한 마리

연탄가스에 그을린 서울의 겨울의

제일 낮은 지붕 위에

내려와 앉는 것을,

—김춘수, 「겨울밤의 꿈」 전문

이 시는 두 개의 문장으로 구성되어 있는데, 둘째 문장은 도치되어 있다. '새가 내려와 앉는 것을 볼 것이다'라는 문장을 도치할 경우에 '볼 것이다, 새가 내려와 앉는 것을'과 같이 쉼표를 가운데 찍는 것이 예사로운 방법이나 김춘수는 쉼표와 마침표를 바꾸어 달았다. 이러한 구두

점의 교체가 특별한 효과를 낸다고는 생각되지 않는다. 그러나 첫째 문장에서 두 번 반복되는 '주고'와 '동안'은 적절하게 시간의 경과를 단락 지어주고 있다.

막이 열릴 때 무대에 전개되는 장면은 겨울 저녁, 한방에 모여 앉아 있는 어느 가난한 가족의 모습이다. 추운 날씨에 일터에서 돌아온 그들은 언 몸을 녹이고 따뜻한 식사를 마쳤다. 아버지는 신문을 보고 아들은 이웃집의 라디오를 엿듣는다. 가난한 시민들의 행복한 한때다. 아늑하고 평온한 분위기가 이 가족을 감싸고 있다. 살과 피, 그리고 된장찌개는 모두 가난한 시민의 목숨과 관계되는 낱말들이다. 목숨이 꼭 필요로 하는, 단순하고 소박한 밥과 집이 조용히 어울려 있는, 조화로운 장면이다. 아들이 '이웃집 라디오를 엿듣게' 되는 것은 라디오도 없는 '가난한' 집이기 때문이라고 볼 수도 있으나, 가난한 집들이 다닥다닥 붙어 있어서 들려오는 내용이 우연히 아들의 흥미를 끌었기 때문이라고 보는 것이 좋을 듯하다. 비록 가난하더라도 조화는 행복을 마련해준다.

이들은 의식하고 있지 않을 터지만, 가난한 생활 속에서 이루어지는 최소한의 조화에는 보이지 않는 연탄가스가 제법 큰 몫을 거들고 있다. 연탄가스는 정성을 다해 위로 올라가 가난한 시민들의 살과 피를 데워주고 된장찌개도 데워준다. 노동에 지친 시민들이 쉬는 동안, 할 일을 마친 연탄가스도 더 이상 날아오르지 않고 내려간다. 연탄가스는 1억 6천만 년 전의 쥐라기까지 내려간다. 가만히 가만히 아무도 모르게, 아무도 놀라지 않게 행여 다칠세라 자기의 고향으로 돌아가 쉬는 것이다.

가난한 시민들에게 연탄가스의 하강 운동이 상승 운동보다 더 큰 축복이 된다. 연탄가스는 쥐라기의 지층으로 내려가 그곳에 화석으로 굳어 있는 아키오프터릭스를 깨워낸다. 밤이 와서 이제 자기의 일은 마쳤으니 시조새에게 다음 일을 부탁하는 것이다. 이번에는 아키오프터릭스가 쥐라기의 지층으로부터 날아오른다. 시조새의 모습은 화석에 나타난 그대로다. 까마귀만한 크기에 머리는 작고 눈이 크며 날개의 앞 끝에는 세 개의 발가락이 있고 날카로운 발톱을 가지고 있다. 김춘수는 시조새의 모습에서 그로테스크한 요소를 제거하고 그것을 귀엽고 찬란하고 아름다운 형태로 변형시켰다.

시조새의 몸은 산호와 순금으로 이루어져 있다. 산호를 깨끗하고 맑게 내비친다는 의미로, 순금을 빛나고 튼변한다는 의미로 받아들여도 무방할 것이다. 여기에 새끼 공룡이 주는 귀여운 느낌을 첨가할 수 있다. 아키오프터릭스의 상승은 연탄가스처럼 완만하지 않다. 시조새는 급격하게 날아오른다. 쥐라기의 지층에서 바로 자기 옆에 나란히 앉아 있던 연탄의 자취를 찾아 '서울의 겨울의' 제일 낮은 지붕을 찾아가서 가난한 시민의 꿈을 지켜주는 것이다.

연탄가스의 상승과 하강은 시조새의 상승과 하강에 대응된다. 상식적으로 생각할 때 현실과 꿈은 서로 대립되는 속성을 지니는 것이나, 이 시에서는 현실과 꿈이 사이좋게 어울려 공존하고 있다. 쥐라기의 지층에서 연탄과 시조새의 사이가 좋았던 것처럼, 가난한 시민들은 신문과 순금의 사이에서도 최소한의 조화를 획득해낸다. 잿빛 현실과 찬란한 꿈의 분열을 극복해내는 것이다. 둘째 문장에서 낱말들의 통합에 크게 기여하는 요소는 소리의 결이다. /səul/ /simin/ /sanho/ /sekɛ/ /sɛkki/ /son/ /sɛ/ 등의 낱말에 반복되는 /s/ 소리가 의미의 결속을 강화하며, /səul/과 /kjəul/에 나타나는 /əul/ 소리가 주제의 표출에 일정하게 기여한다. 수없이 반복되는 /r/ 소리와 /l/ 소리도 시조새의 날아오르는 율동을 부각시켜준다.

쉰 살이 되는 1972년까지 김춘수는 조그만 이야기와 단일한 관념의 표출에 적합한 형태와 심상을 모색해왔다. 그는 시를 육안으로 볼 수 있는 형태와 심안으로 볼 수 있는 심상의 결합이라고 생각하였다. 그러한 모색의 결과가 1959년에 나온 『한국 현대시 형태론』과 1971년에 나온 『시론—시의 이해』에 담겨 있다. 『시론—시의 이해』는 시의 이미지에 대하여 집중적으로 검토한 저서다. 이 책에는 관념을 말하기 위하여 도구로서 쓰이는 심상과 심상 그 자체를 위한 심상이 구별되어 있는데, 이후로부터 김춘수는 점차 후자로의 편향을 드러내게 된다. 1976년에 나온 『의미와 무의미』는 이야기와 관념을 배제하고 나도 남아 있는 시의 본질, 시를 시가 되게 하는 그 무엇에 대한 탐구의 기록이다.

시가 통속소설의 줄거리처럼 도입부에서 전개부로 전개해가다가 절정에서 대단원으로 끝을 맺는 정서적인 순서를 밟게 되면 그 자체 여간 따분하지가 않다. 또 어떤 진실을 위하여는 그런 따위의 허구가 뜻이 없는 것이 되기도 한다. 허구란 실은 그것을 만드는 사람의 관념의 틀에 지나지 않는다. 관념이 필요하지 않을 때 허구는 당연히 자취를 감춰야 한다.*

김춘수는 이야기나 관념이 끼어들 수 없는, 어떤 진실이 있다고 믿는다. 도덕·정치·경제 등이 경험할 수 없는 언어만의 특수 영역이 있다는 것이다. 김춘수는 현실과 시, 의미와 무의미의 차원을 의도적으로 분리하려고 한다. 우리가 앞에서 살펴보았듯이 이것은 근대 사회의 과학적 인생 태도에 내재한 분열을 그대로 수용하는 태도다. 사실에 있어서

---

* 김춘수, 『김춘수 전집 II』, 문장사, 1982, 397쪽.

김춘수는 현실 자체의 논리를 받아들였을 뿐이다. 현실과 시를 분리한 것은 김춘수가 아니다. 현실의 냉혹한 구조가 김춘수에게 현실과 시를 분리하도록 강요한 것이다.

계수나무 한 나무
토끼 한 마리
돛단배에 실려 인도양을 가고 있다.
석류꽃이 만발하고, 마주 보면 슬픔도
금은(金銀)의 소리를 낸다.
멀리 덧없이 멀리
명왕성까지 갔다가 오는
금은(金銀)의 소리를 낸다.

—김춘수, 「보름달」 전문

「보름달」은 집중적인 반성의 시간에 나타나는 순수 지각을 표현하고 있다. 견고한 문체가 낱말들을 단단하게 응결시켜 독자적인 공간을 드러내준다. 이것은 스스로 완결된 정적 공간이다. 이 시에 나타나 있는 자연은 우리가 경험할 수 있는, 어떤 장면이 아니다. 마치 한 폭의 추상화처럼 구성과 문체에 집중하는 정신 이외에 다른 아무것도 나타나 있지 않다. 섬세하고 반짝거리는 그늘을 마련하기 위하여 시인은 대상에의 몰입을 엄격하게 차단하고 있다. 시인의 엄격한 조각술에 의해, 시는 스스로 표현하고 스스로 서 있는 문체 자체, 다시 말하면 완전한 건축이 된다. 「보름달」의 언어는 아무런 메시지도 전달하지 않는다. 언어는 현실과의 관계를 망각하고 스스로 울리는 음악이 된다. 언어 자체가 언어의 목적이 되어, 내용은 소멸하고 현실과의 관계를 차단한 문체가 자기 참조에만 의존하여 스스로 자신의 정체를 확인한다. 관념과 설화에서 해방된 절대적 표현 공간의 전면에 나와 있는 것은 양식과 문체에 대한, 열렬한 탐색뿐이다. 문체에 대한 이러한 의지, 양식에 대한 이러한 믿음은 어디서 오는 것일까?

　　내 눈에 역사=이데올로기=폭력의 3각 관계가 비치게 되면서부터 나는
　　도피주의자가 되어가고 있었다. 왜 나는 싸우려 하지 않았던가? 나에게는
　　역사·이데올로기·폭력 등이 거역할 수 없는 숙명처럼 다가왔다.[*]

모든 의식 형태가 즉시 그것에 반대되는 의식 형태를 부르고, 의식 형태마다 폭력이 되는 역사를 보면서 김춘수는 정지하지 않으면 역사와 함께 쓰러진다고 생각한 듯하다. 아리스토텔레스의 형이상학에 의하면, 신은 질료를 지니지 않은 순수 형식이고 움직이지 않는 엔텔레케이아이다. 김춘수는 어딘지 모르게 달려 나가는 역사 대신 조용히 서 있는 아리스토텔레스의 순수 형식을 섬기기로 결의한 듯하다. 움직임이 없는 완결된 기학의 세계에서 스스로 회전하는 형식에만 도취되는 그의 시적 공간은 현실의 체험이 아니라, 어떻게도 할 수 없다는 의미에서 근원적인 과거의 회상으로 가득 차 있다. 우리가 희망하고 추구하는 사물이 아니라 우리 안에 이미 결정되어 있는 사물들에 질서를 부여하는 것이 김춘수의 시다. 자취도 남기지 않고 모든 것을 파괴하는 역사의 폭력에 견뎌낼 수 있는 형식을 창조하기 위하여 그는 결코 행동하지 말라는 격률

---

[*] 같은 책, 574쪽.

을 자신에게 부과하고 자신 안에 없어질 줄 모르고 타오르는 숨은 꿈을 따라간다. 이 꿈이 역사와는 다른 영역에서 시간과 공간을 통합해준다. 「보름달」에서 계수나무와 토끼는 지구에도 달에도, 그리고 그 밖의 어느 곳에도 없는 계수나무와 토끼다. 그러므로 돛단배도 물론 달이 아니다. 인도양과 명왕성은 현실의 시간과 공간을 부정하기 위하여 도입된 무대 장치다. '멀리 덧없이 멀리'라는 부사도 현실과 역사를 부정하고 있다. 시간이 부정되고 공간이 해체된 꿈의 순수 공간에 석류꽃이 피어 있다. 역사와 현실이 소멸된 순수 형식 안에서 개인의 슬픔은 금과 은으로 변한다.

바다 밑에는
달도 없고 별도 없더라.
바다 밑에는
항문과 질과
그런 것들의 새끼들과
하나님이 한 분만 계시더라.
바다 밑에서도 해가 지고
해가 져도. 너무 어두워서
밤이 오지 않더라.
하나님은 이미
눈도 없어지고 코도 없어졌더라.
흔적도 없더라.

—김춘수, 「해파리」 전문

「해파리」에는 바다 밑 세계에 대한, 어떠한 정보도 들어 있지 않다. 이 시의 언어는 스스로 말하고 스스로 울린다. 듣는 이 없는 독백이다. 이 시에서 우리가 받는 것은 '없더라', '않더라', '없어졌더라'의 반복이 주는 부정과 분리와 고독과 고립의 느낌이지만, 이러한 느낌조차도 확실하지 않다. 지시 대상에서 분리되어 있기 때문에 낱말들은 가지적(可知的) 의미를 전달하지 않는다. 항문과 질이 온전한 동물로서 독립하여 새끼들을 데리고 있다. 하나님의 눈과 코는 어째서 흔적조차 없어졌을까? 별도 없고 달도 없는데 어떻게 해가 질 수 있을까? 경험적으로 보면 해도 별의 하나가 아닌가?

현실적인 경험과의 관계를 완전히 끊어놓았기 때문에 시행 하나하나가 우리를 당황하게 한다. 밤과 어두움이 서로 대립되는 의미로 사용되고 있다. 이 시에 나오는 명사들은 모두 그 정체를 알 수 없는 미지의 것으로 변형되어 있다. 변형이야말로 바로 이 시의 주제다. 바다 밑의 무한한 침묵 가운데서 이루어지는 변화와 소멸은 환상적이고 기괴한 그림처럼 경험적 현실을 떠나 사물의 윤곽을 흐트러뜨린다.

'없다'라는 형용사의 반복은 무(無)를 암시하지만, 그 불안한 무의 복판에 하나님의 존재가 깃들여 있다. 정상적인 언어 감각으로는 파악할 수 없는 대립과 차이의 놀이에 토대하여, 낱말들이 서로 뒤섞여 공명하고 조명하면서 관념의 접근을 완전히 차단하고 봉쇄한다. 「해파리」안에 정말로 없는 것은 달과 별, 하나님의 눈과 코가 아니라 설화와 관념이다. 무대가 되는 바다 밑은 관념이 텅 비어 있는 세계다. 시는 이제 인간의 현실에 직접 관계하지 않는다. 인간은 말할 수 있으나 아무것도 볼 수 없다. 보는 것은 인간이 아니라 해파리다. 인간은 해파리가 본 것을 말할 뿐이다. 인간과 동물, 생물과 무생물의 차별이 소멸한 세계에서 인간은 결코 우주의 중심이 아니다. 해파리가 말하지 못하는 것처럼 인간은 보지 못한다. 인간의 우주가 해체된 대신 우주는 평등한 사물들의 거처가 된다. 중심이 소멸하면 공간이 새롭기 태어나는 것이다.

김춘수는 지혜에 대하여 말하는 법이 없다. 나라 잃은 시대에 태어나 6·25를 겪고 마산에서 3·15 부정 선거를 목격한 그는 역사 안에서 지혜를 찾아낼 수 없었다. 김춘수의 시가 구축해놓은 성과는 진리를 포기한 데서 오는, 좌절의 아름다움이다. 관념과 설화가 무력해진 시대에 또 하나의 관념이나 설화를 마련하려고 하지 않고, 지혜와 진리가 텅 비어버린 영역에서 끝내 견디어낸 김춘수의 강인한 정신은 우리가 우리 시대에서 만날 수 있는, 엄격한 장인정신의 하나다. 놀라운 집중력으로 사물을 포용하고 있는 김춘수의 시에서 우리는 오히려 역설적으로 관념이나 설화가 침투할 수 없을 만큼 깊은 곳에서 흘러나오는 영혼의 기도를 들을 수 있다.

그러나 어떠한 변형과 왜곡에도 불구하고 주어진 사실들의 질서는 완강하게 존속된다. 변형과 왜곡에 의해 김춘수는 현실을 아무런 연관도 없는 부분들로 해체해놓았지만, 이것은 그 자신의 독특한 시각이 아니라 근대 과학의 논리적 이해력에 애초부터 내재되어 있던 비합리적 간격이다. 추상적 형식들의 계산 가능한 관계만을 문제 삼는 논리적 이해력은 방법 자체의 한계로 인해서 이 공허한 암흑의 공간을 방치할 수밖에 없다.

주어진 감각 경험의 영역 안에 갇혀서 본다면 역사는 언제나 이데올로기이고 폭력일 것이다. 인간을 역사의 객체라고만 생각하기 때문에 김춘수는 역사의 피안에서 독자적 공간을 이룩하려 하지 않을 수 없게 된다. 어째서 그는 인간을 역사적 사건의 객체이면서 동시에 주체라고 생각하지 못한 것일까? 우리 자신이 우리 역사의 뿌리가 아니라면, 문화와 자연의 구별조차 쓸데없는 노릇이 될 것이다.

현재를 우리 자신의 역사로 파악할 때에야 우리는 비로소 기존 질서의 불투명한 경직성을 극복할 수 있다. 인간의 역사 인식은 항상 현재의 인식이고 현재의 객관적 가능성에 대한 인식이다. 현재의 구체적 보편성을 우리는 근원적인 역사라고 부를 수 있을 것이다. 사물들의 질서와 결합, 사회 계급들과 국가 권력의 대립과 연합을 역사적 생성으로 파악하는 경우에만 사실들의 구체적 의미와 구체적 기능을 인식할 수 있다는 점에서 근원적인 역사는 구체적이다. 이성과 감성, 형식과 재료, 이론과 실천, 자유와 필연의 대립을 끌어올리는 동시에 눌러 내림으로써 인간의 행동을 역사적 사건으로 파악하는 경우에만 현실의 부분 영역과 구조 체계를 인식할 수 있다는 점에서 근원적인 역사는 보편적이다. 현재의 객관적 가능성을 실현하는 행동은 역사를 역사 자체에서 읽어내며, 역사를 역사 자체로부터 형성하는 행동이다. 우리 시는 김춘수의 탁월한 성취를 한국 현대시사의 한 봉우리로 존중하면서, 한걸음 더 나아가 근원적인 역사로 들어서야 할 단계에 와 있다.

김영태의 현대적 서정

:: 기억의 놀이

김영태는 문단에 나온 지 40년이 넘은 시인이다. 박남수가 그의 시 「꽃씨를 받아둔다」를 추천한 것은 1959년이었다. 그는 지금까지 9권의 시집과 7권의 소묘집과 5권의 무용 평론집과 7권의 산문집과 1권의 음악 평론집을 내었고 전람회를 다섯 차례나 열었다. 그림과 글씨와 글을 고루 잘하는 사람을 삼절(三絶)이라 한 예로부터의 관습에 따른다면 캐리커처에 능한 소묘가이고 무용평론가이고 시인인 김영태를 우리는 이 시대의 삼절이라고 불러야 할 것이다.

그의 소묘와 평론과 시에는 나름의 독특한 색채가 배어 있다. 시와 춤과 그림을 늘 함께 훈련하는 과정에서 춤과 그림은 시의 내용이 되고 시와 춤은 그림의 내용이 되어주었기 때문에, 김영태는 내용을 크게 고려하지 않고 처음부터 문체를 마련하는 데만 고심해온 듯하다. 그의 글과 그림은 매우 자연스러우면서 또 언제나 새롭다. 자연스러움과 새로움

사이에 눈에 띄지 않는 섬세한 감수성이 작용한다. 그는 음악을 몸에 맞는 옷처럼 친숙하게 여기지만, 뜻밖에도 그의 문체는 음악적 영감을 따라가지 않는다. 물신의 지배로부터 감각의 진실을 지켜내려고 노력하는 그의 감수성은 도취와 환상을 경계하는 비평적 능력과 서로 통한다. 그 비평적 감수성이 서울이라는 폐허의 메마름 속에서 편안한 인습을 거부하는 기쁨과 고통을 빚어낸다. 그러나 그 기쁨과 고통은 순간과 우연에 좌우된다.

'예술가의 삶'이란 그의 산문집 제목이 보여주듯이 김영태의 시는 예술과 삶이라는 두 개의 초점을 지닌 타원이다. 타원의 모양은 그것의 크기가 어떠하건 초점(S)과 초점에 대응하는 준선의 성질에 의존한다. 이심률(SP/NP)이 0에 가까운 타원은 거의 원 모양인 반면에 이심률이 1에 가까운 타원은 아주 길쭉한 모양이다. 김영태는 삶과 예술에서 느낀 것 이상을 말하지 않는다. 어디까지나 그의 시는 두 개의 초점 주위를 돌고 있다. 그러나 시를 쓰려면, 그 초점들에서 빠져나올 수 있는 가능성을 언제나 간직하고 있어야 한다. 김영태의 시에서는 기억이 타원의 이심률과 같은 역할을 한다. 김영태는 삶이 아니라 기억을 따라가며, 경험의 내용이 아니라 경험의 흔적을 기록한다. 김영태의 시에 통일성을 부여하는 것은 이야기의 줄거리가 아니라 단속적으로 접합되는 기억이다. 그는 어째서 서른네 수나 되는 시들에 '남몰래 흐르는 눈물'이라는 제목을 붙였을까? 의지와는 무관하게 기억이 과거의 흔적들을 짜내는 순간 김영태는 회복할 수 없는 불완전성, 구제할 수 없는 슬픔, 실제로는 존재하지 않았던 것 같은 열락을 동시에 느끼고 있기 때문일 것이다. 뜻하지 않게 솟아오르는 기억의 대상은 희미하고 덧없는 우연에 둘러싸여 있다. 그 기억의 대상들은 숨 한 번 크게 내쉬면 부서질 듯이 여리고 부드럽다. 기억 속 대상들이 유동적이고 단속적이므로 김영태의 시는 종잡을 수 없는 문맥을 따뜻한 눈물로 연결하는 것 이외에 다른 방법을 찾아내지 못하였다. 세상에는 눈물만큼 우연적이고 순간적인 사물도 드물다. 그리고 눈물은 무엇보다 비의지적이다. 눈물은 저도 모르게 갑자기 흐른다. 안톤 체호프는 죽은 전처의 무덤 앞에서 울려고 애써도 눈물이 흐르지 않아 괴로워하는 노년의 심사를 묘사한 적이 있다. 구체적인 대상이 신체를 자극하여 맥박·호흡·피부 등에 변화를 일으키는 현상들 중의 하나가 눈물이다. 윌리엄 제임스는 '슬프니까 우는 것이 아니라 우니까 슬퍼진다'는 사실을 실험으로 증명하였다. 의지로 통제할 수 없는 눈물이 먼저 나오고 한참 뒤에야 슬프다는 감정이 의식되는 것이다. 그러므로 최초의 눈물은 모두 '남몰래 흐르는 눈물'이고 그 눈물은 모두 최초의 행복을 다시 찾을 수 없다는 아쉬움과 안타까움의 표현이다.

너는
아프다고 한다.
나만큼? 네게 말했었지
너는 아프구나. 남몰래 숨어 있는
우리는 모두 아프구나
가슴과 가슴 그 안에
손을 넣고 있어도
모자라는 듯한 덤덤한
우리가 좋아하는 그 곡(曲)을
듣고 있어도
'짐노페디' 말야.

그 곡은 만지면 없는

가만히 있으면 있는

뭐랄까 그게……

—김영태, 「남몰래 흐르는 눈물 24」 전문

그 모자라는 듯한 덤덤함은 뜻대로 할 수 없는 기억의 선물이다. 그러한 우연성과 순간성을 표현하는 문맥도 삽입구를 중첩하며 비약한다.

1. 너는 아프다.
2. 우리는 아프다.
3. 가슴과 가슴 그 안에 손을 넣는다.
4. 〈짐노페디〉를 듣는다.
5. 만지면 없고 가만 있으면 있다.

에릭 사티의 〈짐노페디〉에는 우리를 감동시키는 조그마한 충격들이 들어 있다. 그런데 '그것들은' 덤덤하게 느껴질 정도로 희미하고 불명확한 충격들이며 적극적 의지로 파악하려 하면 없어지는 충격들이다. '가슴과 가슴 안에 손을 넣는다'는 이미지를 주는 문장이고 '우리가 좋아하는 그 곡'은 이미지를 받는 어구다. 은유는 그 안에 비약이 있어서 예기하기 어려운 경우에도 상념과 상념을 깊이 연관지어줌으로써 비약과 연관을 동시에 보존한다. 기억에 대해서는 어느 누구도 큰 소리로 말할 수 없다. 친구에게도 말하기 어려운 일을 지나가다 만난 사람에게 털어놓을 때가 있듯이 김영태의 시도 들을 사람이 한정되어 있지 않은 경우 시의 목소리가 더욱 낮아진다. 기억 속에서는 보는 것과 바라는 것이 하나로 작용한다. 병렬형 문장이 나선형으로 진행하며, 시인의 자기 침잠과 자기 초월을 드러낸다. 들을 사람이 한정되면, 거리 감각이 약해지고 목소리는 한층 커지게 마련이다. 대화에 가깝게 접근할 때에도 김영태의 인상학적 문체는 인내와 끈기로 무의식적 기억의 유동적이고 불확실한 이미지를 보존한다. 내심의 목소리에 자신을 내맡기고 김영태는 그 미시적인 세계의 기억 속에 떠오르는 사물과 타자를 떠오르는 그대로 기록한다. 이미지들은 떠오르는 그대로 기억되나, 과거의 흔적들이 그 이미지들에 끊임없이 고통과 환희, 비참과 영광의 색채를 칠함으로써 김영태 시의 이미지들은 중립적인 경쾌함 대신 대상에 따라 감정의 움직임이 다르게 결정되는 중량감을 지니고 있다. 기억 속의 경험은 고정된 개별 사실이 아니다. 기억은 의식조차 할 수 없는 경험들을 모으고 겹쳐서 이미지로 변형한다. 과거의 흔적, 과거의 무게를 묵묵히 간직하는 이미지들은 이지적이고 의식적인 생각과 전혀 무관하다. 의지로 재생할 수 있는 기억은 이미지를 만들지 못한다. 의식이 의지로 회상해내지 못하는 사건들만이 무의지적 기억의 구성 요소가 될 수 있다. 우리는 아무리 애를 써도 그러한 무의식적 기억, 불수의적 기억이 어떠한 대상을 통하여 작용하는지 알 수 없다. 의지로 재생할 수 있는 기억들을 피하여 무의지적 기억의 대상들이 등장하는 우연의 순간을 기다리는 것 이외에 시인에게는 다른 방법이 없다. 무의지적 기억은 뇌세포의 기능이라기보다는 차라리 전신 신체 감각의 작용이라고 해야 할 것이다. 시마다 무의지적 기억으로 채워야 할 빈자리가 있다. 의지적 기억과 문법적 관행은 무의지적 기억과 무의지적 기억을 접합하는 연결어의 역할을 맡을 뿐이다.

지금은 협궤열차가 다니지 않는

수인선(水仁線)은

소래…… 고잔…… 사리…… 야목……

간이역이 있었습니다

열차에서 내리는 사람도

타는 승객도 없는 간이역

수채화로 그린 마을

소금 바람 속을

굴렁쇠를 굴리며 가던

아이 하나

역사(驛舍)에 남겨둔 채

—김영태, 「수인선」 전문

　수인선에는 소래·고잔·사리·야목 등의 간이역이 있었다는 기억은 의지가 회상해낸 기억이다. 이 의지적 기억에 근거하여 승객 없는 간이역과 수채화로 그린 마을과 굴렁쇠를 굴리는 아이가 쉼표 하나 없이 동격으로 접속된다. 우리는 '역사에 남겨둔 채'라는 마지막 행이 수식하는 구절을 「수인선」의 윗 문장 성분들 어디에서도 찾을 수 없다. 이 시는 완결된 문장으로 끝나지 않는다고 보아야 한다. 세 개의 비의지적 기억이 접속된 후에 무한히 큰 공간이 그 기억들의 인력에 끌려서 보이지 않는 힘으로써 보이는 시의 둘레에 펼쳐져 있기 때문이다. 시인에게는 장식하는 이미지나 묘사하는 이미지보다 표현하는 이미지가 더 중요하다. 표현하는 이미지란 기억 속에 깊숙이 가라앉은 이미지다. 경험의 고정성을 풀어헤치기 위하여 시인들은 공포와 환멸 가운데서 공포와 환멸을 마음의 눈에 담으려 하고, 안주하기보다는 방랑하기를 선택하여 언제나 삶을 처음부터 다시 시작하려 한다. 무의지적 기억은 사건을 반복할 수 없는 일회적인 경험으로 변형한다. 김영태는 23년 동안 외환은행 조사부에 근무하였다. 삶이란 반복되는 사건들로 구성되어 있다는 사실을 누구보다도 고통스럽게 절감하였을 것이다. '단조롭고 작은 세계'에서 '권태의 사막' 이외에 다른 무엇을 찾지 못한 보들레르는 여행조차 불신하였다. "거기서는 모두가 질서와 아름다움, 호사, 고요, 즐거움일 따름"인 이 세상 아닌 어떤 곳을 갈망하는 보들레르의 꿈속에는 "여행에서 끌어내는 지식은 씁쓸한 지식"이라는 어두운 체념이 깃들어 있었다. 김영태의 『남몰래 흐르는 눈물』(문학과지성사, 1995)에는 프랑스를 여행한 기억을 담은 시가 여러 편 들어 있다. 「안동 시편」과 일본에서 쓴 「아고라 극장」도 여행 시편에 넣어야 할 것이다. 안동의 지례마을에서 김영태는 삼경에 깨어 이불 밖으로 다리를 감는 카네이션들에 충격을 받았고, 시부야의 아고라 극장에서는 "두 나라 몸의 언어들 말이 필요 없는 말하는 살 근육 빛의 농담 명암과 분절 그 속에서 꽃피는 살의 모둠 갖고 싶은……" 욕망에 충격을 받았다. 파리와 리옹과 브르타뉴 지방, 스위스와 피지와 말레이시아 여행에서 얻은 시들은 자유 연상의 산뜻한 소묘들로 볼 수 있다. 몽생미셸에서는 "안개에 먹힌 중세 수도사들"의 원성을 듣고, 생말로 여인숙에서는 포앙트 걸음을 걷는 살의 냄새를 맡고 「해적」 이인무의 무대를 연상해보며, 피지의 꽃과 물고기와 처녀들에서는 앙리 루소의 그림에 나오는 고사리과 식물을 연상해낸다. 여행은 일상의 반복에서 벗어나게 하고, 과거의 무게를 가볍게 줄여준다. 인간의 감수성과 상상력은 대상과 자료에 부딪혔을 때에만, 그 대상과 자료를 통해서 움직인다. 인간의 감수성과 상상력은 대상과 자료 없이 혼자서는 움직이지 못한다. 낯선 곳, 낯선 나라에서 보고 듣는 것들은 과거의 흔적을 간직하지 못하므로 무의지적 기억의 대상으로 적합하지 않다. 그러나 여행의 의미는 그 자체가 시의 대상으로 적합하다는 데 있다기보다 시인의 삶의 무게를 가볍게 하여 무의지적 기억과 싸우는 전투를 새롭게 시작하게 할 수 있다는 데 있다. 「십이잡가(十二雜歌)」의 둘째 노래에서 김영태는 "일이란 끝도 없고 한도 없다 일이 있기 때문에 그 속에 내가 산다 (……) 일밖에 없으니 일에 코를 묻고 한세상 그게 행복하고 다행스럽던 너 평생 지옥이라 하더라도"라고 '노동이란 지옥'의 행복에 대하여 말하였다. 홍성원의 소설 「즐거운 지옥」을 생각하게 하는 구절이다. 「남몰래 흐르는 눈물 15」는 김영태가 하는 일의 내용을 여러모로 해명해주는 시다.

> 조막손 주서서 (감사합니다)
> 이날 이때까지 일했고
> 일은 저의 몸뚱이입니다
> 젊었을 때 음악과 결혼할까 했지요
> 춤을 만나 당신 곁에 있습니다만
> 젖무덤 쿈 아직도 아이인 이 조막손이……
>
> —김영태, 「남몰래 흐르는 눈물 15」 전문

  괄호 속의 '감사합니다'를 포함하여 "조막손 주서서/이날 이때까지 일했고"는 하느님과 자기 자신에게 말하는 삽입구다. "일은 저의 몸뚱이입니다"라는 존대의 어조로 보아 일반적인 무명의 독자에게 말하는 삽입구이고 음악을 좋아했으나 춤을 만나 그 곁에 있다는 두 행에 등장하는 '당신'은 춤이 될 수도 있고 하느님이 될 수도 있다. 춤의 곁에 있기 때문에 하느님의 질서와 조화를 느낄 수 있다는 의미로 해석할 수 있는 것이다. 마지막 행 "젖무덤 쥔 아직도 아이인 이 조막손이……"는 자기에게 하는 말도 아니고 타자에게 하는 말도 아니다. 이 삽입구는 통제 없이 자동으로 나오는 내심 독백, 아니 차라리 무심 독백(無心獨白)이라고 해야 할 기록이다. 김영태는 이외에도 여러 수의 시에서 열심히 일하는 자신의 모습을 그리고 있다. 그러나 우리가 보기에 그가 하는 일은 노동이라기보다는 오히려 바둑 두기에 가까운 놀이다. 놀이는 적어도 두 사람의 주고받는 행동을 필요로 한다. 여자아이가 소꿉으로 주부의 살림살이를 흉내 내는 놀이에도 자기 이외의 상대자가 가상적으로 전제되어 있다. 최소한의 놀이는 두 사람이 값이나 삯을 주고받지 않고 자유롭게 접촉하는 행위다. 비트겐슈타인은 언어놀이의 개념을 토대로 삼아 일과 놀이의 차이를 제거하였다. 비트겐슈타인에 의하면 수학자란 수학자들의 언어놀이에 참여하는 사람이고, 기업가란 기업가들과 언어놀이를 함께하는 사람이다. 수학이란 객관적 실체는 없고, 다만 수학자들의 놀이라는 상호작용의 터가 있을 뿐이라는 것이다. 이렇게 본다면 사람들 사이의 관계를 무시하고 혼자서 책만 보는 사람은 수학자도 될 수 없고 기업가도 될 수 없다는 사실을 인정하지 않을 수 없다. 김영태는 동시에 네 개의 놀이터에서 놀고 있다. 그는 무용 평론과 음악 평론, 그림과 시라는 네 개의 언어놀이에 참가하고 있다.

야밤에 밤참 먹듯 나는
로르카 시집을 읽고 있습니다
세 편 내지 네 편

(아껴가며 음미하면서)

—김영태, 「남몰래 흐르는 눈물 31」 부분

　　마음을 비우면 그 마음속에 길이 난다 손에 든 부채를 버리면 춤의 길
을 걸어온 손이 잠깐 해방될까? 그것도 잠시. 마음이 허(虛)한 법 마음
다 비운 뒤에 허전함이 다시 부채를 들지 평생 그 일념 때문에 지화자 얼
씨구 춤으로 빈 마음 채우고 다시 길 떠나듯

—김영태, 「허행초(虛行抄)」 전문

나뭇가지가 꺾어지듯

바람 속에 든 푸른 것들이

쇠약해지듯 거꾸로 누운

두 체형이 원무(圓舞)를 그렸던

손잡음의 풀림, 그리고 모래

—김영태, 「모래의 인간」 전문

　　김영태는 시를 읽고 시를 쓴다. 시는 그의 놀이이고 장난감이다. 여자
아이가 소꿉을 가지고 놀듯이 김영태는 시와 춤, 그림과 음악을 가지고
논다. 놀이가 빨리 끝날까 두려워 그는 '아껴가며 음미하면서' 논다. 가
르시아 로르카를 앞에 놓고 돈키호테로, 코르도바의 거리로 연상의 그
물을 펼치다가 끝내는 뺨에 흐르는 눈물을 지각한다. 어떤 절실한 대상
에 닿아 있지 않은 것은 그 무엇도 그림이나 시, 음악이나 춤이 될 수 없
다. 「허행초(虛行抄)」, 「십이잡가」, 「세 개의 춤」, 「사군자(四君子)」, 「우
수영의 원무(圓舞)」, 「진도 북춤」 등은 한국 춤을 대상으로 삼아 지은 작

품들이다. 무용을 감식하고 평가하는 김영태의 감수성은 서양 무용과 한국 무용을 두루 수용할 만큼 넓다. 기억의 살됨 또는 기억의 몸됨이라는 하나의 원리로 김영태는 모든 춤을 받아들인다. 무상(無償)의 행위라는 점에서 무용은 빈 걸음이다. 춤을 추려면 마음을 비워야 하나 춤을 추는 것은 빈 마음을 채우는 일이기도 하다. 그러므로 춤은 마음을 비우고 채우고 다시 비우는 짓이다. 몸을 움직임으로써 몸에 공들이는 것이 무용이다. 서양 춤이건 한국 춤이건 춤은 공들이는 것이란 점에서 동일하다. 서양 무용도 우리나라에 들어온 지 거미 백 년이 되었으니, 이제는 서양과 한국이란 명칭을 떼어버리고 도살풀이니 발레니 하는 장르로만 구별하는 것이 나을 듯도 하다. 명칭을 무엇이라고 부르든, 몸에 공들이는 일은 자아를 극복하고 자아를 초월하는 것만큼이나 어렵다. 신체의 훈련은 견딜 수 있다 하더라도 춤추는 사람은 기계적인 훈련 과정을 거친 후 우연의 순간에 자기를 맡겨야 하는데, 평생의 정성이 한 순간밖에 존속하지 못한다는 사실 앞에서 무용가들은 절망을 느낀다. 춤과 시와 그림 속의 인간은 속절없이 흩어지고 마는 '모래 인간'이다. 그것은 마치 원무를 그렸던 손잡음이 한순간에 풀리고 마는 것과 같다. 춤은 신체의 훈련에서 시작하지만, 결국은 생명과 죽음 사이의 높이에 도달하고 만다. 순간에 자기를 맡기는 것은 어느 한 순간에 일상생활의 잡다한 관심이 하나로 집약되어, 생활의 구속을 초월하는 환희를 체험하는 것이다. 인간의 처지에서는 초월이라고 하겠으나, 춤의 처지에서는 인간에게 환희를 선사하기 위하여 인간을 번잡한 일상으로부터 떼어놓는 강탈이라고 할 만하다. 춤을 추고 보는 일은 이러한 기쁨을 잘 느끼는 것이다. 좋은 무용 평론가는 지식이 많은 사람이 아니라 춤에 마음을 잘 빼앗기는 사람이고, 춤 속에 빨려 들어가 황홀한 전율을 잘 체험하는 사람이다. 예순이 넘어도 환희를 느낄 수 있고 감동에 마음을 열 수 있고, 남몰래 흐르는 눈물을 경험할 수 있는 사람보다 더 훌륭한 평론가는 없을 것이다. 이 시집에 등장하는 수십 명의 무용가들과 음악가들의 이름을 읽는 사람은 그 많은 예술가들을 감싸 안고 제자리에 적절히 세워 놓을 수 있는 김영태의 비평적 능력에 경탄할 것이다. 김영태는 민감한 감수성과 정확한 지형학을 갖추고 있는 평론가다. 스물네 살 된 율리아 마하리나의 「신데렐라」를 구경 가는데 진눈깨비가 내리자 "영감태기가 딸 중에 한참 피어나는/막내 만나러 가는데/짓궂게 퍼붓는 진눈깨비"를 꾸짖으며 마타하리로 분장한 독일 슈투트가르트 발레단의 강수진을 보고 싶어하면서 그녀에게 받을 전율을 미리 기대한다.

> 한 뼘 제자리 안에서 서른두 바퀴 도는
> 발톱도 두 번 빠진 문드러진
> 동양의 요화(妖花) 마타하리
> 남몰래 흐르던 눈물
> 손바닥에 담아 가지고 올 때
> 네 평 반 허름한 헛간 속의 니는 전율 아닌가뵈,
> —김영태, 「남몰래 흐르는 눈물 11」 부분

춤에는 국경이 없다. 한국에 온 마하리나는 김영태의 막내가 되고 빈에서 춤추는 슈투트가르트의 강수진은 김영태의 장녀가 된다. 이 시집에 등장하는 김영태의 선배와 후배와 친구에 대하여 읽으면서 우리는 우리나라가 가난한 나라가 아니라는 사실을 새삼스럽게 깨닫는다. "건물만 있고 소프트웨어가 없는" 행정과 정치가 가난하지, 문화와 예술은 결코 가난하지 않다. "러시아에 가서/러시아말로 발레 클래스를/지도하는" 춤 조련사 박재근, "발목을 세우면 도므지 중력을/못 느꼈던" 40대의 박인자, "꼬챙이로 제 살을 후벼파/내게 조금 덜어주던" 박병천, "시도 때도 없이 춤매를 들 때/남색 끝동이 온통 젖던" 필녀누님, "서른이 넘었는데도/파도 머리, 허리 조인 헝겊 벨트/가는 목탄(木炭) 선 눈썹 밑 눈길이/새벽녘 무서리" 같은 이미미, 독일 본에 갔을 때 춤 개막에 앞서 "뚝배기 깨지는 탁성으로/비인 사안…… 이라고 내지르던" 노부영. 이 많은 사람들과 만난 것을 다시없는 행복으로 여기면서도 김영태는 예순 넘은 자기의 모습에 대해서는 딱하게 여긴다.

닳고 닳아빠진 세상을
천방지축으로 예까지 걸어왔으니
　　　　　　　　　　　—김영태 , 「피아노」 부분

한세상 기어가는 졸(卒)
일보(一步)지만 후퇴 없는 전진뿐인
불쌍하도다 내 배역(配役)
　　　　　　　　　　—김영태, 「중추가절 장기판 졸」 부분

유리로 만든
마차 한 대, 문밖에서
기다립니다(「신데렐라」 장면)
그 장면하곤 다른
간장에 식초 붓고 고춧가루 섞어

물만두 먹을 때

옛날 짜장면집에 앉아 있던

바로 그 장면이

짜장면집 문밖에

마차가 기다린다고?

개수작!

—김영태, 「남몰래 흐르는 눈물 22」 부분

   춤과 음악, 시와 그림이 선사한 그 많은 기쁨들에도 불구하고 삶은 쓸
쓸하고 황량하다. 사는 데는 길 없는 길, 사막의 길을 걸어가는 강인함
이 필요하다. 하루 종일 걸어 발자국을 내어놓아도 자고 나면 바람이 모
래를 흩어 모든 길의 흔적을 지워버린다. 나이가 들면서 김영태는 삶을
기억의 숲으로 변형시키는 예술의 힘을 더욱 강하게 신뢰하게 되었으나
또 다른 한편으로는 예술을 위해 희생한 삶의 조각들을 아쉬워하게 되
었다. 그는 삶과 예술의 분리를 젊었을 적보다 더욱 진지하게 느끼고 있
다. 그는 지나간 삶을 현재 속에 압축하여, 포착해보려고 시도한다. 예
술에 대해서도, 또 삶에 대해서도 그는 최선을 다해왔다고 스스로 믿고
있다. 그러나 예술과 삶이 뒤섞여 짜장면집 문밖에 신데렐라가 나타난
다면? 김영태는 머릿속에 떠오른 그러한 연상에 대하여 '개수작'이라고
비판한다. "무엇이 이제까지 나인가/질문을 하지만 답이 없습니다/시험
지에 답 못 쓰는 답답함/눈물을 흘릴 줄 몰라도/흐르는 눈물이 답입니
다." 김영태는 혜화동 한구석의 네 평 반 글방에서 책 읽다 저녁에 춤 보
고 글 쓰는 일을 완강하게 반복하고 있다.
   그는 자신의 몸과 마음이 모두 폐품이고 서향 창에 어쩌다가 돋는 별

도 하이타이 푼 물에 행군 헝겊 천사라고 고백하는데, 이러한 인식이야 말로 서울이라는 도시에 대한 지각의 현대성을 증명한다. 이 폐품들 속에서 그는 손인영과 이정희의 춤에 몸을 떨고 박남수 선생과 후배 김현의 죽음에 마음을 쓴다. 흘리려는 의도가 없는데도 흐르는 눈물은 폐허가 된 서울에 아직도 신비, 김현이 "사소한 것 속의 트임"이라고 부른 신비의 가능성이 남아 있다는 증거다. 김영태는 자기 관을 싣고 가는 영구차 앞에서 흐르는 눈물을 감추지 못하면서 어깨를 맞대고 코를 푸는 사람들을 머릿속에 그림 그려본다. "몸 가누지 못하는/누이들과 나는/생전에 더러/몸도 섞었으니……" 세상에서 가장 놀라운 신비는 우리에게 사랑했고 사랑받은 몇 사람이 있었다는 사실이다.

:: 사랑의 그늘

우리가 사는 마케팅 사회에서 자기 망각은 이제 일반적인 현상이 되었다. 시대의 주형에 짜맞춘 자아의 시선은 항상 바깥을 향하고 있다. 사람들은 다른 이들의 시간을 살고 있으면서 자기 자신은 빠져 있는, 수많은 다른 시간들의 다발에 묶여 있다. 그들은 무엇을 먹고 무엇을 입을까만 생각한다. 그들의 관심거리는 승진 조건과 증권 시세뿐이다. 김영태의 시는 모두 자기가 자기에게 건네는 자기와의 대화라는 점에서 시대의 흐름에 역행한다고 할 수 있다. 김영태는 자기 안의 가장 깊은 곳에 있는 아픔과 기쁨, 그리움과 아쉬움을 자신에게 드러내 보여준다. 그의 시들은 하나같이 자기 눈앞에 전시되는 자기의 이미지들이다. 김영태는 시는 말로 된 그림이라는 오래된 시론을 현대적으로 실천하는 시인이다.

그는 살기 어려운 삶을 견뎌내며 춤과 그림, 그리고 무엇보다 시를 통하여 살아갈 용기를 확인한다. 사라진 모든 사랑은 영혼의 시련이 되지만 예술에 대한 열정 하나로 그는 언제나 새롭게 출발한다. 김영태는 늙을수록 젊어지는 시인이다. 그의 가난과 고독은 내면적 풍요의 자리가 된다. 그의 고독한 꿈은 내밀한 존재의 중핵에서 아름다움을 창조한다. 그의 시는 몽상적이지만 누구도 모방할 수 없는 어떤 강인함을 지니고 있다. 이 강인함이 개인적인 이미지를 고독한 영혼들 모두의 이미지로 승화시킨다. 그의 시를 읽으면서 우리는 겉으로는 파악할 수 없는 내밀한 삶이 얼마나 경이로운 이미지들로 가득 차 있는가를 알게 된다. 김영태는 내밀한 삶의 자리를 음지라고 부른다. 「정적」에서 그는 "제 이름을 지키기 위해/양지로 나가는 것도 좋지만/음지에 남는 것도 괜찮다"라고 말한다.

음지 식물은
더 고개 숙여
정적을 배운다
참으로 정적은 수다스럽지 않으니
고개 숙인 만큼 제 값도 있는 법이니

—김영태, 「정적」 부분

식물과 동물, 정적과 소란, 숙임과 쳐듦의 대조가 들어 있는 부분이다. 양지에서 비켜서는 체념과 포기, 이 무력한 단념이 다른 길을 선택한 자의 용기를 보여준다. 그것은 창조를 위하여 인간과 사물을 지배하는 주인들에 대항하여 싸울 수 있는 용기다. 시민과 시인은 같은 질료를 가지고 있으나 그 질료에 형식을 부여하는 방법은 서로 다르다. 시인만이 질료에 활력을 부여할 수 있다. 음지는 아련히 먼 것들을 가까운 곳으로 불러내어 눈앞에서 살아 움직이게 한다. 무엇이 동력이 되어 그렇게 되었는지는 알 수 없으나, 김영태에게 아우라를 환기하는 것은 동물보다는 식물이고 사건보다는 풍경이다. 김영태가 자주 하는 외국 나들이는 무용제와 음악회에 참가하기 위한 것 이외에 이국의 풍경을 보기 위한 것이다. 「암스텔담 모차르트」에서 둑길은 음보가 되고 늙은이는 아이가 되는데 이러한 이미지를 한국에서 얻기는 어려운 일일 것이다. 그 경험이 특별해서가 아니라 한국에서는 특별한 경험도 익숙한 것이 되어버리기 때문이다. 나그네의 눈으로 세상을 보는 것은 시 쓰기의 첫걸음이 된다.

음보(音譜)처럼
가도가도 이어지는 둑길
개도 가고 자전거 바퀴살 눈부시다
극장에 온
정장한 바이킹들 앞에서
디딤무용단이 대북을 때린다
오리 등에 탄 늙은이가
아이처럼 수로(水路) 위를 흘러가는데
　　　　　　　　　　　　　—김영태, 「암스텔담 모차르트」 부분

　이미지는 생각을 표현하는 수단이 아니다. 의미에 종속된 언어나 교훈을 목적으로 하는 이야기는 이미지를 만들지 못한다. 이미지의 가치는 일상 언어의 의무에서 벗어난 곳에서 실현된다.

스페인 빌바오 마을

강둑에 철근으로 만든

지금 막 티타늄 꽃이 활짝 핀

곡선(曲線) 건물이 서 있다

구겐하임 미술관은

밤하늘 별 하나가 떨어지면서

제 몸 수치심을

손바닥으로 가리고 있었는데

—김영태, 「철근꽃」 전문

그의 시에서 인간은 풍경의 중심이 아니라 풍경의 한 부분인 주변으로 존재하고, 물건들은 풍경의 주변이 아니라 풍경의 중심에 존재한다. 「철근꽃」에서 철과 꽃과 별은 서로 통하여 작용한다. 꽃이 사람의 눈길을 피하듯 건물은 부끄러워하며 별의 시선을 피한다. 「옛날 현대문학사」에서는 "오빠 무덤 곁을 안 떠나는/일흔 살의 정적도 이쁘다"라고 하며, 「미지」에서는 "미지는 팔도 종아리도 가슴도/아직 미지(未知)이듯 이쁘고 춥다"라고 한다. 나이의 차이를 떠나서 사람은 절정의 순간에 풍경이 될 수 있다. 김영태가 보기에 파도처럼 설칠 때가 아니라 풍경처럼 침묵할 때 인간의 유일하고 독특한 아우라가 살아난다. 그는 풍경 중에도 눈 오는 풍경을 가장 좋아한다. 미지라는 소녀처럼 예쁘고 춥기 때문이다. 「눈 오는 양말」에는 김영태가 바라는 세상의 모습이 그려져 있다.

하늘이 고요해지면

눈이 온다

슬픔이 조금 비어 있을 때도
그 언저리에 눈이 온다
양말에도 눈이 내린다
촛불을 켜고 동화(童話)처럼
그들은 살다 간다
말없이 아끼고
그냥 말없이

—김영태, 「눈 오는 양말」 전문

　이 시에는 마을의 과거나 미래가 기록되어 있지 않다. 풍경에는 과거나 미래가 없다. 꿈의 이미지들은 시간을 모른다. 하늘도 고요하고 들끓던 슬픔도 잔잔해진다. 이것은 축복의 순간이다. 과거와 미래를 잊고 오직 이 축복의 순간 속에서 마을 사람들은 그냥 말없이 서로 염려하고 보살피며 살 뿐이다. 눈은 하늘과 마을 사람들을 연결해주는 축복의 통로다. 이 우주적 드라마는 말이 없고 따뜻하고 부드럽다는 점에서 모성적이다. 「누군가 다녀갔듯이」에서 김영태는 삶과 죽음의 무거운 변증법을 가벼운 풍경으로 바꾸어놓는다.

하염없이 내리는
첫눈
이어지는 이승에
누군가 다녀갔듯이
비스듬히 고개 떨군

—김영태, 「누군가 다녀갔듯이」 부분

여기서 죽음은 따뜻하게 해주고 환하게 해주는 눈처럼 풍경의 일부가 된다. 은길하게 소리 없이 내리는 눈의 다정함이 죽음의 중력에서 우리를 해방시켜준다. 삶은 다녀가고 다녀가는 무수한 만남과 헤어짐으로 구성되어 있다. 죽음도 우리 안에서 번갈아 가며 쉬다가 다시 태어나는 리듬의 일부다. '비스듬히 고개 떨군' 무력한 영혼의 내면에는 죽음을 초월하는 우주적 리듬이 흐르고 있다. 절제가 풍요로 전환되는 데 이 시의 매력이 있고 인간의 신비가 있다. 우리는 김영태의 시를 읽으면서 자문해보아야 한다. 영혼은 얼마만큼 깊은 곳에서 출발하여 얼마만큼 높은 곳에 다다를 수 있는 것인가? 눈이 하늘과 사람의 통로이듯이 눈물은 사람과 사람의 통로다. 김영태는 사람의 눈물을 하늘의 진눈깨비에 비유한다. 우리 모두는 사랑하는 사람을 향하여 흐르는 강물이다. 「팔」에서 김영태는 사랑 이외에 사람에게 다른 무슨 삶의 동력이 있을 수 있겠느냐고 묻는다. 이것은 우리에게 하는 질문이면서 자신에게 하는 확인이다.

내 팔은
이 세상에서 너 하나뿐이듯
어디론가 흐르고 있다
흐르다 보니 네 옆구리
안에 묻혀 있다
진눈깨비인가 어딘가

—김영태, 「팔」 전문

사랑의 빛 속에서 풍경은 존재의 강렬함을 현시한다. 너와 나는 풍경의 일부로 존재하지만 너는 나에게 존재 자체, 세상의 모든 것이다. 사랑의 순수한 강렬함이 동력이 되어 너를 항상 새롭게 태어나게 하고 존재의 목적이 되게 한다. 인간은 존재의 동력과 목적을 확인할 수 있을 때에만 세상에 대한 믿음을 보존할 수 있을 것이다. 너만 있으면 풍경은 어디라도 무방하다. 「얼룩」에서 눈은 향기가 되고 시선이 된다. 눈길은 원래 욕망의 통로다. 눈길은 죽은 사물을 산 풍경으로 바꾸어놓는다.

> 지나가듯
> 눈이 내린다
> 지나가는 향기같이
> 시선같이
> 끝장난 얼룩같이
>
> —김영태, 「얼룩」 전문

　항구적인 것에 집착하면 일시적인 것들이 소멸한다. 일시적인 것들에 집착하는 것이 오히려 일시적인 것을 항구적인 것으로 만들 수 있는 소멸의 미학이다. 향기는 애욕처럼 일시적이다. 향기는 있는 듯 없는 듯 존재한다. 그것은 존재와 무 사이에 있는 구의 존재다. 향기만이 아니라 인간도 존재와 무 사이에 있으므로, 인간도 향기처럼 비밀스러운 온기를 간직하고 소멸하는 순간들을 불멸하는 것들로 변형해야 한다. 눈과 향기와 얼룩이 만드는 은유는 예사롭지 않다. 여기서 우리는 여자의 향기와 여자의 몸이 동시에 눈처럼 소멸하는 이미지와 무의 존재로서 불멸하는 이미지로 나타나는 이중의 은유에 주목해야 할 것이다. 풍경 가운데서는 기억도 생생하게 현존하는 현재다. 「과꽃」의 빈 하늘은 존재하는 무의 배경에 펼쳐져 있다.

과꽃이 무슨

기억처럼 피어 있지

누구나 기억처럼 세상에

왔다가 가지

조금 울다 가버리지

옛날같이 언제나 옛날에는

빈 하늘 한 장이 높이 걸려 있었지

—김영태,「과꽃」전문

꿈꾸는 영혼은 과거를 현재의 질료로 삼는다. 사람들은 누구나 무언가 만들 것을 가지고 있다. 옛날의 과꽃이 가늘고 긴 하양·분홍·보라색 꽃잎들에 걸린다. 초가을의 빈 하늘이 슬픈 기억들을 덮어준다. 꿈의 차원을 비워놓지 않으면 기억은 병이 된다. 우리는 자신을 풍경의 편안한 일부로 만들기 위하여 인간적으로 진실해야 한다. 참되게 살지 않으면 물건을 바르게 보지 못한다(不誠無物).「과꽃」에서 기억은 과꽃처럼 작고 가벼운 것으로 나타나며 초가을의 빈 하늘도 무슨 무대의 배경처럼 묘사되어 있다. '빈 하늘 한 장'은 오래전 이백이 사용한 비유인데(靑天一張紙), 이 시에서는 그것이 과장이나 축소의 의미 없이 사용되고 있다. 흔히 몸체가 있고 그것에 꾸밈이 더해진다고 생각하지만 김영태는 장식만으로 구성된 삶을 그려내어 보여준다.「멀리 사라지는 물방울들」에서 그는 꾸밈과 몸체의 차이를 없애고 그것들을 평등하게 보려고 한다.

남색 치마들이 파도무늬를 이룬다 사라지고 맴도는 물방울들 속에 적요가 안개강을, 맨어깨 드러낸 산조(散調) 산책 맵시이자 치장인데 화려하지

않게 아주 소박하게 저 눈부신 살점들이

―김영태, 「멀리 사라지는 물방울들」 전문

무늬와 맵시와 치장은 화려하지 않고 산책처럼, 산조처럼 지극히 자연스럽다. 흐르는 강을 따라 멀리 사라지는 물방울들은 치장의 즐거움을 드러내면서 동시에 꾸밈없는 꾸밈, 비의지의 치장을 말해준다. 야단스럽지 않은 치장에는 어떤 정적이 깃들어 있다. 맨어깨의 눈부신 살점들도 몸체의 일부라기에는 물방울과 안개가 너무 크게 다루어져 있다. 살과 어깨도 꾸밈의 일부다. 김영태의 시는 현실과 이미지의 관계를 전도시킨다. 현실이 있고 그것에서 이미지가 나오는 것이 아니라, 이미지가 있고 그것에서 현실이 나온다. 아니, 이미지가 현실과 맺는 관계가 단절되어 현실은 없고 이미지는 있다. 「풍경인」이란 시는 김영태의 자기 인식을 여러 측면에서 보여준다.

남을 해코지 않았으며
제 몫을 평생 가꾸었다
여기까지 와서 보니
장식(裝飾)이었다
조그맣게 헐겁게 지나쳤던
선(線)들이 이 끝에
묻어 있었다

―김영태, 「풍경인」 부분

이 시에 배어 있는 것은 짙은 무력감이다. 그러나 우리는 무력감을 지배하는 고요함의 의식을 보아야 한다. 무력감이 능동적인 빛의 순간으로 변화하기 때문이다. 장식은 무용함에 머물고 유용함으로 넘어가지 않는다. 화려한 색도 아니고 육중한 형도 아니고 희미한 선들이 장식을 이루고 있다. 그 작은 꾸밈들이 세상의 부패를 막는 소금이다.

> 여기까지 와서 보니
> 장치는(生을 아름답게)
> 소금이었다
> 소금간에 물 타는
> 날파리들을 외면하면서
>
> ─김영태, 「풍경인」 부분

　김영태는 정치를 통증으로만 경험한다. 정치는 모든 모성적인 것들을 잔인하게 억누르는 난폭함이다. 「패러디풍으로」는 그의 시에서는 드물게 정치 비판을 담고 있다. 그러나 이 시에서는 아이러니가 이미지의 형성을 방해하고 있다.

> 끼리끼리 세상 행진
> 가을도 아닌데 오매 단풍 드네
> 벌레 먹은 잎사귀들
> 루주 칠해봤자 저 살벌한
> 주먹 쥐어봤자!
>
> ─김영태, 「패러디풍으로」 부분

김영태로서는 어떻거나 체험한 경험을 확정해볼 필요가 있었을 것이다. 그러나 넘실거리고 솟구치는 경험적 시간은 풍경의 수평적 평온을 파괴한다. 그의 시에는 고유한 사랑의 이미지 대신 분노와 야유의 진술이 시의 전경을 차지한다. 결국 김영태는 '세상을 모를수록 처세도 버려야'(「캐주얼」) 하겠다고 결심하고, "빈 그릇 하나 아주 비어도 괜찮으니"(「다 버렸으니」)라는 체관에 이른다. 「불타는 마주르카」는 그의 현실인식을 잘 드러내는 작품이다. 독일의 안무가 피나 바우쉬의 무용을 기술한 형식의 이 시에서 시의 언어는 한편으로 구용에 대해 기술하면서 다른 한편으로 현실에 대해 기술한다. 네 트럭분의 흙이 무대에 가득하고 인부들이 무덤을 파고 또 판다. 개목걸이를 한 귀부인이 남자에게 끌려가고, 꽃밭에는 경찰견이 가득하고, 어항에는 인간이 유영한다. 포장된 평화와 무기력한 요식행위들. 다만 땡땡이 치마 속에 드러난 음부가 긴장된 존재의 표지를 지니고 있다. 현실이 각박할수록 김영태는 풍경 같은 사람들을 그리워한다. 그러한 사람들 중 한 분이 난정 어효선 선생이다. 초등학교 시절 은사인 그분은 김영태에게 나무도장을 새겨주었다. 김영태는 어효선 선생을 "절 받으셔야 할 참 스승"(「나무도장」)으로 모신다. 「신작로」는 어느 날 문득 떠오른 어린 시절의 이미지들을 모아놓은 시다. 이 시에서도 어효선 선생은 보자기에 싼 교과서를 들고 천천히 걷고 있다. 노천명 문패가 달린 집이 나오고 포목점집 손자가 나오고 만주 어디론가 팔려가던 여자들이 나온다. 아무것도 그려져 있지 않은 신작로에 이미지들이 나타났다. 꿈이 생시를 잡아먹고 미친 듯이 지나간다. 신작로에는 다시 아무것도 없어졌다. 유년 시절을 그리워하는 것은 순진함에 대한 향수다. 사람들은 늙으면 젊었을 때보다 어린 시절을 더 잘 기억한다. 그것은 다가올 죽음과 지나간 유년 시절을 합치시키고 싶은 희망의 표현이다. 사람들은 추억을 절실하게 느낄 때 비록 그것이 고통스러운 추억이라 하더라도 그 추억을 사랑하게 된다. 추억 속에서 잃어버린 사랑은 다시 찾은 사랑이 된다.

> 젖빛 안개
> 집게손가락으로 건지는 물방울
> 몽정으로 젖은 추운 나뭇잎새들
> 네 가느다란 팔
> 경사의 입맞춤
> 팔과 늑골 사이
> 오디빛 유두(乳頭)
>
> —김영태, 「야상곡」 전문

「야상곡」의 각 행은 명사들로 끝나고 있으나 동사들과 형용사들이 명사들을 강력하게 결속하고 있다. 몽정하는 나뭇잎과 오디빛 유두는 안개와 물방울에 젖어 있고 명사들 상호작용의 복판에는 비스듬한 입맞춤이 있다. 동사들과 형용사들은 명사들에 유동성을 부여한다. 사물과 인간은 평등하게 영혼 깊은 곳에 뿌리내린 이미지들이 된다. 이미지와 이미지의 순간적인 얼크러짐이 논리로 입증할 수 없는 새로운 관계를 형성한다. 바슐라르의 말대로 입증하면서 사는 것은 더이상 삶을 사는 것이 아니다. 몸의 일은 입증하는 것이 아니라 피어나는 것이다. 「소묘집」에서 김영태는 "피어나는 것은/일이여, 그게 몸 아닌가?"라고 말한다. 춤은 피어나면서 행복해하는 두 존재의 접촉이다. 「눈썹연필로 기다랗게」는 움직이는 춤이 아니더라도 존재의 접촉이 가능하다는 사실을 말해준다.

> 네 이마 아래
> 봄날에
> 졸리운 듯
> 기차(汽車)가 멈췄다가 지나가는
> 정거장이 두 개 있고
>
> ─김영태, 「눈썹연필로 기다랗게」 전문

　편안한 얼굴이다. 기차는 졸린 것처럼 그의 이마 위에 멈췄다가 느릿느릿 떠나간다. 나도 그 정거장에 머물러 설 수 있을 것 같다. 그러나 오래 머물 수는 없다. 생각하지 못할 정거장이 갑자기 얼굴에 등장하여 눈썹을 세상만큼 확대한다. 김영태는 내면에서 꿈꾸고 있는 단어들을 끄집어내는 놀라운 몽상가다. 그의 시는 짧다. 단어에서 허식을 제거하고 단어의 에너지를 통째로 끌어냈기 때문이다. 김영태는 물질의 방언을 탐색하는 언어학자이고 물질을 에너지로 변환하는 물리학자이다. 「찍새」라는 시는 사진에 대하여 말하고 있다. "연애 감정 없이/영점 1초에 피사체는/살아남지 않는다/온몸 말초신경." 사진은 온 생애를 통해서 느낀 아름다운 순간들을 포착하는 작업의 결과다. 사진의 이미지는 존재가 정성을 다하여 비의지에 자신을 내맡기는 순간에 포착된 의지다. 이러한 비의지의 의지를 우리는 시선의 명상이라고 부를 수 있다. 시선의 명상이 삶의 지평선을 열어준다. 그리고 명상의 바탕은 연애감정이다. 본능의 역량을 간직하고 있는 사람들만이 이미지의 아름다움을 느낄 수 있는 것이다.

새 옷을 입혀도

헌 옷 같은 몸이 있다

내 몸 치수에 맞는 몸이며

(얼마나 이쁘냐, 얼마나 뜨거우냐……)

내게 와서 자시(子時)에

이리 문득 피었다 지는……

—김영태, 「늘그막에」 전문

「늘그막에」는 은총처럼 찾아온 행복, 잠들어버린 줄 알았던 욕망을 불러일으켜준 체험의 기록이다. 우연의 선물이라고밖에 말할 수 없는 순수한 기쁨이 세상을 살 만한 것으로 만든다. 그것은 태고 이래로 반복되어온 기쁨이며, 또 언제나 새롭게 다시 피어나는 기쁨이다. 음악도, 그림도, 시도 모두 이렇듯 오래된 정원들이다. 기쁨에는 심리적인 동기도 없고 논리적인 이유도 없다. 우리는 이 시에서 이야기를 찾으려고 하지 말아야 한다. 경이로움에 사로잡히면 이야기에는 거의 신경을 쓰지 않게 된다. 기쁨 앞에서 인간이 발할 수 있는 말은 감탄사 이외에는 없을 것이다. 기쁨은 인간의 한순간과 세상의 한순간을 결속시킨다. 원한과 앙심은 얼음 녹듯 사라지고 인간은 용서의 의미를 알게 된다. "인간을 용서하려고 여기까지 흘러왔다/늪지대가 많은 이곳."(「암스텔담 모차르트」) 본능의 역량을 보존하기 위하여 김영태는 지금도 쉬지 않고 공부한다. 「풍경인」에서 아무렇게나 세 대목을 골라보자.

A. 극장에 드나드는 건 공부였다.

공부라니? 예습 복습

B. 다리(물리지 않는 공부)

C. 처녀들이 와서 공부를
   어깨에 메고 네거리를 건너간다
   이끼 낀 눈에
   없어지다 생기는
   그 길을……

 첫 대목에서 공부는 극장에 드나드는 일이다. 둘째 대목에서 공부는 춤추는 다리를 보는 일이다. 셋째 대목에서 공부는 김영태의 일이 아니라 김영태 자신이다. 김영태는 일흔이 되어서도 경탄할 수 있는 능력, 배우고 자신을 변화시킬 수 있는 능력을 가지고 있다. 「풍경인」의 다른 부분에서 김영태는 예술 공부가 곧 자기 확인의 길임을 다시 한 번 스스로 다짐하고 있다.

   有我(있느니, 그래 여기 '있다' 없는 것보다 나으리)
   가늘게 숨 쉬며
   숨었다 드러났다 이 허기를
   다 못 채우고 벌(罰)서리오
   저 허허벌판에

                           ―김영태, 「풍경인」 부분

 인간은 집요하게 존재한다. 존재하면서 무엇인가 만들어낸다. 무엇보다 인간은 자기 자신을 만들어낸다. 시대와 환경을 탓해보아야 인간은 끝내 자기가 만든 자기에 대하여 책임을 지지 않을 수 없다. 마케팅 사회의 언어에는 자기가 없다. 그러므로 우리는 일종의 하부언어로 말하려고 노력해야 한다. 양지를 비켜서서 음지에 머무르며 유용한 언어와는 다른 언어를 자기 안에서 끌어내야 한다. 삶과 시 사이에서 김영태가 걸어온 격정은 새로운 언어를 말하고 싶어하는 우리 모두에게 하나의 전범이 될 것이다.

문정희의 서정적 순례

『다산의 처녀』(민음사, 2010)는 문정희의 열한 번째 시집이다. 그녀에게는 이 열한 권의 시집 이외에 또 장시 『아우내의 새』와 시극 『구운몽』이 더 있다. 시인이 시로 쓴 시론이라고 할 만큼 시에 대한 시가 많은 것이 이번 시집의 특징이다. 그녀의 오랜 시력을 추적하여 단계를 나누고 시기별 특색을 규정하는 것은 내 능력의 한계를 넘는 작업이다. 그러나 시인의 시적 여정이 몇 개의 단계로 구분된다 하더라도 한 시인의 시에 일관되게 나타나는 보편적인 색조는 있게 마련이다.

문정희의 시는 어느 것이나 작은 연극으로 구성되어 있다. 한편에는 무대가 있고 다른 한편에는 객석이 있다. 비어 있는 무대에 대체로 시인과 비슷하지만 동일하다고 보기는 어려운 한 인물이 등장한다. 누구인가 하는 것은 중요하지 않다. 중요한 것은 그 인물이 관객에게 연기로 보여주는 행동이다. 눈 내리는 겨울 저녁 작은 폐항의 숙소에서 생의 하룻밤을 보내는 여자가 있다. 그 숙소에는 글자가 하나 빠져서 '모엘'이

된 네온 간판이 깜박거린다. 빠진 글자 하나 때문에 여자에게 숙소는 깃털처럼 가벼워지고 성긴 눈발을 받고 있는 절벽 사원이 되어 "모엘! 모엘!" 하고 성가를 노래한다. 「모엘」이란 시는 문법을 지키는 것보다 문법에서 벗어나는 것이 더 편안하고 시민의 가치를 따르는 것보다 시민의 가치에 구멍을 내는 것이 더 재미있는 시인의 특질을 말해준다. 시인의 가치와 시민의 가치는 조금 다른데 그 조금이 시를 시답게 한다. 시인에게 시민적 가치를 강요하는 것은 시인을 파멸시키는 것이다. "빈 하늘을 쪼개는/짧고 뜨거운 한 문장"(「너를 보내고」)을 얻기 위해 시인은 불덩이가 되어 "굳은 쇠로 입 벌린 채/허공에 매달린 범종을"(「불의 시간」) 온몸으로 때린다. 그러나 시의 재료는 가련한 기억의 누더기들에 지나지 않고 시 또한 흰 눈이 신음하며 덮이는 묘비명에 지나지 않는다.

문정희의 시는 많은 부분을 불교적 상상력에 빚지고 있지만 그녀가 찾는 절집은 늘 불상이 봉안되어 있지 않은 텅 빈 법당이다. 우리는 그것을 적멸궁(寂滅宮)이라고 한다. 문정희는 부처님에 대해 말하지 않고 하찮은 것들 속에 머물러 하찮은 것들에 대해 말하지만 그녀의 시에서 한 방울의 물, 한 조각의 조개껍데기, 한 올의 머리카락은 모두 보석처럼 찬란하게 빛난다. 그녀는 "손에 쥐면 그만 사라져 버리는/이름 하나를/눈송이처럼 머물다가 소멸해 버리는 색(色) 하나를"(「이름」) 움켜잡으려 하고 그것들 속에서 꽃처럼 자연스러운 구도를 찾아내려 한다.

「먹이에 대하여」라는 시에는 호랑나비를 나르는 개미들이 패전국의 왕녀를 운구하는 병사들에 비유되어 있다. 시인은 전쟁터에서 돌아오다 그 운구 행렬을 보게 된 거인으로 시에 등장한다. 병사들은 왕녀의 아름다움이 훼손되지 않도록 일사불란하게 움직인다. 시인은 모래 바람 속에 목숨을 던져 전쟁을 치르고 빛나는 전리품을 메고 돌아오는 행렬을 머릿속에 그려보면서 "태초부터 삶은 먹이를 위한 것이 아니라 아름다움을 쟁취하기 위한 것이 아니었을까"라는 질문을 자신에게 던져본다. 아름다운 헬레나를 쟁취하기 위한 고대의 전쟁에 비교하면 석유를 쟁취하기 위한 현대의 전쟁은 너무나 천박하다.

뉴욕 지하철 안에서 헝그리 복서 김득구의 사망 소식을 곁눈으로 읽고서 권투는 적어도 누가 왜 때리는지를 알 수나 있지만 대머리 독재자가 다스리는 사각(四角)의 링은, 피 묻은 글러브가 날아다니고 "힘이 없는 것은 죽어야 하는"(「사각의 링」) 점에서 권투 경기장과 같지만 시민들이 이유도 모르고 뇌사 당한다는 점에서는 그것보다 더욱 잔인한 사각(死角)의 링이라는 생각이 시인의 뇌리를 파고든다. 문정희는 무등을 오르듯 '운디드 니'로 들어선다.

녹슨 종루에서
절규하듯 종소리 하늘로 퍼져나갈 때
검은 까마귀들
공포를 물고 날아오르던 날
천만 개의 슬픔이
우박처럼 쏟아지던 곳 운디드 니

—문정희, 「상처 입은 무릎」 부분

공포의 까마귀들은 땅에서 하늘로 날아오르고 슬픔의 우박은 하늘에서 땅으로 떨어져 내린다. 공포와 슬픔은 서로 만나 종소리가 되어 학살의 역사를 우주에 증언한다. 역사의 전율은 예술파 문정희를 잠시 현실파로 돌아서게 하였다. 지금도 그녀에게 광주는 아마 역사의 원죄로 남아 있을 것이다. 그러나 광주 이후 20년, 마케팅 사회의 시장형 인간들이 군부 독재 못지않은 횡포를 자행하는 시대가 되었다. 문정희는 「요즘 뭐하세요」라는 시에서 일체의 시적 장치를 다 제거하고 산문 한 토막을 날것 그대로 기록하여 폐허가 된 시대를 보여준다. 행을 나누지 않은 채 그 시를 문장 단위로 읽어도 강력한 부정의 힘이 그대로 전달된다. "누구나 다니는 길을 다니고/부자들보다 더 많이 돈을 생각하고 있어요", "살아 있는데 살아 있지 않아요", "헌옷을 입고/몸만 끌고 다닙니다", "화를 내며 생을 소모하고 있답니다", "충혈된 눈알로/터무니없이 좌우를 살피며/가도 가도 아는 길을 가고 있어요".

마케팅 사회의 시장형 인간들을 피하기 위하여 그녀는 순례의 모험을 감행한다. 낯선 곳, 모르는 곳이 있다는 것은 그녀를 활기 있게 한다. 편력이 그녀의 시에 생기를 불어넣어 준다. 장소들의 독자성과 고유성이 저 상투적인 영속성에서 그녀를 구원해낸다. 매순간 그녀를 이방인으로 만드는 환경 전환은 두려운 것이지만 그 불안이 그녀가 잃어버렸던 무엇인가를 그녀에게 되돌려준다. 현재를 벗어나는 것, 언제나 다른 곳에 있으려고 하는 것은 인간 본연의 보편적 욕망이다. 구체적으로 시집에 거명된 나라와 도시들만 해도 멕시코, 인도, 터키, 마케도니아, 아바나, 뉴욕, 발리, 프라하 하코네 등이다. 이름을 말하지 않은 사막에서 시인은 "황금빛 뼈와 날카로운 가시만 남은"(「떠돌이 풀」) 빈집으로 혼신을 다해 떠도는 덤블링플랜트가 떠돌이 고행자의 경전을 쓰고 있는 것을 본다. 그녀는 '본다'고 말하지 않고 '보고 말았다'고 말한다. 스무 줄의 이 시에서 부각되는 하나의 단어가 '보고 말았다'라는 동사다. 여기서 '말았다'는 전과거(前過去)를 나타내는 데 그치는 것이 아니라 어쩔 수 없다는 발견과 체념, 다시 말하면 더 이상은 도망치지 못하겠으니 그만 운명을 받아들이겠다는 항복의 선언이 엮어 매고 있는 전생과 후생까지 포함하는 것이다. 다른 것이 되고 싶다는 욕망과 다른 곳에 있고 싶다는 욕망은 시의 원천이지만 이 거대한 굶주림을 풀어줄 수 있는 것은 우연밖에 없다. 시는 우연의 세계고 동시에 우연이 필연이 되는 세계다. 사랑이 우연을 필연으로 만든다. 시를 쓰는 것은 사랑이라는 꿈에 의해서만 존재하는 그 무엇을 기록하는 것이다. 몇 낱의 지폐로 왕이 된 발리의 관광객들은 시 한 줄에 매여 생애를 탕진하는 사람의 마음을 모른다. 작은 공 하나가 제 구멍을 비켜간 것을 못내 아쉬워할 뿐이다. 돈독이 시퍼런 서울을 떠나 이념의 독에 찌든 아바나에 당도해서 그녀는 차라리 혁명을 구걸하고 싶어한다. 돈을 구걸하는 것보다 혁명을 구걸하는 것이 더 당당할 것 같기도 하다. 게바라는 시를 산 사람이 아니었던가? 이곳에서나 저곳에서나 "목숨은 내것이고 이것은 짧다는 것뿐"(「독」) 변한 것은 아무것도 없다.

햇살 속에 바퀴가 있다
햇살이 있는 곳은 어디든 길이다
나는 그것을 인도에 와서 알았다
해골을 뜯어먹고 산 탓인지
까마귀들이 친인척처럼 달려들었다.
매캐한 연기와 연기(緣起)의 카오스를
심해어처럼 꿰어 다녔다

여기서 내가 할 일은 오직 길을 잃는 일뿐이다
나는 홀로 유파(流派)이다

길 하나를 만들며 맨발로 걷고 또 걷는다
죽은 아내가 그리워 무굴의 왕이 지었다는
찬란한 보석 무덤을 향해 자무나 강가로 떠나는 날
나는 홀연 차에서 내렸다
이번 생이 아니라면 다음 생이라도
사랑하는 이를 만나면 그때 함께 가리라
내 몸에도 바퀴가 있으니
시공을 넘어 무한에 닿으리라

사랑이여, 그때 나는 어디에 있을까
그것을 다만 모를 뿐이다

—문정희, 「여행길」 전문

내가 보기에 「여행길」은 한국 현대 불교시의 가장 높은 순간을 엿볼 수 있게 하는 시다. 태양을 불교에서는 일륜(日輪)이라고 한다. 햇살이 있는 곳은 일륜이 굴러갈 수 있는 곳이니 어디든 길이 된다. 화장장의 연기가 인연의 연기와 뒤얽혀 있는 혼돈 속으로 길 하나 만들며 혼자 걷는다. 길을 잃은 자만이 길을 만들 수 있다. "길을 알고 가는 이 아무도 없는 길/길을 잃은 자만이 찾을 수 있는/그 길"(「내가 화살이라면」)을 걸으며 아무리 외롭더라도 시인은 함께 가는 길을 다음 생으로 넘기려 한다. 수많은 사랑을 거치고 나서도 그녀는 영혼의 바닥까지 만져줄 수 있는 사람을 아직 만나지 못했다고 한탄한다. 사랑은 무지와 부재를 이겨내고 내 안에 나를 태어나게 하는 힘이기 때문이다. 사랑하는 것, 사랑한다는 인식을 가지는 것은 한 세계를 창조하는 것이다. 모든 인식은 시선의 교환에 의존한다. 내가 보는 것은 다른 사람이 본 것을 듣는 것이고 사랑의 발견물들을 서로 교환하는 것이다. 두 눈길은 서로 교차하면서 빛을 주고받는다. 사랑은 단순한 관계가 아니라 세계를 이해하고 통일하고 창조하는 원리다. 그녀는 자신의 꿈 안에서 인연의 수레바퀴가 구르고 있으니 사랑하는 사람을 만나고자 하는 이 간절한 원도 내생의 어디선가는 이루어지리라고 희망한다. 그녀는 사랑하기에는 한 번의 생으로 충분하지 않다고 믿는다. 그녀는 자신에 매혹되어 혼자임을 자랑하기도 하고 한탄하기도 하지만, 관심의 방향을 자아 쪽으로 돌려놓지 않는다. 여행은 그녀에게 자기 속에 갇히지 않으려는 투쟁이라고 할 수 있다. 그녀는 언제나 자신의 영혼을 있는 그대로 열어 보이고 영혼을 밖으로 다른 사람에게로 향하게 한다. 그녀에게는 자신을 인식하는 것과 자기 아닌 것을 포착하는 것이 하나가 된다. 시인은 자기로부터 빠져나와서 다른 것, 다른 사람과 하나가 되는 순간에만 자기의식을 풍요롭게 체험한다.

일찍이 광기와 불운을 사랑한 죄로
나 시인이 되었지만
내가 당도해야 할 허공은 어디인가
허공을 뚫어 문 하나를 내고 싶다
어느 곳도 완벽한 곳은 없었지만
문이 없는 곳 또한 없었다.
사람, 너는 누구냐
나의 사랑, 나의 사막이여

—문정희, 「사람에게」 부분

사랑은 사막의 길, 즉 길 없는 길이다. 아무리 길을 내어놓아도 하룻밤 자고 나면 바람이 모래로 길을 덮어버린다. 매일 새롭게 길을 만들지 않으면 갈 수 없는 길이 사랑의 길이다. 사랑은 항상 자신을 쇄신하며 무게와 부피와 깊이를 변화시킨다. 길 잃음과 길 만듦은 그녀의 사유와 존재가 주변에 배치되어 빛나는 절정을 형성하는 초점이다. 길 잃음은 흥분과 불안과 번민을 일으킨다. 더 나아가서 신경의 출혈을 일으킨다. 영혼의 출혈이 고뇌가 메아리치는 보편적 개성을 창조한다. 우리는 그녀의 시에 등장하는 '나'가 보편적 '나'임을 감지할 수 있다. 어떤 공허, 어떤 결여, 어떤 결함이 결핍을 채우려는 욕망의 필연성을 만들어낸다. 꿈이 그녀의 몸을 씻어 날마다 새롭게 태어날 수 있게 한다.

아, 모르겠다! 이럴 때
꽃이 질 때

충격적인 결말로 끝나는 「꽃이 질 때」는 똑같이 충격적인 서두로 시작한다.

사내들은 이럴 때 사창가를 어슬렁거리나 보다
아무하고도 자고 싶지는 않지만
아무도 모르는 곳에 눕고 싶을 때가 있다

사창가 문 앞에 홍등이 켜지면 마녀들의 축제에 참가하고 싶어 몸이 달아보지 않은 남자는 없을 것이다. 내가 아는 한도 안에서 말하는 것이긴 하지만 문정희는 모름을 당당하게 내세운 최초의 여자고 사창가를 찾는 남자의 마음을 제대로 읽은 최초의 여자다. 어떻게 그럴 수 있는가? 그녀가 고독의 끝까지 가보았기 때문이다. 「염소와의 식사」가 사실인지 우화인지 나는 모른다. 사실이라고 하더라도 사실의 기록이 그대로 유머 넘치는 시가 된다. 생일 선물로 젊은 시인이 염소 한 마리를 보내왔다. 수출 길이 막혀 강남역 대로변에서 원가 이하로 판다는 염소라고 했다. 한 여자가 생일날 염소와 단둘이 밥을 먹는 공간을 가득 채우는 것은 슬픔과 고독으로 만들어진 폐허의 아우라다. 시인은 슬픔을 하늘 아래 아득하게 펼쳐지는 지평선에 비유한다. "어느 사랑이 지나갔는지 곧 아이를 낳을 것 같다/내가 낳을 아이는 폐허의 자식." 문정희의 시는 감정과 사유로 만들어지기 전에 먼저 색채와 소리로 만들어진다.

고독과 슬픔 속에 추억이 얼굴을 내민다. 기억과 관련된 가장 놀라운 현상은 그것의 다수성이다. 단일한 기억이란 존재하지 않는다. 하나의 기억은 마술 램프처럼 다음 기억에 의해 가려진다. 추억은 다른 추억을 부르고 그것은 또 다른 추억을 불러낸다. 추억들은 서로 물들이고 물들여지면서 타오르는 불꽃처럼 나선형을 그리며 상승한다. 만국기 펄럭이는 가을 운동장 옆 수돗가에서 한 남자아이가 그녀의 얼굴에 뿌리고 간 물방울이 번개처럼 매우 빨리 나타난다. 물방울은 조수처럼 한꺼번에 밀려와 그녀를 숨 가쁘게 만든다. 그것은 그녀에게 "반지 만들어 오래 끼고 싶은/단 하나의 보석 알"(「물방울」)이다. 오빠의 행낭을 따라 해외를 떠돌다가 추운 열네 살을 끌고 돌아온 한쪽 다리 잃은 아버지의 안경이 그녀의 법당에 진신 사리로 안치된다. 그것은 "슬픔의 얼음덩이"(「얼음소포」)가 된다. 아버지와 마지막 헤어진 명봉역이 어린 날 그대로 눈부시게 서 있다. 하코네에 가서 사냥총을 메고 서 있는 아버지를 만난다. 비행기를 타고 와 또 하나의 깊은 강을 건너야 갈 수 있는 일본처럼 아버지도 하나의 암호다. "앨범 속의 그는 영원한 유민이다"(「새벽비」). 살은 부위별로 다 저며지고 끓는 물에 우려낼 뼈만 앙상한 암소에서 그녀는 어머니를 본다. 그 어머니는 고층 아파트에서 혼자 이승을 떴다. 그녀는 어머니의 죽음이나 자신의 슬픔을 말하지 않고 관을 지고 내려오는 남자의 등을 이야기한다. 그것은 일부러 딴 것을 말한 것이 아니라 우리 모두가 죽기 전에 이르는 가장 낮은 자리를 말한 것이다. "신의 손을 잡을 일밖에 없는/마지막 낮은 인간의 등"(「어머니의 시」)을 따라 내려오는 동안 그녀는 "생애의 울음을 멈추어 버렸다". 오빠가 이역에서 큰 수술을 받았고 그녀 또한 "'육체 가진 자의 치명적인 슬픔"(「슬픈 몸」)을 겪었다. 남편에 대하여 노래하는 두 편의 시 「비극 배우처럼」과 「부부」는 그녀의 시로서는 드물게 유머를 기조로 하고 있다.

> 인생은 짧고 결혼은 왜 이리 긴가
> 가도 가도 벌판
> 허공은 또 왜 이리 많은가
>
> 새들아 대신 울어다오
> 나 깊은 울음 더 퍼내기 싫어
> 앙상한 광채로 흔들리는 갈대들아
> 하늘 향해 미친 손을 휘저어 다오
>
> — 문정희, 「비극 배우처럼」 부분

「비극 배우처럼」의 앞부분은 맥베스의 독백을 패러디한 것이다. "내일도 내일도 내일도, 지루한 걸음으로 하루하루 기어간다. 기록된 시간의 마지막 음절까지, 우리의 모든 어젯날들은 바보들에게 흙먼지 죽음으로 가는 길을 비춰주었다. 꺼라, 꺼라, 짧은 촛불을 꺼라. 인생은 걸어가는 그림자에 지나지 않는다. 초라한 배우가 무대 위에서 한때 뛰뚝거리다 사라지면 다시는 소식도 없다. 인생은 바보가 지껄이는 이야기, 소란과 분노가 가득 차 있지만 의미는 아무것도 없다." '검은 눈화장이 조금 흘러내린 포즈로'라는 부제가 보여주듯이 과장된 포즈가 관객의 웃음을 불러일으킨다. 「부부」역시 서정주의 「무등을 보며」의 패러디다.

「부부」에서는 「무등을 보며」의 이끼 대신 암각화가 나온다. 암각화가 풍화하는 과정은 사랑이 무화하는 과정에 비유되는데, 암각화가 풍경으로 거느리는 풀꽃 더미 때문에 풍화와 무화의 과정은 아름답게 그려져 있다. 「무등을 보며」의 앞부분에 나오는 새끼들이 「부부」에서는 뒷부분에 나온다. 이 부부는 "서로를 묶은 것이 거미줄인지/쇠사슬인지는 알지 못하지만/부부란 서로 묶여 있는 것만은 확실하다고 느끼며/오도 가도 못한 채/죄 없는 어린 새끼들을 유정하게" 바라본다. 아내는 남편을 우러러보고 남편은 아내의 이마를 짚어주는 「무등을 보며」의 심정과 부부는 자다가 일어나 합세하여 모기를 잡고 턱에 바르고 남은 연고를 아내의 배에 바른 후 함께 연고 바른 자리를 문지르며 그달에 쓴 신용카드를 계산하는 행동과 부부로 바뀌었다.

> 나에게 남은 것이 무엇인가를 생각하다가
> 네가 쥐고 있는 것을 바라보며
> 손을 한번 쓸쓸히 쥐었다 펴 보는 사이이다
>
> ─ 문정희, 「부부」 부분

문정희의 시에 등장하는 부부가 서정주의 시에 등장하는 부부보다 재미있는 사람들이기는 하지만 결국 두 시에 나오는 부부들은 동일한 종류의 사람들이다. 이 두 시를 비교해보면 시가 변한다는 것이 역사가 변하는 것만큼이나 어려운 것이라는 사실을 인정하지 않을 수 없다. 심지어 동성 부부들도 이런 사이로 묘사될 수밖에 없을 것 같은 생각이 들기도 한다. 과거처럼 미래에도 "꿀 같은 죄와 악마들은 남아"(「나 떠난 후에도」) 슬프게 돌아다니다 술에 취해 아무렇게나 사랑을 고백하고 술 깨고 난 후의 쓸쓸함으로 시를 쓸 것이다. 문정희는 남편보다 더 오래 시하고 살았다. 그녀는 의자하고 살았다고 말한다. 시는 의자의 갈비뼈에서 태어난 의자의 짝이라고 말한다. 그녀는 "엉덩이를 의자에 내려놓을 때가/ 어떤 사내와의 포옹보다 편안했음을 고백한다"(「나의 의자」). 그렇다면 의자의 갈비뼈로 시를 만들어내는 시인은 신이다. 오래전 「사람의 가을」에서 문정희는 "내가 가진 모든 언어로 나의 신은 나입니다"라고 선언했다. 그런데 웬일인지 아직도 그녀는 "건너편 망고나무하고 결혼했다"(「살아있는 여신」)고 하는 네팔의 리빙 가디스를 부러워한다. 상처가 너무 많아서이리라. 상처 없는 시가 없고 상처 없는 나무가 없다. "상처는 그 자체로 참혹하고 아름다운 생명"(「식물원 주인」)이다. 내면에 폐허를 지니고 있기 때문에 그녀는 여신이 되지 못하고 시인이 되었다. 그녀는 "다리미가 뜨거워지기를 기다리는 동안 책을 읽고/찌개가 끓는 동안 글을"(「독수리의 시」) 썼다.

　　나는 알고 있지
　　적과 동지를 구별하는 기교가 아니라
　　내가 나를 키우는 자궁의 시간을

그 무엇도 아닌 자신의 피로 쓰는

천 년 독수리의 시 쓰는 법을

— 문정희, 「독수리의 시」 부분

"사랑을 정조준하고/폭포처럼 알몸으로 일어서"(「활엽수」) 피로 쓴 시를 그녀는 허공을 뚫는 시라고도 하고 활시위처럼 팽팽한 고독의 문장이라고도 한다. 그러나 "허공을 떠도는 에로스의 새"(「종이비행기」)는 "바람에 이마를 부딪고/무참히 고꾸라지는/총구 앞의/탈옥수"에 지나지 않는다. 신은 시인이 아니라 시인의 관객이 된다. "신만이 유일한 관객인 것 같다"(「시인의 퍼포먼스」). 언제부터인지 그녀의 시에서 육체적인 사랑의 알레고리가 적어지고 물이 피의 효과를 대신하게 되었다.

나와 나 사이

시를 버리고

흐르는 구름을 끼워 놓는다

(……)

이끼가 낄 때까지 입을 열지 않는

검푸른 석벽(石壁)도 치워버린다.

— 문정희, 「나와 나 사이」 부분

말의 힘으로 그녀는 삶을 다시 시작하려고 시도한다. 한 줄에 평생을 탕진했더던 여자가 이제는 시를 버리고 욕망을 버리고 구름과 공허를 택하겠다고 한다. 침묵도 이제는 최고의 가치가 아니다. 그녀는 디오게네스처럼 대낮에 등불을 들고 어떤 사람을 찾아 방황한다. 그녀가 찾는 사람은 바로 자기 자신이다. 찾는 사람이 찾아다니는 사람과 동일하다. 나는 누구인가? 나는 어디에 있는가? 나는 내가 모르는 곳에 있다. 자기에 대하여 정절을 지키려면 방황하지 않을 수 없는 이유가 여기에 있다. "이끼가 낄 때까지 입을 열지 않는"다는 말은 『조주어록』의 판치생모(板齒生毛)에서 나온 것이다. '앞니에 털 났다'는 이 문장은 생(生)이라는 동사를 어떻게 보느냐에 따라 수만 가지 의미를 가질 수 있다. 이도 털도 살에서 나오는 것이라는 평등관이 될 수도 있고, 이가 털을 낳는다고 보아서 불변이 가변을 규정한다는 중론(中論)의 공관(空觀)이 될 수도 있다. 앞니에 곰팡이가 슬도록 입 막고 가만있으라는 의미로 보기도 하는데, 문정희가 이 시에서 택한 것이 바로 이 해석이다. 시인은 "성자처럼 깨어 있는 것만이 위대한 것은 아니다"(「잠」)라고도 말한다. 「잠」에 나오는 고단한 낙타는 피로 쓴 글과 함께 니체에서 온 이미지다. 서정주도 스무 살 때 니체가 무릎을 뚫고 들어왔다고 말한 적이 있다. 니체는 낙타와 사자와 어린아이의 세 단계를 설정했는데, 문정희는 낙타를 그대로 두고 짐과 잠의 두 단계를 설정했다. 수용과 파괴와 창조의 3단계가 노동과 휴식의 2단계로 조정된 것이다. 잠은 서정주의 「도화도화(桃花桃花)」에 나오는 '원수여, 너를 찾어 가는 길의/쬐그만 이 휴식'에 해당한다. 문정희는 잠을 통해 꿈의 미로와 틈새로 들어가 마지막에 가면 누구나 보게 되는 인간 의식의 막다른 골목에 도달하려 한다. 「내가 입술을 가진 이래」는 "내가 입술을 가진 이래/사랑한다는 말을 한 적이 있다면/해가 질 때였을 것이다"라는 문장으로 시작된다. 그녀에게 해가 질 때는 해가 다시 떠오르지 않을지도 모르고 당신을 다시 못 볼지도 모른다는 두려움에 휩싸이는 종말론적 시간이다. 이 종말론적 비전이 그녀의 나날을 새롭게 한다. 그녀는 오늘도 꽃들에게 옷 입는 법을 새로 배우고 있다.

고통과 쓸쓸함이 따라다니지만
부드러운 비가 어깨를 감싸 주는 날도 있지
새로 또 꽃은 피어
눈부시게 옷 입는 법을 가르쳐 주고
새들은 풀잎 같은 혀로 시 짓는 법을 들려주네
나무들은 몸으로 춤을 보여 주네

아무래도 나는 사랑을 앓고 있는 것 같네
악어들이 검은 입을 벌린 이 도시
왜 자꾸 새 옷을 차려입고 싶은지
왜 자꾸 사운사운 시를 짓고 싶은지

—문정희, 「새 옷 입는 법」 부분

삶에 대한 혐오는 현재를 배척하여 미래로 향하게 하고 삶에 대한 환희는 순간을 황홀히 수락하도록 한다. 「새 옷 입는 법」에서는 환희가 혐오를 압도하고 있다. 우리는 이 시에서 모든 것이 현재가 되는 어떤 일치를 발견할 수 있다. 황홀한 도취의 시간은 공간적 구도를 가지고 있다. 그것은 시공 연속체이고 시간-그림 합성체이다. 황홀의 순간은 겪어본 것으로 나타날 뿐 아니라 겪어볼 만한 것으로 나타나기도 한다. 그 순간은 현재이면서 동시에 과거이고 미래이기도 하다. 황홀의 순간은 시간을 녹이고 늘이고 늦추며 끝내는 멈추게 한다. 시간이 소멸하는 순간이다. 그것은 당위가 아니고 존재이며 진정으로 자기에 속하는 자신의 고유성이다. 황홀의 순간에 우리는 자신의 몸과 마음을 혐오감 없이 바라볼 수 있는 용기를 갖게 된다. 그 순간 우리는 현재를 뒷받침하는 어떤 원인, 어떤 선행 사실이 있었으리라는 가정을 폐기한다. 순간의 불연속성이 그 자리에서 욕망과 존재를 통합하는 것이다. 문정희는 일체의 도덕적 고정관념을 부정하고 병과 죄를 넘어서 살며 사랑하는 즐거움을 보여준다. 그녀는 세계가 막 새롭게 시작되고 있다는 것과 순간순간이 모두 유일하다는 것을 분명하게 알고 있다. 시의 바탕은 긴장이 될 수도 있고 유희가 될 수도 있다. 그러나 나는 문정희의 시가 어느 한쪽으로 기우는 것을 바라지 않는다.

황지우의 전위적 실천

　우리는 모든 것이 알려져 있는 시대, 그러나 그 어느 곳에서도 깊이를 찾아볼 수 없는 시대에 살고 있다. 사물들은 우리들의 눈앞에서 굳어져버렸고 우리들의 내면에 현존하기를 그쳐버렸다. 정신은 한 번도 대상의 내면에까지 침투해 들어가보지 못하고 그저 타성이 오래전 닦아놓은 길로 미끄러져 들어갈 뿐이다. 인식은 감각에서 떨어져 나가서 책 속에 갇혀버렸다. 이제 사람들은 책에 적혀 있는 대로 먹고 마시고 사랑하고 미워한다. 아무도 자신의 신체를 통하여 직접 느껴보려고 하지 않는다. 쓰임새에 따라 조각난 사물들을 사용하는 것만으로는 사물의 본질에 침투하지 못한다. 인간의 거친 눈길에 지쳐서 사물들은 항상 불안해하고 자신없어 한다. 인간이 참다운 감각과 인식을 회복하여 사물들에게 그것의 본질을 돌려주기 위해서는 인간의 내면을 뒤흔들어놓는 어떤 충격, 어떤 알 수 없는 침투가 필요할지도 모른다. 바로 이러한 이유에서 현대시는 배워서 알게 된 일체의 운율법과 비유법을 포기하고, 그럴듯한 표현으로 삶의 장식이 되기를 거부한다. 현대시는 학습된 공식을 초월하려는, 거역할 수 없는 충동에 몸을 맡기고 습관과 타성의 억압에 대항하며 사상의 조립을 부정하고 시적 경험 자체를 존중한다. 모범생들의 미의식이 마모시킨 운율과 비유를 근원적으로 소생시키고 인간을 변화시켜서 인간으로 하여금 사물 자체와 만나게 하려면, 시는 어쩔 수 없이 어떤 비상수단을 동원하지 않을 수 없다. 언어는 사물도 아니고 인간도 아니지만, 그렇다고 해서 언어가 단순히 사물과 인간을 지시하는 기호에 불과한 것은 결코 아니다. 시의 구체적인 언어는 우리에게 현실을 밀도 있게 감각하도록 하면서 동시에 우리에게 현실을 진실하게 인식하도록 한다. 현실은 시에 생명을 불어넣는 원천이다. 시는 끊임없이 운율과 비유의 명암 속으로 새로운 길을 개척해 나아가지만, 잠시도 이 생명의 원천에서 눈을 돌리면 안 된다. 기교에만 정열을 쏟는다는 것은 생명을 고갈시켜버리는 암과 같은 것이다. 시란 무엇보다 먼저 현실의 한복판을 뚫고 넘어서서 질문하는, 하나의 방법이기 때문이다. 시의 비유는 낱말을 결합하는 방법이 아니라 현실을 인식하는 수단이다. 비유 속에서는 그 어느 것도 홀로 있지 않다. 그림 안에서 어떤 색채가 다른 모든 색채와의 관계에 의해 비로소 자신의 가치를 획득하듯이 사물들은 다른 모든 사물들과의 관계에 의해 비로소 의미를 획득한다. 마음속에서 하나의 사물을 다른 사물들과 결합시킬 때, 우리는 사물의 덧없는 테두리를 깨뜨리고 터져 나오는, 무한히 힘찬 관계들을 보고 느끼게 된다. 가장 단순한 낱말 하나가 일상적이고 평범하고 닳아빠진 사물의 모습을 바꿀 수 있다. 비유의 언어를 통하여 사물은 힘이 되고, 상호 침투하고 상호 관통하는 에너지가 된다. 들을 수 있는 것과 들을 수 없는 것이 상호 침투하고 만질 수 있는 것과 만질 수 없는 것이 상호작용하고 개인적인 것과 집단적인 것이 상호 관통하는 것이다. 사물의 참다운 자리는 이러한 관계의 구조에 의해 결정된다. 그러므로 시인이 갖추어야 할 것은 굳은 관념이 아니라 현실의 관계 구조에 상응할 수 있는 감각의 역동성이다. 시인에게 글쓰기란 나타나 있는 테두리를 깨뜨리고 감옥의 벽들을 자신으로부터 멀리 밀어내려는 영혼의 훈련이다.

시는 어렴풋한 꿈속에 있는 것이 아니라 현실 속에 있는 것이다. 그러나 타성적이고 관습적인 현실이 아니라 인간이 자신의 내부에서 진실하게 경험하는 현실 속에 있다. 시가 제아무리 드높은 것이라 할지라도 그것의 최종적인 존재 이유는 대지를 세계로 변형하는 데, 다시 말하면 지상에 살고 있는 인간의 생존 조건을 심화시키는 데 있을 것이다. 사물과 인간이 깃들이고 있는 장소의 의미를 찾아냄으로써만 시는 날것 그대로의 사실이 의미의 영역으로 옮겨지는 진정성을 구축할 수 있다. 현실의 지형학을 외면할 때 시는 일종의 고급 수사학 연습으로 타락한다. 시에서는 현실을 변형하려고 꿈꾸는 일이 사물의 본질에 침투하려고 꿈꾸는 일과 동일한 행동이 된다.

모순투성이인 삶을 힘껏 껴안지 않으면 어느 누구도 한걸음 앞으로 나가지 못한다. 가치를 혁신하려는 시도에는 존재하는 것이라면 그 어느 것 하나도 물리치지 않는 태도가 필요하다. 더 잘 말하기 위하여, 필요한 그 태도를 포기하는 것은 못난 짓이다. 시를 쓰려는 사람은 무엇보다 먼저 어느 한 가지 논리적 의미만을 사물에 부여하고 다른 해석을 모두 제거해버려야만 마음이 편해지는 학자들의 오류를 끊임없이 경계해야 한다. 명백하게 결정되지 않은 지역에 오래도록 머무를 수 있는 인내와 용기를 키츠는 소극적 수용력이라고 하였다. 이런 의미에서 본다면 우리는 시인의 의지를 비의지적 의지라고 할 수 있고, 시인을 말하는 사람이라기보다는 차라리 귀 기울이는 사람이라고 할 수 있다.

해결이 불가능한 문제, 정치 문제에는 손도 대지 않으려는 결벽증은 사이비 시인의 특징이다. 형식이란 그것이 다루기 어려운 재료와의 싸움 끝에 전취된 것일 때, 그리고 내면적인 성숙을 기다리는 오랜 인내 끝에 얻은 성과일 때 비로소 가치 있는 것이다. 형식을 목적으로 삼고 작업하는 시인은 결국 시를 경험하지 못하고 시를 조작하는 사람이 될 수밖에 없다. 그러나 정치적 신념 때문에 분명히 존재하는 어떤 것을 외면하는 결벽증도 사이비 시인의 특징이다. 신념으로 인해 현실의 어떤 부분을 훼손하기보다는 차라리 현실에 침투하기 위해 신념을 버리는 편이 나을 것이다.

황지우는 삶을 변화시키고 세상을 변화시키려고 꿈꾸는 시인이다. 그의 시에는 특이한 종류의 경쾌함과 불협화음을 자아내는 독창적인 운율이 있고 감동과 아이러니, 향수와 시니시즘이 섞여 있다. 그는 소시민의 이기심을 극복하고 모든 종류의 사랑과 고통과 광기를 경험하려고 한다. 그의 탁월한 시 안에는 현실의 원천에서 태어나서 폭발하는 검은 아우성이 담겨 있다. 그러나 때로는 과장된 현학 취미와 속임수로 사태를 모호하게 가리려는 안이한 태도가 시를 일종의 낱말 연습에 그치게 하는 경우도 있다. 모든 언어와 신념이 이지러진 전체의 일부를 이루면서 타락해 있는 우리 시대에는 부정의 언어조차도 또 하나의 수사학 연습이 될 염려가 있다. 낡은 수사법에 반대하는 행동이 그것의 한복판을 뚫고 넘어서는 행동이 되지 못하고 그것을 반대 방향에서 모방하는 행동이 될 수도 있는 것이다.

황지우의 시집 『새들도 세상을 뜨는구나』(문학과지성사, 1983)에서 우리는 순수함에 대한 열망이 현실의 지형학과 겯고 트는 정치적 드라마를 엿볼 수 있다. 황지우가 직관적으로 포착한 정치 현실의 드라마를 분석하는 데 이 글의 목적이 있으나, 우리는 어떤 의미에서 황지우의 시인다움이 짧은 시절을 떨게 하고 반짝거리게 하는 고통스러운 사랑의 현실 또는 고독의 현실에 있음을 부인할 수 없다.

> 오 환생(幻生)을 꿈꾸며 새로 태어나고 싶은 물소리, 엿듣는 풀의 누선(淚腺), 살아 있는 것은 살아 있는 동안의 이름을 부르며 살 뿐, 있는 것이 있는 것이 아니고 사는 것이 사는 것이 아니로다 저 타오르는 불 속은 얼마나 고요할까 상(傷)한 촛불을 들고 그대 이슬 속으로 들어가, 곤히, 잠들고 싶다

> ─황지우, 「초로(草露)와 같이」 전문

시는 자연의 모방이 될 수 없다. 이 시에는 지각할 수 있는 현상적 외관이 나타나 있지 않다. '풀'과 '물'과 '불'은 관습이나 논리에 따르지 않고 심리적 반향과 우주적 아날로지에 따라 결합되어 있다. 상호 연관된 항목들 사이에 논리적으로 납득할 만한 관계가 있는지 어떤지를 따져보는 일은 전혀 중요하지 않다. 「초로와 같이」는 애초에 이해받으려는 목표를 지니지 않고 있는 시다. 이 시에서 문제가 되는 것은 사물의 핵심에까지 깊이 침투해 들어가려는, 반복되는 시도뿐이다. 약하게 반음을 낮춘, 단조로운 애가적 어조가 어떤 쓰디쓴 기쁨의 맛, 절망과 분간하기 어려운 즐거움의 맛을 풍긴다. 이러한 양가감정은 마침내 황홀한 죽음 또는 고요한 환생에 도달한다. 고요하면서도 빛나는 황홀경 속에 편안히 들어앉아 있을 수는 없는 법이다. 그곳에서는 희망이 절망과 교

차하고 존재와 부재가 교차하며, 고독이 죽음과 같은 침묵을 지배하고 있다. 침묵에 휩싸인 '상(傷)한 촛불'이 이슬 속으로, 눈물 속으로, 물소리 속으로 들어가 앉아 부재와 비존재에 가치와 자리를 부여한다. 있음과 삶은 한갓 풀잎에 맺힌 이슬, 상한 촛불에 지나지 않는다.

'ㄲ' 'ㄸ' 'ㅃ' 'ㅊ' 'ㅌ' 'ㅍ' 소리와 'ㄴ' 'ㄹ' 'ㅁ' 소리들이 부딪쳐 이루는 이 수런거리는 음악을 들어보라. 「초로와 같이」를 소리 내어 읽어보면, 우리의 발음 기관 전체가 긴장하는 것을 느낄 수 있다. 이러한 소릿결은 사물들 안에 내재하는 놀라운 비밀, 사물들의 상호 조응과 사물들의 등가 관계를 투시하는 감각에 근거하여 형성된 음악이다. 시인은 사물들을 정신 속에 집합하여 섬광처럼 짧은 순간에 사물의 본질, 사물의 비밀을 드러낸다. 내면의 호소에 응함으로써 시인은 우연한 비유를 사물의 원천에 다가갈 수 있게 하는 수레로 변형해놓은 것이다. 모든 비유는 인간의 정신을 각성시켜 다른 현실을 꿈꾸게 하는 수단이다. 다른 미래를 향한 충동 또는 호소는 황지우의 거의 모든 시에 나타나 있다. 「오늘날, 잠언(箴言)의 바다 위를 나는」에서 황지우는 그러한 충동과 호소를 간결한 잠언으로 집약해놓았다. "그 새는 자기 몸을 쳐서 건너간다. 자기를 매질하여 일생일대(一生一代)의 물 위를 날아가는 그 새는 이 바다와 닿은, 보이지 않는, 그러나 있는, 다만 머언, 또 다른 연안(沿岸)으로 가고 있다." 황지우는 자신에게서 도망치고 싶은 욕망과 다른 어떤 미지의 현실에 접근하고 싶은 욕망에 시달리고 있다.

너무나 안이하게 규정되는 정상적인 지각이 가려놓은 외관의 베일을 벗기고 사물들의 참다운 현실성에 접근하려면 시인은 먼저 자아의 한계를 깨뜨리지 않을 수 없다. 그러나 우리들의 세계 바깥에 또 하나의 세계가 있는 것은 아니다. 불가에서 두고 쓰는 문자를 빌리면, 진여(眞如)

가 여기 있고 생멸이 저기 있는 것이 아니라 진여와 생멸이 하나의 세계 속에 있다. 진여는 생멸(生滅)의 단적인 부정으로서 바로 생멸의 핵심에 살아서 움직이고 있는 것이다. 다른 미래를 향한 꿈이 치열하면 치열할수록 시인은 원리로 환원할 수 없는 완강한 현실의 용광로 안에서 다른 현실의 언어를 하나하나 다시 버리어내지 않으면 안 된다.

말할 것도 없이 시는 무상(無償)한 유희며 시의 힘은 낱말들을 엉뚱하면서도 유연하고 암시적인 방식으로 대비시키는 데서 생겨난다. 그러나 그 유희는 현실의 복판을 뚫고 넘어서려는 위험한 장난이며, 낱말들의 엉뚱한 대비는 세상을 거슬러 나가는 고통의 필연성이 빚어내는 엉뚱함이다.

영화(映畫)가 시작하기 전에 우리는
일제히 일어나 애국가를 경청한다
삼천리 화려강산의
을숙도에서 일정한 군(群)을 이루며
갈대 숲을 이륙하는 흰 새떼들이
자기들끼리 끼룩거리면서
자기들끼리 낄낄대면서
일렬 이렬 삼렬 횡대로 자기들의 세상을
이 세상에서 떼어 매고
이 세상 밖 어디론가 날아간다
우리는 우리들끼리
낄낄대면서
깔쭉대면서

우리의 대열을 이루며

한세상 떼어 메고

이 세상 밖 어디론가 날아갔으면

하는데 대한 사람 대한으로

길이 보전하세로

각각 자기 자리에 앉는다

주저앉는다

—황지우, 「새들도 세상을 뜨는구나」 전문

　표면적인 관점에서 볼 때 이 시는 '새들'과 '우리들'의 대립에 기초하고 있다. 새들은 새들끼리 끼룩거리고 낄낄대며 우리는 우리끼리 낄낄대고 깔쭉댄다. 새들이 끼룩거리고 낄낄대는 것은 자연스러운 행동이라 하겠으나, 우리가 낄낄대고 깔쭉대는 것은 사회적인 행동이다. '깔쭉댄다'는 말 속에는 고분고분하지 않다는 어감이 들어 있기 때문이다. 새들은 자기들의 세상을 떼어 메고 이 세상 밖 어디론가 날아가고 싶어한다. 비상을 허용하는 자연과는 반대로 사회는 모든 비약을 억압한다. '깔쭉댄다'는 말 속에는 또 변변치 않은 투정이라는 뜻이 들어 있다. 「새들도 세상을 뜨는구나」의 내면에는 여러 겹의 빈정거림이 깔려 있다. 첫째, 시인은 세상을 바꾸지 못하고 깔쭉거리기만 하는 자신을 빈정거린다. 둘째, 시인은 새들처럼 어디론가 날아가도록 허용하지 않는 세상을 빈정거린다. 셋째, 시인은 특정한 대상이 아니라 보편적인 부정의 관점에서 모든 자질구레한 시의 세부들을 빈정거리며 발언하고 있다. 영화가 시작되기 전에 나오는 애국가도 객관적인 시선으로 발언되어 있지 않고, "대한사람 대한으로/길이 보전하세"라는 애국가의 한 구절조차도 객관적인 시선으로 기록되어 있지 않다. 새들이 이 세상 밖 어디론가 날아간다고 하더라도 그것들이 지구의 대기권 밖으로 날아갈 수는 없을 것이다. 새들이 벗어날 수 있는 것은 을숙도이고 '삼천리 화려 강산'이다. 그렇다면 시인은 지금 한국과 한국에 태어난 자신을 빈정거리고 있는 것인가? 이러한 자조적 감정이 전혀 없다고는 할 수 없을 것이다. 그러나 이 시의 핵심은 '날아갔으면'과 '주저앉는다'의 대립에 있다. 단단한 지상으로 돌아오지 않는 비상은 하나의 몸짓, 하나의 꾸밈에 지나지 않는다. 세상 안에서 세상을 벗어나는 것만이 진정한 실천이라고 할 수 있다. 내재적 초월이라고 부를 수 있는 그러한 행동은 어떻게 실현될 수 있을 것인가? 황지우는 자기 자신과 우리에게 이렇게 질문하고 있는 듯하다. 황지우의 시는 이 질문에 대답하기 위한 긴 준비, 고통스러운 편력이다. 몇 편의 시에서 우리는 황지우가 애써 찾은 해답의 내용을 어느 정도 짐작해볼 수 있다. 그러나 그에 앞서서 시집 『겨울-나무로부터 봄-나무에로』(민음사, 1985)의 상당한 부분을 황지우는 실천의 욕망을 잠재우고 현실의 지형학을 검토하는 데 바칠 것이다. 현대의 지리적 감정을 표현하는 많은 시들을 통하여 우리는 황지우의 직관이 포착한 이 시대의 정치 구조를 구경할 수 있다. 그것은 여러모로 재미있는 영화가 될 것이다.

이젠 굶는 사람은 없잖아요. 외채(外債)는 할 수 없어요. 1인당 70만 원이라메요. 몇 사람이라도 집중적으로 배부르게 해야죠. 그게 성장(成長)의 총량을 명시적으로 늘리는 방법이죠. 그리고 1천 불 소득의 연자매를 끝없이 돌게 해요. 미래에의 환상은 현재의 환멸을 상쇄하죠. 잔뜩 불어넣으세요. 중진국(中進國)이잖아요. 워커 대사(大使)가 뭐, 총독인가요.

　　　　　　　　　　　　　　　　　—황지우, 「아, 이게 뭐냐구요」 부분

이 작품에 활기를 불어넣고 있는 것은 유머와 아이러니다. 상대방이 할 말을 다 안다는 듯이 시침 뚝 떼고 내뱉는 말투가 흔히 들어온 한계 분석 경제 이론 전부를 웃음거리로 만들어버린다. 물질적인 성장 개념에 바탕을 둔 의식 형태들을 있는 그대로 인용함으로써 황지우는 그것이 만인에게 해로울 뿐인 방식으로 인간을 짓누르고 있다는 사실을 알려준다. 「아, 이게 뭐냐구요」의 어느 곳에서도 황지우는 그 의식 형태들이 생존의 다양한 조건들을 억누르고 있다고 말하지 않는다. 그렇게 말하는 것은 황지우가 아니라 이 시의 어조다. 그것은 유머와 아이러니로 가득 차 있는 목소리다. 유머는 잠시 동안이나마 의식 형태의 무게를 가볍게 하고 삶의 헛된 환상을 꿰뚫어보게 한다. 아이러니는 그대로 버려둔다면 산문에는 알맞겠지만 시에는 적합하지 않게 될 사건들을 시의 그물 안에 담게 한다. 이 조그만 연극 속에서 대화를 나누고 있는 두 사람은 어느 일방의 우위를 허용하지 않을 정도로 팽팽하게 긴장된 대립을 전개하고 있다. 만일 한계 분석 경제학의 의식 형태가 만만한 것이었다면 시의 화자가 "알아요, 안다니까요"라고 짜증을 내는 데 그치지 않았을 것이다. 시인은 이 두 사람에게서 동시에 일정한 거리를 취하면서 둘의 대립 자체를 정면으로 응시한다. 시인 자신의 욕망과 정념과 고통은 가면 뒤에 숨어 있다. 겉으로 드러나 보이기도 하고 드러나 보이지 않기도 하는 은밀한 아이러니만이 말 한마디 한마디 속에 독침을 박아 넣고, 우리 시대의 역사적인 현실이 자외선이나 적외선처럼 말투에서 스며나오게 한다. 아이러니는 그 무엇이 되기도 거부하고 그 어떤 것을 믿기도 거부하는 정신의 보편적 부정성이다. 그러나 이러한 독특한 거리 감각은 뜻밖에도 우리 시대의 사회 계급들이 벌이는 대립과 연합의 영상을 읽어낼 수 있게 한다.

'외채'와 '배부른 몇 사람'은 독과점 대자본가라는 사회 계급의 행동 방식과 우리 시대의 지형학을 결정하는, 가장 중요한 요인인 무역 제약의 문제를 암시해준다. 한계 분석 경제학의 의식 형태는 다름 아닌 독과점 대자본가들의 의식 형태다. 대자본가들은 다른 두 개의 사회 계급, 곧 외국 자본가와 국내 중소 자본가와 얽혀 있다. 이들이 벌이는 대립과 연합의 놀이는 직접적인 것인 데 반하여 독과점 대자본가가 농민이나 봉급생활자 등의 사회 계급과 벌이는 대립과 연합의 놀이는 간접적인 것이고, 그 사이에는 환상적 의식 형태가 개입되기 쉽다. 강대국 노동자의 시간당 생산량이 약소국 노동자의 시간당 생산량보다 두 배나 높기 때문에 강대국의 이윤율이 약소국 이윤율의 곱절이 되었다면 그것은 불공평한 무역 제약이 아니다. 그러나 약소국의 자본가들은 강대국의 자본가들이 제시하는 조건에 맞추어 그들의 요구대로 생산할 수밖에 없고, 이러한 현상은 한 나라 안에 있는 대자본가들과 중소 자본가들의 관계에도 그대로 해당한다. 대기업은 임의로 하도급 계약을 바꿀 수 있으나, 바로 그 납품 조건에 중소기업가들의 생명이 걸려 있다. 강철과 같은 자본주의 메커니즘 속에서 살아남으려면 약소국의 기업가들, 특히 약소국의 중소기업가들은 어떤 종류의 비생산적 투기도 근절하는 절제와 인내에 익숙해져야 한다. 황지우가 한계 분석 경제학의 의식 형태에 특별히 반대하는 이유는 그것이 자본가들의 토지 투기와 증권 투기와 정치 투기를 허용하는 데 있는 듯하다. 「그들은 결혼한 지 7년이 되며」라는 시에서 황지우는 "탐은 윤호의 친구다"라는 영어 교과서의 한 문장을 인용하고 괄호 속에 "우린 혈맹 관계라니까!"라는 주석을 달고 있고, "칠판 앞으로 나오너라"라는 선생의 지시를 인용하고 괄호 속에 "이것이 '이데올로기의 시작'이며 교리문답이다. 답을 말하라"라는 주석을 달고 있다. 우리 사회의 경제 층위뿐 아니라 교육과 문화의 층위에까지 스며 있는 환상적 우호주의를 황지우는 아이러니를 통하여 전투적 사실 확인으로 바꾸고 싶어한다. 사회 계급은 기계 장치와 같은 객체가 아니지만 그렇다고 개인처럼 생각하고 느끼는 주체도 아니다. 우리 시대의 사회 구조는 임금과 이윤의 문제를 중심으로 펼쳐지는, 자본가와 노동자의 계급투쟁에 토대하고 있으나, 노동자들이 다른 사회 계급들과 대립하고 연합하는 양상은 단순하지 않다. 개인으로서의 노동자들은 자본가들보다 봉급생활자들에게 더 강한 적대감을 느낀다.

> 박노석. 23세. 선반공. 월수입 10만원. 그는 기름 묻은 손으로 고구마 템뿌라를 집어먹는다. 그의 손톱에 까만 때가 끼어 있었다. 그것이, 그것을 바라보고 있던 이선영(21세. 梨大. 식품영양학과 3년)에게 혐오감을 주었다. 튀김집 아줌마가 새 튀김을 가져다줄 때까지 박노석은 템뿌라를 어그적어그적 씹으면서 여대생으로 보이는 그 여자를 뚫어지게 꼰아보았다. 이선영은 기분이 완전히 잡쳐버렸다. 금방 씹어먹을 것 같은 그의 적의(敵意) 어린 시선 앞에 자기 몸이 구석구석 남김없이, 속속들이, 발가벗겨지는 것 같은 느낌이 들었다.
>
> ─황지우, 「버라이어티 쇼, 1984」 부분

현대 도시에서 날마다 일어나고 있는 작은 일을 날것 그대로의 감각을 바탕으로 있는 그대로 찍어낸 시다. 남자와 여자의 이름이 밝혀져 있지만, 그것이 오히려 두 사람을 익명의 상태에 머물게 한다. 그들은 자율적인 개인이 아니라 인간들의 거대한 사막인 군중의 일부다. 최소한의 미학까지도 거부하는 이 장식 없는 시에는 가슴을 찢는 듯한 치열성도 없으며 혹사당하고 있는 사람들의 원한도 없다. 그리고 연출자의 손때가 없는 만큼 리얼리스틱하기도 하다. 우연히 마주친 장면을 그대로 옮겨놓으면서 황지우는 현실의 구조를 인식하기 위하여 저 믿을 수 없는 미학적 조형을 포기한 듯하다. 황지우에게는 자기 신념에 유리하도록 사실을 왜곡하는 윤리적 콤플렉스가 없다. 어떻게 보면 빈약하기 짝이 없는 시라고 하겠으나, 그는 낡은 시놀음의 규칙들을 존중하려고 하지 않고 흔해빠진 문학적 수단들을 청산해버리려고 한다. 그것들을 청산하는 것으로 그치는 것은 대단히 위험한 일이지만, 이러한 작업은 어디론가 한걸음 전진하려는 시인들이 반드시 거치지 않으면 안 될 절차다. 시의 기교나 시인의 교양은 자신을 포기함으로써만 자신을 지킬 수 있는 것이기 때문이다. 운율과 비유가 전혀 없는 이 시는 옛날 같았으면 장차 완성할 시 한 편을 위한 노트 구실 이상을 하지 못하였을 것이다. 아마 지금도 이 시 자체가 꽤 훌륭한 작품은 아닐 것이다. 그러나, 이러한 부류의 시가 지니는 의미는 황지우의 시 세계에서 일정한 자리를 차지하고 또 그 안에서 일정한 직능을 담당하고 있다는 데 있다.

임금과 이윤은 물량 관계로 나타나는 생산 기술적 차원이 아니라 자본가와 노동자라는 두 사회 계급의 권력 관계로 나타나는 정치 사회적 차원에서 결정된다. 임금과 이윤이 계급 투쟁에 의해 결정되면 자본가는 주어진 이윤율을 기준으로 삼아 생산하며, 노동자는 주어진 실질 임금을 기준으로 삼아 노동한다. 단결하여 요구하지 않으면 임금은 결코 인상되지 않으며, 노동자의 요구를 효과적으로 막아내지 않으면 이윤율은 결코 높아지지 않는다. 자본가와 노동자에게 이것은 하나의 상식이다. 개별 기업 안에는 자진해서 임금을 인상하게 하는 유인이 작용하지 않는다. 사회 전체로 볼 때 기존 임금에 추가되는 임금은 노동 생산성을 향상시키고, 상품 구매력을 높여 기업가 전체에게도 이익이 된다. 그러나 기업가들은 다른 기업가가 임금을 인상하는 데는 찬성하지만 스스로 임금을 인상하려고 하지는 않는다. 기업가들에게는 사회 전체의 이익보다 나날의 경쟁에서 살아남는 것이 더 중요하기 때문이다. 결국 노동 과정은 끊임없는 대립 과정이 되지 않을 수 없다. 생산성과 구매력을 보존할 만큼의 임금 그리고 재생산을 계속할 만큼의 이윤을 동시에 확보하려는 것이 국가 권력의 목표다. 그러나 그러한 목표는 노동자들의 계급적 연대가 국가 권력에 작용을 가할 수 있을 정도로 강화되었을 때에라야 비로소 달성될 수 있다. 임금과 이윤의 조건 때문에 노동자와 기업가는 서로 대립하는 사회 계급을 구성하고 있으나 두 사회 계급은 다 같이 생존의 조건에 충실하다는 점에서 유사하기도 한다. 그들의 대립은 객관적 관계이지 주관적 관계가 아니다. 바로 이러한 사실에서 임금 노동자도 아니고 이윤 취득자도 아닌 사회 집단에 대한 그들의 경멸과 증오가 야기된다. 대학 교수에서 상점 점원에 이르는 봉급생활자들은 다른 사회 계급 전부와 대립되어 있다. 봉급생활자들은 어떤 사회 계급과도 연합할 수 없기 때문에 적대감에 가득 차 있다. 국가 권력에 대한 의존심 때문에 대자본가들보다 더 열심히 지배의 의식 형태를 자진해서 대변하는 사회 집단이 봉급생활자들이다.

꼭 사고를 치고야 말 것 같다. 거역할 수 없는 거대한
어떤 힘이, 나쁜 혼령이, 악의 자력(磁力)이 나를 끌어당긴다.
불의 유혹을 견디지 못하는 나방처럼.
정가(鄭哥)야, 저주의 원을 그리며 나는 너의 주위를 맴돌 것이다.
너는 왜 나를 못살게 구니?

그는 정(鄭)의 얼굴만 봐도 목졸린 듯한 것을 느꼈다.

유리 재떨이로 그의 번들거리는 이마빡을 쳐죽이고 싶었다.

그러면서도 그는 그렇게 말했다. 네, 시정하-겠습니다. 부장님.

노모는 자꾸 말했다. 아범아.

내동리 순철이 상고밖에 안 나왔어도 홍콩 가서 지 어미 반지에다가.

어머니, 한번만 더 그딴 소리 하면 기도원에다가.

그는 목이 떫게 소리질렀다.

그는 문을 안으로 걸어잠그고 아이들을 혁대로 치기도 했고

아내에게 식칼을 들고 달겨들기도 했다

　　　　　　　　　　—황지우, 「소설(小說), 이상한 전염병」 부분

　인간 정신의 총체적 요구와 인간에게 주어진 생존 조건의 불일치가 더 이상 견디기 어려운 상태에 이른다면, 그때 인간을 사로잡는 것은 혐오와 증오밖에 없다. 기쁨의 철저한 부재가 사물과 인간의 공간을 메마른 사막으로 변하게 한다. 황지우는 인간이 선량하지 않다는 것을 잘 알고 있다. 그는 어떤 일이 있어도 정의라는 특권을 자기에게 유리하게 이용하려고 하지 않는다. 그가 그려내는 현실의 지형학은 사랑·희망·행복·믿음 따위의 그 어느 것에도 의존하지 않는다. 그가 자신의 믿음을 토로하는 경우에는 언제나 아이러니가 섞여 있다. 봉급생활자들의 생활이 의존심과 적대감으로 가득 차 있는 이유는 어디에 있을까? 도대체 "이 살의는 어디서 오는 것일까?" 자본가와 노동자의 삶이 일에 근거하고 있는 데 반하여 봉급생활자들의 삶은 모호한 자존심에 근거하고 있다. 그들 가운데 대부분은 다른 사람들이 자기를 이해해주지 못한다고 생각하고 있다. 자기만 옳고 다른 사람은 다 틀렸다는 신경증적 증상을

가장 흔하게 나타내는 것도 봉급생활자들이다. 그들은 유난스럽게 부드러운 분위기를 좋아한다. 그들이 가장 민감하게 반응하는 것은 타인의 냉정한 시선이다. 자기가 하는 일에서 삶의 의미를 찾지 못하기 때문에 타인의 부드러운 시선으로 그들의 모호한 자존심을 달래고 싶어한다. 그러나 조그마한 삶의 여유 또는 편안에 극단적으로 매달리는 것이 봉급생활자들의 가정이다. 직장에서도 가정에서도 그가 편히 숨쉴 수 있는 곳은 아무 데도 없다. 게다가 자본가와 노동자는 누구에게나 인정받는 일을 하고 있으므로 일하는 시간 이외의 나머지 시간에 무슨 일을 하건 간섭하는 사람이 없다. 그들은 아내와 아이들의 신이 될 수 있다. 그러나 봉급생활자들의 생활은 타인의 시선에 감금되어 있기 때문에 자유로운 시간이 없다. 그들의 본질을 가장 잘 아는 그들의 가족이 바로 이러한 약점을 이용하는 것이다. 봉급생활자들이 그들의 감옥에서 벗어날 수 있는 길은 하나밖에 없다. 증오를 정직하게 표현함으로써 자기 내부에 있는 의존심과 적대감을 극단에까지 끌고 가 혐오 속에서 매혹을 발견하고 증오 속에서 사랑을 얻어내는 방법이다. 그렇게 하려면 먼저 관습적인 윤리학과 심리학을 철저하게 폐기해야 할 것이다.

황지우에게는 무슨 변덕스러운 유희를 구경하고 있는 듯한 느낌이 드는 시가 몇 편 있다. 오려내는 재간을 발휘하여 실험실에서 만들어낸 것 같은 이런 시들 속에는 잡동사니 가게의 진열장이나 주간지 광고면처럼 모든 것이 다 수용되고 모든 것이 함께 어울린다. 구분은 제대로 되어 있지만 부분들의 의미가 서로 통하지 않고, 숱한 생략법을 사용하여 서로 다른 세계에 속하는 여러 사건들이 대담하게 병렬되어 있는 작품들을 통하여 황지우가 말하려고 한 것은 무엇일까? 그는 "신문을 한 장 집어들고 그중 하나의 기사를 골라 가위로 오려내고 다시 한마디 한마디의 어휘들을 오려내어 그것들을 자루에 넣어 흔들어 섞으라"는 트리스탕 차라의 충고를 따르려는 것일까? 최소한의 운율법조차도 무시하고 따로 노는 낱말들을 단순한 구문법으로 이어놓으면서, 황지우는 현실의 균열을 매끄럽게 가리는 우리 시대의 거짓된 질서에 반대한다. 언어의 고삐를 풀어서 앞뒤가 맞지 않는 대로 병렬해놓는 방법, 그리고 귀에 거슬리는 불협화음을 방치하는 방법은 어쩌면 그가 차라에게서 배운 것인지도 모른다. 그러나 그가 신문 기사 스타일의 클리셰들을 한데 모은 것은 창작의 자유를 강조하기 위해서가 아니라 현실의 구조를 강조하기 위해서 선택한 의도적인 전략이다.

아아아아아아아 가엾어라. TNT 사제 폭탄을 들고

은행엘 쳐들어간 청년은 자폭했고(중앙일보 9월 2일자).

술집 호스티스는 정부에게 알몸으로 목졸려 죽었고(한국일보 6월 15일자).

방범대원은 한밤에 강도로 돌변하고(경향신문 12월 7일자).

아들은 술 취한 아버지를 망치로 내리쳐 죽이고(서울신문 4월 11일자).

노름판을 덮친 형사가 판돈 몽땅 꼬불치고(MBC 라디오 12시 뉴스 7월 26일자).

교사가 여학생을 추행하고(조선일보 11월 30일자).

신흥사 주지들 칼질 몽둥이질(KBS 제2라디오 8월 3일자)

디스코홀서 청소년들 집단적으로 불타 죽고(연합통신 4월 14일자).

前 중앙정보부 차장이 억대 사기를 치고(동아일보 3월 6일자). ·

아 세월은 잘 간다.

                    ―황지으, 「활로(活路)를 찾아서」 부분

황지우가 신문 기사들을 오려내고 뒤섞어서 우리에게 알려주려고 한 것은 이제 불의는 정착된 무질서의 구성 요소가 되어버렸다는 객관적 사실이며, 범죄가 질서의 별명이 된 이 잿빛 땅에 결코 동의할 수 없다는 주관적 결의다. 황지우는 불안과 절망을 누구보다도 능숙하게 노래할 줄 아는 시인이다. 그가 시 속에서 자기의 얼굴을 숨긴 것은, 그리고 인용 부분의 마지막 행에서 보듯 의견 표시인 것처럼 토로한 한탄에까지도 노래 한 구절을 따온 것은 자칫하면 불안과 절망이라는 타성에 빠질 수도 있다는 위험을 경계한 때문인 듯하다. 이 시에서 그의 감수성은 도처에서 오는 메시지들을 수신하는 전신기 같은 것에 지나지 않아 보인다. 그의 내부는 이 세상의 모든 절규들이 부딪치고 뒤섞이는 특별한 공간 같다.

사회 계급들의 대립과 연합은 그 시대의 역사적 조건, 좀더 구체적으로 말한다면 국가 권력의 제약을 받는다. 사회 계급들은 국가 권력을 자기 계급의 이익에 맞도록 변형하려고 하고, 국가 권력은 사회 계급들의 관계 구조를 사고 없이 재생산하려고 한다. 국가 권력은 모든 사회 계급들을 에워싸고 짓누르거나 흥분시키는 억압과 동의의 체계를 형성한다. 억압적 국가 장치와 관념적 국가 장치를 통하여 정치 체계는 우리들의 내면 깊숙이 침투해 들어와 있다. 그것은 때때로 우리의 꿈속까지 밀고 들어와서 우리를 격렬하게 흥분시킨다. 바로 이 격렬함이 정치 체계가 우리들 내면생활의 일부라는 사실을 증명해준다. 황지우의 시적 여정은 우리 시대가 빚어놓은 정치적 무의식에서 시작된다.

1972년: 대학 입학, 청량리 일대에서 하숙. 그해 여름, 어느 날, 혼자, 몰래, 588에서 동정을 털고 약먹다. 약값을 친구들한테 뜯기도 하고 새 책을

팔기도 하다. 가을, 국회의사당 앞, 탱크가 진주하고 학교 문닫다. 새 헌법
선포되다. 추운 다다미방에서 겨울 내내 신음하다. 독(毒)이 전신에 퍼지는
꿈에서 화다닥 깨어나기도 하고, 가끔 인천 방면으로 나가 서해 갯벌에서
고은시집(高銀詩集) 읽다.

—황지우, 「활엽수림에서」 부분

「활엽수림에서」의 주인공은 사랑받지 못한 자, 길 잃은 아이, 추방당
한 나그네다. 내적인 약점을 솔직하게 드러내는 어조가 세상 어떤 삶의
조건에도 적응하는 걸 거부하는 태도를 슬며시 내비치고 있다. 자리를
잡고 틀어박히지 않으려는 욕망, 세상을 거부하고자 하는 욕구는 우리
시대의 가장 근본적인 본능의 하나다. 이와 같은 시에서 솔직함은 예술
적 수단이기에 앞서서 시의 본질을 구축하는 필연적 요청이 된다. 이 시
의 주인공에게는 국가 권력과 공공질서, 행복한 사랑과 가정의 관습이
모두 의심스럽기 짝이 없는 문젯거리로 나타난다.

성병이란 우리 시대의 성년식이다. 관례의 축복이 사라진 자리에 성
병의 시련이 대신 들어앉았다. 한번 성병에 걸려본 사람은 예외 없이 비
극적 운명론자가 된다. 저주 받은 운명이 특별히 선택된 운명이 되는 일
도 드문 것은 아니다. 아마 이 주인공은 시인이 될 운명을 선택할 것이
다. "독(毒)이 전신에 퍼지는 꿈"과 함께 그는 "국회의사당 앞, 탱크"를
본다. 국회와 탱크는 우리 시대의 운명이다. 국가 권력은 국가 장치들을
통하여 사회 구조를 유지하는데, 사법 장치와 행정 장치는 특수한 전문
직으로 충원하므로 자체 순환에 별 문제가 없으나 입법 장치에는 자칫
하면 충원과 순환에 틈이 생기기 쉽다. 단일 입법 장치에 틈이 생기게
되면 국가 권력은 즉시 군사 장치에 의해 그 틈을 메우려고 한다. 국가

장치 자체가 권력을 행사한다기보다는 국가 권력을 대행한다고 보는 것이 타당하겠지만, 국가 장치들 사이에 상대적 자율성이 유지되지 못하게 될 때 국가 권력은 언제나 군사 장치의 우위에 의해 어떤 국가 장치의 균열을 메우게 마련이다. 우리의 입법 장치는 어째서 다른 국가 장치들에 대하여 상대적 자율성을 보존하지 못하고 거듭해서 틈을 드러낸 것일까? 너무도 상식적인 대답이지만, 그것은 정당들이 제구실을 바르게 하고 있지 못했기 때문이다. 정당의 직능은 원래 사회 계급들과 국가 권력의 상호작용을 매개하는 데 있다. 여러 사회 계급들의 사정을 참작하여 최소한의 원칙을 세우고, 그 원칙을 사회 계급들에게 교육하는 것이 정당의 본질적인 직능이다. 정당의 교육 내용은 정치 행동의 원칙에 관련된 내용이므로 도덕규범이나 윤리 의식과는 무관하다고 보아야 하겠지만, 원칙을 수립하지 못하고 사회 계급들과 소통하지 못하는 정당은 엄밀한 의미에서 도당에 불과하다. 이러한 도당을 우리는 예외 정당이라고 불러도 무방할 것이다. 이 시대가 풀지 못하고 있는 가장 중요한 과제가 예외 정당의 문제다. 시의 화자는 탱크와 성병을 잊으려고 서해 갯벌에 앉아 시집을 읽는다. 그리고 언젠가는 자신이 성과 정치를 상호 관통하는 시를 지을 것이다.

아주 넓은 의미로 생각한다면 모든 사람이 계급투쟁과 권력투쟁을 분유(分有)하고 있다고 할 수 있다. 우리 시대의 정치는 이미 개인 내면에 침투해 들어와 있기 때문이다. 그러므로 현실 정당이 정당답지 않은 정당, 예외 정당의 상태에 머물러 있을 때 잠재 정당이 형성되어 원칙 수립 기능과 집단 교육 기능을 담당하리라는 것은 상상하기 어려운 일이 아니다. 현실 정당이 없던 일제 시대에도 잠재 정당은 있었다. 우리 근대사에서 오랫동안 잠재 정당의 역할을 담당해온 것은 학생 운동이었다. 「대정 십오년(大正十五年) 유월 십일일(六月十一日), 동아일보(東亞日報)」란 시에서 황지우는 1926년에 일어난 6·10만세사건의 기사를 인용하고 있는데, 그 가운데 "이십이될락말락한 녀학생한명도연약한몸에 수갑을진채로 잡히여드러갓스며"란 구절이 보인다. 기사 문장에 '연약한' 이란 수식어를 사용한 것은 공감과 동의의 표시라고 해석해야 한다. 국민학교 2학년 때 본 4·19 광경을 묘사한 「1960년 4월 19일·20일·21일, 광주(光州)」에도 "오매, 어째야 쓰까 어째야 쓰까, 꽃 같은 우리 학생드을?" 하고 안타까워하는 어머니의 염려가 들어 있다. 이러한 공감과 염려가 학생 운동을 일종의 잠재 정당으로 받쳐주었던 것이다. 그러나 우리 시대의 사정은 많이 다르다. 「꽃말」에는 방송기자가 들이댄 마이크 앞에서 학생들의 행동이 "국민의 한 사람으로서 걱정된다"라고 말하는 택시 기사가 나온다. 이 시의 주제가 여론 조작을 풍자하는 데 놓여 있는 것은 분명하다. 그러나 다른 한편으로 이 판에 박은 말투를 앞서 인용한 어머니의 염려와 견주어 살펴볼 때, 20년 동안 인심이 사나워지고 심성이 거칠어졌다는 것을 고려하더라도 학생 운동에 대한 공감과 염려가 많이 줄어든 것은 부인할 수 없을 것이다. 대학생의 숫자가 백만을 넘어서고 그것에 비례하여 대학 출신 봉급생활자가 크게 불어났으니, 대학생들의 생각과 느낌이 예전처럼 존중받게 되기는 어려울 것이다. 현실 정당은 제구실을 다하지 못하고 이렇다 할 잠재 정당도 구축되어 있지 않은 것이 우리 시대의 정치 상황이다. 이처럼 난처한 시대의 모습을 황지우는 「흔적 Ⅲ·1980(5.18×5.27cm)/이영호 작(李映浩作)」에서 한 폭의 추상화를 기술하는 형식으로 모사하고 있다.

황지우의 지형학에서 가장 인상적인 것은 균형 감각이다. 사회 계급들의 대립과 연합, 사회 계급들과 국가 권력의 상호작용을 살피면서 깊은 절망에 가라앉을 때에도 그는 상반된 것들을 일정한 거리에서 응시하는 균형 감각을 상실하지 않는다. 이러한 균형 감각이 그로 하여금 국가 장치들의 상대적 자율성을 강조하게 하였고, 예외 정당의 문제를 우리 시대의 근본 문제로 파악하게 하였을 것이다. 황지우의 정치시에는 특수한 상황과 우연적 요소들이 보편적 요소와 섞여 있다. 보편적인 내용이 불가피한 필연성으로 부과되어 있는 것이다. 미학적인 꾸밈이나 의도가 개입되기 이전의 직접적인 인식을 구어체의 시행으로 운반함으로써 황지우는 사고의 자연스러운 몸짓을 보여준다. 뒤틀어진 문장들의 사용도 심리 과정의 기복을 그대로 평가하는 데 효과적인 방법이라고 평가할 수 있다. 그러나 우리는 외부 세계의 지형학에 토대를 두고 있는 그런 이미지들이 이제 정신 내면 깊숙이 가라앉았으면 하는 희망을 가지고 있다. 그리고 황지우의 절망에 충분한 이유가 있다고 생각하기는 하지만, 때로는 절망이 인간에게 공허한 사치가 되는 수도 있다는 우리의 염려를 황지우에게 전한다. 희망이란 반쯤 무의식 속에 묻혀 있는 저 태곳적 꿈의 귀결이 아니고 무엇인가? 이런 의미에서 우리는 정치시들과 전혀 다른 결을 지니고 있는 「겨울-나무로부터 봄-나무에로」를 분석하는 것으로 글을 마치고자 한다.

　　나무는 자기 몸으로

　　나무이다

　　자기 온몸으로 나무는 나무가 된다

　　자기 온몸으로 헐벗고 영하(零下) 십삼도(十三度)

　　영하(零下) 이십도(二十度) 지하(地下)에

　　온몸을 뿌리박고 대가리 쳐들고

무방비의 나목(裸木)으로 서서

두 손 올리고 벌받는 자세로 서서

아 벌받은 몸으로, 벌받는 목숨으로 기립(起立)하여, 그러나

이게 아닌데 이게 아닌데

온 혼(魂)으로 애타면서 속으로 몸속으로 불타면서

버티면서 거부하면서 영하(零下)에서

영상(零上)으로 영상(零上) 오도(五度) 영하(零下) 십삼도(十三度) 지상
(地上)으로

밀고 간다. 막 밀고 올라간다

온몸이 으스러지도록

으스러지도록 부르터지면서

터지면서 자기의 뜨거운 혀로 싹을 내밀고

천천히, 서서히, 문득, 푸른 잎이 되고

푸르른 사월 하늘 들이받으면서

나무는 자기 온몸으로 나무가 된다

아아, 마침내 끝끝내

꽃피는 나무는 자기 몸으로

꽃피는 나무이다.

—황지우, 「겨울—나무로부터 봄—나무에로」 전문

이 시에서 황지우는 시를 인식의 수단으로 삼는 데서 한걸음 더 나아
가 시를 미지의 것, 아직 없는 것을 하나의 성과로서 획득하게 하는 무
기로 삼는다. 가능할지도 모르는 해방에의 어렴풋한 희망이 깃들어 있
다. 황지우는 부정의 보편성과 절대적 비순응주의를 보존하면서도 증오

해 마지않았던 이 현대 세계의 한가운데서 차츰차츰 자신을 길들이는 싸움을 시작한 것처럼 보인다. 삶의 결함에 대한 탐색이 정신으로 하여금 따분한 구조 분석에 골몰하게 하는 데 그치지 않고 한걸음 나아가서 정상 정당을 향한 역사적 실천으로 정신을 비상하게 하는 데 도달한 것인지도 모른다. 고통과 절망의 감옥에 갇힌 정신은 스스로 벌받는 자, 선고받은 자라고 여긴다. 정신주의자인 동시에 물질주의자인 황지우는 자신의 신체와 정신에 애착을 느끼고 있으면서도 거의 동시에 그것들을 증오하고 있다. 아마도 신체에 대한 취향과 신체적 감각에 대한 애착은 좀더 강조될 필요가 있으리라. 신체의 지각에 집착함으로써만 우리는 사물의 근원에 도달할 수 있다. 우리에게 세계의 생김새를 가르쳐주는 것은 주체도 아니고 객체도 아닌, 이 신비로운 우리의 신체다. 나무는 자기 온몸으로 나무가 되지 않으면 꽃을 피울 수 없다. 해방을 위한 장소와 가능성은 모두 인간의 구체적인 삶 속에, 우리의 신체 안에 있는 것이다. 자기 변용의 가능성과 자기 형성의 능력을 실험하면서 황지우는 언어의 힘을 통하여 모양이 일그러진 사물들을 온전한 모습으로 회복하려고 시도한다. 황지우의 시가 과연 심연의 암흑 속에서 벌어지는 해방의 드라마가 될 수 있을까? 황지우가 과연 해방을 하나의 우주적인 드라마로 만들고, 그 드라마의 끝에 이르면 모든 사물과 인간들이 상호 침투하고 상호 관통하는 눈부신 혼돈을 창조할 수 있을까? 지금 황지우에게 필요한 것은 무엇보다 끝까지 가보겠다는 의지, 자신의 운명을 시에 걸겠다는, 광기에 가까운 치열성이다. 우리는 황지우가 어느 날 보들레르처럼 지상의 지옥에서 완벽한 화학자로서, 견고한 노동자로서 자기의 임무를 완수했노라고 말하게 되기를 기대한다.

김민정의 전위적 공백

『날으는 고슴도치 아가씨』(열림원, 2005)의 제1부 「작은 사건들」은 김민정이 쓴 '젊은 예술가의 초상'이다. 그녀의 기억 속에 있는 사람들은 그녀 자신을 포함하여 모두 어딘가 못나고 심술궂은 사람들이다. 인천 시민회관 합창 반주를 하러 올라갔다가 ㅍ- 음 하나 쳐보고 내려온 것은 신여성도 아닌 그녀에게 흰 양말에 까만 구두를 신겨 보낸 엄마 때문이었다. 학교 언니들은 까만 깔창으로 하얀 실내화 앞코를 밟아대었고 음악 선생님은 소리를 안 낸다고 볼펜을 펜싱 하듯 입속에 찔러넣었고 교장 수녀는 본명(효임 골룸바)을 모른다고 상 타러 올라간 그녀를 쫓아 보냈고 노래방에 갔을 때는 도우미들이 잘난 척한다고 그녀에게 술에 젖은 새우깡을 억지로 먹였다. 그녀는 그들 모두를 타이어드(지긋지긋)하다고 생각한다. 시의 제목은 '참견쟁이 명수들'이다. 다른 모든 소녀들의 경우와 마찬가지로 그녀에게 오래 남는 상처를 준 사람은 선생들이다. 이 시집에는 수학 선생과 도덕 선생과 음악 선생이 나온다. 수학 선생은 충청도 사투리가 이상해서 웃었더니 반성문을 써서 읽으라고 했고 반성문을 읽는 중에 웃었다고 슬리퍼로 뺨을 때렸다. 그녀는 볼에 배인 발 냄새로 인해서 그날부터 화장을 하게 되었다고 익살을 떨지만 「김정미도 아닌데 '시방' 이건 너무 하잖아요」라는 시의 주제는 우리들의 학교에 퍼져 있는 일반적인 분위기가 배려라기보다는 억압에 가깝다는 간접적인 고발이다. 이 시에서 우리는 이데올로기적 국가기구로서의 학교를 지각하는 동시에 학교다운 학교의 부재를 인식하게 된다. 현존하는 학교와 부재하는 학교를 함께 보여주는 것이 『날으는 고슴도치 아가씨』 특유의 어법이라고 할 수 있다. 「그녀의 동물은 질겨」라는 시에서는 젖는 몸과 불감증인 마음, 거식증과 방귀가 공존한다. 그녀는 생리대를 빨간 리본으로 묶어서 서랍 속에 쑤셔넣는다. 해마다 성탄절이 오듯이 달마다 몸엣것이 온다. 밑을 닦은 종이를 보지 않으면 딸꾹질이 그치지 않는 것도 그녀의 동물적 특징의 하나다. 그녀는 옷 투정을 하다가 아버지의 임종을 지키지 못했다. 그리고 그녀는 배를 사러 나왔다가 집으로 다시 돌아가지 않았다. 현실인지 상상인지 모를 사건들이 첨가된다. 한 남자가 그녀의 거웃을 씹고 헤어진 애인이 그녀의 옷장에 불을 지른다. 세상에 욕설을 퍼부으면서도 그녀는 가족에게 말한다.

　　세상 많은 여보들로
　　우린 모두 일촌이니
　　걱정 마
　　　　　　　　　　　　　—김민정, 「그녀의 동물은 질겨」 부분

엄마는 회를 뜨다 제 손을 뜰 만큼 매사에 서투르고 또 엄마를 응급실로 데리고 간 그녀는 엄마의 손을 깁느라 바쁜 의사에게 전혀 상황에 맞지 않는 말을 건넨다. '잘 알지도 못하면서'라는 제목은 엄마에게도 해당되고 딸에게도 해당된다. 그녀들은 남에게 호감을 주지 못하는 사람들이다. 그런데 자기에 대한 그들의 비호감을 느끼는 것은 다른 사람이 아니라 바로 그녀 자신이다. 비호감은 그녀의 반성 속에 있다. 친한 사람에게는 인사도 못 건네고 경멸하는 사람과는 악수를 하고 나서 느끼는 부끄러움이 보들레르의 것만은 아니다. 눈이 먼 뒤에도 화투패를 펼친 채 졸던 할머니는 숨이 멎은 후에도 화투장을 손에 들고 있었다. 그녀는 혼자서 할머니의 패를 읽어본다. "임이 곧 근심이거늘(……) 죽음이 곧 천복이거늘." 「화두냐 화투냐」는 화투가 한국의 민간사상이 된 현상을 보여준다. 일본에서 온 화투나 중국어서 온 사주나 죽기까지 붙들고 있을 수 있는 것이라면 지식인의 이른바 고급 사상보다 오히려 더 현실적인 사상이라고 해야 할 것이다.

박제가는 「뒷간에서(廁上)」란 시에서 변소에 앉아서 내다보는 봄 경치를 그려내었다.

담머리에 해 오르자 꽃 그림잔 짧아지고
담 밑엔 고물고물 개미떼 흩어지네
흙이 녹자 돌이 들썩, 벌레들 기어 나와
배밀이며 기지개에 저마다 꿈틀꿈틀
봄산 푸릇푸릇 봄은 가이없는데
하늘가에 제철 만난 한 송이 구름
봄바람은 산들산들 불어대고
풀싹들은 날마다 들쑥날쑥 뾰죽뾰죽

김민정은 「별의 별」이란 시에서 변소에 앉아서 변비 때문에 고통 받는한 여자를 그려내었다. "오줌이 마려워 절로 눈을 뜨는 아침"이라는 말로 미루어 우리는 그곳이 그녀의 집 변소가 아니라는 것을 알 수 있다. 어제도 그녀는 변을 보지 못했다. 그녀를 미워하는 여자가 엿보고 있다는 생각 때문이었다. 노크에 이어 향수 냄새가 풍길 때 그녀는 숨을 죽인다. 냄새를 들키면 평생을 져야 하기 때문이다. "별 본 일 없음보다 별본 일 있음으로" 그녀는 위풍당당해진다. 변비로 고통 받는 이는 배설이무엇보다 중요한 일이다. 변소에서 그녀는 어느 날 소년의 눈에서 빛나던 별을 생각한다. 그가 그녀를 때렸을 때 그의 눈에서는 별이 사라졌고대신 그녀의 눈에 그 별이 와서 빛을 내었다. "오줌을 누고 밑을 닦은 휴지에 빨간 고춧가루 한 점." 그녀는 그것을 변비약이 조금이나마 효과가있다는 증거라고 생각하고 자신을 위로한다. 자궁 검사를 하러 가서 레이저 제모를 권하는 여의사의 말을 들은 후 고속도로 휴게소 변소에서무모 치료 광고를 보게 된 그녀는 마르크스도 몰랐을 불평등에 경악한다.(「陰毛라는 이름의 陰謀」) 스페인 피게레스에서 달리의 그림을 보고 산츠로 돌아오다 잠시 머문 역, 화장실 변기에는 오줌이 넘쳐흐르고 있었다. 흑인 남자와 백인 여자가 달리가 껍데기를 디자인한 추파춥스를 물고 있었다. 그들은 신문지 위에 앉아 스며드는 오줌도 아랑곳하지 않고어깨동무를 하고 있는데 여자의 팔에는 흐릿하게 애(愛)라는 한자 문신이 새겨져 있었다. 포옹과 오줌과 스페인과 한자가 병치되어 단순한 묘사가 달리의 그림만큼이나 환상적인 분위기를 빚어낸다. 김민정에게는있는 그대로의 현실이 바로 시가 된다. 그러므로 그녀는 특별히 시적인것을 찾는 사람들을 믿지 않는다. 너나없이 고비로 달려갔다 와서 시집을 내고 산문집을 내는 것을 보고도 그녀는 낙타 타기를 상투의 극치이고 사막을 안일의 끝이라고 비판한다. 그녀에게는 엄마가 뜯는 고비, 자린고비가 연상되는 굴비, 송대관의 노래 한 구비가 사막보다 더 현실적인 것들이다. 하기는 인간에게 똥과 오줌보다 더 현실적인 것이 있을 것 같지 않다. 그래서 그녀의 엄마는 배탈이 나면 변기 속 똥에 무엇이 나와 있는가를 확인하는 것인가?

현대문명의 양상을 보여주는 징후들 가운데 하나가 매춘이다. 인하대학교 캠퍼스와 길 하나 건너 대각선으로 마주 보고 있는 옐로 하우스 안마당에 서서 그녀는 지난날을 되돌아본다 그녀의 아버지가 입대 전날 거기서 동정을 파묻었고 뒤를 돌아보다 엄마가 거기서 롯의 아내처럼 돌이 되었다. 문학개론 책을 떨어뜨려 하는 수 없이 아빠의 동정을 다시 캐러 간 그곳에서 그곳 언니들은 "너 인하대 나가요지"라고 물으며 그녀를 빈정거린다. 그 언니들은 뒷물 세숫대야를 여대생들에게 끼었기도 했다. 길 몇 번 건너다녔을 뿐인데 40년이 지나고 끽동이란 이름마저 없어졌다. 그녀는 그곳 언니들의 가래와 땀이 사라져서 아쉽다고 생각한다. 프루스트처럼 그녀도 "잃어버린 끽동을 찾아서"를 쓰고 싶어한다.

김민정의 시는 그녀 개인의 체험이나 감정을 기록한 고백시가 아니므로 그 어떤 시를 전기적인 사실로 해명할 필요는 없다. 그녀의 체험보다 더 많은 의미를 간직하는 잠재력이 시 속에 내재한다. 시에 등장하는 인물들은 모두 하찮고 보잘것없는 사람들이다. 그러나 우리는 그 사람들에 대하여 또 자기 자신에 대하여 차갑게 말하는 한 여자의 내적인 상태에 주목해야 한다. 우리는 말하는 사람을 시인의 인격으로 해석할 수 없다. 우리가 읽어야 하는 것은 자서전이 아니라 불협화음으로 가득한 다성적 문체다. 시의 화자는 어떤 가면도 쓸 수 있으며 어떤 존재방식도 취할 수 있다. 그/그녀는 도처에 살아있고, 그/그녀가 모르는 가족은 없다. 김민정은 냉혹하게 자기 자신을 응시하면서 폐허의 주민이 자기 혼자만이 아니라는 사실을 확인한다. 60억 가운데 15억이 굶주리고 나머지 45억도 상처투성이로 연명하는 이 지구를 폐허가 아니라고 진심으로 믿는 사람이 얼마나 될까? 김민정의 시에는 어떤 비인간적 요소가 들어 있다. 연약한 정감이 얼굴을 내밀려고 하는 순간 화학 교과서처럼 중립적인 어조가 심정의 도취를 해체한다. 폐허거나 낙원이거나, 예토거나 정토거나 시인에게는 가치판단을 해야 할 의무가 없다.

　김민정의 시에서는 복수가 악수가 되고 페니스가 페이스가 되고 남편이 남의 편이 된다. 그녀의 시는 이질적인 것들이 혼합되어서 형성하는 혼돈이다. 「언니라는 이름의 언짢음」은 가족관계를 창녀수업에 비유하였다. 언니들은 나를 펭귄, 죽, 샌드페이퍼, 비닐봉지라고 하는데 나는 나를 초짜, 축농증, 투망, 벌집, 확성기, 손톱이라고 한다.

> 엘리베이터 거울에 코딱지가 말라붙어 있더라
> 누군가 포스트잇에 갈겨쓴 글씨
> 씨발아 너 언제 떼먹을래?
>
> 　　　　　　　　　　　―김민정, 「언니라는 이름의 언짢음」 부분

　그녀는 코딱지를 떼먹으라는 것도 언니들이 시키는 짓이라고 생각한다. 오빠는 넘어진 나를 일으켜준다더니 그 손으로 나를 자빠뜨린다. 가만히 있으면 뼈가 상한다는 구실을 붙이며 그는 나를 정액으로 소독한다. 내 몸에선 고름이 흐르고 앰뷸런스가 세 번 네 번 다섯 번 지나간다. 나는 오빠의 거짓말을 이미 알고 있다. "에그 철딱서니야, 믿긴 뭘 자꾸 믿으라는 거야."(「오빠라는 이름의 오바」) 그러나 내 속에는 극성스러운

엄마가 자리를 잡는다. 나는 오빠를 돌보는 엄마다. 김민정은 엄마의 극성을 무한대라고 부른다. 그녀에게는 "비비고 헹굴수록 선명해지는 얼룩"이 있다. 주님도 없애지 못한 그 얼룩은 13년이나 묵은 것이었다. "어느새 나는 서른이었고 미결로 종결된 신문 기사 속 일찍이 방부 처리된 너는 죽어서도 순결한 열일곱이었다. 떨쳐낼 수 없는 네가 있어 또 다른 너들을 떨쳐낼 수 있는 내밀한 너와 내 협상의 테이블 위에서 먼저 사인하는 손, 있었으나 누가 뭐래도 우리는 지는 걸 이기는 병자들뿐이었다."(「그림과 그림자」) 내가 이기고 네가 져야 하는데 협상의 결과는 언제나 죽은 너의 승리로 끝난다. 네가 이겼다고 하더라도 지워지지 않는 얼룩 때문에 병든 것은 나만이 아니다. 진 나와 이긴 너가 풀 수 없이 얽혀 있기 때문이다. 「페니스라는 이름의 페이스」라는 시 속에도 "흔들흔들 고무줄로 묶인 예수"가 등장한다. 「여자와 두 남자」에서 남자들은 사정한 후에 덜 싸맨 콘돔을 창에 던지고 하얀 침대 시트 위에 오줌을 눈다. 「남편이라는 이름의 남의 편」에서는 한 호가가 두 여자에게 전화를 건다. "베레모가 전화를 했기 때문에 그녀가 미친 여자처럼 벨을 누른다. 베레모가 전화를 했기 때문에 나는 미친년처럼 인터폰을 받는다." 베레모는 두 손으로 얼굴을 감싼 채 울고 두 여자는 베레모에게 한 쪽씩 물린 젖이 된다. "우리는 이제 그렇게 됐다.' 공업용 전기 대패와 정원용 가위로 깎고 저며서 마네킹을 만들듯이 남녀관계는 가학-피학적인 것이 되어 훔치고 죽이는 짓도 피하지 않게 되었다(「복수라는 이름의 악수」). 엘리엇은 이미 1922년에 폐허에서 벗어나려면 섹스를 예배처럼 해야 한다고 말했다.

김민정의 시에는 희망으로 건너가는 다리가 없다. 시는 불안에서 시작하여 불안으로 끝난다. 그녀의 시는 기쁨, 사랑, 조화, 절제, 쾌적함,

고귀함을 비켜간다. 장식과 여유, 보편성과 전체성은 흔적도 없다. 이해란 오직 자기 이해로서만 존재하며 그녀의 시에 규범이 전혀 없는 것은 아니지만 그것은 오직 부재로서만 존재한다. 서울이란 도시가 범속한 만큼 그녀의 시도 범속하다. 김민정은 문학개론에서 형식이라고 소개하는 것을 자신의 척도로 인정하지 않는다. 그녀는 아름답게 울려퍼지는 서정시를 경멸한다. 가르치고 배울 수 있는 시들을 비켜서서 모호하고 격렬한 이미지들이 이미 기정사실이 된 시학을 위반하여 탈구된 의미의 기괴한 긴장 상태를 조성해놓는다. 파격과 탈격, 파편과 우연이 그녀의 시를 가득 채우고 있다. 그러나 우리는 내용의 특이한 대담성과 차분하고 정돈된 어법이 부딪치며 빚어내는 블랙 유머에도 눈을 돌려야 한다. 김민정의 시에는 질서가 없는 대신 깊이가 있다. 그녀는 심연을 보고도 용기가 헌앙한 탐험가다.

이상 스타일로 성에 대해 탐험하는 것이 『날으는 고슴도치 아가씨』의 라이트모티프들 가운데 하나다. 「늘 그런 공식」은 이상의 시집에 끼워넣어도 문제 없을 수 있는 작품이고 구멍으로 벌어지기 위하여 살 파먹히는 「삼차원의 커플女」와 구멍을 메우기 위하여 젖꼭지를 팽이 삼아 돌리는 「삼차원의 커플男」도 제목부터 이상 문체다. 동성애를 다룬 이 두 시에는 비애가 깔려 있다. 그 비애는 감정이 아니라 존재를 갉아먹는 무처럼 깔려 있다.

김민정은 섹스 모티프의 시들에서 판타지를 마음껏 활용한다. "혼인 빙자로 자살한 지 오래인 애인이 삼각대를 꺼내 좀 들어달라고"(「뜻하는 돌」) 하고, "그의 뒷주머니에 선물로 찔러 넣었던 오른손"(「피날레」)이 왼손보다 양옆으로 약 3센티미터가량 자라서 되돌아온다. '소월 풍으로'라는 부제가 붙어 있는 「왕십리, 그 밤」은 왕십리라는 지명과 운율이 소월을 생각나게 하지만 눈 내리는 밤에 왕십리 어느 여관에서 처음으로 남자와 잔 여자의 내면을 우연적인 인상과 변덕스러운 감각을 통해서 제시한다는 점에서 소월에게는 다소 낯설게 보일 것 같은 시다. 이미지의 파편들을 우연적인 연상으로 접합시키는 것은 김민정 시의 기조가 되는 기법이다. 김민정은 항상 부분을 전체 위에 놓고 우연을 필연 위에 놓는다. 하위에 있는 것을 괄호 속에 넣어 두고 상위에 있는 것만 본다면 그녀의 시는 부분의 시고 우연의 시다.

섹스 모티프의 시들에서 김민정은 그녀로서는 특별하다고 할 수 있을 정도로 운율과 비유에 신경을 쓰고 있다. 모두가 한국 시리즈 플레이오프 1차전을 볼 때 혼자서 야생대탐험을 보면서 약속이나 한 듯이 함께 행동하는 사람들과 약속을 못해서 혼자 행동하는 사람의 차이를 인식한다는 「흔해빠진 레퍼토리」는 "약속을 못했기에 우리에겐 내일이 있다"라는 용감한 선언으로 끝난다. 학교에서 배우고 성적을 받고 하는 것으로는 문학이 되지 않는다. 어느 때건 배운 것에서 벗어나 누구에게도 배울 수 없는 저만의 외줄기 길로 들어설 때 비로소 문학이 시작된다. 그것은 왕따됨을 견디는 고독한 길이다. 고독을 견디는 방법의 하나로 그녀가 개발한 것이 판타지다. 야생대탐험의 낙타가 텔레비전 바깥으로 나와서 여자의 엉덩이로 다가간다.

여자의/엉덩이께로/슬금슬금/다가서는//낙타의/꼬리를/안돼,/끌어당기자//껄쭉하니 웃는/낙타의 입에서/똥냄새가/난다.//너도 그처럼/도통/씻을 줄/모르는구나……//사우나 온천수는/들에 넘쳐/흐르고//보글보글/끓어대는/물방귀로/너의/허기를/이해할 때//나는/말랑말랑한/내 젖꼭지를//물려/널/잠들게 한다.//

　낙타를 달래는 그녀의 행동이 4음보 사설시조체로 계속되다가 중간의
말없음표 뒤에서 3음보로 바뀐다. 리듬은 호흡에 맞춰 편해지는데 비유
는 반대로 예리해진다. 키스는 데칼코마니라는 전사술(轉寫術)이 되고
(「나비 중독자」), 섹스하는 것은 빵 굽는 것이 된다(「선우일란, 빵의 비밀」).
나는 개가 되어 개 소리로 짖고 선우일란은 아픈 개 소리로 신음하며 텔
레비전 밖으로 기어나오고 사내는 자이드 드롭에서 떨어지며 비명을 질
러댄다. 섹스 장면 묘사 가운데 느닷없이 "갓 구어낸 빵들은 땀내도 참
향긋하구나"라는 신선한 비유가 끼어든다. 이 비유가 섹스를 먹음직한
어떤 것으로 만든다. "化粧하거나/火葬하거나/일요일.//섹스하거나/미
사보거나/일요일.//"과 같이 빠른 3음보 리듬으로 진행되는 「일요일은
참으세요」에서 김민정은 결혼식과 장례식을 들러리와 영정, 스테이크와
육개장, 부케와 국화 등으로 대조해놓는다. 시에 나오는 까-까-마귀"에
서 '까-까'는 까마귀의 울음소리이고, '마귀'는 결혼식이 장례식과 통
하고 삶이 죽음과 통한다는 사실을 통고하는 저승사자다.
　'똥꼬 베이비'라는 시의 제목은 don't go baby를 소리 나는 대로 적은
것이지만 '폐색을 앓는 내 장속'과 연관되어 항문은 변비와 아이와 유아
남근을 연상하게 한다. '피터 그리너웨이 풍으로'라는 부제를 달고 있는
「할머니, 사내들, 그의 아내, 그리고 그녀의 딸」은 영화 만들기를 일종의
게임이라고 생각한 그리너웨이 감독의 〈필로우 북(The Pillow Book)〉같
이 연상 게임에 바탕을 두고 있는 작품이다. 할머니는 콩나물 장사를 해
서 가족을 먹여살렸다. 할머니의 자식들은 콩나물의 힘으로 컸으니 콩
나물과 한식구다. 할머니는 매일 저녁 "물찬 조루로 똥찬 시루를 적신

다." 콩은 자라 콩나물이 되고 자식들의 뱃속에 들어가 결국은 똥이 되는 것이니 콩나물 시루는 똥찬 시루인 셈이다. 할머니의 자식들은 모두 어떤 여자의 사내들이다. 할머니가 낳은 사내들은 할머니가 키운 콩나물과 형제들이라고 할 수 있다. 화자는 호부호형이란 국어문제를 풀 때 누가 부이고 누가 형인지를 구분하지 못한다. 화자에게는 나귀 타고 장에 간 사람이 아버지인지 시루 속에 모셔져 있는 콩나물이 아버지인지 분간이 안 되기 때문이다. 그녀는 "머리가 덜 찬 아버지의 대가리를 따거나 뿌리가 시들한 아버지의 아랫도리를" 짓이긴다. 엄마도 아이를 낳는다. 화자는 그것을 "똥꼬 속에서 자꾸 콩나물을" 뽑는다고 말한다. 콩나물은 가족의 영양이 되고 야무진 어머니의 손끝에서 식구들은 비만이 된다. 시는 해피엔드로 끝난다.

  김민정의 시는 선과 악, 진리와 허위의 구분을 초월하여 조각난 이미지들의 자기운동을 보여준다. 이미지들은 강렬한 공격력을 통해서 비루하나 어딘가 유쾌한 면이 없지 않은 이 시대의 풍경을 포착한다. 우리는 시에 부재하는 것들을 찾아서 폭력이 없는 교실, 변비가 없는 몸에 대한 그녀의 희망을 읽어낼 수 있겠지만, 그것보다 더 중요한 것은 그녀의 시에서 종결될 수 없는 개방성을 체험하는 것이다. 섬뜩한 이미지들이 많이 나오지만 그녀의 시는 결코 음울하지 않다. 그녀에게 문학은 시대의 근원적인 불협화에 굴복하지 않을 수 있는 인내심을 훈련하는 것이다. 「느낌」은 공기총과 잠망경을 든 사람들에 의해 보호관찰되고 있는 중독자들의 이야기다. 시는 혼돈과 공허의 한복판을 뚫고 넘어서서 말하는 냉혹한 사랑이다. 무슨 이유에서든 제쳐 놓여져 있는 사람들의 언어에 귀를 기울이지 않는다면 시인은 이 세상에서 자신의 자리를 찾지 못할 것이다. 몰락한 사람들은 출구가 없음에도 꿈을 꾼다. 존재는 부적합성과 불충분성에 둘러 싸여 있다. '시는 부정의 별명'이 아닐 수 없다고 하더라도 시인은 일방적으로 부정의 편을 들 수 없다. 그는 중립적인 자리에서 부정과 함께 살 수 있는 방법을 찾아내야 한다. 현실이 폐허라는 것을 인식하고 그 어느 곳에서도 안락함을 기대하지 않는 것이 시의 정신이라고 할 수 있다. 그러나 폐허에 공백을 만들어내는 여유 또한 시의 정신과 다른 것은 아닐 것이다. 김민정은 '왜 시를 쓰는가?'라는 질문에 대한 대답을 육상선수 조이너에게서 발견하였다. "탕 소리와 함께 총알처럼 폭발하는 그녀의 본능적인 스타트. 발산하고 발광하는 근육"(「플로렌스 그리피스 조이너」). 헤밍웨이가 소설가가 아니라 권투선수를 사표로 삼은 것처럼 김민정은 시인이 아니라 육상선수를 모범으로 삼는다. 조이너처럼 전력으로 질주하겠다는 결의를 놓치지 않는 한 김민정은 누가 뭐라고 해도 자신 앞에 가늘게 이어져 있는 한 가닥 길을 끝까지 포기하지 않고 걸어 나갈 수 있을 것이다.

:: 참고 문헌

고창범, 『쉴러의 문학과 미학』, 서울대출판부, 1986

고려대학교 민족문화연구소 편, 『한국현대문화사대계 IV』, 고려대 민족문화연구소 출판부, 1978

김기림, 『시론』, 백양당, 1947

김영태, 『김영태 시전집』, 천년의시작, 2005

김종욱 편, 『원본소월전집』, 홍성사, 1982

김진우, 「시조의 운율구조의 새 고찰」, 《한글》173 · 174 합병호, 한글학회, 1981

김춘수, 『김춘수 시전집』, 현대문학, 2004

_____ , 『김춘수 전집』, 문장사, 1982

김흥규, 「어부사시사의 종장과 그 변이형」, 《민족문화연구》 15호, 고대민족문화연구소, 1980

단재신채호전집편찬위원회 편, 『단재신채호전집』, 형설출판사, 1977

새뮤얼 테일러 콜리지, 김정근 역, 『문학평전』, 옴니북스, 2003

서우석, 『시와 리듬』, 문학과지성사, 1981

서정주, 『서정주 문학전집』, 일지사, 1972

_____ , 『미당서정주 시전집』, 민음사, 1983

송욱, 『전편해설 한용운시집 님의 침묵』, 과학사, 1974

심재완 편, 『정본시조대전』, 일조각, 1984

양주동, 『조선의 맥박』, 문예공론사, 1932

이강숙, 『열린 음악의 세계』, 은애출판사, 1980

이영준, 『김수영 육필 시고 전집』, 민음사, 2009

이오덕, 『일하는 아이들』, 청년사, 1978

정지용, 『백록담』, 백양당, 1946

조동일, 『우리 문학과의 만남』, 홍성사, 1978

한용운, 이원섭 역주, 『불교대전』, 현암사, 1980

蕭統, 『文選』, 臺北: 臺灣商務印書館, 1968

吳汝均, 『佛教大辭典』, 北京: 商務印書館, 1992

陳義孝, 『佛學常見詞彙』, 臺北: 文津出版社, 1988

Adorno, Theodor., *Ästhetische Theorie*, Frankfurt am Mein: Suhrkamp, 1970

Black, Max., *Models and Metaphors*, New York: Cornell University Press, 1962

Culler, Jonathan., *Structuralist Poetics*, New York: Cornell University Press, 1978

Frye, Northrop., *Anatomy of Criticism*, Princeton: Princeton University Press, 1957

Klotz, Volker., *Geschlossene und offene Form im Drama*, München: Carl Hanser,
    1969

Maritain, Jacque., *L'intuition Creatrice dans L'art et dans La Poésie*, Paris: Desclée
        de Brouwer, 1966

Schiller, Friedrich., *On the Aesthetic Education of Man*, trans. Elizabeth Wilkinson
        and L.A. Willoughby, London: Oxford University Press, 1967

현대시란 무엇인가

지은이 ｜ 김인환
펴낸이 ｜ 양숙진

초판 1쇄 펴낸날 ｜ 2011년 8월 5일
초판 2쇄 펴낸날 ｜ 2012년 11월 30일

펴낸곳 ｜ ㈜ **현대문학**
등록번호 ｜ 제1-452호
주소 ｜ 137-905 서울시 서초구 잠원동 41-10
전화 ｜ 2017-0280
팩스 ｜ 516-5433
홈페이지 ｜ www.hdmh.co.kr

ⓒ 2011, 김인환

ISBN 978-89-7275-551-7 03810

* 책 값은 뒤표지에 있습니다.